Colecção Literatura de Macau

国家出版基金项目
NATIONAL PUBLICATION FOUNDATION

# 在迷失国度下
# 被遗忘了的自白录

吕志鹏 / 著

作家出版社

# 澳门文学丛书

# 总 序

值此“澳门文学丛书”出版之际，我不由想起1997年3月至2013年4月之间，对澳门的几次造访。在这几次访问中，从街边散步到社团座谈，从文化广场到大学讲堂，我遇见的文学创作者和爱好者越来越多，我置身于其中的文学气氛越来越浓，我被问及的各种各样的问题，也越来越集中于澳门文学的建设上来。这让我强烈地感觉到：澳门文学正在走向自觉，一个澳门人自己的文学时代即将到来。

事实确乎如此。包括诗歌、小说、散文、评论在内的“澳门文学丛书”，经过广泛征集、精心筛选，目前收纳了多达四十八部著作，暂分两批出版。这一批数量可观的文本，是文学对当代澳门的真情观照，是老中青三代写作人奋力开拓并自我证明的丰硕成果。由此，我们欣喜地发现，一块与澳门人语言、生命和精神紧密结合的文学高地，正一步一步地隆起。

在澳门，有一群为数不少的写作人，他们不慕荣利，不怕寂寞，在沉重的工作和生活的双重压力下，心甘情愿地挤出时间来，从事文学书写。这种纯业余的写作方式，完全是出于一种兴趣，一种热爱，一种诗意追求的精神需要。惟其如此，他们的笔触是自由的，体现着一种充分的主体性；他们的喜怒哀乐，他们对于社会人生和自身命运的思考，也是恳切的，流淌着一种发自肺腑的真诚。澳门众多的写作人，就这样从语言与生活的密切关联里，坚守着文学，坚持文学书写，使文学的重要性在心灵深处保持不变，使澳门文学的亮丽风景得以形成，从而表现了澳门人的自尊和自爱，真是弥足珍贵。这情形呼应着一个令人振奋的现实：在物欲喧嚣、拜金主义盛行的当下，在视听信息量极大的网络、多媒体面前，学问、智慧、理念、心胸、情操与文学的全部内涵，并没有被取代，即便是在博彩业特别兴旺发达的澳门小城。

文学是一个民族的精神花朵，一个民族的精神史；文学是一个民族的品位和素质，一个民族的乃至影响世界的智慧和胸襟。我们写作人要敢于看不起那些空心化、浅薄化、碎片化、一味搞笑、肆意恶搞、咋咋呼呼迎合起哄的所谓“作品”。在我们的心目中，应该有屈原、司马迁、陶渊明、李白、杜甫、王维、苏轼、辛弃疾、陆游、关汉卿、王实甫、汤显祖、曹雪芹、蒲松龄；应该有莎士比亚、歌德、雨果、巴尔扎克、普希金、托尔斯泰、陀思妥耶夫斯基、罗曼·罗兰、马尔克斯、艾略特、卡夫卡、乔伊斯、福克纳……他们才是我们写作人努力学习，并奋力追赶和超越的标杆。澳门文学成长的过程中，正不断地透露出这种勇气和追求，这让我对她的健康发展，充满了美好的期待。

毋庸讳言，澳门文学或许还存在着这样那样的不足，甚至或许还显得有些稚嫩，但正如鲁迅所说，幼稚并不可怕，不腐败就好。澳门的朋友——尤其年轻的朋友要沉得住气，静下心来，默默耕耘，日将月就，在持续的辛劳付出中，去实现走向世界的过程。从“澳门文学丛书”看，澳门文学生态状况优良，写作群体年龄层次均衡，各种文学样式齐头并进，各种风格流派不囿于一，传统性、开放性、本土性、杂糅性，将古今、中西、雅俗兼容并蓄，呈现出一种丰富多彩而又色彩各异的“鸡尾酒”式的文学景象，这在中华民族文学画卷中颇具代表性，是有特色、有生命力、可持续发展的文学。

这套作家出版社版的文学丛书，体现着一种对澳门文学的尊重、珍视和爱护，必将极大地鼓舞和推动澳门文学的发展。就小城而言，这是她回归祖国之后，文学收获的第一次较全面的总结和较集中的展示；从全国来看，这又是一个观赏的橱窗，内地写作人和读者可由此了解、认识澳门文学，澳门写作人也可以在更广远的时空里，听取物议，汲取营养，提高自信力和创造力。真应该感谢“澳门文学丛书”的策划者、编辑者和出版者，他们为澳门文学乃至中国文学建设，做了一件十分有意义的事。

是为序。

2014.06.06

# 目　录

CONTENTS

# 在迷失国度下被遗忘了的自白录

## 一、慧文：一杯凉透的咖啡，又怎能再次加热……

### 四月十六日　晴

送完民仔返学，便去红街市买菜。碰到陈师奶，她说她女儿又要离婚了。她一边感叹现今世风日下，一边悼念她二十岁开始守寡的日子，如何如何的含辛茹苦……为免打扰陈师奶的雅兴，我点了点头。她乐极了，说话也更起劲。但抱歉得很，这并不表示我欣赏，而是可怜的赞同。有时都有几分羡慕陈师奶的女儿可以随时更换自己的枕边人，就像收到烂货，可以毫不带感情地原货退回，多好！

难道像她妈妈抱着贞节牌坊当饭吃，就好吗？

### 四月十九日　雨

今天是我和他结婚十周年的纪念。望着热腾腾的饭菜逐渐转凉，心也跟着凉了一截。我又想他不会回来了，但……原因呢？到底是为了什么？为什么？

一个结了婚的女人比婚前的女人更需要一个完好的谎话。可能是在朋友家做客吧！或许是学校工作耽误了，又大概是一时大意忘记了吧！

忘记——是男人婚后一种正常得不能再正常的行为，正如女人产后会患上抑郁症一样，没什么特别。

很久没有全心全意地随秒针跑了一圈又一圈，有点累。今晚床很大，我想一个人睡一定很舒服。

### 四月二十日上　阴

今天天文台报道：“澳门普遍地区阳光普照。”可能我家并不是坐落于“普遍”这个地方吧！所以并未见到阳光。又有人说，心情摆度大小影响视觉。我想这是对的，因为天文台不会欺骗人。

罗锋——即我的那个他，说昨天阿卫俩公婆又吵架了，他去劝架了，我在思考天文台是对的，所以我想他也是对的。但阿卫老婆也未免太狠了，竟在他颈上咬了一个紫色的唇印，真过分。

呀！忘记了告诉老公，阿卫夫妇早上从New York来了电话，说过两天便回来，我想明天要告诉老公。

### 四月二十日下　阴依然

就算天空再深，看不出裂痕，眉头仍聚满密云……收音机的旋律真的很旋，连人都跟着旋起来。

### 五月六日　雨

漆黑的雨下了几天，并不大，只是窗户常被涂上一层雾气，我又开始乱画了。

当你带着雨的馨香
从雨中
窥视那不羁的爱情
……
……
我携着雨的爱苗
根种在你心田之上

“哎呀！有人好不知羞呀，学人家写情诗呢！”

“哗！别小看这首诗，以后成了名，这首《雨之情》就好比曹植的《洛神赋》，而我就如李白、徐志摩那么名垂千古，而你呢……你……”

“我什么呀？”

“你当然就是我心目中的洛神啦！”

“该死，坏蛋！”

……

……

## 五月十一日　云

民仔今天入了医院，医生说处理得唔好，很容易会染上脑膜炎。仔仔好怕黑，所以我今晚在医院陪他。

仔仔哭了整夜，嚷着要爸爸，刚刚才睡着，但那个做人爸爸的却未见影踪，或者是去了那个她那里吧！不过亦无乜所谓，男人就是这副德性，老婆只是一件生育工具，是一个成功人士背后成功家庭必不可缺的装饰品。和计算机、VCD机一样，牌子旧了，便要更换，追上潮流嘛。

## 六月八日　晴

今天我想提早写一写日记，因为今日系一个好特别、好特别的日子。

她终于找上门了。

我不认识她，亦早认识她。我说的认识，是我已觉知她的存在；而我所说的不认识，是不认识这种类型的女人，一身豹纹紧身衫，加上迷紫得令人发毛的口红，那种火喷喷的感觉，连三魂七魄也会烫烧。这也难怪，难怪他也会把持不住。

我说罗锋还未回来。她说：“他在睡。”啊！那我是应该感谢她照顾他呢？还是应该像电视剧一样掴她一巴掌呢？

我不知道，不知道为何女人要承受那么多次的选择。

我是一个女人，一个普通得不能再普通的女人，只需一个阔大的肩膀依傍，但为何还要与人分享？对了，肩膀是有左右的。

坐在沙发上，坐是一个比漫长时间更漫长的延续。我又开始唠叨他的往事——初中时的运动队训练，到大学时代的文学比赛，还有新婚的淘气事。我不知道她知道多少（或者全都知道），我亦不知为何要讲这些事，或许这是源于一种女性最单纯的直觉，因为我已经知道结果。

“我才是游戏最后的胜出者。”

傍晚。她说了一句便走了：“他一定会走，一定。”

我乐于接受，

你的战书。

## 六月十二日　雨

又下雨了，他也走了。行李是我替他收拾好的。他说他要去朋友家小住，这当然是谎话，但我也十分乐意听。

女人有句至理名言，就是一个男人仍愿意花心思去设计一个谎话来骗你，那已证明了他心目中仍有你的位置存在。

下个月十八，民仔生日，到时他一定会回来，正如青蛙上岸透气后，也要回塘一样，因为我们是一体的。

我看得清楚，他急促地走过马路，望着颀长的影子消失在街角，我想游戏现在才开始。

## 六月二十日　大风

我们已经有八天，共一百九十二小时，一万一千五百二十分钟，六十九万一千二百秒没有见面了。

我很闷，闷得发慌！

所以找了男人回来消遣，男人真系贱，同公狗没有什么分别，给点甜头，便摇头摆尾，口流唾液。什么负责任，爱你一生一世，至死不渝，大写空头支票，话到尾都是对我的身体有兴趣，好不要脸。

同班臭男人做爱真系呕心，一点高潮也没有，所以把他们一脚踢落，然后撵他们出门口。赤条条的臭虫在破口大骂，什么臭婆娘、烂货、贱人。我好高兴，因为喜欢看臭虫乱骂、挣扎。

男人只是一群爱欲兽，只懂做、做、做。

我想　笑

我想　哭

我想……

**六月三十日　晴**

罗锋，我要你老婆给人干一百次、一千次、一万次？哈哈哈哈……

**七月十五日　阴**

当我合上眼，我又感到死神把我拉得很近，美丽的恐惧是一种无可比拟的艺术，但……

我这个不吉祥的怪人
被
地狱孽障之火所烧
但
我还是向往天堂的

——歌剧院怪人

## 二、莲蒂：我的男人，我的水

**二月十日　阳光几鬼猛**

我名叫张莲蒂，英文名叫Lewinsky。今年十八岁，生肖属鸡，星座属山羊座。1981年给阿妈制造出来；父亲一早去世，剩下我与母亲相依为命；读书读到中一，就被赶出校，之后与班烂人结伴，结果做了“鸡”；不过，并非迫良为娼，而是我自愿的，鬼叫我命途不好！如果有神仙保佑我中六合彩，就免得折堕啦。不过，想深一层，做“鸡”也没什么苦，躺下床给人压一阵，就有钱可收，多好呀！

妖！怎么日记“咁×难写”，真系……噢！他叫我不好那么“烂口”！我一定要改，我要做一个文化人，做全澳最有文化的“鸡”—— 文化“鸡”（妓女）。

看得他越多，就越觉得他像《风月俏佳人》的Richard Gere，挺帅呢！虽然他不懂哄我，只会讲很困人的道理，他十分细心，我已经好Love他了。

Love、Love、Love、Love、Love、

Love、Love、Love、Love、Love。

## 三月二十日　有阳光

自从认识他之后，好想日日都陪住他，见到喜欢东西，都很想买给他。我好像回复小孩的心态，日日都好开心，好想笑。他令我想起早已遗忘的笑容，令我重新发掘自己，我很想把我们的距离拉近，尽管是一时也好。文化低的我，居然可以写了四十日日记，可谓奇迹。

我并不介意他有老婆和孩子，我知道他对我是真的，名分只不过是一张纸，如果男人要变心，就算有一百张结婚证亦无补于事。既然他不介意我做“鸡”，我亦唔会介意他背负的包袱，我爱你 —— 罗锋。

## 三月二十四日　好似都系晴天

收到他的回信，开心极了，他说我有很大的进步，文笔通顺了许多，虽然他已说了五遍，但我觉得我用“志虫”代替“自从”很得意呀！不知道他会觉得怎样？

## 三月二十五日（补写一月一日）

本来应该一早编写一月一日，但又害怕词不达意，所以迟写了。但既然他说我进步多了，所以我决定下笔写我生命中最重要的一日日记。

### 一月一日

（一）

望着他有一种莫名紧张的兴奋感，他是我今天最后的一个客人，亦是一个我早已认识的客人。

罗Sir——心理保健老师。记得中学时我常找他倾诉的，不论是开心，或是伤心，是苦恼，还是忧愁都一样。虽然每天放学后只能见半个小时（因为想见他的人很多），但心灵的充溢满足，却是无可形容的，只有他才不会鄙视我这等垃圾学生，只有他才能真正理解我内心的感受，我发誓将来一定嫁给罗Sir这样的好丈夫。

那次是我们见面的最后一次……

*　*　*

“张莲蒂，偷了东西还是快点交出来。”陈主任的吼声响遍整间教室。

“我……”

“不用支支吾吾了，看你平时成绩、品行，不是你还有谁，快点从实招来，免得老师麻烦。”

教师们在旁留心聆听，不时轻轻点头以示支持主任的论调。

“不关我的事呀，陈主任，不要冤枉我。”

“你那是什么态度，是这样对待老师的吗？”

“妖！有强权无公理，你说是就是了，陈皮鸭。”

“你……你……！”陈主任被气得两眼通红，“好！我咁报警，等差人处理。”

“不好，先查清楚吧！要是冤枉了学生，那对她日后的心理发展会有影响的。”罗Sir带着恳求的目光。

“罗Sir，你人心太软啦，对付这些害群之马，不可以仁慈呀。”

“这……”

……

……

* * *

幸得罗Sir力保，才免于报警，但最后还是被踢出校门。离开前，罗Sir的临别赠言，却令我终生难忘。

“千万不要因为别人看不起自己，而放弃自己，最重要的是你本身如何看重自己。”

暖是一种感觉，虽然早已忘掉，但我想那天一定是很暖的。

（二）

今天终于见到他了，他变了许多，憔悴多了，好像有很多想不通的事情。

他是一个我尊敬的奇怪的客人，他并不是来干那回事，我既高兴又失落，他需要的是一个倾诉对象。大概认不出我了，累透，他像小孩般睡在我的胸怀，很甜。牢牢地看着他，想想我们角色已换，从前是我找你聊，现在是你找我诉，看来命运总喜爱将我们连在一起。

## 四月十日　云

刀仔今天出监，三年的牢狱之苦，把他折腾得不似人形，消瘦极了，从前英气亦黯然消失。他说有很多事已经想通了，亦不打算再为帮会做事。往后只想勤勤俭俭，做回“正行”，储个钱娶我过门，便心满意足了。看着他有改过之心，我又不想说我已恋上另外一个人，现在我是他惟一的依傍，这对刀仔实在太残忍了，但……爱情并不是同情，并不能随便施舍。我的心已填不上第二个人的名字，对不起，刀仔。对不起，刀仔。

## 四月十九日　雨

他说今天是他结婚十周年的纪念，他喝了很多酒，说不想回去了，要在这里过夜。

这是他第一次在这里过夜，亦是我们第一次干那回事。当他阔大的身躯向下压时，我感到十分充实，一种莫名的安全感走遍全身，像一只迷途的小羊终于找到母羊依傍一样。我尽量将自己向他靠去，呼吸只属于他的体味。望着那忧郁的眼角闪动着爱情之火，我知道他已深爱着我。我亦深爱着他。

## 五月十二日　大雨

今天下很大雨。望着越下越大的雨，心总是不舒服，我害怕，我怕他不会再来，从此就消失在我视线之内。被恋火热透的总经不起冷漠，没有他的晚上是很冷的，我需要他的体温，需要他的呵护，我要完全占有他—— 一个只属于我的男人。

## 六月八日　天晴

趁锋睡着偷偷去找她，我要看看那位罗太太是什么模样。但当见了她，又不知怎样开口，原本想说的都已忘记，所以只有静静地坐着。她对我像对待普通客人一样，没有什么分别，究竟是她真的什么也不知道呢？还是真的有如此忍耐能力？

他的仔仔很得意，还叫了我一声——姐姐，很乖。嫉妒是女人一种天赋的缺陷，越见她一副幸福模样，就越得我讨厌，我恨、我恨上天赋予这个女人太多了。学识、金钱、美貌、家庭，而我为何只是一只鸡，连一件属于自己的东西也没有。她说了很多关于他的事。由中学 —— 大学 —— 工作。都可以占有一个自己所爱的男子，现在我要把他抢过来，取代她的一切，我才是真正的罗太太。

## 六月十二日——七月十五日

他终于和我一起了，离开了老婆、离开了儿子。这是我生命中最光亮的时候，因为我终于拥有一件属于自己的东西。但激情过后往往是平淡的来临，这不是我俩所能适应的，退缩并不能责怪付出爱情的任何一方。没有对、没有错。交出心后谁也不知道结果，像赌钱一样，押上自己的幸福，这就是爱情。重要的是我们都曾下注，下得真、下得轰烈。

他是个顽童，一个被爱情宠坏的孩子，他不能全心全意地爱我，他仍在犹疑之间 ——

## 三、罗锋：笑渐不闻声渐悄，多情却被无情恼

生活是一张平铺的白纸。不能涂鸦，不能越轨，洁白得令

人害怕。

心理保健教师——一个多么讽刺的笑话。酷爱文学的我竟已熬上了八个年头。定式的生活为我带来了最平稳的收入，但也使我忘却了许许多多的遐想。有老婆、有儿子，在别人眼中我是一个完美、幸福的典范。但谁又知晓我所追寻的并不是这些稀巴烂。由大学开始慧文为我选择了最好的学科，毕业后又为我挑选了最好的职业，“她对我好、与她结合是最顺理成章的”，我也曾这么认为。但当时间带走了许多青春时，我便觉得原来所谓最好的并不是我最喜爱的，每个最“好”都是一道紧箍咒。明天就是和她结婚十周年的日子，一个像送葬般沉闷的日子。

九八·十·六

她是妓女，但我知道她并不是普通的妓女，她眼中有着一份妓女不应有的熟悉及亲切，虽然不知为何有这感觉，但她拥有一股慑人的魅力却是无从置疑的。并非为了干那回事，而是纯粹有一股谈的冲动。

昨夜做了个梦，梦里与一个裸女在白沙滩下赤裸对视没有任何对白，但却明了彼此心意。海岸很长、路很长，银白的涛声吞没每个属于过去的脚印。从来就没有起点，将来更没有终点。自由自在地快意奔驰。

醒来，第一眼见了她，她很像梦里的她，我不知道她的名字，或许她就是那个梦，那个梦就是她的名字。

九九·一·一

今天又去找她了，但她始终不肯告诉我她的真实姓名，她说没有必要，只要知道她英文名叫莱温斯基就行了。她是一个活泼的女孩，与她谈话是自然的，从不需要考虑该说些什么，想说就说，多好。刻板的生活有她在点缀顿时光彩展现，苦恼、烦闷也在笑声中消失，在她身上我找到的是一种舒适的自由。

九九·一·十五

她很喜欢听童话的，每天总要缠着我说上十个八个。她说童话是最美的。因为故事里面的男女主角到最后都会在一起过着幸福美满的生活。她想，她想拥有一双像灰姑娘一样的玻璃鞋。

九九·二·二十

不知为何，她近来喜欢上阅读和写作了。她很用功，虽然文章中白字甚多，但她确实很可爱，我仿佛又寻回了中学时的罗锋。她也极像中学时的慧文—— 多么稚气的丫头，我们每天读读文章，念念诗歌，欢乐充斥着每一秒，真像中学时，她开心，我亦开心。

九九·三·六

与她一段不死不活的婚姻，就像一大锅稀饭，虽然有益，但吃下肚总是寡寡的，滋味并不好受。她爱我，我对她的爱从来都没有质疑过。她对家庭负责，对儿子负责，生活的每一处都是她精心的安排，我的生命道路平坦得很，没有惊涛，没有挫折——她的爱沉重得令我透不过气来。

慧文说已给我找了份更优厚更舒适的工作，还代我向学校请辞了。我没有说什么，因为我只是一只囚于笼内的金丝雀，主人怎样处理我，我根本无权过问。

九九·四·十二

昨夜下了场雨，很大、很大……

酒很好，喝多了就可以忘记很多形形色色的烦恼及苦闷，澳门昨夜很光亮，比过节还要色彩缤纷，是我认识的澳门当中最璀璨的一夜。

她很美，醉了反使我更清楚地看见她。这是一种神秘、玄妙、奇异的感觉，只有把她深深地拥入怀里才明白，紧贴她的双唇，撩动她的秀发，一切阳刚美的巅峰，带着微颤的、酥麻的接触——我知道她也醉了。

我的手在她玲珑的胸脯上游移，彼此呼吸着对方，雨停了，周围没半点声音，世界很静，只有激情在无止境地膨胀，在加剧。满身是热、满心是烦，一股莫名的冲动像肚腔内突然爆发的一颗原子弹，再也按捺不住，疯狂地向四方八面辐射了。由狂吻开始，直至她羞涩地穿回衣服，我们终于也干上了。

早上回来，幸好慧文并没有起疑，但事情是这样结束了呢？抑或才是刚刚开始？

九九·四·二十

她没有对我提出任何要求，这反使我对她生起更重的责任感。她令我难眠，这一段斩之不去的感情，无论我如何轻描淡写地处理，它总是萦绕在我的心间，余音不绝。我矛盾，不安、内疚。究竟我对她是泄欲式的召妓、是责任式的喜欢，还是内心爱的冲动呢？

九九·四·二十五

慧文，LEWINSKY。我知道我需要的是她——LEWINSKY。

九九·五·二

接触“斯基”越多，我就觉得自己越似总统。

偷情的生活使我如沐春风，今天去打球，明天去游水，我感到全身都充满了活力，原来我这个老头儿的青春还没有全被日子盗走。相反慧文就显得更沉静了，有时独自发呆，有时把自己关上整天。暴风前夕总是沉寂的，难道她已知悉一切，不，不可能……大概是……就算真是知道了又怎么样，我爱的人是她，我珍惜这段感情，她确实已闯进我的生命，这是谁也不能改变的事实，没有她，我的生命不再完整。管她的慧文，将来遥遥无期，珍惜眼前我拥有的才是当务之急。

九九·六·十二

游戏之所以耐人寻味，只因过程的刺激，一旦胜利过关，兴趣便会骤然而失。

她爱我，像慧文爱我一样，但个多月的相处，我所期盼的激情欢欣并未出现，她变了。变得沉厚。举止十足一位贤妻良母，这是她对爱情的负责，但我所感到的却由一个囚笼被拖向另一个囚笼，我怀疑、怀疑自己所下的决定，但一切都已无力挽回。

九九·七·十五

错、一个无力补偿的感叹号。错了第一步回头已是太难。

* * *

锋：

当你收到这封信时，相信我们只有来世才可见面了。

锋，是你先把我们像野猫般遗弃的，所以你决不能责怪我噢！曾经，我们所拥有的是最快乐的日子，最完美的婚姻。我想尽力维系这段童话式的感情，但你的冷淡却使我心碎，由你出走的那天，直至前天回来，我终于知道所有努力只是徒劳，试问一杯凉透的咖啡，就算再次加热，又怎能回复原有的味道？锋，你知道的。我是一个完美主义者，我决不能容忍别人把我的东西抢去，所以我只好选择最完美的解决方法 —— 死。

七月十八日，你万万想不到这就是我们家最后的一顿饭吧！“老公吃饭。”

“爸爸吃饭。”就当是我送给你结婚十周年的礼物。我要你后悔、后悔一世。

我永世诅咒你这个负心的男人。

慧文绝笔

* * *

## 七月十九日　雨

这是我生命中最后的一篇日记。志虫识了他，我不疲倦地培养起跟他一样的兴趣，读他所爱的文章，念他所爱的诗歌，我改掉自己，他所爱的我便爱，为的只是架起和他心灵相通的一道桥梁。只因我爱他，爱一个我心爱的男人。但可惜的，锋并不爱我。在爱情的路程中徘徊，可能我们的认识本身就是一个错误。

请原谅我不能改掉这个“志虫”，桐油壶始终是载桐油的，强作斯文的我实在太累、太累了，我需要深深一睡。今生今世已经不能再见到你了，若果真的有下一世，我希望你选择爱的会是我。

意识渐渐模糊了，眼皮很重。如果有朝一日你发现了这本日记。我还想告诉你一个秘密，我的名字叫张莲蒂，培风中学初一年级的 —— 张莲蒂。

*　*　*

特别新闻报道："凌晨一时许，一名中国籍男子罗×被发现倒毙于自己寓所内。警方现正通缉一名葡籍男子，陈耀常，绰号刀仔，协助调查……"

# 女人？选择？从来就没有……

## 一

又到了开学的时候，不知不觉已经到了高三，我没有像其他同学一样左忙右忙，什么北大、清华，什么澳大、理工，真的很近吗？但为什么总会觉得离我这么的远，我依然与高二、高一、初三、初二、初一……无异，没有任何实质与非实质的分别。我从来都不善于主动看书，亦不善于考试，但直觉却能保我在那六十分的合格线上浮游，就好像某次测验复习，什么科已经忘记了，只知由于困倦至极，结果随意抽了一章功课练习来翻翻，谁知测验就出了那一章的内容，我亦幸运地取得了六十五分，当然这或许不是一个上佳的分数，但只有我才明白个中值得欣喜的缘由。这里还有好些例子的，诸如在完全无头绪的情况下，连续猜中十三道四选一题目的答案、老师健壮如牛却突然因病缺席测验、早上风和日丽下午又无端地刮起风球等等，数也数不清。这种或直觉或幸运的出现总令我幻想自己将会是个卓然不群之人，我亦曾经幻想在我的人生中渗进努力元素来打造一个有着更大前途的自我。就是这样子对平凡的一点不甘心，我像千千万万普通人一样在某时某刻奋发过，但现实却证明了实与虚本身就是水火不能相调，当我越用功努力，我的直觉便越倒退；反之我的努力越小，直觉的感应却越大。所以最后我便放弃努力，完全相信直觉了，对事亦然，对人亦然，毕竟最后结果都一样，我又何须画蛇添足，自讨苦吃？不明情由的黄老（师）总以为我是潜力无限，时常总唠叨着我应该为自己加把劲，哈……真的难怪，这样的迷惑我也曾有过。

小玉时常都会因此将我归纳为命运的膺服者，我对此并没有反对，但我总觉得很多说法都能套用在我身上。

“你绝对平凡不了。”她煞有其事地说着，甚至有些自鸣得意。但她毕竟不知道，我在现实生活中与人有着令人惊讶的疏离，这从小就让我认定自己是被某类型的忧郁症所感染，当人接近我时，我就会开始思考如何去退避，只有这样我才会更觉安心，当然眼前的她却是一个特例中的特例。

“是吗？有没有白马王子？要不然做个不平凡的老女人可不好呢！”我把手随意放在空杯子上玩弄着，表示对此的漫不经心。

“有啦。”明显地她对此毫不理会，甚至比我还要开心还要甜。

我真的很少见像她这样子的女孩，一头扎进幻想之中，整天妄想着不平凡的降临，她并不愚蠢，甚至条理分明，但她却时常会提出许许多多的天真问题，好些更天真得与她的年龄太不相符。

“你到底想怎样？”她总喜欢突然冒出一句没头没尾的话。

“唔，我大概会……不如再……我能怎么样？不就是毕业罢了。”我断断续续地用着那样的短语推搪着。

“你知我说什么的。”她诡异地笑了。我问她为什么这样子地笑，刚说完我就觉得这问题根本愚蠢透了，她不就是想说陈顺谦。

陈顺谦，四十六岁，中三数学科老师，以严厉见称，同学见到他就像活见鬼一样，其风评实在与我爸有天大的不同。我爸他是个老好人，从不打我，甚至未曾骂上我一句，家境富裕令我的物质所需一丝不缺。大概是我妈去得早，而我又与妈十分相像之缘故，爸在怀念妈的同时亦在永无止境地满足我，但意想不到的是没有了巴掌与藤条式的“肌肤”之亲，却会形成某种情感的缺失，结果多年来N个男朋友不是因太阿谀、就是太善解人意而被我自己弄得无疾而终。可能大部分人都没有意识到这其中的重点，除了我，或者我身边这个天真的蠢材。

事实是我被他身上某种区别于环境的粗暴特质所吸引，他总是能给人，特别是我，一种天然的可亲近如父兄的感觉。对此我从不否认，亦无法否认。至于是否其他的行商坐贾气粗，或是建宅搬石的壮暴依然能同样地对我起着效应，我就不得而知了；但由那年我把手划开了花，他那带茧的手给我神经带来滚烫的感觉后，我便意识到这一点。虽然我的口仍在大骂，但那在我体内似铁的心反而因强烈的震动而被轻轻触动了，我在迷糊间已接受了那震荡下奇怪的吸引力，这是我相信的直觉，同时亦是作为一个女性最为敏感的天性直觉。

往后便不多说了，再多说一万字也不过是男欢女爱罢了，虽然他还是一如以往那么的粗暴，但他内心所呈现的惶然与焦虑即使在另一个躯体亦能够清楚感受得到，这种复杂的感觉真会让人精神错乱。

“今天是我的生日。”我的声音像把立体标尺一样尝试量度我俩的最终距离。

“又长了一岁！”他的冷淡回答像电击一样攫住了我。“是的。”除此之外，我还能有什么更贴切的答案。

“你喜欢什么？”他眨眨眼说着。

“你能给我什么？”我的认真令我屏住了呼吸，同时亦感觉到一阵阵由紧张所引致的眩晕正汹涌地袭来。

一阵沉默，他走向冰箱，内里微亮的光像破碎了的月光似的流满一房，沉默，沉默得对一切也不以为然，平常甚少抽烟的他，这时竟不期然地把烟抽了起来。我下意识地想到是否某种事情发生的先兆。果然在烟霭的吞吐中他现在用那不可思议甚至近似荒唐的语调回答了我的问题“我真的没有办法”。我怔怔地看着他，对这个有很多解读办法的答案，实在不知如何做出生理反应，只知此刻双腿再也承受不了臀上两片肉的重力而变软，最后坐到地板上。大概我的感觉也搅混了，我再分不清寒意到底是来自于外部还是内部，在话出口的同时我本已有着面对任何答案的准备，但讽刺的是原来所谓的准备是如此之脆弱；反而是他独个地望着地板出了神，我从未见过他有着如此深沉的神情，像海洋那样不可预测。我忍不住扑去扭着他的肩，用脸蹭着他的发，但这是在祈求他向我施予同情的最后办法吗？这实在说不上来。

“我不知道。”在他突然大叫起来的同时，我的泪亦早已在他身上开了花。

“终于都挨到毕业关了，难道你没有跟他有进一步的打算？你真的只甘心于星期六的短暂相聚？”这不单是小玉提出的疑问，亦是一个萦绕在我脑内很久的疑问，毕业真的是出路吗？还是只是一个失望？想到这儿，一股生涩而寒冷的暗流席卷了我全身，但在那颤抖中我相信这关口一定是某种状态的完结。我为了他从高一起已经离开我最熟悉的母校，转到那鸟不下蛋的新学校，没有了朋友，没有了知音，没有了一切。I don’t care，毕竟我们都明白流言是可怖的，并不适合我俩，但有着付出的行动并不代表一定有所收获。那次我偷换了他老婆送给他的那条领带，他很气，其实我也没有更多的用意，对我来说这不过是个微不足道的玩笑罢了，否则我会选择冲上他家像孙悟空一样大闹天宫；或打那枚戒指的主意，把它冲到马桶，让它去到遥远的太平洋。但他对我的冰冷却像攫人的雪崩，虽然事情往后很快就平缓过来，甚至可以说是完全消失了，连一点出现过的痕迹也找不到，但由那刻开始我亦明白到什么是不能逾越的界线，模糊不定但又确实存在，而“将来”据我所知亦是遥远而不可期盼。

“我是谁？他又是谁？我们到底怎么啦？”我曾在夜里无限次这样子地放声吼叫着，或许只有精疲力竭式的吼叫才能找到那暂时的平静，而不受自己的疯狂所催逼。他总是摇摇头，不发一言，眼里渗透着无限的苦楚与怜悯，梦里的麦田，是绿色的，没有路能到达那远方的白云，而我则是只受了伤的小猫伏在主人凹凸不平的胸骨上，睡一个永远无法安稳的觉。

越接近毕业，我上学的日子便越少，整天就是萎靡不振地躺在睡床上。我一直盯着空荡荡的房间，到现在才终于知道我为什么一直渴望有着这样的一间房，原来待在空荡里真的可以令我不受外界的任何惊吓与挑战。到现在，他还是没有来看我，只有一通最普通不过的短讯，“保重好身体”。反而是小玉始终不离不弃地在我的床沿守候，话不多，大概生怕错用词汇要伤害我那玻璃似的情感，即使我赌气地钻进被内，她依然很有耐性地保持沉默。或许是为了回报，或许是为了自我的解脱，我忍不住对她说：“我对这一切都感到厌烦。”她微笑着点了点头，并没有为我带来任何的悲剧性联想。

今天的天空依然晴得要命，每条阳光都像刺针一样扎在我敏感的皮肤上。“都是从前的好。”我模仿着老一辈的人那样地对自己说话，我今天终于知道原来我早阵子那萎靡并非来源于心理对生理的负荷，但在我还未嘘上一口安心气的同时，看来我已需要面对在不久的将来就要当“妈妈”这个新女性身份。四月一日，愚人节，其中一个就是我。

日子还是依旧一天天地过，到我俩见面已是半个月后的事，“如果……”面对着他我大概只能配当一个胆小鬼。

“什么事？”男人对女人不敏感，不理解，只因他的名字就是男人。

“你会离开我吗？”我在他怀内一把眼泪一把鼻涕的，只知道死命地紧紧拥着，像生怕这人下一秒就会在眼皮底下凭空消失一样。

“当然不会——”一字一顿，直截了当。虽然没有花言巧语、没有赌咒起誓，但却足够为我们那已薄如蝉翼的爱情添了一份难得的稳定与和谐。因为从来我就不肯定这男人对这份爱有多少清晰的意志，但现在我不得不承认，这简简单单的承诺是我迄今人生中所听到的最令人感到欣喜的话。

此刻我们之间出现了宁静而温暖的气氛，但秘密依然是秘密，这里并非因为害怕现实的尖刺会划破美丽的童话，反而是结婚？小孩？离婚？这可是一辈子的事，该用如何的形式处理我俩的关系已并非是过去小学生的家家酒游戏，对爱情的肯定不过是千头麻里的一根，重要但并非惟一。

“我们暂时不要见面了，我想专心读书毕业。”我随便做了个连自己都不相信的借口。

“真的不需要我帮忙吗？”他大概想说些什么话来挽留吧，但他的笨拙却令他的舌头吐不出什么令人欣喜的理由。

“嗯……不需要了。”他喃喃自语一番以后就再也没有说些什么。

妊娠反应这些天已经开始出现，对食物的热爱已跌至零点，睡眠也无法令眼睛做长久的闭合，即使在不加克制的各式药丸作用下偶有到来，魔鬼在梦里仍然是那般神采飞扬。

那天我在新马路等车，就在钻进车子的一瞬间，我发现他和他太太就在对面马路上经过。他右手吃力地提着一大袋生活东西，左手则拎着一束娇艳欲滴的鲜花，而她则正为他拭汗。当车门关上在快要开走的一刻，时间正小心翼翼在缓慢地流动，我知道我俩的目光正隔街对峙，就像电影里经典的镜头一样，暗地里涌动着从前的甜蜜和此刻抽搐的痛苦。我尝试深呼吸着，并安慰自己绝不会因此而胡思乱想，只是……很明显，这是在说谎，我感到我的心情正逐步堕入绝望的低谷，我逃进车内把脸转到另一边窗外那灿烂的阳光，但眼角边那被远远抛下的身影却依然庞大，并渐次把行人、商店、街道淹没，我闭上眼睛好让在眶内的泪水此刻有个流出的借口。是的，只是一个借口……

终于我跟小玉就这样地站在他家的前面猛揿门铃，他俩当然不在了，因为时间是我挑的，我们使劲朝那道铺满锈色的闸门狠狠地吐上几口口水，然后对着顺势流下的唾液大喊：“你是蠢材，仆街，你就是他妈的……”惹得左邻右里纷纷探头张望。倒是小玉不知何时来了狠劲，大喝“看什么看，斩死你，八婆”，那发亮的眼光、鼓着的青筋，与潮红似的脸色，像极发疯了的猫儿，今天倒是有幸见识，她原是那种爪子也很轻的小猫啊，我的好姐妹。门“嘭”的一下又关上，我的心也跟着“嘭”的一下又落了过来，原本我对小玉提议的这种幼稚举动还有点不爽，但在她从背后抱着我之前，我最后却是如此地投入，这是令人难以想象的。

现在的我真的是无限舒畅，即使肚子将来是要高高地隆了起来，我试着那刚刚新买的紫色孕妇裙，对着镜子打扮一下憔悴的自己，看上去还算闲适自在。我打算就在今夜跟爸爸袒露他做了外公的真相，至于孩子的父亲是谁，就让他成为永久的秘密吧！再见陈顺谦，再见。

我相信我能照顾好孩子，起码我现在已经有了新的直觉……

## 二

小玉，小家碧玉者也。与她相识不知不觉已近十载，或许在她看来我依然是十年前那个弱质纤纤需要她保护的小女孩，当然这也是好的，因为这促使我俩依然有着那种实质的双互依存关系。包括那手心传来的温度、对话的呵气、开心的表情，甚至那近以晕船的感觉……

还记得那年生日，她兴奋地告诉我，她与他终于在一起了，当然这绝不是她的第一次拍拖，但无形的预感却告诉我这可能是她最后的一次拍拖，因为这是她第一年不再与我一起过她的生日。

“小玉，对不起呢！你也知道……”往后的一连串解释或许是我已经忘记了，或许根本那时就已被硬生生地堵于耳外，现在已不能再求证了。

“好吧，其实我也有些事……”本想随便找一个借口，但脑袋的一片空白未能为我提供任何讯息。

而她未待我说话便马上接上了口：“那我们明天再见，乖猪，拜拜！”

我试图控制自己的理智，但电话里绵长的“嘟嘟……”声令我发现原来自己实在要比婴儿还来得脆弱，最后终于看见她从大厦跑了出来，急速而不耐烦地向马路招着手。这时街上的路人寥寥无几，只像残局上布着的几颗棋子，但直至登上车子飞奔为止她却没有发现我在这一角孤独的存在。望着远去的车身背影，和衬着那霎时下起的骤雨，静默而忧伤，令我想起了“唔通连个天都唔中意我”，那句经典的电视广告台词。此刻，一丝丝降下的雨像绣花针一样令所有敏感的神经刺痛，缓慢而绵长，而我手上这个水果蛋糕亦开始潮润起来，最后一阵从内心传来的冰冷令我像只饿狼一样，疯狂大口大口地将这眼前的蛋糕粉碎，虽然舌苔此刻充满了甜腻，但为何肚皮内仍然是那一种空荡荡的痉挛？

电话的另一头仍然没有任何动静，等待之后仍然是那无尽的漫长等待，直至“哔”一声后，我才老大不情愿地放下电话，然后再重复拨出那一串相同的号码，这里仿佛正在向世人重复地展示一个错误。“也许待在这里她就会打电话来”、“也许这只是她一个任性的恶作剧”、“也许在我不经意的时候电话就会马上响起来”……这些都是我说给自己听的。

家是把自己堵起来的一个孤独梦境，真的很大，但同时亦真的很沉闷，因为在这里所有的东西都是静止的，一成不变的，而我亦连带表现得非常沉静，与在外面对她时的态度完全相反，以致我时常怀疑是不是已得了精神分裂症。在抽屉内，还是那张被我用针刺得不成形的照片，那密密的针眼，任谁也不会辨出这到底是谁。只有我自己知道，就是这个男人在干扰了她和我一生的幸福。这些年，每当我痛苦得不能承受的时候，就会不自觉地拿起针往照片狠狠地扎上几下，虽然我并没有任何巫力能令这厮有何实际损伤，但至少内心潜藏的灼热的痛会从那细小的针孔一点一点地流泻出去。说来也真是可笑，好些次针眼就这样笔直地插进指内，而我却回避了可笑的条件反射，竟没有马上将其拔出，反而慢慢转动起来，很痛，与那锥心之痛十分近似，直至那根手指在血红中溺水而去。

往后我们越来越像两列平行而过的列车，各循自己的轨道上前进。有很多时候我都想向她探问些什么，但最后还是忍住了，因为无论答案如何，我的迷恋大概都会因此而受到伤害。

即使是那次她躺在床上，我和她的距离是如此之近，甚至几乎有种错觉以为我就是那躺下的她。虽然她对没有上学的事依旧是摆出一副事不关己的洒脱模样，但从她的眼神里，我已感觉到她的心其实早已被掏空得非常厉害。四周此时真的很静，静得连自己的耳鸣都听得一清二楚，除了那几本杂志、几张新潮CD，我实在找不到更为真实存在的东西，大概还包括了我自己。但此刻的我又能为你做点什么？你确定吗？我知道你根本不是需要我，我想我对这知道得太清楚了。现在的我恰像只失控的电动木偶在惯性动作中不由自主地重复着动作，但她大概也快失衡了，像一尾鱼无法找到自己合适生存的水域一样，所以她并没有发现我有任何的不妥，最后她还对我说“对一切都感到厌烦”，我笑了笑，摇了摇头，笑的是原来我俩都有这共通的感觉，但想深一层感觉一样又如何，对象可不一样呢！

“他能回忆起你那微笑的模样吗？”“他能察觉你为他所留的一头飘发吗？”“他能看见你那不对称的酒窝吗？”……当爱只剩下无奈，但它依然还是爱，这就是所谓的宿命，有种女人却无论如何都总会执迷着这种宿命，而我就正是这种女人。到现在她还没有告诉我有了孩子的事，你以为我是路人甲？卖橙乙？你骗得了我吗？我可是你发内那只寄居的虱子啊！

其实那天在他家的叫骂可能你会笑我太幼稚，说来他也真是走了八辈子的狗运，竟碰巧那天不在家，但你又忍心用我背包内早准备好的水果刀戳他吗？答案我早已知道是会教所有人失望的，而我却早有了觉悟卷起袖子干起来，“霍霍”就在你面前，我会……

从此以后，我知道一切又恢复原样了，而且她那因拍拖而失去那股迷人的味道都全部回来了，“BB……BB你可要像你妈妈啊！乖乖待她在外国读完书回来找我们，我爱你，也爱你妈妈”，而我的秘密将会像那阴沟里的小虫子一样永远出现不到在阳光灿烂的地平面之上。

## 三

一个人在这里荡着总有些无聊，像个幽灵似的孤零，当然这对我来说是没有什么关系的，我所关心的仍是我的工作。晚上，把手里的烟蒂远远地弹开，我又浓妆艳抹地上战场了，他这时就在二十一点台前坐着，身上正散发着赌败的气色。于是我不再犹豫走上前去拍了拍他的背“嗨！”

“你旁边的位子有人坐吗？”我打蛇随棍上地说着。

从眼镜圈内他狐疑的眼光正发射出来，自上而下地打量，顿然使我感到不安，但瞬间我已马上恢复了过来，再问一次：

“帅哥，我到底可不可以坐下？”

他先呆了一呆，在看了许久后才把眼光收回到牌上，然后用最随便的语气回了句：“随便。”

以后他再没有搭理我，而我则呆在坐与站之间，动作缓慢而且生硬。

庄荷这时问：“先生，要不要补牌。”

他马上转头问我：“你认为要不要？”并把底牌掀起给我看。

虽然我还未能定过神来，但下意识却把牌瞥了瞥，然后说：“17点，不用补了，看其他人的牌，现在一张‘公仔’都还没出过，还是把它留给庄家，让他爆了好。”

你们大概会以为，这一把是赢了吧？否则我俩的故事如何开展？你们错了，错得彻底，是输了，输得彻底，但上天自有他的办法，冥冥中让这一切得以延续下去。

“帅哥，对不起呢！”我尽力表现对四周一切的从容自若继续说，“想要翻本吗？”然后在玩牌的同时手便开始像蛇一样在他两臂中舞动穿插，再加上飞着的媚眼和有意无意的身体碰撞，我心想这条鱼大概要上钩了。

由我坐下的一刻开始，互相认可的默契在逐渐形成。

我是人家俗语所称的两头蛇，赌客手风顺的时候我就出卖自己，当手风不顺我就会兼职做放数中介，多么的适者生存。回想两年前初来澳门时我还是个进赌场会疯得想吐的女人，现在却把一切变得这样自然。这是个多大的讽刺啊！

“利息多少？”他在多玩了几把以后，突然这样子对着我说。

“原来帅哥是熟路，那我就不转弯抹角了，八千为一期，十日还息千二，直至本还完为止。”

“OK，借两万……”

两万，就是这两万，一宗最普通不过的平常生意谁也想不到会成为我俩命运的交接点。

就是这样，我们本来都是个陌生人，但一切却变得不能抗拒。

“假结婚?!”

“陈生，没有办法了吧！你也知道利息就是这样，不是不熟路吧！”我冷静得像机器一样预示着胜利的来临。

“这……真的没有其他选择了吗？”他犹豫，但并不代表能具有重新选择的权利，当然代他还钱无可否认可能要承受某程度的风险，但作为教书的，我相信他应该还有着善良的底线。于是我更坚定地说："陈生，还要考虑？你是教师来的吧！这些事传到你学校也不太好，而且再说这不过是宗交易，我也只想在澳门找份安稳工作，又不是高利贷，你填了你的钱，我有我的新生活，不是各取所需两不拖欠吗？"

他茫然，像只老实的小山羊，同时亦默认了这一无法改变的事实。

当经过一大堆的劳什子事情，我们终于签了字，我终于可以利用夫妻团聚的理由来澳，每三个月签一次的证总比黑市时的提心吊胆来得好。当然更幸运的是我居然可以住进他的家内，这实在不得不佩服我自己这张嘴皮子，"当然要住进来了，否则如何像夫妇，就一年为限吧！"这信口开河的幻想想不到真的会这么容易实现，这真的太好了，现在我真的可以与从前的世界划清界限了，经过这一年的淡出，相信四年后必定可以有一个新的真正属于我自己的世界。

当然我也有心理准备这里绝不会是金碧辉煌的高楼，相反只会是那些丑陋低矮的楼房，算一算，这里应该大部分只有五层高的，在迂回的小巷中走着，依然看不见天也看不见云。走着走着与此当时我们已到达了一幢不起眼的小楼，走进楼门，他则告诉我左方第三间贴着一个福字挥春的就是他的家。

走进屋内，他把行装和用品往地上一放，说："你的房间在左方，厕所是靠右那一间，再往内是厨房可以弄点菜，冰箱内有鸡肉和立菜；若怕麻烦，橱柜内有方便面和罐头，喜欢怎么样就怎么样，但有一点必须声明的是那间房你绝不能进。"他往内指了指，我随他的方向瞄了瞄，随便"唔"地应对了一声，便没有再说什么。而事实上屋内除了那张餐桌占据了不少地方外并没有什么再值得描述，反而是那个小阳台深深地吸引了我，应该怎么说呢？它吸引我的正是一种不协调，虽然这里只是随意地摆放了几盆花卉，有点散漫，但在盆卉上却手绘了不同的线条及花纹，颜色缤纷；加上那或红或紫的五角形小花，小巧别致，完全可以看出主人的栽种心思，这与一个赌仔那狗窝似的布局印象出入颇大。说实在的，虽然周周环境实在不怎么样，但在这里却有一种令人舒坦的感觉，像一方宁静的芳草地无异，甚至这眼前的一切令我曾怀疑这是否代表着有女主人存在的可能性。

我曾经计算过这几年来澳所储下的钱，应该足够这一年不做事的花销，所以除了购买一些生活必需品之外，我几乎足不出户，在这里我不是看琼瑶小说，就是看老旧片子，虽然有些闷，但却有份难得的平和。说来真是讽刺，原是出身乡村向往繁华的我，现在居然会学人说起追求平和，这不是很好笑吗？但我现在一想起那高跟鞋咯噔咯噔、黑白色的马赛克地砖与红色的轮盘台，还有耳边闹哄哄的声浪，这里确是可以令我抹去从前所有的重要地方。

在很长的一段时间，我们彼此都是沉默的，没有什么交流。他每天六时左右便会回家，前后相差不会超过十五分钟，当换过衣服后就会在厨房弄吃的，往后就会静静地在餐桌上坐着。据我偷偷地观察他十分喜欢吃三文治，两个蛋，内里有番茄、薯蓉、生菜和火腿片。然后就会重复地放同一张唱片，内里已有沙沙的杂音，明显是翻来覆去播放的后遗症，至于是唱着什么歌我就不太清楚了，总之应该是很沉闷的那种。还有回到家里后他便甚少外出，对了，应该星期六除外，那天他一般会凌晨后才回来，当然还有那有点狠的黑啤喝法值得诟病。但总体看来他绝不像是一个会因赌债而受到困扰的人，甚至比起一般正常男人更为正常。

的确我们相处的时间不多，大概只有吃饭的时候，在他听着歌吃着三文治的时候，我一般也会泡碗泡面坐在沙发上慢慢地吃着，喝点冰冻啤酒，手则在电视遥控器上乱按，让七彩的闪光在眼球前闪晃，那种过瘾亦可算是一绝。尤其当把烟用力吸上最后一口把捻灭的烟蒂扔出窗外，在酒精的晕乎乎与肚子里食物调成一团的饱乎乎感觉形成后随意地睡上一觉，虽然过后总有点头痛。但那快感无可否认是这世界里最爽的事。但他对此却总是吹毛求疵 ——

他柔和地对着我说：“这对身体不好吧！”

对此我却毫不领情，“管我！”这两字我说得特别重，因我讨厌那种教师独有的说教味。

他没有再说我什么，但当我半夜醒来，轻薄的毯子却这样温顺地盖在我身上，很温暖，真的。

往后，他开始弄起饭来了，那满满的一大盘，“你要吃些吗？弄多了，丢掉可惜。”任谁也知道这绝不是一人的分量，傻瓜。由哪天开始一起吃饭我真的忘记了，但在那微亮的饭灯晃动下，“家”的影子逐渐高大起来。

半年就这样平静地过去了，我仿佛亦接受了这样子的生活，如果不是那好奇心，不，应该是那老鼠，不，应该是命运吧！总之我也说不上来，但肯定的是现在这一切并不会出现任何改变，直至我平淡地离开的那天。

但天要下雨，娘要嫁人，要来的谁也挡不了。那天我依然在这客厅中如常地看着电视，说来也凑巧，那老鼠却不适时地探了探头，令我这暮气沉沉的身躯霎时变得灵动起来。就在追打的过程下，却发现那永不开启的房门此时却透了一道缝来，大概是忘了关门吧，心里突然有了一种奇异的感觉，谁也会有那尽管只是一刻钟的犹豫吧！但当犹豫和挣扎的麻药过后，窥探的欲望便会无止境地膨胀，直至实现你的错误为止。而当我从客厅到把小门缝打开并走进这秘密花园的同时，我便感到一件与我相关的要事将要发生，但那时我只认为这只不过是那一厢情愿的所谓第六感罢了。

“你为什么进来？”他呼喝起来。

我整个人吓得跳了起来。“我……这……”我真的想不到什么借口为我那卑鄙的举动开脱。

接着他使劲地摇着我，重复地问了一遍又一遍。

这时我选择了沉默，因为酒气已经完全遮盖了他的表情，相信什么话此时也铁定透不进他的耳内。

“一定是她……一定是她，不，你一定就是她，是她。”他使劲地摇着头，尝试令自己清醒，但当痛的情感已从撕裂的口子一鼓气涌出的时候，人还能清醒得了吗？

我望着他，他也紧紧地盯着我，四周的空气也跟着凝住了，你们知道当一个喝醉的男人用那满眼通红的一双眼睛看着一个女人的时候是代表什么吗？

苦涩的酒味、融化了的汗味令一切正急速地发展着。我们间已再没有多余的话说，他鲁莽地把我的衣服扒开，被他紧紧抱住以后的那一种触觉，最后同脱了骨肉似的那一种出神，由狂吻到爱抚到一丝不挂……我想这一切都是真的，我没有过多地反抗，因为我现在真的快乐得很。甚至连仅有的女性矜持都抛诸脑后了，或许这正是诱人堕落气氛的魅力所在。他被酒精刺激着的微微眯起的眼睛，看去虽然只是放荡轻率的扩张。但同时从这里射出的光芒却真的很熟悉，“迷惑的漩涡，视线最容易搁浅在那里。”对，这是我的男人，我想是的。即使是一晚也好。

我们的关系是什么？我曾经想过不止一百遍，是假情人？

是真情人？是逢场作戏的偶然？还是我自己根本有其他的目的，或许是想找人照顾？想骗他的钱？想让自己的寂寞和孤单能幸运地被某人的温暖吞没？我自己也说不上来。往后的好一段时间，他没有解释，我又没有追问，但我们依然一起吃饭，有些时候也会一起看电视，虽然在我们四目相投的同时，双方都会有点不知所措，但当我微微笑了，他也会随之笑了，仿佛潜藏了某种禁忌的默契似的。一切看来并没有什么改变，但若然一定要从中找出前后不同点的话，我想只是那道永不开启的门由那天起并没有再被锁上。

当然在不久的将来我终于也知道了这扇门的意义，原来他在六年前曾经结过婚，老婆是其任教学校的学生，他俩恩爱非常，虽然没有得到女方家长的认同，但他们依然全心全意对待对方，他们的爱完全反映在这细小而温暖的家内。但当她去世后，他整个人变得暴躁了，甚至不少学生都会称呼他为恶鬼，虽然相比起从前温顺的教学现在的确是变得更有挑战，但毕竟平淡得没有一丝波澜的教学日子并不适合用来忘记别人。于是他用刺激的赌博来让自己所有细胞忘记，忘记这种淡淡的却又是如此致命的伤痛。说来也真是巧合，我与他过世的妻的确有几分相像，尤其是轮廓（当然他说我的气质差远了）。这种似曾相识也令他暗自吃惊，以至在赌场初遇时才会被我走近身，还有后来答应假结婚、能让我到他家住、我住到这里后便没有再赌博，生活亦渐变得规矩起来等等，这一切的发生与改变亦是这个原因。至于他跟我的那个晚上，正是他老婆过世的忌日，每年这天他都会喝很多酒来麻醉自己，而我这时却巧合地出现在房内，所以才……

生活原是由无限的可能构成，奇迹并不单单体现在那些巨额的彩票上，由赌场偶遇到假结婚同居到忌日房事，奇迹的程度大概也少不到哪里去了。

当我以为就这样继续平静生活下去的时候，有两件事却打破了那建筑在虚无缥缈上的希冀。

第一是我发现了他原来早已跟学校学生混在一起，就是在他老婆去世后的一年，原来他俩一起已经四年了，相对于我这个不足一年的不速之客，我们那场误会又算得了什么呢？

第二是我终于被从前那帮人给抓住了，硬说我什么不守道义，贱人贱骨精，真想不到不过一个月，我被强奸了两次，而且后一次还被他们轮奸！这算得了什么呢！妓女，这就是妓女应有的报应。

原本我都相信中国人那句老话“否极泰来”，但相对于后者这所谓的两点却算不了什么。

“为什么会这样？”我对着拉长的影子叹气。我说的并非是后来我有了孩子这件事，反而是为什么会不小心到被他知悉验孕棒结果这档事，大概这就真的是命运吧！“你……你……有了吗？”我还清楚地记得他一边拿着验孕棒一边握着我的手兴奋得像飞起来的样子，“相信我，我绝对会负责的，真的，相信我。”看着你这副模样，我还能不相信吗？有人说女人的笑容包含着首肯和掩饰，于是我尝试在脸上挤出个笑容来，但那种僵硬相信不需用到镜子也能感到一清二楚。往后，他完全陶醉在小孩这档事上面，那天在新马路附近他就大包小包的，一时说要准备衣服，一时又说鲜花对母亲和孩子有益。甚至跑去购买小床，连那些装置在小床上的玩意儿最后也买了，对此他还意犹未尽想多赶几个地方，累得我满头大汗。“还要跑吗？我不累，小孩也该累了。”我没好气地说。这时他才恍然大悟，停下脚步为我擦汗之余亦为自己的粗心莽撞道歉。说实在的这是我有生以来除了奶奶那些卤肉面外，还是第一次在外感受到家的感觉，但我又想，既然是家人，欺骗又是对的吗？

在这过程中我一直被罪恶感牵动着，“对不起，那孩子是不能留的了。”好几次就在喉咙里头活生生地被吞了回去。

在他不在时，我依然未能改掉抽烟的习惯，那天我又如常地抽着烟逛到这小巷内。那儿有着花花绿绿的海报一大片，讯息不少，其中一条便写着妇科圣手。我扔掉烟蒂，想了想就打了电话过去，都是时候下个决定了……

没有人是无辜的。的确孩子可能是他的，我亦相信他会全心全意待他好，但那群狗杂种，万一，不，应该这可能性更大吧！我如何能让恶魔的儿子介入到我的生活当中。大概我的心和身都有病了。

此刻，我软瘫在床上不说一话，甚至希图以后也不能再开口说话。“为什么？为什么？”他的眼睛红得像激烈的火团，但更像只受了伤的野兽。他的责问完全符合情理，甚至可以理直气壮地构成鞭笞我的理由。结果如我所料他的盛怒终于在一个耳光中得到宣泄，“你滚！滚得越远越好。”我曾尝试握着他那遥远的手，好让我俩未来不要活在残缺之中，但他却坚决地把手缩了回去。我僵硬得像尊石膏像一样，当然我明白这绝对不是单纯的肉体反应，反而更多的是意识的深层抗议。我们之间的确没有什么坏蛋和受害者，只有太多的巧合，“对不起。”我无法掌握到事情急速转变的节奏，这一切一切实在来得太快了，我宁可接受你无尽的谴责，也不愿向你道出真相的所有，因为对于你来说实在太沉重了。

以后我们不曾有过说话，在拖着行李往巴士站走去的一刻，我知道你在露台目送我，我想告诉你：“是的，生活总是这样的，我们都不是可怜虫，因为我们都曾选择过，尽管这看来像是没有一样……”

# 外面

## 第一章　回忆

即使有时中断

但无数往事却仍能越过它们而连接在一起

——【法】罗曼·罗兰

那是一条最熟悉的小路，雨，不大。就这样散落在椭圆的落叶上，而那株老树树干依然微斜，大概只有天知道夏天的日子里在这儿曾响起我所钟爱的歌曲。

在很久很久以前

你拥有我　我拥有你

在很久很久以前

你离开我　去远空翱翔

——齐秦《外面的世界》

外面的世界？是乡祠的长堤吗？是小船擦过荷叶的“嗦嗦”声吗？还是那只母鸡在山坡里踱着的欢快？或许是？

“唉！二妹，愣在这儿干啥？马上要发大水啦！快回去吧！还有七贵好起来没有？”

“不好也不坏，还是老样子。”

* * *

屋内正弥漫着一片咳嗽声和咒骂声，在“哇咔”声中，把黏痰、鼻涕连同泪水一齐甩在旁边的土堆上，每一次都像要把五脏六腑从胸膛里掏出来一样，这种折磨或许是可怕的，但这是对旁人？还是自己来说？风依然在厚石墙外面吹着，拍和着窗纸的鬼叫。

“你一大把年纪到底活到什么身上去，你滚，滚得愈远愈好，如果不是你陀衰家，老子现在都不知几风光……”他就这样一把把妈推倒在地，仿如昨日。

赌坊的气味像给人卡住脖子一样令人头昏脑涨，但人却依旧是一圈圈地围了起来，好些还踩着凳子，靠在别人的身上往圈子里面扔钱，直至那大腹便便的妇人来了才让开了一条小路，循声看去——“你跟我回去好吗？”她已在低声中不自觉地跪了下来。

“七贵哥，你睇今日庄旺成这样，你手气也不怎么样，不如收手早点回去吧。”旁人见了不忍也说了句劝话。

“要我跟个女人回去，我张脸还可以挂在什么地方？有赌未为输，你没有听过？老子现在就要一铺翻本，操翻那铁庄。”阿七看着骰子在手心里滑落，脸色就开始难看了，并随即对她吼道：“妈的，你这个杀千刀，千秋功业都给你毁啦！给我滚回去。”

“我不回去，我们一起走。”她也倔强起来。

“好，你不走，我打到你走。”他给了她两巴掌，她没有再说什么，只是在沉默中紧紧地护着那微凸的肚子，而里面的孩子正是我。

* * *

老爸的运气从此便每况愈下，不单生意失利，败了祖上的基业，而且还害了个不能断尾的病来，工作也无法做得来了。遗憾的是身体垮了但精神却没有因此退下去，而且在床上愈久他就愈这样子地喜欢回想过去、诉说过去！似乎再想一遍、多说一遍就能改变过去的霉气倒运似的，旁人们都会说："这年头没有人相信像有你妈那样能干漂亮的女人，但老天不长眼，男人却长不了性，缚不在身边，唉……"当然最多还是"造孽呀"之类的话。而妈却时常躲在屋后柴房里偷抹眼泪，在呜呜声中有时隐约会传来一两个字："命……都是命。"

妈她昔日好歹也是个大家闺秀，刺绣曲唱无一不晓，但不知怎么一卷就把她那点积蓄给卷得荡然无余，现在头发却已白了一半。无法享福之余更要干上一切体力活，亲友也无不唏嘘。不，我们穷人家哪有什么亲戚朋友呢？我本想说上几句动听的安慰话，但当在门房外接触到她那可怜的背影时，心里一阵发酸，而抽紧的神经令那千言万语哽在喉里再也出不来了。倒是她常对我说："二妹，虽然女人的命就是这样，实在怨不得人，但将来千万不要挑个赌的……唉……"接着又是一声叹息。

"喂，你又死哪儿去啦？"爸又在吆喝着。"来啦。"妈回头拉着我说，"苦了你啦，孩子，我的孩子。"我无法逃避那双带有无限怜悯与无奈的目光，从此一想起这总会叫我心痛，成为一服在我身体内慢慢发作的毒药。

然后妈依旧如常在那只三脚的红漆小木盆里，揉那一条丝丝缕缕的破毛巾，他的脚被轻轻擦着，谁也没有做声。

夜，太宁静，又实在不太宁静，特别是此时此刻。

翌日，1991年的一个不寻常的冬日早上，无雨、无雪。一丫丫光秃秃的树丫就这样兀立于窗前。只有风依旧在山野里

“霍霍”作响。此刻，我才感受到生命是如此迅速地在我面前衰败，甚至在你还没有来得及浇水、成长和欣赏之前已经悄然无声地在你手中溜走，这究竟是一种什么感觉？没有过去，没有一刹芳香的记忆存在，是否就可以说真的存在过？还是这不过是一个灰黑色的梦，无须为单调的凝滞而多作考虑？

在蒙蒙微亮中被风刮醒，挂上一片片枯叶似的棉袄，吃下稀饭让发紫的脸稍稍缓和，便赶紧将那把锈钝的小镰刀放在篮子里头到门外割草，踮在那里冷气仿佛令手指和脚跟加速凝结起来，木了有时不禁会想为何要受这般苦楚？但那有什么办法呢！要不小高就要饿死了，不，是那只羊就要饿死了，自从那年（应该是七岁时）家里第一次把我养的乖乖卖了换米以后，我便发誓再不替它们改名了，因为它们最后只会被割成一块块的在市场内孤零零地挂着。

不经不觉中我就这样急匆匆地走在上学的路上，老牛黝黑的脊背依旧蹲在泛黄的池塘中。冒着风低头向前走，树枝上有几只乌鸦，过后，却无情地呀呀地叫了几声。心想大概又是赶不及了，中午也得要噼噼啪啪地跑回家割草喂羊，人倒是被逼习惯了，但一天两次来回就得跑上六十里路，鞋倒是磨破了不少。

上学的生活平凡，没有什么值得记录，若然一定要说上一两件深刻的，首先就是为一部我十分钟爱的顾城诗集写了阅读笔记而得到班级作文优秀表扬。

黑夜给了我黑色的眼睛
我却用它寻找光明

——《一代人》

这是我印象最深刻的一首诗作，它除了给了我美的感受，更重要的是给了我所谓性灵的震惊。听说他十二岁已开始辍学在家养猪过活，生活过得跟我差不多，或许更苦，但我喜爱他那老天赋予的朴实诗风，尤其更喜爱他在黑暗环境中寻找光明的勇气。他有自己私人完美的国度，纵然最后连伴儿也容不下给杀了，但我坚信只有他俩才明白个中的原因——一种独特寻找生命存在价值的执著。而我则喜欢这种触不到、摸不透的感觉却是不争的事实。

还有早年那天的一袭仿似过年的新装束。深绿长袖衬衣，系了个小红领巾；然后是一条白色运动裤；还有那双深灰色尖口布鞋和粗花布包。只是包里没有几本书，只有一个长长的铁皮笔盒。几支铅笔在铁盒子里碰撞，隐隐地传出了寂寞的声响。以上的一切一切记起是一个叫澳门的地方上，有善人寄送过来的，说是为了灭贫、帮助同胞，但我们可以算上贫吗？我们不也在广东的吗？乡长不也说广东在高速发展吗？若然贫，那张二叔和铁胆哥又算不算？为什么他们又没有分到丝毫？那一年稻在还没入黄的时候，老天就瞎了眼下起没完没了的雨，下了差不多有个把月，他们的田里只有水才能往上涨，即使水过后烂了的稻更连半条稻草也用不上。开始还可以吃掺和野菜的稀饭，过些日子后便开始了刨树根、树皮什么之类的日子，难过得实在说不上话。虽然如此但从来没有听到有什么外人帮忙的，想深一层或许他们这样子还算不上贫吧！

而贫真能灭的吗？

真的无法得知澳门到底在什么地方，我想……大概在那首都北京大城附近吧！听说那里能看到大海，湛蓝的天空，大海旁还有很多大款，像温州人那样天天都能吃上肉。但奇怪的是他们为什么总要我写上几封回信，说实在的我真不知那到底有什么作用，多令人奇怪的喜好。但好像交作业似的，内容总是要完成的，于是我在信中稚气地介绍了自己：“善心人先生：您好！我叫陈二妹，朋友都叫我辣子。我是一个女孩子，今年十三岁，十分喜欢上学，尤其是体育课（虽然数学和中文成绩更好），平时喜欢打地洞战和摘野果……祝发大财。”

“发大财”三字是爸硬要我写上去的，说人家一定会欢喜。我说：“人家不是已经富了吗？”

“不富哪来闲钱给我们。”我心里在犯着咕噜。

“那就发更大的财，小孩子懂什么，加就加唠叨什么！”如果他懂字的话，可能早就自己加上去啰！

最后我老大不愿意地加了上去，不过写得歪七扭八的，怪难看。但其实我更喜欢后来加在信上的那株澄黄玉米图画，那是依今年我家最大的玉米画的，如果我能吃上一口那有多好。

上山的日子十分悠闲，这些年来，青天白云和那金澄澄的玉米田依然悠悠地伴着我，只是昔日玉米哗哗地一泻到地面的丰收情景却再也见不着，而牲畜亦是愈来愈少，大概是因为我们村有很多人出了城后不回来的关系。只有远处的山坡上永远是那几道微微起伏的线条轻托着那千颗太阳、千颗月亮和那千颗星子。在同一天空下，就是不睁开眼看，景象都会丝毫不差地映现在脑海内。

是去年？还是前年？还是更久？

那天我无法看见那被狠狠抽打的伤痕，但那把厚木在耳窝中发出的清脆、连续而沉重地抽打声却令人难以忘怀。

“咋的了，你这个吃了睡不吐饭的混东西，敢惹老子的火。”铁色的脸上喘了两口气，然后接着道，“快拿来。”

我依然愣在那里，既没有吱哇乱叫，也没有任何行动的准备，我想大概是“我逃腻了”，不是没有胆量而是连逃跑的心也死了。在无声泪眼中只模糊地看到那愤怒扭歪了的脸庞。不知从什么时候起他走到我的床边翻倒起来，被铺、枕头、衣服……

“晦气，这不就是钱吗？”口里在说而指头却飞快地点算。

“读书读书，读你娘个屁，将来还不是要贴人家。”他口里又像在赶猪一样地指骂着，只是在我看来，声音低得像蚊虫在跟前飞来飞去一样。直至手在空气中迅速地滑进我脸庞，那留在身体的一阵红、一阵热、一阵眩晕，和着蹿进脖子的一丝透寒凉意。“我真的会被打死吗？就这样在这废屋中无声地死去？”“这里是什么地方？我到底在这里干什么？为什么？为什么？”此时心的跳动像是被什么堵住了似的，总之就是透不过气来，就像被一个亲近而又陌生的人捂住了嘴和鼻一样。这是什么感觉？应该是——“死”吧！对于“死”我倒没有什么概念，但事实是到现在这一刻，我开始感觉到它原来可以离我如此之近。

如果说一个人在有死亡的念头的同时，所挂念的人或事，那一定是这个人一生中最重要的。但抱歉！没有，真的什么也没有，我确定只有空洞的死亡伴着我，像风在很高的空中打着唿哨一样。由清醒——意识模糊——昏晕——死亡，若真的顺着这流程而去倒不是什么辛苦事儿，但不幸的是我始终只徘徊在意识模糊这阶段。然后四周像无数个漩涡似的，一个挨一个，合在一起愈变愈大，愈变愈急，仿佛整个人被扯成碎片卷去似的。只剩下一阕寻常的山间小调——

咱是个飘零的孤儿
大神，大仙

请睁眼看看这人

就在山的那一头

这里

没有风

没有云

怎么也托不起那温暖的枕边梦

怎么也托不起那……温暖的枕边梦！

在牛儿摇动的叮当声中，山上正在透出刺骨的寒气，但我依然不自觉地跑到这个熟悉而又惟一的角落。去等待，等待什么？或许是一个背影，或许只是一只温暖的手……总之可能的只有眼前这山景和那人才能使我崩解的心变得什么都能够再容忍下去。

“原来你真的在这里。”果然瘦猴儿又在这时倏地走了过来，并将手由腰把我蛇缠地抱了起来。

我立时怒道并作势挣脱：“把我放下，如果你够聪明的话，趁我还控制得了自己，闭上你的烂嘴，立刻消失在我的视线之外！”

“你真的想我走吗？我的辣子小宝贝、小可爱，鸳鸯走了一只，另一只怎么办？”瘦猴儿仍没有把我放下来的念头仍继续自个儿地说。

“谁稀罕你的。猪头、坏蛋。”我赌气地说。

“你见过这样善良、可爱、富爱心又专一的猪头和坏蛋吗？”

“哼——”

“那好，那我走就是了。”他作势转身。

“人家只晓得慰护自己的姑娘……而你呢……你呢……倒反要作弄我……”

“我哪敢！”此时他把我拥得更紧。

“你……你无赖……”我发觉此时我将声音已压得很低，或许害怕山里的回音，或许被狠狠抱住的后遗症，但更像被冰冻融化后的失魂。

瘦猴儿的真名叫建邦，林建邦。他爸是个读书的，是因为运动被整才逃到这里，原留在这山乡地方只是暂时性质，谁知一待可久了，除了中间曾试着离开数年，前后一算差不多在这穷地方也有二十多个年头。回来后更落地生根娶了个种地的，媒人说这是他家祖上的福，保好生养，亦能保田不荒，总之一句就是不愁吃，还能入祠堂呢。而我这个幼时的玩伴，现在的相好则是个高个子，挺瘦削的，所以从前才会叫他瘦猴儿。他的皮肤在山里人之中要算得上白，大概是承袭了他爸的文气，可惜这种白总令人感到不顶新鲜，哑沉中亦带了些干滞的乡土味道。而方形角面则令轮廓线条更为突出，左额上方有个小疤被刘海儿遮了，还好不甚明显。整体上瘦猴儿虽然仍未有如张二叔、铁胆哥等满面的劳碌困苦，但天生的眉毛倒挂，总令人觉得他心事重锁愁苦可怜。可以说是不太俊朗之余还有点丑恶，而打量上下我认为惟一最可取的应算是他那双眼，灵动中又如一潭清澈见底的小泉，妈时常跟我说：“眼总是骗不了人，他就是那人的说话，那人的底子。”正是由于他有这种独特的吸引力，吸引别人想知道他的过去，他的事情，他的性格，甚至是他的一切……而从小当别人成天嘻嘻哈哈、热热闹闹的时候他总喜欢静静地自个儿望着天空中被卷起的团团白云发呆，或是在纸上画小人，听他说他对于画图画没有研究，可是笔一着纸，一弯一勾的，不消一刻总能出个人脸的，后来熟极而流，竟闭着眼也能画得神似。但奇怪的是他不像他老爸的亲和。谁与他聊，他都老大不爱搭理，仿佛他是从山另一边深寒鬼洞来到这世间似的，而这世间的一切人和事都跟他沾不了一点边皮。大概除了我，相信亦只有我能使他雀跃，甚至比其他所有的一切能令他更为雀跃。

* * *

“你好，我叫林建邦。”

“我叫二妹，有什么事?”

“我知道，你是七贵叔的女儿，家就在那条山路的岔口处，门前还有一棵老树，哥两年前走了出去，不知所踪。除了你妈以外，家里现在只有一只羊、四只鸡和一幅小瘦方田，这些都在你家后方的小坡，从前你最喜欢就是玩地洞战，记得有一次你在废洞里……”他一口气地说上了一大堆，东拉西扯的但每件事总与我有关。记得最后还是我按捺不住打断说：“你怎么知道我那么多的事情，我们早认识的吗？是我们家的亲戚？还是挨在我们家的附近?”想深一层这些都不大可能。

“总而言之我们是熟得不能再熟了。”然后他接着说，“你愿意再跟我做朋友吗?”

“我……我……”实在被他奇怪的举动搅糊涂了，不单一时不能答上口，甚至惊呆得不能言语。

“不要紧，现在我们已经搭过腔，已经是朋友了。”然后就哼着小调转身走了。

小牛要转身

鸡鸭会孵卵

谁也管不了

铃铛铃铛……

“喂……喂。”

“干吗？”回头止了脚步。

“没有……你就是个不要脸的。”在骂他后，我像个被烫热了的傻瓜一样站在那里。

“是吗？你觉得我不要脸吗？”他半带笑半认真地问。

“这……”我嗫嚅着，实在想不到更好的解释。

他忽然又话锋一转：“唔……想看星吗？”

“看星？”

“对，满天的星斗，多得用竹竿子也能打下来。”

“真的吗？在哪里？”但深想一层，“活在这儿，在哪儿有星看我会不晓吗？”我假装不在乎地白了他一眼。

“保你不知，就在山的那头，若你能晚上偷走出来的话我就带你去。”

“这……”我不禁犹豫起来，但胸口又火烧火燎的。

“你家窗格子下不是有个洞只用板盖着吗？”

“你为什么……”

他又马上接口：“总之午夜时见，约定哟！”

“喂……喂……你等一下。”说实在的他的话已像凶鸟抓猎物一样紧紧地抓着我的好奇心了。

小牛要转身
鸡鸭会孵卵
谁也管不了
铃铛铃铛……

在斜阳的最后一抹余晖中，他正散发着一种婉妙复杂的调和，然后跟小调一样缓缓地消失在远处的山头。

“他是谁？”好奇心往往是一种非常奇怪的感觉，愈发害怕感觉便愈来得强烈，便愈要趋向于触犯的破点。乘着深得发紫的夜色，蹑手蹑脚地从窗格子下走到门外，到达约定的地点，他原来早已在那里，见我来了也不多话，只轻轻地说："好啦，走吧！我们出发！"

"走去哪里？"我警觉地问。

"你来不是要看星吗？"他则打趣道。

"唔……"我点了点头，"但你也要告诉我去哪里，还有我有很多问题想问清楚你。"

"到了自然就会告诉你。"抛下那没头没尾的话后不待我多说他已拉着我的手起行了。

我们沉默地走了一段又一段的路，四周只有虫鸣和窸窣的草声，尤其在寂静中更显得分外清晰，忽然他回头说："你真幸运。"

"幸运？"我实在摸不着头脑。

"单是今天你已经有两件事说得上幸运，当然第一件就是能遇到我。"

"你少耍嘴皮。"我做了个鬼脸。

"第二就是……"此时他拨开了一堆树丛钻进去后便没有再答话了。

"喂，到底怎么样？"

"快上来吧！"他急速地唤着。

我俯下身钻过了那堆刺人的矮树，正想抱怨，但立时给眼前的景象弄呆了。

这是一个我从未知道存在的小断崖，极目望去，原来天空竟可以这样的低，这时星星像露水压弯叶片一样在那伸手可及的头上眨着眼，在这广阔无垠的空间里仿佛每个人都是星星的孩子，能得到最温柔最公平的抚慰。

同时一种永不磨灭的美丽和永不暗淡的光亮在闪烁着动人的诗篇。说实在的，在山上我并不是没有看过星，只是如此之多和如此瑰丽却令我难以想象。

“你看那条淡带似的天河……那边高高的呈曲尺状的就是北斗星……一旁最光亮的那颗就是金星……而那串星子像不像金色的苹果树。”他如数家珍地说着。

而我高兴时则“哗哗”地发出赞叹声和用力地点头同意。

他这时又继续早前的话题说：“你第二个幸运的是早些天没有发水，按理说这里应该会积了一层厚厚的云，但我发现昨天晚上的时候下了一场雨，今天再看时云也确实散了许多，所以今夜观星可以说是最好的时机，否则要等上十天，还是半月，这谁也说不清了。”

“若然真的看不到，那你怎么办？”

“那我会带你去看地上的星星。”他在我耳边轻声地说。

“地上的星星？”

“对。”他点了点头。

我扯着他的衣角央求道：“哪来的地上星星。快告诉我。”

他笑着指了指前方说：“翻过那泥路，断崖的另一边走下坡的湿水梯田便是了。”

我乘着星光踏着相信是他走出来的泥路，不消一刻便到了这头。到底应该如何形容呢？我想大概只能说一句“萤黄的光洒落在这广阔无边的墨绿的汪洋”那已是我脑海内（或小学学过课文中）能想到的一切。对，就是萤火虫，这里萤火虫实在太多了，有百只，不，是千只，甚至你要说是万只我也是相信的。此刻它们就这样一明一暗地飞着，如清流，似初雪，只是还要更虚无缥缈。我禁不住兴奋地用手拍打着，而萤绿在空气中却划下了那不规则的美丽弧线。然后在空气中再放胆地捞上一把，缓缓地松开五指，让萤火在手心穿插，此刻我才明白到什么叫作“美”，原来“美”就是这样子的一回事。

说来也真是奇怪，好歹我也是土生土长的土产乡下人，为什么会差到连地方也不知呢？更离奇的是这些景象虽然美，但也未能算超出想象范围，我到底在惊奇些什么？不是景？难道是人……总之是一份很熟悉的感觉。

还来不及多想，接着他又幽幽地道：“萤火虫有人叫它火金姑，也有人叫它火焰虫。而我则会叫它们作许愿虫，像星一样给人美的愿望。”

“是吗？你真的知道很多。”

此时一颗流星划破了夜的沉静，在空中遗下了一道长弧后，继而又迅速消失在天边的角落。我马上嚷着说：“来不及许愿了。”

“你想许什么愿？”

“唔，不告诉你，说了便不会灵验了。”说到这里，当然要卖个关子，但殊不知他却马上就接了口：“你想一辈子都快快乐乐，没有眼泪，还有要用双腿跑完全天下所有的路，最后就是能愈快离开这里愈好。”

“你为什么会知道我所想的？”我惊叫了起来，“是先知还是天上的神明？为何能有一个如此理解我内心的影子？这不就是我自己吗？”真实与虚幻的感觉同时充斥于脑海内。

他只是笑而不语，我见奈不过他，于是只好问道：“你又许了什么愿？”

“我？我希望你的愿望能成真，还有的是辣子你能记起我。”

“你?!”

“没错，我林建邦。”

“林建邦、林建邦。”在意识的深层中我仿佛已捕捉了一点昔日记忆的影子，“对了，是瘦……是瘦猴儿。”大概五或者七年前有次乡长儿子摆婚宴，我们一帮孩童窝蜂似的跑了去看，踏着爆竹声中碎下的片片红纸，踮着脚隔了木制的窗缝看到里面正摆放着数座桌椅，一对新人就这样子地坐在上首。印象最深的是那时新娘子穿的一袭艳红百褶裙，每一褶间都夹着根绣花裙带，吊了个金铃铛子，而每逢一动都会微微作响；另外在层层累累的珠花银凤相互掩映下，浓抹的胭脂与腮颊早已红成一晕，分外美媚，一种新娘特有的害羞微笑令空气也仿佛甜了起来。说真的这是我首次感到笑也是有层次之分的。而两个喜娘则在轮流敬糖果说贺语：“新郎倌新娘子吃蜜枣，甜甜蜜蜜。”“新娘子吃桂圆枣子，早生贵子。”

此时瘦猴儿却回头拉着我说：“你喜欢吗？”

“当然喜欢，能吃上桂圆枣子倒不错。”

“不，我想问你要做新娘子吗？”

我几乎不假思索就指了指木窗内回答说：“当然，但我要比她穿得更漂亮才嫁。”

“我要你做全个乡最漂亮的新娘子，不，是全个镇的，相信我，辣子。”

后来我们还采了把小野花缚在头上，糊里糊涂装扮起新娘子来。依稀中他还说了些什么的，但因那时年纪实在太小了，所以一些细节也比较模糊了。

“你是否已经想起来了？还有你那些愿望不是从前也告诉过我？但是说真的你这些年来愿望居然没有变过，想起来真是有点不可思议。”

“嗯。”我用力地点头，“什么也没变，我记起你是建邦，瘦猴儿。”在激动中我摇着他的手也不知道自己往后说了什么。

“这可是我精心为你找的，以后这里就是只有我俩知道的秘密宝地啦！”瘦猴儿说。

“你放心，我一定给你保守秘密。”

“说真的啦！可是秘密啊！”

“好，勾手指以山为证。”我也接着说。

“勾、勾、勾，谁讲大话谁丢牙，丢牙以后倒大霉。”我俩一起笑着说。

“这几年你到底去了哪里？”“城里的生活好吗？”“你好像胖了”“你是不是……”“哈哈哈！”“……”

话匣子一开总是没完没了，上至天南，下至地北，只是在眼神接触的同时我依稀感觉到任何话语大概已变得无足轻重了。

偷偷地回到屋内，精疲力竭的躯体早已瘫倒在砖床上，是过度的惊喜？还是过分的活动？现在只知道四肢已失却了自我般，但思想和肉体往往是分开的，现在的我思维却活跃无比，一闭上眼，在黑暗中萦绕在脑子里的尽是在萤火中追逐的画面。默念一遍又一遍：“若能将时间的流动停留在这一刻就好了，永永远远地拥有这一天，那将是件多么美好的事。”蚊虫现在仍旧轻轻地在我脸上飞来飞去，但听着听着却不像从前那么讨厌了，倒像是在唱什么小调，但单单只是这样吗？直觉在告诉我还有更深层的原因等待着我发掘。

往后的日子，像一股激涌的暖流在平静的生活中掀起了波澜，起初只是有点雀跃，像回到过去野孩子的小女孩时代，玩弄野鸭子、小木人，向小水沟掷石子等劳什子都可乐上半天；后来我发现他那甜甜的笑，在灿烂的阳光之下，竟然比朝阳更为炫目。直至到12月8日那天——那天天空虽然蓝得可爱，但就在溪边平坦的大石旁的草地上，听着癞蛤蟆雄踞这里的叫嚣，我却老大的不情愿想往回走了，后来那只不经意的癞蛤蟆从脚下扑进裙内，我更被吓得直往他身上乱跳。

“人这么大，还像从前一样怕癞蛤蟆。”他轻笑了起来。

“你知道我从小就什么也不怕，独独是癞蛤蟆，那种黏黏的想来总教人直发毛。”我不禁咬了咬牙。

“大概这就是命了。”

“命就命，除了那个，我就什么也不怕。”

“你真的不怕吗？”

“不……怕！”

随着我的声音，他吻了我一口，我整个人呆了，这种感情很复杂，是惊吓？是突然？是愤怒？是受骗？是高兴？是期待？总之很乱，很乱，乱得像毛线在脑瓜内绑缚一团又一团，又像一群牛在山里猛撞，直至一切变成稀巴烂为止。

“你……”我实在不知道应该怎样把话接下去。

“你还不明白吗？”他正色地看着我，而被他这么一瞧，我的心却无可避免地微微一悸。

“明白什么？”以后我尽是张大了眼睛张大了嘴呆呆地在看他。

“我喜欢你。”

我猛吃一惊，身子亦不由得往后退了一退：“喜……欢……喜欢也不能够这样子地强吻人家！”我虽然理直气壮地抗辩，但眼睛却在逃避那异样的目光。

“你知道我说的是哪一种喜欢，你亦是天底下最清楚的。”

我看见他这种既单纯又直接的态度，心里忽而涌起了一种前所未有不可思议的感情，我想把两只手伸出去将他深深地拥抱一回，但是此刻我的理性却令我犹豫了起来……

他看见我僵在那里便接着说：“这是我俩的命！”

“命！”“我俩的命！”

此时我发现他的眼睛是组令人迷惑的漩涡，视线最容易搁浅在那里，而泛滥的感情亦因“命”趁机决堤起来。他再次吻了我，一个比一个更深的吻，我没有再闪躲，闭眼中，我感到他鼻尖呼出的潮润空气，他拥着我一如小鸡在壳子里的保护，此刻整个空间都存在着温暖，一种前所未有的温暖。

而往后除了两片紧贴的双唇、口腔深处像沙漠干得沙沙作响与在草地上滚动受到劲草愤怒的攻击外，印象中当我的眼睛又睁开了来的时候，我觉得我的周围，忽然比以前更为光明了。他微微地笑了一笑，大概我们的关系已进入另一个新的阶段。

是梦吗——

* * *

“我的辣子，又在想过去？是吧！”他把我缓缓地放了下来。

“不，没有。”

“你每次不开心总会来这里，何况今天既寒又有雾水。”他轻轻地拭去我眼角流出所谓的“雾水”。

无可否认，他是一个能了解得我清清楚楚的人，他的独有魅力总教我不得不向他怀内倒去。此刻他的心跳连同爱正一寸寸由毛孔漫进我的体内，北风虽冷，现在却来得恰到好处，它不单可以令心暖更为突出，亦可以令急速膨胀的激情降温。一点点的冷、一点点的暖，这种天衣无缝的感觉，现在就这样子地被我不经意地拥有着。

“我想离开。”说实在的这样地没头没脑说话，含义很多，例如可以是离开这断崖、或许是想回家，甚至是情人分手也可以。

……

# 第二章　在那遥远的地方

每当夕阳西沉的时候
我总是在这里盼望你
天空中虽然飘着雨
我依然等待你的归期

——齐秦《外面的世界》

“我想离开”我的豪言壮语犹在耳边，但想不到最早离开的却是他，希望原来终归只是希望，是十分虚幻和流动的。而天长地久亦只是传说中的一个绝不会出现的奇迹，他多年前作为我的好友消失了，今天他又再次作为我的深爱走了，可能是明天，可能是后天，或许是下月，总之老天给的缘分就要断了。

“有一天我或许会离开这里。”他声调悲伤地说。

“那又怎么样?”我始终无法嗅出危机走近的味道。

“没有怎么样，一切只为了更好地回来。”

……

我愈来愈害怕错过一分，流去一秒。直至今天我才知道什么是“理所当然”的痛苦，几年来我总以为跟他的结合是“理所当然”的，而正是这种自以为的“理所当然”为我生活带来稳定的根基，而当有一天这种“理所当然”却要突然从身边消失的时候，这才是最叫人痛苦，最叫人心死。时日无多，心情越发沉重，但脸容却愈要宽开，我要留给他……一段最美好的回忆。但多次的见面实在没有勇气去问他下一站是哪里，怕压了下去的情感最容易被迸发，甚至直到他离开的一刻，一切似乎也在平静中度过。

“闭上眼吧！”

“为什么？”我连忙说。

“你这个辣子就是什么事也要问上为什么，我想送一份十分特别的礼物给你。”

“什么来……”我马上被止了口。

他接着道：“这里还有一个约定，就是未来的一刻也必须闭上眼。”

“好的。”我本来还想要一点小花招，尝试从眼角偷偷地瞥视，但当他用手轻轻扫合我的眼时，我顿时感到柔和与信任，往后我便合着两眼不再睁开了。

一分钟、两分钟过去了，正纳闷之际，一阵柔和的乐声便随风的飘荡响了起来，一个个细小的音符如春流一样渗入耳窝的深处，我想那绝对是全大地最出色的音乐家用天琴在弹奏的天籁，一种最自然的感觉就像丁旺叔二嫂子那串晶莹珍珠一样。忽然，乐声变急，有如江河澎湃、巨大崩裂，而我的心也跟着如烈马跳动起来，但真的是我的瘦猴儿在演奏吗？还是他又在那儿施展不可能的法术？

一曲既罢，正想将粘紧的眼皮分开时，音乐又再响了起来，只是比第一次来得更近，更轻和更柔。现在我终于明白了，在音乐声跟前大概无须用看的，只需要用耳和心来触摸与感受。在带微红的黑暗中，我整个人在飞跃着，像长了翅膀的山间仙子，我见到大山、见到蓝天、见到青鸟，见到幻想中的大海……

“嘎”的一声，音乐停止，四周万籁，音符蒸散在空气中，形成令人陶醉的气味。我想今天应该只属于我从来陌生的音乐，音乐之外应该亦只是音乐，而在音乐之内则应该只有我和他。大概现在应该可以说回我了，我呆了，像木鸡一样实在不懂得如何睁眼，深想下或许是不敢睁眼，害怕在美梦里一切会太突然地到来和太突然地离去。

“辣子，你现在可以睁开眼了。”他缓缓道。

听到他的声音我才渐渐地把双眼睁开，眼前的他依旧是我熟识的瘦猴儿，只是现在他手上多了把琴。他朝我深深地鞠了个躬，他此时像一个瑰丽的五彩梦，我实在不敢眨眼，害怕他就此消失；我又不敢触碰，害怕轻轻一压他便会碎掉，碎成不可弥补的小块。而当我清醒过来时第一件事是拍掌，拍掌……直至手酸我也用力地在拍着。我要代听到这音乐的生物鼓掌，代所有无缘听到这音乐的人们鼓掌，代天鼓掌，代地鼓掌，为他鼓上一场最精彩的掌声。

“谢谢。”

“你真像天上的神仙。”

“是吗？像二郎神一样威武？还是天琴仙子？”他气扬扬地说。

“都不是。”

“那像什么？”

“像……像极吼天犬了……哈哈哈！”我揶揄说。

“汪汪汪，吼天犬咬人了。”他作势扑上来。而我则把嘴笑到合不拢：“不过说真的你懂得画画图我是知道的，但你会玩琴这事儿我真的一点也不知道。”

“我连我自己也不清楚自己，你又怎么会知道呢？”他叹了口气说。

接着他打起精神又说：“这曲子永远只属于你一个，真的只你一个……”

“……”我又在开始想我俩离别的事。此刻的感觉真像从天宫打滑到地狱一样，由极喜，在不经意中倒在极悲之中。

他仿佛早已知悉一切，飞快地话锋又转了过去："辣子你想不想飞天？"

"飞天?！你能带我飞天吗？那你呢？"

"我太重啦，飞不起，而且得载另一样更重要的东西。"

"瘦猴儿也说重，那不是太好笑吗？"

"你看。"

我从他所指的方向望去，在山脊后东北角附近有数列长长的瓦片纸鸢飘浮着，一串串一只挨着一只，虽然这是最简单的由两枝小竹糊在纸上即可的那种，但愈稀疏平常的事物若在不平凡的时间与地点出现，有时却会出现一种最不平凡的感动。这种看不见的感动，现在大概就是来自于他手中握着的线，随他圈动的手，纸鸢逐渐从远飘至，直到连那小花纹也开始隐约可见。

"那……那是……"纸鸢此时愈靠愈近，这回我真的看清楚了，我赫然发现这一小片一小片的纸鸢上画的并不是什么花纹，而是一幅幅精致的小图，这是山坡后的树洞，那是新娘子的褶裙，那边是萤火虫漫天飞舞的情景……一点一滴的生活，一段段我与他的故事。大概是风太大了，眼泪总是会不经意地淹出了眼。在泪的朦胧中，眼角最后出现的是数行字——

辣子，我的辣子
我的心永远也跟你在这里
和你一起即是我生命的全部
尽管日子是如何的短……

天要一件事件完结总有其办法，此时山雨就这样地落下，所有纸鸢被雨点打到七零八落，糊成一团。我窘迫得一只手搓着另一只手，牙咬着嘴唇，身子在抖着，而此时在空气中流溢的却是绝对静止的爱情焰火，有人说："生则不能无别，别了则不能无恨。"我恨，我现在真的很恨，恨一切实在来得太匆，而我们则爱得太迟，我想我俩的缘分大概就是这样的——永远诀别了。

此刻雨气丝丝地幻成白雾从林木中冉冉而起，既令人迷惘，又令人惆怅。

"狗懒卧在面包店前，而我则在盛放了小百合的花园中看书，四周尽是蓝色的空间 —— 海和天，而中间则是一列列山的剪景。"此等好事原只是人家的，我大概连梦也梦不见。但现在我却捧在怀内，这幅小绘图将是我一生最珍视的礼物。

"我走了。"他看了看手表。

"再一分钟吧，九点半还差一分钟。"我感到一种绝望的真实感在急速地逼近。

他见我这样犯了犯眉，然后接着说："对呀！还有一分钟。"

"唔……还是去吧。"

心灵之水是个狡黠的家伙，总会在别人感情薄弱时泛滥，大概我和他都在筑着，筑建一道高得盖天的堤坝，用来防止一切未知数的变化……一阵心酸过后，最后我还是勉力地挤出了一个笑容："放心，画会陪我。"

此刻我的脑袋里嗡嗡直响，想的很远，很多。可是实在不知道自己想了些什么。直至车子缓缓地起动，山路已如弓弦似的等待着，此刻他终于又从车窗探了出来，而车子的高度令我踮着脚亦只能勉力地接了接手，距离大概就是这样的一回事——

“澳门，我会先去澳门，然后再去……相信我，五年内我一定回来接你。”

隆隆粗犷的马达声把话遮了一部分，而我则用力地摇着手直至烈日把那车子拉成遥远的影子。

“什么……我听不清楚……澳门……澳门吗？那究竟是一处什么地方……”我蓦然地怔住了，心头一阵掏空的感觉，然后眼泪终于簌簌而下。

与他一起的这些年，是我一生中最快乐的日子，他离开后则是我一生中最痛苦和困惑的日子，这种昔日大喜今天大悲的心情，总令我无端地失常，他在我身旁时，我感到充溢，他离去时，我会像流云一样无根。

夜，对于一个只有孤独的人来说是可怖的，尤其是在阴暗窄小的心灵里，简陋的砖头大床就仿似一个无端的平面在黑色的国度无限延伸，很黑，真的很黑……翌日从睡梦中醒来，不！大抵只有勉力合眼的睡，因为梦早已在我的跟前死去，倚在砖墙上头痛难忍，脑壳实际都快要裂开了，爸依旧在骂骂咧咧：“这小子走了可清静”、“活该”、“耗子”……我没有多大理会，只有一种无端的陌生，陌生得像一群喳喳的麻雀。

“现在所有的伤均是内伤，绝不能在人前显露。”我不停这样地对自己重复说着。但那天晚上以后我却突然发了一场高烧，在身上开始隐约出现了一些疹子，最后更漫延到脸、脖子以及四肢。痕痒之余眼皮亦会不时不听使唤地垂了下来，而在双眼合闭后，天地仿佛亦旋得更厉害。整天在被窝里昏昏沉沉地睡，使我老是觉得，这些疹子大概是因为思念过度而爆发的。我曾经以为只要能熬过去，自己大抵会因此而变得更加坚强。可是，原来当生病得高涨的时候，我才开始知道自己原来是多么的可怜和脆弱。但在孤单地和那些疹子的作战中，最辛劳的还要数我妈，一来她原先就要照顾一家人，现在却为了我又添多了一份负担，而且这种恶意的疾病，大概是会被传染的，绝不会有丝毫差错。虽然情况如此糟糕，但她还是时常温柔地问："是不是很辛苦？"我摇了摇头，说"不"。以后无论日夜她的手几乎没有片刻离开过我的额头。大概除了走到厨房，煮一碗我最爱的野菜鱼肉清汤米粉之时。我用那筷子在汤碗里捞了一圈又一圈，基本上已断定了鱼肉实在多得过分。需知这里吃鱼肉可真难了，过年也不舍得吃一份。当我把多得过分的鱼肉尝试分到她碗中时，她只轻描淡写地说："我从小就不吃鱼。"多么幼稚的带泪笑话。

往后"现在有胃口吃东西没有？""明天你想吃些什么？""吃片山楂片，药茶会没有那么苦"这些一字一句大概就是天下间最容易令一切空虚填得充实的话。

"你为什么对我这样好？"有时我傻气地问。

"傻丫头，你可是我的宝贝女儿。"真是温暖得闪闪发亮。

当她倦极伏在我身上睡着的时候，我仿佛感到一种神秘的幸福已悄悄地降临到我的身上。

病好过后，河水依然流着，断崖上的星依然闪动。可是日子久了空下来的臂膀却依然显得有些凄凉，而妈的温情亦终究无法融掉那沉厚的冰。回忆、悲伤、掩饰、失神、埋藏、忘记。以后每天我都在努力做好上述六项指定工作，只是……我到底在干了些什么，望着那一碟咸菜，我喉头仿佛已长出茧和青苔来，那种恶心的感觉不时又会再次犯上胸口，我深深明白到究竟我体内还有多少空隙可容纳额外的一切……我仍需要某种他独有的温暖。或许我真的不能够怨老天，因为老天已令他从遥远的地方来到我的身边，分别是注定的，他既然这样子匆匆地来，就应该匆匆地去。他是一阵山风，在我不经意的时候到来，现在又在不经意的时候离开，快得我甚至怀疑是否有过这样的风吹过我的身旁。

一日、两日、一月、两月……又一年……当我以为一切会这样子过去的时候，但转变却静静地在酝酿当中。

琥珀色的阳光在屋内弥漫着，而我现在则在听人家诉说一个来自天上的传说——"那里生活可富啦，什么LV、DKNY、CHANEL、伊势海老、甜挞，高到好像山一样的大厦，拉斯韦加斯的浪漫，每天在那里的人多得像咱们山的石头一样……最厉害的还是钱十分易赚，差不多每人都有一台摩托啊！"她在兴奋地诉说着，惟恐不能引起我的足够重视似的。

"是吗？"眼前与我对话的是我小时的学长，叫芳什么的，但她真的是吗？这点我倒不是太能确定，因为她……对，是她的变化实在太大了。从前她是一个个子不高的女孩，脸庞偏于瘦削加上长了一些小颗粒，微塌的鼻峰和有着厚厚红嘴唇是其最明显的特征，还有的是性格有点羞涩；但现在由她那身豹纹衣服、富光泽的皮肤、鲜红得像血的丝面皮包、碧绿光身高跟鞋和她家新建的房子，我想她真的是踢到金子了。虽然如此但各人总有各人的命，所以对她的话我并没有觉得特别的兴奋，因为贵气背后并没有同时给人轻松的感觉。况且在我来说这些近乎梦幻的一切倒有点像天方夜谭的故事，即使这是真的，会是我这等人能享的吗？

"你看上去比从前漂亮多了。"我的情绪不知为何突然又渐渐被剥落，十分低潮。而相反的她却十分兴奋："要死了，什么话，我哪有你说的那样。"

但由她的表情及打量在自身中散发的自信时，我看出她对此应该还蛮重视的。

“我的好姐妹，你有兴趣跟我出去捞一把吗？”此时她又接着说。

“这……”我大概又心不在焉地想着其他事情了。

一阵沉默过后，最后我还是无奈地摇了摇手，并不是我不想出去，而是我要等……等我的瘦猴儿。

她见我没有答话也没有再说些什么，只是诡笑地道：“男人出去女人就鞭长莫及啦！你现在不为自己打算一下，将来可不要后悔呢！需知澳门可是黄金城噢！”

“什么，你再说一遍！”大概是我的动作太大了，因为我现在整个人跳了起来，牢牢地紧握着她的臂膀。她亦被我突如其来的表现吓得差点要从椅上掉了下来，还好我已死命地把她抓着，仿佛她会下一刻就消失在我面前似的。她喘定了气，然后才吞吐地轻声说：“可不要后悔？”

“不，接下的那一句。”

“黄金城？”

“不，往前一些。”

“澳门？”

“澳门？真的是澳门吗？”

或许我真的能在澳门打探到瘦猴儿的消息，我心中默念盘算着，呆呆地站，实在不知过了多久，只依依稀稀地听到：“长长见识也好吧……红须蓝眼的……那里赚钱太易啦……你想一辈子也在山区……将来也是中国地方嘛……狠狠的一笔，然后环游全世界……保你不后悔……”

妈时常说：“人生来的命就像放纸鸢一样，玻璃似的线一端在自己手上，而另一端则在老天的分上。”看来乘着风让一切飘得更远，的确是一种选择，但……但我的直觉告诉我选择本身就有着某种隐忧的可能性。

但无论如何这近乎小说的情节已在我体内产生莫名其妙的影响，我知道我正在犹豫着、动摇着，我的猴儿，你可知这是一个多难的决定，想到这儿，我不禁又犯了皱眉。于是我同时罗列了离开或留下的理由——

离开的理由：

1. 我爱猴儿

2. 想往外走走

3. 屋里的一切很令我生厌（妈除外）

4. 我与猴儿的距离将会更近

5. 我和我的家人生活将会更好

6. 有姐妹去过，能为我做向导

7. 老天赋予一个新的人生机会

8. 人活一辈子，总要做点什么证明自己确实来到过这个世界

……

如此如此，这般这般的我在沙地上列了一百三十二项之多，但强烈对比的是我居然无法为留下的理由列上一小项。不，其中一项可属于存疑的：“现在的生活真的是很糟吗？”

可能所有人都会觉得我肯定要走了，但事实却是我没有马上离开这里，若然真的没有了那件事，我想我一直会这样子地待下去，直至我老去、死去。

# 第三章　出发的理由

当落日将黑幕拉满
帆影全死在海里
你的手便像断桨
沉入眼睛盯不住的急流里

——罗门《死亡之塔》

白色，似乎并未在我的生命中广泛存在，但这几个月却几乎占据了我的一分一秒——现在医室内的门窗和床，总之所有白色赋予的感觉都令我对往后将会发生的一切不容乐观，所谓“尽人事，由天命”。说到底我们只是被命驱往前进的马蹄，正如几案上那株败了的山花一样，谁也无法改变它要凋谢的命运。而微微飘动的白纱窗帘后，除了能猜到的结局外，大概还有的，是雨……

* * *

“滴答、滴答……”那天张二叔急冲冲向我跑了过来，未及回过气来便扯着嗓子直喊：“二妹，快来。”

我被二叔突如其来的举动吓住了，但二叔却二话不说便硬拉着我的手往外跑了出去，我心立时乱跳了起来，担心是不是有什么不好的祸事。

“二叔，到底是啥事？”在雨中，我的声音盖过了一切。

“你娘出了事——”

回答是这样的直接和突然，我的脚步虽然没有因此而停下，但无可避免地眼前却黑了一下，耳朵发麻。而当在往乡里跑的时候，我的心早乱成一团，而无数个问号则嗡嗡地在脑袋内扰攘。

到达乡里的医室，当见到第一个护士，二叔已迫不及待地把她拦下来：“刚进来，女的，在几号室。”

“你到那边登记处问一下。”

我们快步跑了过去，只是我抢了口道：“我妈在什么地方？”

“你妈叫什么名字？”

“叫明凤，陈明凤。”我急说。

“嗯，”轻轻地点头，她伸了伸手指了指，说了病房的位置：“右边转角第三间，08室。”没有任何多余的话语，仿佛沉默就是惟一的代言人，而我们脚下的步伐刹那间却变得更加沉重。

在房子里，现在只见医生在为我妈做检查。

“医生，我妈到底怎么了！”

“对，咋了？”二叔也急着说。

“安静些，往外等就是了。”医生没好气地说。

我们不情愿地往外走后，在长椅中我便急着问二叔到底发生了什么事。

“二叔，为什么妈会弄成这样？”

“这叫我如何回答？就是窑场的事，那时我正往乡里走，咋知就看见你娘倒在地上，血哗啦哗啦的一大片。这几天雨水特别多，别说其他人，我也打滑。”

“谁是陈明凤的家人？”

“我是。”我急忙招了招手。

“家里只有你一个，没有其他人吗？”

“哥从前出去了没有回来，爸在家里。现在只有我一个。”我脸色发青地说。

“唔……”看见医生欲言又止的，我像囚徒等待宣判一刻一样，整个人不禁哆嗦起来。

“很危险，我看她脑内准有积血，不过小医所设备不好使，无法知道。”

我随即跪在地上哀求道：“医生，请你行个好，救活她吧！”

“你先起来，跪着也没用，依我看还是转去镇的医院好。”

“医生，去那一趟大概要多少钱？”

“这可说不准，两三千不定，动辄上万也可能，可知脑壳这玩意儿可不是说笑的。”他从眼镜圈内射出迫人的眼光。

“两，三千……上万……”我的腿随即就软了起来，可知我们家一年的收入也不过千元多，哪来弄这么多钱。

“大夫，人命要紧，贫户，就帮帮忙、帮帮忙。”我看见二叔忙向他手上塞了个钱。

“那好吧，放在这里看一看吧，但往后怎么样倒要看她本人的福分！”他边把钱塞进口袋边说道。

“现在我们可以看她吗？”

“可以，但不要待太久。”他转身说。

“谢谢医生。”

“谢谢……”二叔也弯腰道。

“二叔……那钱……我。”

“什么话，往后再说。先看你娘吧！”

“唔……”

* * *

今天依然有雨，雨声既将我带回过去亦将我送回现实，愈在房间内待得久，身上和心上的保护便愈容易剥落，真实——尽管那是十分痛苦的。

杂乱的走动声渐渐在门外稀疏起来，代之是黑暗带来夜的悄静，或许除了那一阵病痛的透骨呻吟外。现在的我像个哨兵一样如常厮守在她的旁边，岁月大概就是这样无情的，直至这一刻我才发现她的样子实在是比过去苍老了许多，苍老到了难以相认的地步。蓬松乱发和过度下陷的骨架，从前是最温柔体贴的象征，现在看来实在是教人心痛。轻轻地握着她那双细小柔弱和不相称的粗糙小手，大概只有微弱的脉搏跳动才是她依然生存的惟一证明。一匙又一匙从口内溢出的稀饭，有些散乱、有点无序，倒像现在的我；而不同的是我更需要压抑自己的一切，不敢对你有任何情感的流露和视线的接触，只是猛然低头擦拭滴在你身上的几点小小的泪花，你知道这一切的痛苦煎熬是多么的难受吗？听说一般人濒临死亡前都会有“死相”之状，外人看来就是死前感觉逐渐消失。如看东西只见到粗粗的轮廓，细部已辨识不清，更分不清亲人是谁。耳朵或许能听到声音，但再分辨不出那是什么声音，亦无法听清楚是谁在说话或说什么话。舌头也跟着失去辨别味道的能力。同时身体对冷热的感觉也渐不清楚，不知外面是冷还是热，这些一切一切的都是死相的症候。无可置疑我的至亲现在正经历这最悲苦的一幕 —— 她此刻正把眼睛撑开望向窗外，柔弱地哼着她那首最爱的小歌，从前最欢快的词、配上现在最感伤的哼调，既似叹息、更似呼唤。忽然她抬起头来惊恐万分地对我说，声音虽低，只是一段又一段重复地喃喃自语，但每字每顿却触动了我的最痛处：“俊山（我的哥）你在那里？二妹，来……来，妈帮你编辫子。小心噎着了。妈要给你俩买糖果子。你们又淘气了。吃片山楂片，药茶会没有那么苦……”她用力把我的手攥紧，甚至连嘴唇也都铁青了还打算要坐起来。我想那时候妈大概已知道自己不行了，她定想在世上做最后一次努力，但在一阵阵抽搐颤动的打击中最后她的脑袋还是一歪地重重摔到床上，然后像断了弦一样平静地躺着。不久医生拿了听筒听了听又拿了电筒照了照后只简单地说了一句："人去了。"便把床单盖上。我妈呀妈地叫了好几声，看着她倒在那里依然一动不动的，我就知道她真的已经去了，一把抱住了妈，她的身体依然从皮肤中传来温暖，我怎么样也想不通，为什么好端端的一个人会就这样子地去了。

而就这样爸、二叔和铁胆哥翌日也来了。

"想不到、想不到。""唉……好人就是这样。"二叔和铁胆哥他们一遍又一遍叹气说道，而爸则像想杀人似的，也不管是谁就朝他吼道："还我的伴！"好几次见到类似医生或护士装束的，也不由分说就抓着人家说人家害了妈，要宰了他们。不是二叔和铁胆哥死命地把他抱着，还不知道往后会出什么险事。其实谁害了妈的一生，我又怎会不知是谁呢！

但当我朝他看了半晌后，我感觉到某种转变正在发生。这是我第一次感到爸对妈的重视，亦是今天这刻我才开始发现到他原来是我们家人的证明。看见他现在如此的歇斯底里，我经年对他的怨气已消了许多，更不由得心生怜悲，我哽咽着对爸说："好啦！爸，该让妈静静地走好。"爸听后就僵在那里，一动不动的，然后忽然吐了句："我回家替明凤收拾一下。"便走了，铁胆哥默默地跟了开去，而我和二叔则留下在医室中打点一切。

这天天气不好也不坏，只是略为有一点沉呼呼的。妈的身体现在正躺在牛车之上，而身上穿的是妈多年也舍不得穿的大黄花衣。在颠簸中由于原定的后山道因早前雨季都坍了，故才决定移葬于离我们家不远的小土岗之上。当我们择好方位后，工人便开始不断挥铲挖坑，而四周则纸钱翻飞、经声重绕。爸则独自在一旁喃喃自语，点数妈的陪葬物。不消多久，坑穴挖好，在跪拜中妈就这样静静地被抬起，当看见在布底下微突的妈的线条，心顿时一阵抽紧，压抑已久的泪水就这样地涌了出来，在沙土的重重掩埋下“只希望妈来世不再为穷人，因为她这生实在太苦了……”在哭声和哀愁中葬礼就这样地过去了。

往后我们大伙回到屋内，屋子很久都没有这么热闹了，除了二叔、铁胆哥、芳姐外，还有一众从前没有熟下来或怕了我们的乡里。

“七贵哥，今次嫂走得也算十分体面了。简直可跟乡长他家比。”铁胆哥首先开腔道。

“唔……确实体面。”二叔点了点头后说。

然后大家亦跟着安慰了几句。相信来到这里的所有人一定会为此而感到十分诧异，因为咱家在这乡论穷的话可以算得上数一数二了，用的用，败的败，哪还来体面的葬礼呢？勿论和尚道士的工资已按小时来算，若再加上早前的医疗费更加是天大的数字。而答案当然只有我一人知道。

“芳姐，这次真的要谢谢你，要不是有你在，这大笔的债也不知如何能应付……”我握着她的手道。

而在我还要说下去的时候，却被她截了话：“我的好姐妹，这不过是小意思嘛，算得了什么，何况大娘她从前也对我不错。”虽然她轻描淡写地说着，但我知道医院的药费、红包再加上下葬的工人、法事费少说也要七八千块，就是把我家给卖啦也换不了那么多的钱。

“我会出去打工，即使耗上一辈子也要把钱还给你。”

“哈哈哈，那你一年能还多少钱？”她随即笑着接口说。

“这……”我为之语塞。

“一百？五百？还是一千？你还得起吗？”

“我……我一定会还的。”我忧心忡忡道。

“傻丫头，我又没有催你，只是我在想既然你说要出去打工，倒不如跟我去澳门，两姐妹有个照应，一起发财不是更好吗？”

“可以给我几天时间考虑考虑，可以吗？我真的需要点时间。”

“好好好……大事嘛，当然可以，何况我还要在这里待上一段日子，因为……不，总之你还是可以慢慢考虑的。但是你一定要记住我的一番话，就是决定好了就不要后悔。”

丧礼过后，日子过得大概比我想象中的还要漫长很多。躺在砖床上的时候，我的四肢实在不知道该怎样放才好。因为无论怎样放，脑海里总是围绕着澳门之事。尽管换了许许多多的姿势，尝试找出一个不想澳门的姿势，可惜最后还是失败了。

我想现在的我倒像一只刚从笼子里飞出来的小鸟，已迫切地要到外面的世界闯一闯。

说实在的现在已有了一切离开的理由，无论从情还是理的角度，但当那天晚上偶然醒来，见他竟然在流着泪，男子汉大滴的泪花就这样地滴在草床之上，这是我从前想也想不到的。他痴痴地蹲在地上，一次又一次地抚摸着妈的衣物，而“明凤、明凤”压抑的哽咽低吟中，我听了后实在心酸得很，从前他百般的错亦如三月的霜雪一样消失无踪。等他睡熟了，我悄悄地爬起床把衣服偷偷藏了起来，不料后来他发现了，说：

“不许把这藏起来……”他在怒吼着。

“爸！”

“人不在，看看衣服也是好的。”此刻我才注意到从前那个我认识的高大恶鬼已消失了，而换来的是眼前一个刮光了脑袋、腿不太好使，还有胸前皮肤皱成一条一条坑道的老人。

就是这样，去澳门的计划推了一遍又一遍，就是无法出口。但事情最令人意想不到的是最后竟然还是爸先开了口。

“你想离开就离开吧！”

“哪有，你胡猜什么？”我尽可能地将所有情感收好。

“还想骗我，淑芳什么都告诉我啦！她跟我说你想去澳门。”

“我……”我还想辩解些什么的，但话一到喉头便又吞了回去。

“你去吧！”

“什么？”

“你去吧！还要我说第三遍吗？”说完又咳了数下。

“不，但……”可能一切实在来得太突然，我只好像只木鸡一样呆在那里，而舌头则直打结。

“欠人家的总是要还，我还未糊涂成连这也不知。”

“但，你自己……”大概我的反应已全落入爸的眼中，于是他马上接口就说：“我？当年我赌足四天四夜都……总之就是精神。何况近来我的身体已经好了许多，你走你的路就是了。”他正竭力地证明他往后的生活再不需要任何人的帮忙。

天下间的事情往往就是这样，奇妙得不可能用言语来形容，开始我想离开最大的原因是因为他的存在，而现在惟一一丁点留恋亦是因为他。现在脑海里忽然闪起了妈的一句话：“他从前不是这样的，只是赌毁了他，也毁了我们。”现在到底是一种什么的感觉，很复杂、很难形容，仿佛就像一种遗失了什么似的犹豫和窒闷。

从山上滚下的石头谁也没法挡。在经过一番挣扎后我终于又向芳姐开口借了些钱，芳姐二话不说就把钱拿了来。实在好得什么话也不能说了，而家里的一切则托二叔他们代为照顾照顾。

“放心吧！你家就是我家，保管看好。”铁胆哥拍着胸口说。

“唔……”二叔欲言又止似的。

我见二叔这样倒先开了个口：“二叔有什么话尽管说，自家人嘛，而且你又是我从小最尊重的人。”

“既然你这么说，我也把话说亮了，一个女孩子在外实在太艰难了，你真的已经考虑清楚？”

“我的二叔呀！我年纪不小啦，长大啦！不是当年裤子开裆的黄毛丫头，我当然清楚在外总是要吃点苦，但我相信我一定会熬过去的，难道我的驴子性格你还不清楚？死不了！”我笑了笑说。

“是呀！辣子不是谁人都得罪得起的。”铁胆哥附和着说。

“你懂什么，一只笨牛。”二叔厉色道。

虽然铁胆哥真的有点木讷，也无法看到别人心的暗涌起伏，更甚的是常常会以笑声把事情搪塞过去，但听到“笨牛、笨牛”这样的称呼总不太是味儿。“二叔，什么事嘛。哪来那么大火，我知道你疼我，舍不得我，我多回来就是啦！”我见二叔有点怒气，于是便温柔地道。

“我的确疼你，亦是舍不得你呀！”他紧握着我的手，然后接着说，“但最重要的就是我了解你这丫头。”

“我知，全天下最了解我的人除了妈以外就数二叔你啦！”

“你呀！你这个丫头就是太单纯，做事一股蛮劲，得罪了人是一件事，但最怕还是被人家骗。”

“骗我？我有什么能给人家骗？”我差点要笑破肚皮子。

“很难说。外边什么也有可能，毒蛇可能、山狗可以，而且你每次有事只往心里堆，怕真的遇到什么大事会吃不消。”

“哎呀！二叔，大城市哪有什么山狗、毒蛇啦，而且有什么事能比现在更差？你尽管不放心我，也要对芳姐有信心，她这些年也在外面熬，有什么东西没有看过，都快成老马啦！你看她现在多好，家里生活好啦，又富啦！”

“芳姐、芳姐的，整天地挂在嘴里，你跟人家很熟吗？”

“现在说起来，你们从前又真的不是太走在一起。”铁胆哥说。

“是的，我们从前真的不是常走在一起的，因为她年纪比我大得多，但毕竟也一起在庙堂那里学习过（那时一至六年级，甚至有几个中学的也在同一个室内），我也记得她从前写的字很漂亮，时常也受老师表扬，有时甚至代老师上课呢！而且她话不多，很文静用功，与蹦跳好动的我当然有分别，我俩的话自然就少了，她还给过我糖果呢！但最重要的是我妈的事她真的帮了我家很大的忙，你们不是常说得人恩情要千年记的吗？何况我出去长长见识，总比待在这里要好吧！”

铁胆哥亦和着：“对啦，想法有理，态度正确。”

“或许你们真的说得对。年轻人终归是年轻人，总有自己要走的路。”二叔叹口气道，“总之你要出外，自己凡事都要小心一点，尤其那个阿芳，我总觉得她不太正气，一股风尘味的。”

“我知啦！但哪有人像二叔你一样只有阳光与泥土味。总之我自己多注意就是。”我拥着二叔的脖子，虽然满口承诺，但并没有对此事太在意。虽然我也觉得从她那尖锐慑人的眼神中，很容易就令人联想起什么江湖儿女的，但我想这不过是外边风霜的痕迹罢了！

“好啦，我要回去。总之你家的事包管放心，有我在塌不了的啦！”二叔接着又回头说了句，“既然决定了就要努力地干，要做到戏里面演的、书里边写的，干点好成绩回来。要不就不要回来见我们！”我见到他用粗糙的手指在擦眼泪，有点躲闪，如同弹去身上的野草一样。

“知道！”我向二叔行了一个敬礼。

在夕阳中二叔的身影被拉长后渐渐没入远方。

“老头他从小就看着你长大，直把你当女儿，他也是关心你。”铁胆哥打了个完话。

“唔！这我当然知道。”

他接着说：“说实在的，我也想出去看看，可惜我呀人真不机灵，如果像你那样聪明勇气的话，我也会出去闯闯。将来回来可要多说一些外边的事啰！”

“哪少得你那份。总之我们安定下来的时候就会把澳门的地址寄给你，但你记住要多往我家走走，最重要是……”

“最重要是帮你看看有没有建邦的信，然后小心存好留起给你，待你回来再拿嘛，你不知说了多少遍！连我的耳朵也快生茧了。”

“好好好，记得就好，否则把你脖子也扭断。”我作势要叉着他的脖子。

“死啦，谁管你收信的。”他赶紧跑开叫嚷说。

“你敢！”我也咧着嘴笑。

嬉笑过后，我忍不住在目送铁胆哥背影的时候大喊：“谢谢，真的谢谢你啦！”

“不用谢，再谢就不像辣子你啦！真的是怪难为情，又不是不回来，总之一路走好，自己要多保重！”

“唔……我会保重自己，再见——”

“真的要再见了……”我低声地对土地诉说着。

一切安排过后，已是12月的第三个星期，明天我就要离开家了，离开我每天走着熟悉的路，离开我深爱难忘的断崖和我孤苦可怜的羊儿。澳门 —— 我的澳门，我马上就会投入你的怀抱，我要在你那里找到我的梦、我的理想和我最重要的爱人……

## 第四章　澳门的天空

“澳门位于中国广东省东南沿海的珠江三角洲，毗邻广东省，与香港相距60公里，距离广州145公里。由澳门半岛、凼仔和路环两个离岛组成，以前是个小渔村，她的本名为濠镜或濠镜澳，因为当时泊口可称为‘澳’。因其附近盛产蚝（即牡蛎），蚝壳内壁光亮如镜，被称为蚝镜。后人把这个名称改为较文雅的‘濠镜’。清乾隆年间出版的《澳门纪略》中说：‘濠镜之名，着于《明史》。东西五六里、南北半之，有南北二湾，可以泊船。或曰南北二湾，规圆如镜，故曰濠镜。’从这个名称中，又引申出濠江、海镜、镜海等一连串澳门的别名。澳门的名字源于渔民非常敬仰的一位中国女神——天后，她又名娘妈。据说，一艘渔船在天气晴朗、风平浪静的日子里航行，突遇狂风雷暴，渔民处于危难。危急关头，一位少女站了出来，下令风暴停止。风竟然止住了，大海也恢复了平静，渔船平安地到达了海镜港。上岸后，少女朝妈阁山走去，忽然一轮光环照耀，少女化作一缕青烟。后来，人们在她登岸的地方，建了一座庙宇供奉这位娘妈。16世纪中叶，第一批葡萄牙人抵澳时，询问居民当地的名称，居民误以为指庙宇，答称‘妈阁’。葡萄牙人以其音而译成‘MACAU’，成为澳门葡文名称的由来。在后来的四百多年时间里，东西文化一直在此地相互交融，留下了许多历史文化遗产，使澳门成为一个独特的城市。由1999年12月20日起，澳门将会成为中华人民共和国的一个特别行政区。在‘一国两制’政策的指引下，澳门实行高度自治，享有行政管理权、立法权、独立的司法权和终审权，而澳门的社会和经济方面的特色会予以保留并得以延续。澳门的面积很小，但却是世界上人口最稠密的地方之一，也是亚洲人均收入比较高的地区。澳门是一个国际化的都市，尤以赌业著名，几百年来，一直是中西文化融和共存的地方……”

这是我进入这里前芳姐给我的一份澳门旅游介绍单张，这个平面式的介绍，虽然并不立体，但对于毫无概念的我，总是聊胜于无。而若然有人问我对澳门第一直观的感觉，我想就是澳门这里的风跟山中不太一样，不再从四方八面汹涌吹来，不再那么的寒冷透骨。这儿的风多吹起来，既温暖又潮润似的；其次就是路真的很窄，无论是人走的，还是车走的也一样，比窄小的山路还要窄似的；而最奇怪的是路上的女孩在套上厚衣服的同时，腿上却只会穿条薄透短裙，令我觉得衣服在这里不再是为了御寒之用，而是某种装饰的需要，像山雀的羽毛一般。

当然这仅限于由一个名叫关闸的口岸到达我住的所在地佑汉的路程的简陋印象，有没有十分钟？我想有吧！但大概已包含堵车的时间在内。这里没有我想象的似山一样的金碧辉煌高楼，相反只有丑陋低矮密密的楼房，算一算，应该大部分只有五层高的；在迂回的小巷中走着，看不见天也看不见云，只看到阳光透过横竹晾晒衣服的微弱影子；我从来也不曾想到老天给予的阳光会像现在这般的弱小，而且四周更溢着一种难以形容的不流通的霉气——腐臭垃圾、水洼和墙上一张盖过一张的标语单张成了小巷的最大的特征。走着走着与此当时我们已到达了一幢不起眼的小楼，走进楼门，首先看到的是一大堆生锈的招幌，什么“包公上身”“理发恤发”“包装接运”形形色色什么劳什子都有。好不容易才踏上粗石制的台阶，转了三圈数十级后正前方出现的就是一条狭长的走廊，不很宽，就只能容纳两个人并排站着，移近再看两侧墙壁的孔雀绿漆色已经脱落。除了一个小小的晒台外，走廊两侧都是住家。数了数，大概就是四五来户人家。每家的大门也是暗黄色的，芳姐则告诉我左方第三间贴着一个福字挥春的就是我们在澳门的家，而这个单位则是她的一个朋友暂借给她住的，说喜欢住多久就多久，费用全免。这一家小巧的单位，内里布置虽然算不上华丽，甚至有些残旧，但胜在整个地方只有我跟芳姐两人，与我想象中的数十人一屋的宿舍相比，这里可算是安静洁净得过分，且每人又可独占一室，这是我从前做梦也梦不到的。“这儿比山上舒服多了。”在芳姐身后嚷着的同时我们也就这样子地在这个体单位住下来了。但几天下来，我开始闷得可以，于是便央求芳姐带我出去走走：“好嘛，就在附近跑跑也好。”虽然我百般渴求，但芳姐总是说不行，什么还不是时候，要等机会，最后竟还用命令的口吻嘱咐我自己不要随便乱走，在澳门这里要听她的安排，否则把我赶回老家。虽然她说得有些道理，但她的横蛮却惹来了我的脾气，她见我来了劲，这才开始解释说是因为我对这地人生路不熟，而且澳门的人莫说我们山里话，甚至连普通话也会听不懂的，所以不注意我总是要吃亏的，若然要走失了也不好办，再过些日子，她说她一定会带我出去好好地见识一番，什么牌坊、妈祖阁、大炮台……全部都去。

虽然我现在出不去了，但从房中的窗子往外看，尽管隔了一道厚厚的铁丝网，但我却仿佛感到与城市的贴近，每天六七时外边已有一些声响（比我们山里起得要迟）；九时以后已有很多人兴致勃勃地走着，像蚁穴中的蚂蚁似的，从他们发出的声音中我猜想当中不少是要往市场或上班去的；往后则慢慢有了摩托车的隆隆声响；而到下午时汽车则在街上掀起很多的灰尘和响着吵耳的铃声。记得有一次有一辆装着大喇叭的面包车在这里附近慢慢地驰着，像在宣传什么的，我想了又想大概应该是在宣传国家的计生政策。因为山里也曾有大队来宣传过，说什么现在国家已人满为患，整天吵吵嚷嚷的，还在车上挂满宣传牌和照片吸引人们，说什么避孕就是发展的硬道理，我看还是和澳门这里蛮像的。而且说真的澳门真的要比我们山里拥挤多啦！

而平日我则喜欢坐在彩电旁，虽然我实在看不懂他们在演些什么，只知道他们在屏幕上出来进去的，但总算还了小时想看彩电的愿望，相信我这些天在不知不觉中已成为全乡看得最多彩电的人。而芳姐更鼓励（甚至连哄带骂）我多看，尤其是第一和第二个频道（我最讨厌的就是这两个频道，因为完全听不懂他们在干啥）。说学好这些叫港话方言，会给将来的工作带来很大的好处。

但他们的语言真的很奇怪，像旱鸭子一样呱呱在叫着——“谂下谂下”“我哋今日去边度”“不如去落点”“喂！你真系唔知道佢讲乜！”“佢点解咁独食！”“睇嚟今年又衰硬”……

一大堆的真的很难令人明白，而我则像个学生似的在反复背诵。当然担当解释重任的还是只有芳姐，从她仔细的说明中，不单说话地道，甚至在我看来她对这地方更是熟识无比，十足一个澳门通似的。所以我亦不会放过这个好机会，希望她能帮我在澳门打探到瘦猴儿的消息，即使是一点点踪迹也好。而芳姐也不推却，说开车送我们来这儿一个叫乐哥的在澳门人面广，相信要不了多久，准有消息。但她同时却提醒我不要靠他太近亦不要忘记来澳门的目的到底是什么。这是当然的，我一定会好好地努力工作来报答她的恩情，虽然我并没有说出口。

而在我们相处的这些天我开始发现了芳姐烟瘾真的特别大，一天少说也十来根，有时更会自己卷烟吸到稀里糊涂的。还有她真的十分钟爱提包里的化妆品，不同大小的化妆品少说也有二十多种，方形、圆形、长形；蓝的、绿的、啡的，整天坐到镜前划东划西，一股劲地在脸上忙个不停，而且不时嚷着要教我。说真的我岂是这个道的，最后见实在拗不过她，只好随意应付涂了些，而芳姐却说我化得不错，很有天分。但我左看右看还不过是个野猴屁股，红彤彤的，羞得很（但可恨的是在后来这几乎成为我每天都要经历的常规课程）。除此之外她每天就是捧起一个叫琼瑶的人写的小说，边看就边咬指甲，而且一读就是三四小时一动不动的，最后不是热泪盈眶就是长叹一口气说："若和他能相爱一次就好了。"当然有时她亦会因为看这些书而大发雷霆，说什么骗人的，世间哪有这样的事，但由经验得知，她不消一刻钟就会再拿起书慢慢细读起来。

说实在的，在这两个多月，工作的事就是缓了又缓，可我也从来没有仔细问到我们来澳门实际要干些什么，我想大概应是服务员之类或对外的工作，总之一定是要面对客人的，若然不是这样为何要如此地注重自己的外表？又要学习外语呢？

今天乐哥来了，他一个月总会来三四次（有时甚至会过夜），每次他跟芳姐总会进到房间里去，说是要谈点正经事。但从他们表现的亲密情形来看，我想那胖乎乎的乐哥十之八九是芳姐的对象，虽然我觉得他们的年纪相差实在颇大，我猜少说也有二十多年，但男人只要事业成功，能赚到钱，年纪大一些又何妨？大概芳姐也是因为怕丑不肯承认罢了！

"辣子，习惯了没有？"从房间出来后呼着烟圈的乐哥问。

“在房子里闷着，哪有什么习惯不习惯的。”我没好气地回答。

“看来有人要投诉了。”乐哥笑着说。

坐在一旁翻着杂志的芳姐并没有答话，只是闷哼了一句，乐哥见状于是便问了我其他问题：“这些天广东话学得怎样？”

“‘鸡’本上呢……阿‘腥’我而家‘塞’讲一点‘减单’的‘池渔’……”我用广东话一字一顿慢慢地回答乐哥的问题。

“说得不错，比刚刚来的时候进步多啦！但若然能将‘鸡本’读回‘基本’、‘腥’读‘生’、‘塞’读‘识’、‘减单’读‘简单’、‘池渔’读‘词语’那就更好啦！”

“鸡本、鸡本、基本、减单、简单、减单。”我口中喃喃地念着发音。

“不是啦！”看来乐哥要准备纠正。但此时的芳姐却对我说了句：“不用听他的，就这样读就行了。”然后再对乐哥说，“懂沟通就可以……而且半咸淡那些客不是更喜欢吗？”

“对啊！我怎么那么笨！还是芳姐厉害，一说就捅了重点。辣子，你就听小芳说的，这样子就好啦！”乐哥拍着脑袋说。

我对此没有说些什么，只是觉得这真的很奇怪，为什么有客人要喜欢服务员发音不标准的呢？但在我还没有来得及细想的时候，乐哥的另一番话已吸引了我。

“好，见辣子那么努力学习，下星期有空带你往外走走。”

“是吗？我真的可以吗？”我顿时兴奋得手舞足蹈起来。

“那么快，行吗？”芳姐说。

“行，你看我们的辣子多聪明啊！一定行。”

“对，准行。”我也和声说。

芳姐把乐哥拉到一旁轻声地说了些什么似的，只是依稀地听上一些："那事过去……货……脱手……放心……"

在一轮对话中，芳姐最后说："嗯……总之要到外面绝不可乱跑乱撞'一定'要听我们的。一定啰！"

我用力地点头说："所有都依你们总可以吧！"

往后的一星期到底是怎么过的？实在连我自己也说不出所以来，糊里糊涂的。只记得昨夜实在睡得不好，透过窗幕看到微弱的月光在漆黑的房子内呈现着一道惨白，我没有继续在被窝中躺着，亦没有走到外间，而是首先在床上坐了下来。此刻夜真的很静，甚至比山里更静，仿佛什么声音也没有，包括草鸣和风声，或许除了自己的呼吸声以外……在一呼一吸中有时我也会茫然地想着"这到底是哪里？"但随即我拍了拍自己的脸："怎么了。精神、精神，我应该想想今天要去哪儿。对！今天真是我的第一天。"此刻兴奋已不禁盖过了所有的一切，于是我就这样子轻手轻脚地从床上站起，尽管在脚踩地板的一刻仍然发出了微弱的吱吱声，而在穿好衣服或踱步中等待的同时，窗幕却已渐渐红了起来，直至化成无限道光火射到我的床上。

我走到厨房里准备为自己做顿丰富的早饭，柜子里有鸡蛋、香肠、白菜、方包、方便面、牛奶、汽水和啤酒。我选择了鸡蛋香肠配白菜，我认认真真地为自己和芳姐煮着食物，而香气就这样被弄了出来，霎时我感到肚子里那一阵阵的鸣叫，我想这会儿我真的是有点饿了。

"早啊！"我大声地兴奋地向进来的芳姐喊着。

"早，辣子，对啦，你那么早干吗？"芳姐没精打采地说着。

"不早啦，从前我差不多四点钟就要起来，要割草、要给羊吃的……"我用手指一项项数着给她看。

"好好好！但你来澳门那么久还没有习惯晚起来吗？"

"没有习惯，只是我起来的时候你不知道罢了！"我说。

"是吗？"她不以为然地说着，随即又打了一个呵欠。

我点了点头后接着问："芳姐，你要来些早点吗？"

"好像很香，但还是不用了，你留着自己吃，我习惯把午饭当成早餐的，现在太早没什么胃口。"说实在的我真的有点失望。然后她从柜子里开了罐啤酒边喝着边上厕所去了。

她忽然跟我喊着："对啦，辣子！早起是好，但记紧往后要学会晚睡……"

"晚睡？我现在也睡得很晚了，差不多九点一刻才睡。"

"你真是的，这算得了什么，起码要训练到凌晨三四点睡才行。算啦！你往后就知道。"

"那还用睡吗？"我不禁犯了嘀咕。

"你说什么？我听不到！"

"没有，我说今天我们什么时候出发，人家为了今天已把平常不舍得穿的，最漂亮的小黄花连裙也穿上了。"

"是你现在穿的那一件吗？"她瞥了一瞥。

"是呀！你看！"

因芳姐上厕所不习惯关门，于是我可以转个圈给她看。但她看完后却没趣地说："什么破衣服，土，太土，这能穿上街吗？赶紧把它给换啦！唉……算啦，换也换不出什么货色，还是等一下我们给你去买一批。"

"真的不好看吗？"我失望地说。

"我的辣子，不是好不好看的问题，这里有句老话——就是佛要靠金装，人则要靠衣装，知冇！"她洗手后出来对我说。

"什么佛不佛的，它是它，我是我！"

"没你好气。我去换衣服。"

此时门铃响了起来，我知道大概是乐哥要来接我们了，于是我赶紧开了门，而芳姐则喊着说：“告诉阿乐，我在换衣服，叫他等一下。”

“乐哥，早上好！”

“早。”

“芳姐她……”

“不用说也听到啦，她嗓门这么大。”

“你要抽吗？”乐哥把香烟给点了同时也把烟盒递了过来。

“不会抽。”我虽然把手掩在鼻上但依然被烟味呛得咳嗽了几声。

他也没有理会就说：“不抽好，这家伙呀黏着就麻烦啦，一天没有就不知怎么的，就是没劲，唉！小芳跟你很久姐妹了吧！”

“同一个乡，从小认识。要好得很。”

“噢！这些日子习惯了澳门没有？”他随即把手放在我的手上搓了起来。虽然这种举动有点怪怪的，但我还是应了声：“早就习惯啦！比山里生活好多啦！”

“习惯就好，以后有什么事需要帮忙尽管通知我，听小芳说你想打听一个叫建邦的消息，对吧？包在我身上，这是我的手提号码，用屋子里的电话就能打。记住，不能告诉小芳，她心眼小，麻烦！”

“你人真好，谢谢，乐哥。”显然他已成功抓着我的注意点，四周顿时洋溢着一个温和亲切的气氛。

“好啦，可以走啦！”芳姐边穿好衣服边说。

“那我们出发吧！”

“好。”大概现在的我已像个将要吃美味糖果的小孩一样，虽然我并不是第一天到澳门，但能真正地外出确是头一遭。而听他们说我们现在要去的地方是一个在新口岸叫葡京酒店的地方。车子走了十多分钟，我便见到一港湾，这是我人生中首次见到有这么多水的地方，蓝色的天，白色的水煞是吸引人，于是我把脸尽量往玻璃处接近，而在半开的玻璃中，我差点把头卡在那里——

“还看，小心旁边的车把你的头也剪断。”

我虽然为之气结，并向芳姐做了个鬼脸，但现实是这刻的我更像一个犯错被抓到的小孩一样把头缩了回来，还是乐哥好，他为我说了句公道话：“头算得了什么，整个人伸出去也行。后面的车他妈的管得了吗？”

我们一同笑了。

在笑声中我指着不远处说：“这里发展得真好，你看那儿，密密的一片又高又漂亮的房子，比我们住的地方可真是强多了。”

“当然，这是新区，我们住的是老区，怎么能比啦！”

“怎么老区跟新区挨得这么近，好像一下子‘啡’的就在你面前出现的样子。”我做了个夸张的手势。

“其实不近啦！澳门就是这一丁点的地方，几条街下来，就什么风景也变了。而且你想破脑袋也想不到的是，从前这里的地更少，只有现在的四分之一。”乐哥说道。

我差点要惊叫起来：“四分之一，那其他的地怎么跑出来的。”我转头摇着芳姐，她于是没好气地说：“就是填出来呗！”

“填？”

“就是把海给填啦！”

“那么漂亮的海给填平，不是太可惜吗？在我们山里能看到这样子的海是多难得呀！”

“那也是没办法的事。要发展当然就有牺牲，你看见对面的岛吗？”他指了指窗外，就在桥的那端。

“唔。”我点了点头。

“那个叫凼仔岛，总有一天我们会见到跟这里连在一起的。”

“这是真的吗？”我默然地感叹起来。

后来我们在几番兜转下终于停了下来。

“这里就是新口岸的葡京酒店？”我兴奋地在四周巡望。

“差不多吧！就在旁边。”后来我才知道这是一个叫议事亭的地方，当然这也是往后的事了。

现在虽然还没到夜晚，但这里依然灯火璀璨，伴随我响着的兴奋脚步，今天确是我来澳门的“第一天”。放眼四望人流多得像河中的小鱼一样，一个挨一个的，而且青春年华的很多，女孩子多衣着性感，男的则步履轻盈，只是略为瘦弱了一些。跻身于他们之中，我仿佛已嗅到了他们的时尚味道。而在道路的两旁尽是一些吸引人的商铺窗户和花哨的广告牌，五光十色地把所有人的目光也挤到一起，他们在细致挑选衣物、挑选日常所需，挑选往后的一切生活方式。而就在商店与教堂的转角处，一个破破烂烂的花子在纸皮的空间内正提起鸡爪般的手在塑料袋内贪婪地吃着冷菜凉饭，由于过分急促，饭粒便粘在前额、嘴角、喉头。一副干巴、呆滞的眼神，拖着稀疏零落的头发，连同满面的疙瘩洞子和晒得焦黑的皱纹，总令人联想到病症末期的悲惨情况。当然我并不是没有见过花子，甚至更悲惨的也见过，但此刻在纯白“仁慈堂”（我把旅游宣传单给看了，所以知道这个地方）的不远处和繁华的大都市背景下，有这样的一个角落，却令人产生一种难以形容的滋味儿；但最令我难以想象的是，这里所有人都对他的存在视若无睹，亦只会从他身边轻轻滑了过去。“怎么了？突然停下来。”芳姐说。我指了指我所看到的，她循我的方向望去，说，“他在这儿大概好几年了，可能更早，被城市淘汰下来的就是这样，你看得多，就会习惯了。何况天下间哪里没有乞丐呀！”同时乐哥亦插了口：“他可是这地方的活地标，平常见熟了，倒没有什么感觉，但如果有一天他真的不在的话，我想我们可能才不惯呢！”妈曾经说过：“宁可信一个叫花子也不要信一个爱赌的。”我想“他已用行动为这个城市说出最真实的话”。

其后我们在一家店前停下，像极一只在潮浪中登岸的小船，甫入店内芳姐已熟练地把搜索的目光放了开去。

不消一会儿，鞋已出现在她手中：“这双鞋子倒不错。”

“小姐的眼光真好，这是今年的新货，手工通花再配上闪石，看下去给人一种比较‘Grand’的感觉。”

“嗯……我自己看看。”她支开了服务员。

“是的，看好可以再通知我们试穿的。”她礼貌地说。

“芳姐，为什么那双鞋子看上去会比较‘惊’？”我摇动她的臂膀。

“惊？什么惊不惊？谁说的？”她反问。

“刚刚那服务员小姐，不是也说穿了那鞋子会把人给吓‘惊’吗？”

“真是被你气死啦！人家不是说‘惊’，是说英语——Grand，意思就是华丽，还有自己去看，不要烦我……”

“乐，你就陪她买点需要的东西。”芳姐的表情好像很不耐烦什么的。

“你买你的，辣子。”乐哥应了句并轻声地说，“还是少惹她为妙，芳姐看东西的时候不喜欢人家吵的。”

“哦……”我随意地在店内看着，我总感到服务员寸步不离的不友善的眼光，大概我这类人真的不太适合来这里吧！

“怎么，辣子，挑不到想要的吗？”

“不是挑不上，是太贵啦！四百多块一双鞋子，裙子要六百多块，还有其他什么的，加起来我们家一年的收入就在那里。”

“傻辣子，叫你来当然是我们付。”

“但是……”我还在犹豫着。

“这些都是工作服，工作上需要的。见人，不能丢脸。”

于是我只好挑了几款衣服，但乐哥总说不大好看，然后他自己又拿了一些给我试穿——

“乐哥，这真的好看吗？”

“还不错。”他打量了一下。

“但这些衣服布那么的少，会不会太暴露？你看！大腿也露出啦！”我不停地把裙子拉弄着。

“不，挺好看的，时尚。”

然后他立即招了招服务员小姐：“哎……把它们通通给包起来。”

“乐哥，乐哥，等一下……我们还是再选一下吧！”虽然我知道这大概会为我赢得无数艳羡的目光。

“你不喜欢吗？”

他的话直接得令人措手不及。

“不是。”但我依然拼命地在想借口婉拒，“实在是太多了，穿不了。”

“穿不了就慢慢穿，总有一天会穿完的。”

“先生，一共六千二百三十六元，要刷卡吗？”

“不用，付现钱……一、二……四……六。”

就是这样地我们走了十数家店，当出了最后一家的门时，我发现我真的有点累，如何说呢？按理我从前每天也跑数十里路，累发生在我身上大概是不可能的，但事实是我却有了头晕眼花和挤压后气喘吁吁的感觉，不管如何，看来我大概已经是身不由己了。现在后头又是这么多人的推拥，我们只能继续地往前走着，虽然现在我们手上的东西已令我们三人快抱不下了，腕表、香水、化妆品、衣服、电话……可芳姐仍然还饥渴似的在四周张望，情形倒像只花豹在搜寻猎物般；而我则像只没有线的纸鸢随山风在飘荡着。当我们好不容易才在拥挤的人堆中经过了河水纹的石子路和偌大会喷水的池把东西放回到车上时，时间已经来到六时零五分。我们胡乱地吃了些东西以后，再从长长的干道中步行到葡京酒店来……

“芳姐，我们现在才去会不会太晚？人家关门就不好啦！”

“关门？现在去才是时间。”

“那里可是个不夜天。”乐哥补充说了句。

果然不消十分钟，我们已来到葡京酒店附近，这座由黄白两色组成的建筑物，远看时已觉得像一个大大的鸟笼，现在到了面前更发觉这里要比远看时更富气派。从正门经过了雕花门廊之后，内里大概只可用金碧辉煌来形容，而在我生命的经历中，大概只有《一千零一夜》中的皇宫才能与现在所看的相媲美。巨型的水晶吊灯、华丽的雕像，简直把眼睛也给搅花了；而且进入了这里可没那么容易寻路了，这里可谓密布巷道、加上梯阶纵横交错，翻来覆去地就像走进了迷宫一样，先是一个陌生的路口，然后又是一个像原路的模子，大概人在仙山中也不过是这个样子，若然只有我自身一个，要不迷路才怪，而在不经不觉中我才开始注意到有这种情况的人真的是多的是呢！就在那条长巷道里不时有三三两两的小姐在游弋着，好些我已碰面不止一次了，大概跟我一样是外来的吧！铁定是迷路了，于是我便告诉芳姐——

“芳姐，那些人大概是迷了路，你帮帮她们吧！”我指了指她们。

“甭管，人家在做生意。”

“什么生意?”我好奇地问。

“这……有空再告诉你。”她神秘兮兮的。

的确我看到其中一位束着紧身低胸衣和热裤的漂亮小姐对旁边的同伴说：“什么时候啦！车子就晚点，现在搅到连人也晚点，人全都跑去哪儿啦！”另一些同伴则安慰道：“时间还早，晚上准火。耐心等一下吧……”

我放慢了脚步，果然如芳姐所说的现在这里站着不少年轻漂亮的……是（我迅速地思索着）……对，女孩子，全都是女孩子，就是没有一个男孩子。她们在倚着墙观察走过的每一个人，真是好像在等待工作，但是细看她们总是弱质纤纤的，总怀疑到底能干上什么？而且她们虽然三五成群地待着，但照镜子的照镜子，聊天的聊天，好些更无聊地涂着指甲油。说实在的这样子一天到晚谁人会请呢！正在疑惑之际，忽见一蓝眼睛的外国人过来，首先向我询问什么的，见我挥了挥手，又用手势在向我比划什么的，我无法得悉他需要些什么，但在依稀中我听到一个英文单词“money、money”，我想铁定是他弄错了，我现在不是在这里待工作的。正在彷徨之际，一个娇小艳丽的女孩飞快地过来用英语跟那外国人打了声招呼并嘀咕了几句，就走开了，看着她勤快的背影大概是要马上去工作吧！但未及细想芳姐和乐哥已过来把我拉往前去。绕了数个弯后，我们来到一个入口的前方，至于这个入口到底通到哪里现在还不好说，但相信是全酒店最机密的地方，应该是领导人或者总机关的所在地。现在我们必须要把背包放在门框之外，由没有表情的公安人员来传递，而我们自身则需要通过这扇门框。这里还发生了一个小插曲，因为原先我实在无法预料他们到底要干什么，故死命地把包夹紧，可知啊，包里面可是我全副的家当，总共六百一十二块，如果没有了麻烦就大啦！即使没有丢失，他们抽了一点水也不好吧！还是不要让猫看见鱼好，大不了就不见他们的大人物就是了。后来要不是芳姐他们说没事的，并吩咐我把背包打开给他们翻弄，我是死命也不会同意的。几经折磨的，过后我还听到那些公安的抱怨，说什么："难道装金条的……"

"呸，金条倒没有，谁知你们的胃口会这么大！"我也在心中骂了数下。

但不满很快地随着脚步的推移变成为一种不安——这种烟雾的缭绕，这种混浊的味道，这种吵闹喧哗，这种嘶喊喝彩，还有那些亢奋与挫败、狂喜与疯癫、大乐与痛苦等都瞬间勾起了我童年所有不愉快的经验，那年我家几经辛苦才把牛买了回来，结果爸则把它拴到树下，一鼓气就跑了去赌，一赌就是一天。大概是因为天气太热啦，可怜那鬼地方又是一丁点水也没有。当我们发现想把牛牵回来的时候，牛已经翻白眼躺在地上一动不动地死了！为了赌爸可以三天三夜都不喝不睡，可以厚着脸皮问所有认识与不认识的人借钱，甚至可以把大肚子的老婆踢倒在地……这是天底下最腐败的地狱场，这是我和家人噩梦的延续，所有有关赌的于我来说只象征了极痛苦的深渊。我晃动一下脑袋，妄想能从空白中得到些清醒，但此刻却像坚实的石头一样没有反应。而相反的是脚下的步伐现在依然随着人流一会儿向东、一会儿向西的……

"叮叮叮，买定离手，一二三，六点小。"

"赔了。"

"哎呀！连开十铺小，到底什么世界。"

"我的本……怎么办？"

这是一种多么熟识的抱怨。听进耳的，我简直能倒背起来，但此刻的我实在又不愿再想起这些。

“辣子，怎么样，热闹吧！这里每天都比我们乡的过年还要热闹。”芳姐说。

“对，澳门的经济全靠它啰！你看这场面，这才是现代化的代表，我们祖国应该要多多学习。”

“看来场子依旧是那么旺。相信‘那个’会不少。”

“我看来路上有好几个是能下手的。你看，那些筹码……少说也……”他们在掩耳细说。

我现在真的很乱，口中虽然没有做声，但可以断定的是现在我的心在吼着，到最后我终于忍不了吐了句：“我要回家。”

“什么？大声点，听不到。”

“我要回家。”我重复大声喊着，而四周人群对我突如其来的举动投来疑惑的眼光，险些还惊动了保安来。

“殊！想吓坏人吗？你到底想要干吗！”芳姐按着我不耐烦地说。

“我……我讨厌赌、讨厌这里。”我僵在那里一动不动地，视线陷入一片黑暗，有如掉进冰窖似的。

“你……你……”我想芳姐一定是给气炸了。

乐哥见这样子下去不是法子，于是便打圆场地说：“其实我们也看得差不多了，倒不如今天先回去吧！”

“好吧！只好这样。”芳姐挥了挥手。

一路上我静静地跟在他们后头，没有做声。我听到他们真的对我说了很多的话，但在我耳中不过是一些声响，没有任何实质的意义，直到我把房门关了起来，人重重地倒在床上后，才依稀听到——

“好好看着她。”

“有什么话明天再说，你看她状况真的不是很好，万一搅砸了，那麻烦更大了。”

“只好明天再详细跟她说说。”

“我明白啦！”

雨，冬雨在窗外阴郁地飘着并渐渐凝结在耳边，令一切都变得失真，再加上由心渗出苦涩的味道，实在令人厌恶，我不知道自己的举动是否为了脱避赌所带来的某种危险，只是我总觉得对这有着胜常人百倍的敏感，这种无法解释的情绪像渔网一样把我缠得太紧，致使我几乎失去所有的操控能力。我害怕，我真的非常害怕，像害怕死后下地狱一样……

“铃——”

我不情愿地接了电话：“谁？”

“是我。”

“你……真的是你……你人在哪儿？”我急切地问。

“我人不在这里，但有些事我想现在就告诉你。”

“你说，我在听。”

“辣子，你可要有心理准备。”

“嗯。”我的心在急速地跳动着。

“我想我不能回来啦！”瘦猴儿一字一顿像个凿子似的告诉我。

“到底是为什么？告诉我到底发生了什么事？为什么不能回来？”我摇着电话激动地说。

“对不起，我已把所有的一切都输掉了，在这里我什么也没有啦。”

想不到瘦猴儿竟会去赌，虽然我不知道他到底为什么去赌，赌了些什么、为何会输……一切一切从电话内涌出的问题令我所有的感情线混乱地纠搭在一起。

在我忘记语言呆着的一阵沉默中，瘦猴儿继续说："我实在对不起你——"

然后我就突然听到"轰隆"一声，就像从窗外，他正满身是血地倒在雨中，我尖叫地跑了下去，四周并没有人理会，而被冲淡的血则像八爪鱼般随雨流展开……

"嘟嘟嘟……"是电话的断线声？还是？

消失到底是什么意思？就是所有所有的一切都不见了。现在没有了电话、没有了血、没有了瘦猴儿脸颊的温暖……通通都消失了，只剩下那眼角中的半滴泪花和胸口的隐隐微痛作为夜梦曾经出现的痕迹。

"瘦猴儿你到底在哪儿？"我叹了口气。

"咯咯"声从门外传了过来："辣子！起床了没有？"

"来啦！"我赶紧擦了把眼然后回道。

"早呀。"

"早呀，芳姐！"

"可以进来跟你谈点事吗？"

"当然可以。进来再说。"

我把门"砰"地关上后，我们俩人便坐到床上。

"昨天你没有什么事吗？"芳姐终于忍不住问了声。

"没有，只是你也知道我老爸从前差点就因赌把我们给卖了。"我把闷气一口吐了出来。

"不是不知道，但没想到过了这么久你的反应还会这样的大。而且你妈的事后你跟你爸不是好好的吗？"大概是她也发现不应提起我死了的妈，于是她连忙赔了个不是。

"那是现在的事了，但从前他如何的赌，不是亲身经历你是不会明白的。"

"不，我明白，人有很多时候都是身不由己。都是命。"

“命，都是命。”曾几何时这也出自妈的口中。

“辣子，你来澳门多久了？”

“两个多，差不多有三个月了。”我算了算。

“看来也应该是时候告诉你我们的工作了。”她的语气沉重而认真。

“难道你想说我们要在那赌坊里工作？”我冲口而出地问。

“不。”

“呼——”我长长地呼了口气。

“辣子你不要把事看得比这简单，往后的可能要比你所想的更麻烦。”她现在继续认真地说，“其实你也注意到我环境不错吧！买东西就像不要钞票一样。”

“嗯……”我点了点头。

“你知道原因吗？”

“是因为你努力，你聪明。”

“你真的是太天真了，聪明可能还说得上，但努力？昨天你在葡京里见的那些女孩才可算得努力。”

“为什么？”我天真地问。

“不为什么，因为她们全都是妓女，卖皮肉的。运气好的话一天倒可接上五六个客，但运气背的话可能连房租也赔上，所以她们每天都很努力地接客。”

忽然脑海里闪过那娇小艳丽女孩的背影，而昨日一切的疑惑现在想来却显得顺理成章了。

“那地方本地人叫‘沙圈’，意思就是女孩子像马一样在圈道内踱步，供人品评，看上，然后办事。”她为我解释着。

“原来是这样子的吗？那你……”我吃惊地问。

她看来早已看穿我心中的疑问：“我，你猜得对，从前我的确在干这档事……辣子你可知一个女孩在外边生活不易呀，读书多跟好是不管用的，从前我就试过在人家饭店劈柴，劈一百斤才有四毛钱，为了能挣几块钱，我的手不但起了水泡和老茧，甚至连肉也一片片地烂了。后来工作换了又换，侍应、地盘、清洁什么也都干上了，结果呢？不是下岗，就是店要结业，兜兜转转还不是要干上这一行。生活所迫呀！土生的、本地的、外国的、丑陋的、粗暴的、变态的每天给十来个不同的人往身上压，满身都是臭汗、沙尘、酒气、精液，甚至肛门的味道……即使让你把皮给擦破也洗不掉。”

听到她这么说我的眼泪已忍不住要涌出来，而芳姐却意料之外地大喝了一声：“不要哭！在城市里我们的眼泪应该是最稀有、最宝贵的东西，不要让它无辜白流。”我觉得对芳姐来说，与其说这是一种不幸和灾难，倒不如形容为一种经验和成长更为贴切。

我强忍着泪水，芳姐才缓缓继续说：“辣子，你真的很好，起码跟我不一样，我制造泪水的器官早就坏死了……刚来澳门的时候，我还没有到‘沙圈’那样高级的地方去。记得那年我才十六岁，在内港、十六号码头一带的宾馆或者白鸽巢的‘一楼一’里流连，干一个客只有一百三十块，而且管房租、管吃饭，弟妹学习、过年过节寄东西回家哪一样不需要钱？这儿的消费可不比内地。没多久，我便发现单是这样做没挣到什么钱，我不想到我五六十岁的时候还要站到黑沙环的旧房子里为了三十块要跟那些老不死上床。我知道在这个世界什么也是要付出代价的，有得就必然有失，可能真的是天意吧！后来给我碰上了阿乐，他绝不是个好人，但可笑的我也不是，于是我们便走在一起开始动了歪脑筋，琳琅的赌场、霓虹的酒店给了我们莫大的启示。渐渐地我们的眼光专瞄准赌场那里的人，由我去引客，趁男人洗澡和干那事的时候，把他们的东西给偷了，然后由阿乐再把货转手，有时当铺、有时黑市，总之收了钱后马上回乡避避风头。上次回去乡下可以等你又等，来澳以后又可以待上几个月，全因我们之前干了票大的，然后我们会再……”

芳姐把整个犯案的过程娓娓道来，十分仔细，仔细得教我手心和两额直冒汗。

“辣子你听清楚了没有?”

“我……我……”我想着要不要听芳姐继续说下去。

“我也知道你一时间难以接受。但现实是有很多事情你不愿接受也要接受。”芳姐斩钉截铁地说。

“但这可是不对的事啊!”

“世间上有什么事是绝对的对，绝对的错呢？这全都是由人自己定出来的。难道你还想用良心来换钱吗?”她反驳道。

我们两人面面相觑，直至……

“那你具体要我干些什么?”在沉思中，不知为何会吐了这样的一句话，难道在我的意识中真的希望干这事吗？这大概连我自己也答不上来。

“我要你代替我。”

“什么？我不会干这种事，而且我也绝不能干这种事。我不能对不起我的瘦猴儿。”我急得从床上跳了起来。

“我知道这是难为了你。但说实话，我年纪开始大了，吸引力已经不如那些年轻的小女孩，我需要一个年轻的能够信任的拍档帮我，而且你也不一定要干上那档事，可以从中……”她同时拉着我坐下。

“虽然这样，但偷东西也不……”我皱了皱眉。

“在澳门这里会有人用废料当宝药骗老人家，有用工作来骗残废的人，甚至用砖头敲脑袋来抢人家救命的药费，这些事我实在看得太多了。但是辣子你要知道我们跟他们是不同的，因为这些无知妇孺、伤残疾患都不是我们的对象。我们那些要下手的即使不去偷，他们最终也会在赌场上输掉的，我曾亲眼地看见有个温州来的，听说是开厂子的，带了两百多万，但不消半小时就全都输光。你说若在他还没有输给赌场之前把这些钱拿掉，不要说全部，即使一半，甚至一成也好，那我们吃一辈子也行。而且你觉得一个人好赌又好色的，他会是个好人吗？”

“这……”她的理直气壮实在令我无言以对。

“你没有必要现在就回复我，你可以自己仔细考虑一下，我们不需要一个强迫的拍档。当你真的心甘情愿要干时再来跟我说。毕竟脱衣服容易，但要穿回就很难啦！”她的话仿佛充满了唏嘘。

我的脸大概已白了起来，我疑惑，像有人硬要将一个烫手的山芋往你怀内塞一般，而冒险与否亦像铅块一样把我胸口挤压得喘不过气来。一方面是繁华、富贵、现代化的城市生活，一方面则是清贫、落后、闭塞的小乡生活，左手与右手，相信如何选择亦无法经得起心灵的再次拷问，在近在咫尺的天堂与地狱之间，到底哪里才是真正的天堂呢？

## 第五章　转折点

个人的生命应该为他人分散

在必要的时候应该为他人牺牲

这牺牲就是真实生命的第一个条件

——【法】居友

参与其实就是一种赌博，当你押注之后便无法回头。但我坚信在这片天地之中自有我自身应处的位置，我可以靠手勤、腿勤、嘴勤，耐心、诚心、斗心去获取我应得的一切。虽然我承认对金钱抱有很大的幻想，甚至处于饥渴状态，而无形的力量亦正驱使我勇往前去。但瘦猴儿，一个我最深爱的男人，若然我因为钱而干上此下三滥的事，教我将来如何能面对得了他？在良心与羞耻最后防线的煎熬下，我实在无法面对这一污秽的决定。

“我明白了。”芳姐就是这样出奇平静地回答。

我几乎要怀疑自己的耳朵，这实在是太出乎意料了，原先一切的解释现在全都用不上，因为芳姐没有询问我为何会有这样的决定，更加没有责骂我忘恩负义的打算，但她愈是这样，我便愈觉得愧疚。

“芳姐我真的太对不起你了。”我所有的解释变成了这样的一句话。

“我说过这是个人选择的问题，而且是我有私心在先，怎能怪你呢？任何人都有一次选择人生的机会，还是那句老话决定了就不要后悔。”

“芳姐，我真的想问你为什么会看上我做你的拍档？你又为什么选择过这样的生活？”

“现在这些问题还重要吗？”然后她顿了顿后又说，“有些人本来就是要过这样的折腾生活，只有在折腾中才发现原来她还是个有血有肉的人。至于为什么要选你，答案最简单不过了，就是你年轻、你单纯、你易骗……而且你有那股男人见了就喜欢的孤傲劲头，这是我在乡下看上你、游说你来的原因，但相处久了，或许你真还有点，像我。”她虽然嘎嘎地笑着，但眉间却流露出一种令人生痛的苍悲。

像你？像芳姐？芳姐为什么说我像她？我好动，她文静；

我个子小，她个子高；我肤浅，她成熟；我见识浅，她见识多……无论是哪一方面也无法想象我们有何种近似。但在往后日子的经历中我才渐渐了解到，原来当时芳姐所指的相似就是我俩的命。

“芳姐，这里真的是黄金城？你有骗我吗？”

“是，这地方有你想要的，但也有你要失去的。”

往后日子大概是如常地过，芳姐亦已不限制我在附近走动，但从房门内传出她与乐哥的争吵声，我已猜到所有的是非全都是因我而起。曾几何时我想冲门而入向乐哥解释这当中的一切，但想深一层，我现在又能解释些什么呢？反而现在最需要考虑的是我的去或留，究竟是这样子地回乡过活，还是在这里找工作呢？毕竟长期留在屋子里做只不干事的木猪也不是办法。

思前想后，过去我曾承诺过芳姐和二叔，“我会出去打工，即使耗上一辈子也要把钱还给你”，“既然决定了去就要努力地干，干点成绩回来”。言犹在耳，现在几经辛苦来了澳门，我好应该在这里尽力地打拼，无论怎样也要报答他们对我辣子的再生恩德。

翌日，我在清晨就蹑手蹑脚地带上门出去了，天气不坏，正是找工作的好日子。在街上逛着，正发愁从什么地方才能找到合适的工作，却见这里的大街上有烧腊店、药房、中医馆、杂货店、超级市场和什么十元店，形形色色的一大帮；而转了一两个小路口以后更看见不少的小贩档摊，各种叫卖声在这里此起彼落，大概在房子窗口听到的那种热闹就是来自这里，而我亦相信我需要的工作能在这里面找得到。终于在走着的同时我无意中留意到一些房子旧墙和路灯柱所贴出的招聘告示：“本号缺帮厨一名，月薪三千八。地址福昌街32号A地铺”“本连锁店诚聘售货员一名，月薪三千二，四天有薪假。有意内进”“见习传销员，月薪四千，另加佣金。有意请电520302，陈先生联系”……在众多的单张中我挑选了这张：“黄金大酒楼聘清洁一名，月薪面议，内洽。”这份工作吸引我的原因是由于那酒楼距离我现在住的房子实在太近，有地利的方便。此外相比起其他的工作，不需要一技之长，对于只有种地经验的我，相信大概只有清洁的工作我才可以干得来。而且看了看澳门的工资，确实已经相当不俗。在我们乡即使在山下那些厂子工作的人也只是四百块一个月，还未算每个月每人也需要扣起八十至一百一十块的保证费，一月下来不过是三百出头，那已经算不错啦！还有一些收入更低或下岗的，情况就更糟糕了。现在在澳门干事的工资我心盘算了一下，相信大部分工作一个月扣除一些必要开销，如房租和吃饭外，大概还有两千多元可以剩下，到时两千元可以还给芳姐，剩下的则全寄回乡下。呀！不可以把钱汇给爸，还是汇给二叔稳妥一些，免得他又心多。而我的如意算盘亦愈打愈响。

“咚！咚！咚！”我忐忑地敲了敲门。

“入嚟。”一个洪亮的声音从经理室内传了出来。

我快步推门入内，然后像只木鸡一样站在那里等待吩咐。

“坐。”没有什么客套和寒暄的，并且他也继续在低头工作，当我坐下后然后他才接着道：“我哋酒楼现在等人手用，搅清洁的，洗碗楼面地板……总之有需要的都要做，月薪二千八，无双粮、无花红。每天七至四，吃饭半个钟，伙食唔包，两星期有一天有薪假，病假食自己，谂谂冇问题的话，睇下几时可以返工。”

他依然没有抬头，但哗啦哗啦的一大堆发话却实在令我有点吃不消，幸好我平常也多有训练（看电视），否则真的是一句话也听不懂。二千八的工资，于我来说已经是很不错了，于是我马上回了话：“经理，我现在没事干，可以立即上班。”

大概是我的广东话还不是太熟练，所以惹得经理对我的不满：“等一下，你唔识讲广东话？”

“识讲一点点。但我会努力去学的。”我尽力地说着。

然后经理接着问：“你系大陆落嚟？落咗嚟几耐？”

“是的，都已经有三个月了，想找份差事做。”

“说实话，小姐，你有证吗？”

“证件？当然有。”我飞快地从背包把证拿了出来。

经理把证接过后，却正色道：“小姐，呢张证唔得。”

“为什么不行？我也是用它过关的。绝不是假证。”我急起来。

“我唔系话呢张证假，而系这不过是张旅游证，我们需要的系身份证。一张证明你系澳门人的身份证。”

“身份证？经理你告诉我可以在哪里办？请你行个好，我真的很需要这份工作。”我紧张到又说回普通话了。

“对不起，我帮唔到你，总之冇证就冇得倾，我哋酒楼系唔会请黑工……”

“黑工?! 我……”

“对不起，请……”他同时做了个送客的手势。

但见经理的表情，原在喉头里的话此刻亦已吞回肚内：“我……打扰了。”

“阿正——”

“系，经理有乜嘢事?”

“同我系张招聘广告上加多一行，‘无证免问’，免得又嘥我时间。”

往后我又试了几份工作，但拒绝聘我的原因都是无证。原来到这儿我才知道我是一个无证的人，但那些介绍澳门的宣传单不是说这里是中国的地方吗？什么澳门人才能干，这里是其他国家吗？噢……深想一层可能是还没有回归吧！虽然如此，但真的不能就通融一下吗？我真的很需要工作呢！回到屋子里，芳姐问我一整天去了哪儿，我没有告诉她我在找工作，因为我可以掩饰找不到工作的悲伤，但我实在无法忍受别人怜悯和同情的目光。

到底要怎么办？晚上一个人躺在床上，细算了一下，我已欠下芳姐近万元，这刻实在是思潮澎湃，心乱如麻，我绝不能让芳姐这笔钱打了水漂。我始终还是强打起了精神，仍坚信希望尚在人间，打后的日子我重复地尝试、又重复地失败，这种周而复始的循环常常让我陷入无边的黑暗中，那种逐渐形成的恐慌，亦使我像一个溺水者一样抓不到救生的浮木。而一个月下来我的希望变成了真正无边的绝望，我痛苦……不管身与心皆是。

这夜我又拖着疲惫的身躯回到屋内。进门后见乐哥正坐在厅中抽烟。

“芳姐呢？”我问。

“我们今天‘工作’，她傍晚时就过了珠海。”自从芳姐告诉我那些事以后，我们说话便直接多啦。

“在珠海？什么时候回来？”

“这次我想应该一个月就可以了，最长也不过两个月。”

可能真的是太累的缘故，原来在台儿上有芳姐的便条。“辣子，我去趟大陆，短期会回来，柜子里的老地方有一千多块，应该暂时够你开销，保重身体。芳姐。”

“怎样？在找工作吗？”乐哥突然问。

我把便条放下没有答话。

“你骗得过小芳，能骗过我吗？”

“嗯。”我点了点头。

“找着没有？”

“没证，难找。”我闷闷不乐地挂了张苦脸。

“澳门这个城市就是这样。慢慢再找，不用急。”

“我真的没有想到会是这样的。”

“我不是告诉过你有什么事需要帮忙可以打电话给我的吗？”他盯着我问。

“这……我不想再太过麻烦你们。你们帮我的已经太多啦！”我委婉地说。

“什么话，自家人，哪有什么麻烦不麻烦的。而且我已经托一些铁哥们儿帮你办劳工卡，他们本领大，可安排你进空壳公司占个位置，到时候你挂个名，套了个证就不用每次回去续期，往后也只要每年续一次就好。当然那些疏通的钱你以后慢慢地还给我就好了。”

可能是委屈、可能是辛劳、可能是感激，总之泪水现在就在眼眶里转着，差点就要流出来了。而乐哥则把手搭在我肩上安慰说：“我知道你不愿意干那些事，我们也不迫你，但现在正事难找呀！刚刚告诉你的空壳公司又没有实事干，要不这样，晚些时候我有朋友也需要找一些信得过的人帮忙，虽然工资不怎么样，但总算先有个底，到时候我把你推荐过去就是了。”

“乐哥，真的谢谢你，就你们对我好了。”我拥在他的怀里哭得像个泪人似的。

这些天我曾有多少次像这般消耗着自己的眼泪？大概连我自己也数不清，在恍恍惚惚间我甚至怀疑自己的眼里是否长了条泪虫，把十多年没有哭够的量一次哭清。

“好，不要再哭啦，你知道我对你好就是了……哎呀！你看我说着说着，把拿来的东西也给搅忘了。”

“就是这些。你看！”他从裤内把药丸取了出来。

“这些小小蓝蓝的是什么东西？”我好奇地问。

“你不要看它小，它可是个好东西，吃完以后它不单会令人精力旺盛，身心舒畅，甚至老虎来了也能打个半死，最重要还是它能令你忘记所有的不开心和疲劳，你说厉害吧！”他兴奋地说起来。

我镇定了一下，郑重其事地问：“天底下真有这种好东西吗？”

“当然有，在澳门这个发达城市什么也有可能。”他的嘴角正浮起一个微笑。

“那一定很贵。我这些人受不起。”

“没事，我朋友就是批发这些的，多的是，不用钱，你尽管拿些去试吃吧！效果好再问我拿。”

“我可以吗？”

“来来来……”在乐哥盛情推送下我接过了几颗。

“小芳从前也是吃这些的……”乐哥笑着说。

乐哥离去后，我没有把药丸的事放在心上，直至到隔天晚上，我想起了芳姐，说真的她在屋子里的时候总像那山上的石头一样无足轻重，甚至有点烦人，但现在一不见了她却强烈地感到她的存在，甚至有点空虚；再加上这些天我实在太累了，整个人像被掏空了一样，茫然坐在沙发上盯着天花，我开始试图找出那一点点能让自己振奋和努力的理由，但真的很难……缓缓地把收音机扭开，主持人说把这歌送给天下间需要这首歌的人收听：

就算天空再深看不出裂痕
眉头仍聚满密云
就算一屋暗灯照不穿我身
仍可反映你心
让这口烟跳升我身躯下沉
曾多么想多么想贴近
你的心和眼口和耳亦没缘分
我都捉不紧
……

虽然我对这歌词中所写的不大了解，或许根本与我无任何关系，但总不明白为何在听后脑海内会有一种无端的共鸣，就像一个人在替你诉说所有的苦一样，这是把两面刃，一面把苦狠狠地斩了出来，而另一面把冷的感觉印得更深。此刻放在桌上被遗忘多日的几颗药丸却成了我驱冷的救命草——现在我感到某种力量正从魂魄的深处急速膨胀，而血液的一张一缩有节奏地使热汗从心房沁出，同时亦令世界在一瞬间变得轻飘起来，蓝天、白云、羽毛、花子、薄丝……总之所有轻飘飘的东西现在全都出现了。我正尝试用手追赶着那些古怪而美丽的珠子，在奔跑中细小空间在扭曲着令所有的一切都显得虚幻不定，这种茫然的幻觉使我迅速脱离了现实的轨道，我的神到底游到何处去了？大概是在半空里吧！我仿佛感到任何事都脱节了，不管天大的事都似乎与我无关。在这种意想不到的好运中再没有责任、没有偏差、没有邪恶、没有后果。总之于我而言什么都是不痛不痒的。

而我并不知道自己正悄悄地发生变化……

翌日醒来的时候已经是中午的事了，趿上拖鞋，打开窗户，阳光有点让人眩晕，说实在的相比起平日我现在情绪真的不高，只感觉到累得可以，仿佛被什么耗尽了力似的，当然还少不了口干舌燥、小腹冰凉和背上湿湿的汗。虽然没有什么胃口，但依然胡乱地把饼干乱吃一通，可知我从前天未亮就要吃稀饭的呢！一顿没吃心中就少了个底。

吃完了，我脱下衣服便往浴缸走了去，当把龙头打开了，水流在我身上的时候，所有的神经像尖刺一样敏感，我大概才真正地算醒了。是的，所有混乱的感觉现在已一扫而空。对着镜子，看到水珠从身体顶端滚下，我才发现现在的自己是如何的清朗，与早些日子中憔悴、担忧和惊恐的表情可谓有天渊之别，刚刚我还有一丝怀疑昨天晚上的药是否我这些人的身子不能适应，但现在想来这不过是药发的过程，慢慢定能适应过来的。而且无可否认的是昨天那药确实令我有一种……心里说不出的满足感和舒适感，最难得的是这些天找工作上的心烦、压抑和辗转失眠的症状全都消失了，很久都没有睡上昨夜那种安稳觉了。

但令我难以相信的是，我现在对这药的依赖是如此般的严重，终于我把乐哥的电话号码打了一遍又一遍，但令人沮丧的是每次从电话中传来的总是这样子的一句话："你打的电话暂时未能接通，请迟点再打过来啦！"往后好几次我几乎要把电话打炸了。

飞快地已经过了两星期，我没有出去找工作，只是赖在家里一动不动的，因为这些天我的头真的很痛，就像很多条虫子在你脑内转了又转的感觉。

我想我真的是病了……

幸好在这危急的时候，从转动的钥匙中，我判定乐哥终于要出现了。

“乐哥，这两个星期你到底去了哪里?”

“没有去哪儿，就是去了珠海找小芳。”

“芳姐，对啦，算着时间，她也应该是时候回来啦！她到底什么时候到家?”

“这……”

但见他言词闪烁，我心马上起了个突，担心有什么不幸的事要降临到芳姐的身上。于是我便急着问：“不是芳姐发生什么事啦!”

“事情有点棘手，看来小芳暂时不能回来啦。”他沉默半晌，开口说。

“到底发生什么事了？她上哪儿，告诉我!”

他看了看四周，在确认到没有人的时候，轻声地说：“小芳杀了人!”

“什么?!”我整个人几乎要跳了起来。

“嘘！轻声点！不能给人家知道。”乐哥用食指贴着口做了个手势。

“为什么要这样？到底为什么？为什么这些事要发生在芳姐身上？那是什么人?”我一口气在宣泄我心中的疑问。

“事情是这样子的，你也知道芳姐这些天回了珠海，但殊不知不幸地给从前被她偷过东西的大天碰到，而上一次她回乡就是要避他，这次碰面说什么也不会饶过小芳，结果在争吵、挣扎间，小芳不小心把人给捅死啦。她很怕打电话给我，于是我马上给了些钱给她，并安排她去重庆，可知我那里有些兄弟在，应该暂时能照顾她，只是她大概有一段日子不能回来啦!”

乐哥的话像极可怕的子弹一发发地打在我的身上，我茫然失色地瘫倒在座椅上，思绪跟心情都乱到了极点，这是一个温暖的日子，但现在我却感到寒意，怎么办？到底应该怎么办？

在无边的忧虑中，我已分不清这究竟是担心芳姐还是我自己的事。

乐哥见我这个样子便上前安慰道："小芳的事急也急不来，而且能安排的都已经安排。只要我们这边没什么问题，相信那里也不会出什么乱子。至于辣子你嘛……"

"乐哥，你就不要再为我费神，大不了我回乡下就可以了。"我想，不再加重别人的负担这已是我个人能力最大的极限了。

"我没这个意思。"他伤心地看着我，并继续说，"何况证那件事也在办！"

"不要怕我难受，其实你跟芳姐已经帮我很多了。"

"你跟小芳是好姐妹，她对你才真的没话说，我跟她是好搭档，当然也会尽力照顾好你这个姐妹。你就先留下吧！好吗？"

我的心已像座废墟一样空荡荡的，实在再拿不出任何的主意。于是只好沉默下来，不再言语。

"只是……唉。"乐哥长长地叹了一口气。

"只是什么？"

"没事。"他绝望似的摇了摇手。

"一定有事的。告诉我，我们不是自家人吗？"我追问。

"真的没事，我只是在担心芳姐的事。"

"真的没骗我？"我正摆出一副不能置信的样子。

"骗你是小狗。"

此时乐哥的电话响了起来。"我去接个电话。"

"唔。"

在芳姐的房内门正虚掩着，我从门缝中看到乐哥在跟某人对话。

“喂……小李吗？是我找你，我现在等钱用，先借我个两三万，行不行？什么？没有？帮个忙吧！从前我也照顾过你，你现在就当……好好好，五千也行，谢谢啦！”他故意压低了声音，数分钟后，他才走了出来。

“辣子，我有事要办，先走啦！不要想那么多，天塌不下来的。”

“……”

“对啦……这几天我惦着你那些药吃到差不多了，我拿了一些来，放在桌上。还有一些钱，你自己省着用。”

“乐哥，为什么要问人家借那一笔钱？”我直截了当地问。

“我没有问人家借钱，你弄错啦！”

“你刚在房内接的电话，我猫着听见啦！难道你也说是我听错吗？”

“这个……”

“你到现在还打算用话骗我？”我责问道。虽然我知道自己并没有这样的资格。

“不是，我只是不想你担心。这些事我一个人烦就好了。”

“乐哥你说出来吧！虽然我真的可能帮不到忙，但是一人计短，两人计长，琢磨着总会有个法子。”

“看来是什么也瞒不到你啦！我就把问题说亮吧！没错，我是问人家借钱，而且几乎我认识的都在借。你也知道，小芳杀了人在‘跑路’，不算其他的，单是她的路费，还有黑白两道兄弟的打点费，少说也要三四万块才能摆平。本来从前我们是存了一些钱的，但前些日子她回到乡时已拿了一大笔回去给她的家人建房子，买电器。其他剩下来的，花的花，用的用，七七八八就没有啦！而且我们有半年没干事啦，上个月也才开始一两单生意，想不到就碰到这倒霉事！我只是光棍一个哪里能把钱周转过来呀！还有你不是不晓得小芳的妈长年有病，需要用钱，即使现在解了这个围，明天的漏也不知道该怎么办。如果你……”

“芳姐的事、芳姐妈的病……怎么会这样？”除了我的喃喃自语，现在屋内像十二月的空山一样静，同时由静悄中我仿佛感到那种深深的羞耻感。芳姐发生了这么大的一件事，我居然什么也帮不上忙，从前她对我，对我家人的照顾，难道我就不应该有所行动，有所回报？不，我绝不允许这种情况出现。在痛苦的煎熬下，我大喊了：“我愿意，我愿意代替芳姐。”

“你说什么？你没事吧！”

“没事，我说从前我不愿意干的事，现在为了芳姐我愿意干。”我斩钉截铁地说。

“你真的已经考虑清楚？这可是条不归路啊！”

“我知道。”大概我还是有些言不由衷。

“小芳果然没有白交你这个姐妹。”他搭着我的肩膀说。

“但是我有个条件。”

“什么条件？尽管说。”他做了个请说的手势。

“我不会干男女那档事。”相信这已是我能够做到的底线了。

“这……是因为男朋友吗？”

我点了点头。当然这绝对是一个主因。

“好吧！我明白啦！我知道你心里现在也不好受，说到底这种事不是一般女人能够应付得来的。我会尽快安排，但这几天你自己也要有心理准备啊！”

这个决定是难下的，但我觉得自己不过是将过去的承诺兑现成实际的行动，一个直接和强而有力的表现方式，总比白话来得要强，而且在莫大的恩情底下，我想我的个人悲喜是微不足道的，甚至连我的眼泪也是渺小的。

乐哥走后，我第一次早上也吃起药来。这药真的很好，一小颗便能使我忘记所有的烦恼。在眯眼中看到天空现在是这样的蓝，与山里的一样，但谁又明白蓝色底下翻涌的忧郁呢？

乐哥再来时已经是三天后的事了。在这不长不短的日子里，我除了小狗一样神经质地在屋内四处走动外，还有就是我发觉自己愈来愈能适应夜晚，从前一到傍晚的睡意现在已消失殆尽，只是早上的阳光对我来说却愈来愈陌生，我无法判定这种状况是从这之前已经出现，还是在这三天之内才出现，只知道身体大概已做好改变的准备。

“小芳的事一切也办妥了，但由现在开始我们就欠下一屁股债了。”从我们，而非我，令我开始感到某种重大责任的来临。

“你有男女经验吗？”乐哥突如其来地问。

我跟瘦猴儿都是纯洁的处子身，虽然我无法知悉这是否一段刻骨铭心的爱情，但我相信我们分别是对方生命路上第一个和最后一个恋爱的对象，但在回忆的片子中我们好像从没有谈什么性不性的，他作为一个气盛的男人亦没有主动提出要求，所以我亦不知道什么是从前芳姐所说的“做女人的滋味”。

他见我愣在那里，于是便补充说：“你不要误会，我不是要令你尴尬，虽然你不干那回事，但为了能把男人引下我们布下的圈套，还是多知道一点好。如果你有这方面经验，那这张光盘里边所见的就会很快上手，要不，你就要多花点精神，琢磨、琢磨。”

“哦！乐哥，你放心，里面记的，我会用心学的。”

“记住不要只是单纯地看完，一些如动作、化妆、谈吐的细节也要记清楚。”他嘱咐说。

然后乐哥开始详细说了从前跟芳姐合作实行的计划，其中不少我已在芳姐的口中听说过，只是现在所涉及的更多是细节与分成的问题。而经过我粗疏的理解大概的情况是这样的——

“首先我们在赌场或赌场附近流连，观察谁有一大笔筹码，不管是带进来赌或是赢出去，同时亦要注意他们衣饰的贵重程度、对话谈吐的内容来判别他们是否合适的下手对象，这部分称为‘探花’。当决定了一个或者是数个对象之后，开始由乐哥去打探他们的来历，一般是向赌场的‘沓码’套取，因为他们筹码愈多，我们所要冒的风险亦愈大。听乐哥说在澳门赌场中不少是内地书记、高干子弟，或者是有势力的人士，若然不小心挑了他们下手，被抓去坐牢已经可以算是不幸中之大幸，如果严重的可能随时会连命都没有，这部分行内人叫‘取经’。以上两部分都可以看作是准备工作，那以下就是实行计划部分。这时候我要想办法引诱那些挑好的对象到指定的宾馆开房（至于如何引，乐哥说看了光盘就会明白），如果确实不行，要想办法通知乐哥准确的地点，好让他安排往后的事也好保障我自己的安全，暗语是‘引雀’。接下来就是‘拔毛’。当鸟已经飞进笼中，我有几件事必须要注意的，一是要把口胶粘在门锁上，不让房门关牢；二是不能让下手对象有什么动作，要先引他们去洗澡，如遇“死尸”（醉酒的人）除外；三是要趁他们洗澡的同时，下药。把药下在酒里头，如果他们机灵不喝，你就要想办法将药粉涂在脖子上，要他们舔那里，你只要说这样做会让你更兴奋，根据经验他们十之八九会中计。当然不时我们也要多跑几家酒店或者宾馆，了解沿路出入及走动的路线，出了什么事，跑起来也会快点，被抓的机会亦会降到最低。最后一步就是‘散水’，在我们拿了东西后，或去当铺（但要记着不可去陌生的当铺，要去我指定的相熟的当铺，否则他们是不会收货，或者需要登记身份证之类）、或走黑市。总之由我负责出货，遇上风声紧，我也会在打价后，除一般开支外，你三、我七的把钱先给你；如果有什么麻烦事要请兄弟排解，费用每人出一半，这里边还有一定的行规，诸如不要把客人的钱全部提走，要留下一些‘水脚’，还有就是不能拿客人的证件……等等，往后再慢慢跟你说。但是你千万不要看轻这些，凡事留一线，对人好就是对自己好，这才能保证长做长有。此外做了一票大的，你就要先回大陆去避避风头，地方我会安排。即使一票小的，也要待在屋子里不能随便走动，我们联系也不能用家里的电话，要利用手提电话，电话卡要用鬼卡，我会另外为你准备。当然如果万一我们当中谁要是给抓啦，不管是黑道还是白道，都不能把对方供出来，一个人死总比两个人死好，但是你尽管放心，如果你真的出了什么事，你在大陆的亲人由我照顾。”

“乐哥，我们只是在赌场里下手吗？听芳姐说我们还会去马场或者狗场，是吗？”

他说着笑了起来：“这个问题问得好，这两个地方难度更高，首先这些地方一在凼仔，要不就是在筷子基，附近酒店不多，很难确定地利的酒店；此外也很难分辨谁是有钱人，那种一般是有收到一些小道消息我们才会去干的。”

“我真想不到干这事当中还有大学问在。”我不由得惊叹着说。

“总之送你一句话：凡事留心皆学问。慢慢学吧！”

但是我怀疑我真的能学得来吗？矛盾此刻又不停地刺痛我的神经。

光盘“吱”的一声被放进碟机内，这不由得令我想起芳姐教我用碟机的情景，“不，是按这个钮”“那个是定格”“你这个呆猪”……这些天这种情况无论是在练习化妆，抑或在看芳姐那本琼瑶小说时也会经常出现，尤其在我最不经意的时候总悄悄地袭击我。

随着屏幕的变亮，现在看到的是一个什么的画面——整个空间光线很弱，有点迷蒙。女主角上身是一套浅白的衬恤，只是领口实在开得有些低，而像火一样的玫瑰红胸罩令若隐若现的乳房线条在人们眼中表露无遗；下身穿着的则是浅蓝短裙，露出一大截修长白皙的大腿。这种裙尽管是短，但走起来却是会撩来撩去的那种，我想这样子男孩会比较容易想入非非。他俩围着四方茶几相对而坐，出奇地窄的茶几上摆放着银色的烛台和鲜红色的蜡烛，刻意营造出浪漫的调子。只见在娇媚眼神下，并没有什么言语出现，而女的经常有意无意地用高跟鞋轻碰男的裤管，脸部带有我想是属于挑逗性的咬唇动作；值得注意的是女方的手此刻亦伺机在男的大腿内侧游移，动作不大，有点像蜻蜓点水似的。再来他们站了起来脸颊贴着脸颊，在那种微小的距离下，我仿佛已能感受到他俩双方滚烫皮肤传来的讯息。在男的发出的喘气声中，女的继续向他耳窝吹着暖暖的气，而他终于按捺不住迅速地把她紧紧抱起，极像只饥饿的狼拾到猎物一样；而女孩现在则是如此的酥软，没有骨子的迎合感觉非常强烈；最后他们就在激情的步子中瘫倒床上，男的大概想借机占领她的唇，一副急色的样子；但她却娴熟地按着他的欲火，或许应该这样说她想令他的欲火烧得更旺。在平躺中她继续往他身上轻抹，并有意无意间触碰到男方胸口上的两点，我想这腰部以上大概应该是人的精神领域吧！而腰部以下则是肉欲的世界。当然，如果让我来总括看后的体会，我想精髓应该是女人既需要像火，同时也需要像冰——在火焰的热情底下，所有举措都要表现得满不在乎。

光盘接下来介绍的应该就是那丑陋的肉欲世界，就在三十五分四十二秒的记录之后，但心却同时告诉我实在不应跨越这道看似透明的临界线，尽管我已把三十五分四十二秒之前的影像背诵得细致非常，但一秒，哪怕只是一秒，厌恶与不安便会再次浮起，我觉得自己实在是难看死了，比起那葡京走廊内的职业娼妓还不如。想着，我不自觉又哭了起来……这是多么的不可解释。

阳光就这样子地照在人群和道路上，茵和空气令四周暖烘烘似的。从前听老人家说，不如意的事会令你困扰，困扰得过一日就好像过上了一辈子的光景；但我说，接二连三麻烦的出现，却令我注意不到季节原来可以转变得如此之快、时间过得如此之易，尤其在不加克制地吞食那些蓝色药丸的时候。这数个月下来我断续收到芳姐发给我的短讯，内容大致是说她已经平安到达了，但暂时还不能回来，待风声过去，她会用电话跟我们联系，还有她说她那里需要用钱，希望我跟乐哥能想想办法，但不要勉强。再来就是托我多照顾她的家人，最后也不忘要我多保重自己身体。说实在的芳姐就是傻，她现在这个环境还想我的情况怎样，要是有时间倒不如多关心一下自己的情况还好。但是我没有在短讯中告诉她，我已经把自己训练得不再像自己了，回来她也不一定能马上认出我。首先最明显的是抽烟时的“吞吞吐吐”已变得如乐哥所说的富线条美了。其他诸如高跟鞋的穿着、餐桌的礼仪与香水的配搭更加不在话下了。连乐哥这样高要求的也说，只要我少说话，多用肢体就保证像一个上流社会的贵气之人。听他这样说真的令我放下了不少心，因为总算对芳姐有了个交代。但细致看着镜中的自己，我总怀疑真正的辣子是否还存在？还是这不过是芳姐罢了！

# 第六章 变奏

人类的智慧开始懂得

自己的尺度多么微不足道、无足轻重

——雨果《命运》

我终于开展了我的新生活，起码我在赌场中已再没有想吐的恶心感觉，这是难以想象的。而在初试啼声的阶段中，我尝试到成功，亦尝试到失败，成功的自不必多说，都是一个套路的模子倒出来的，但失败的原因却是多种多样。好像第五次下手时我们看上了一个刚到中年的男子，从他所穿的名牌就可以看出他的富贵，而嘴角略翘的弧线，亦不难让人感到他的智慧。我花了不少功夫终于与他攀谈起来，后来更随他跑到了门口，这里中间原来早已存了一个小误会，原是以为他要在门口那里打的，但在等待间才发现他的车和司机已出现在我们跟前，然后他向我招了招手摆出一副请君入瓮的姿势。或许是前数单成功经验的关系，胆子大了，心也雄了，所以在没有多大的犹豫下，我就乐得从虎穴钻了进去，心想这虎子准能上钩。后来与乐哥在检讨行动时我才发现这是如何的冒险，如何的莽撞。首先是他有名车，代表他可能是澳门有钱有势的人，追究起来尾巴可能很长，而我们一般只会挑外地来的下手的原因是因为他们一般会怕麻烦或丢脸而把失窃的事不了了之，即使认真追究起来，在人生路不熟的情况下亦会对我们有利，这种关系我倒是忘得一干二净。其次是坐下手人的车，很有可能他会避开酒店这些公众场所而直接开去自家的别墅，那里一般会有闭路电视可以自行翻查，或者有私人的保镖，要拿完东西又完好地跑出来几乎是没有可能的，现在想来不禁也捏了一把汗。

他的车子在路上开得十分缓慢，我想一方面是因为堵车的缘故，但最重要的还是他嘱咐司机不要开得太快。在舒适的座椅中他在聊起他的生活，由流行的滑雪胜地到家里的书房偏厅也有讲述；而且当他谈到兴致勃勃的点时更是会比划了一下手势，不多，恰当。但现在他所说的，说实话我没有多大听进耳，我只是遵从早前所学的，少说话，多微笑来应对。这招果然奏效，由言谈间我感觉到他对我的兴趣愈来愈大，而且快将到达爆发点……他这时在小柜内取出一瓶红酒来，并礼貌道："Have a drink?"说实在的我不太明白这个意思，但从他的动作看来我已猜到八九分，于是我亦顺势向他问了句："我们第一次见面，就想把人给灌醉?"

"不，不不，试问看见美人，谁能不把醇酒也拿出来?"这是如何普通的一句话，但出自他口却有着穿心透腑的魅力。

"男人的话能信吗?"我打趣道。

"哈哈哈……确实不能信，但又不能不信。"

他的笑声很自信、很有力量，如洪钟似的，而我亦跟着微微浅笑起来，不是为别的，只是我忽然间觉得自己真的如芳姐所说的确有对付男性这方面的独有天分。但天分终归是天分，我却高估了自己对酒精的经验，从前在山乡里我就曾喝过一些奠酒或酬神酒，味道虽然难喝死了，但毕竟也是酒啊！而且（酒精）成分也高。现在看着眼前这杯红得像血的红酒，从气味中已感到那股醇厚，没有那种呛辛的味道，于是不自觉地有了想喝的冲动。

他把酒斟进我的杯子里，接着又给自己倒了些，在举杯的动作中他正深情地看着我并温柔地道："为我们的认识干杯。"

他见我犹豫了一下，便知趣地先喝了起来。

我也笑着说“为我们的认识干杯”。我们轻轻碰了一下杯，随后我便咕嘟一口地把红酒一饮而尽，从口腔到喉头，从喉头到肠胃，从肠胃到大脑，只有那么一句“容易”。

“张小姐，好酒量。”在掌声中我记起了我还未习惯的新名字——张若瞳。

数杯过后，我的声音听来也开始有点奇怪，总有些含糊不清似的。看来酒精并未为过激的情绪带来镇静，相反我的脸上顿时涌起了一股潮热，而心窝则剧烈地跳动着。我勉力地压抑着自己，害怕一时里控制不住说漏了嘴……

车厢内的音乐换了慢拍，灯光亦被调暗，但说真的是否真的暗了我还不能太确定，只知道此时此刻一切仿佛已踏上既无序又有序的轨道。各种幻想大概是来源于他用力挤压我胸脯开始，我尝试把他的脸谱看清，但不成功，只是朦胧的一片。不，应该这样说，他是没有面目的，一个真正空心的脸。我用力地摇着头，就在那一阵悚然和激动之中。

“不——”在我推开他的同时，车子亦急刹了起来，在依稀中只听到车门的一开一合和一种被人抱起的凌空感觉，其他便什么也没有了，即使是混乱的念头也没有。

当我恢复过来的时候，已经是第二天的中午，我在迷糊间勉力地睁开眼，昨天的镜头瞬间便被快速切换和还原，我发现自己还在大叫瘦猴儿的名字呢，最后我挣扎地从床上坐了起来，窗外还是一片车水马龙的声音，我摸摸了我的脸颊和身上的衣服，还好，脸只是湿湿的，大概是出汗了。而身上穿的还是昨天那套衣服，这才真正长长地舒了口气，要不连我自己也不敢想下去。

“怎么了，起来就大呼小叫的。”乐哥拿了杯温水进来。

“乐哥，怎么这么早就来啦！”我伸了伸懒腰。

他把水递了给我，并说：“还早？现在已经是中午啦。”

在喝水中我差点便呛到了，“是吗？”看来我已经没有了时间的意识。

“昨天的课有意思吧！”

“课？什么课？”我呆呆地看着他。

“在车上的那门课！”

“这……乐哥，你就行个好，不要取笑我吧！”

“我不是取笑你，而是要教‘精’你，你昨天这样子，要不是我来得快，人家不把你‘熔’啦已经算你走运。”他正一口气地批评着。

“我也不知道那酒会这样子地猛。”我吐了吐舌头。

“猛？那不是猛，是给人家下了药。”

“下药？”

“安眠药加红酒，最普通不过的点子。出来钓女孩子的谁不会？”

“哦，原来如此，难怪我会……”当恍然大悟后，我马上说，“是我的错，我下次会多加注意点。”我同时给自己下了个承诺。

“还有下次？我教你那些酒的知识不是用来喝的，是用来谈、用来说的，你记住了吗？”看来他真的是为此动气了。

“记住了。”我像个被抓到犯错的小孩一样头耷拉得老低。

“记住就好，辣子，不要嫌我唠叨，昨天要不是有我在，那厮真的马上会在车内把你干掉，你也不想有这个后果吧！”

“乐哥，我真的明白了，往后我不会再任性了。”

“你休息一下吧！工作的事过两天再说。我走了！”他正欲转身。

“等一下……我……”

“还有什么事?”

“乐哥，那些东西你有带来吧?”我以手比划嬉笑地问着。说实在的现在不吃总会有种憋闷的感觉。

“你呀！就是只会吃，这可不是糖果，不要每天都吃。”他嘴里虽然这样说着，但他依然把药丸递了过来。

“你这个孩子……现在没事啦，这次我真的要走啦!”

“没有啦，乐哥走好。”把乐哥送走后，我不禁也嘀咕了一句，“从前不是乐哥你让我多吃吗?”

日子如是地过，不经不觉又过了半年，我为自己估算了一下，现在每次工作下来我都能分到三成，扣除办证成本的一成，支援芳姐和她家里的一成，以及寄回老家的大半成，我自己大约也储了个一两千块。但不知从何时起，我对钱的概念不知不觉地变了，从前在山里头，一毛、二毛我也会看得比饼大，现在即使是一两千，我们家两年的总收入，也觉得不太怎样。而这些钱在大城市中不过就像脚底下小小的人影一样微不足道。

离家已经很久了，我有几件事总是惦记着的，第一件是芳姐的事，芳姐已经走了很久，但她始终没有跟我直接联系过，在短讯中不是说现在不方便，就是怕被别人勾线，我真担心她现在是不是还好好的，还是受到什么威胁，毕竟她连自家也没有联系呢！但乐哥叫我不要胡思乱想，他的兄弟告诉他芳姐还活得好好的，迟一点还准备回来的事呢！想深一层，的确是我多心了，如果芳姐真的有事，乐哥还会这样子镇定吗？他可是她的男友啊！第二件事就是心头肉瘦猴儿的事，瘦猴儿到现在还不知道人在哪里，而乐哥那方面总是没有一丁点消息，像潭死水似的，他到底在干什么？不知道是瘦了还是胖了？若然给他知道我现在干的，不知道他会有什么反应？还是算了吧！船一天没有到渡头，谁会猜到结果，何况遇到这种情况，相信瘦猴儿也会支持我这样的决定的。最后就是离开了家的这段日子，尤其是近几天开始有点想家了，我开始念着铁胆哥、二叔和爸，还有山谷里面的那些星、羊及金黄玉米，甚至过往最平凡的割草工作，或那单纯挑粪桶的扁担吱呀吱呀发出的声响，在从前日子看来或许这是很痛苦和沉闷的，但这些时候我却不自觉地又怀念起这过去熟识的一切。想终归只是想，而乐哥总是不大同意，说这安排实在不好，还劝我在这里用心工作几年，等赚到多些钱再回去，好见乡里们。我想这也是对的，而且二叔他们也叫我好好地干，我还是再干一些日子吧！

虽然我本人没有回去，但我还是央求乐哥帮我把信亲手带回去，也代我去看看山里的人，于是我写了封信："爸、铁胆哥、二叔，这里真的是很富，楼高得像我们的山一样，我十分喜欢站在玻璃窗前看着南湾港。而各种车辆和行人在马路上挤在一起，像峡谷里的激流那样流动；到了晚上澳门有个地方叫新口岸的，那里商店里的霓虹灯像碎金一样闪烁，即使我们全乡的灯排在一起亦比不上，还有那……"写完后才发现爸跟铁胆哥、二叔他们不晓得字、不会念，我笑我自己太笨，居然连这也忘了，只好麻烦乐哥代替我念一下吧！说实在的有重量的信，尽管来得轻些，但总比没有重量的话来得要好，即使往后给他们拿出来摸着也是好的。

当然在他们的回信中，却是一些比较普通的家常问候，而字迹则是学堂里的王老师写的（这我还是比较清楚的，因为她自小就教我），从时间上来看他们早就在乐哥到步之前已经准备好，只是没我的地址无法把信寄出罢了！虽然这样但心里总是美滋滋的，首先是老爸的信——

二妹：

你已经长大了，在外面要保重身体，冬天来的时候要多穿点衣服，平常要多吃点稀饭才能有力工作。还有我近来的身体还是老样子，但是放心死不了，因为二叔时常都来看我，也买了不少东西来，家里只有我一个人也用不了那么多，羊也由铁胆拿去好好地养了，保能变肥。你妈的坟我现在几乎每天也有去看，地方好得很，将来我去了也要葬在这里。勿念！（很明显最后一句是老师加上去的）

父字

最后这些话大概是后加上去的，因为笔的颜色与上面的不同：

梁先生，人很好，给我带来了五百块，是你的爱人吗？但无论如何你在外面总算遇到贵人啦，自己要好好珍惜，老爸看到这样现在心安多啦！

忘记告诉乐哥是不能给老爸钱的，不过算了吧！即使他把这些钱给输了，还有二叔那份，应该就没有问题啦，接着就是二叔的信——

二妹：

这些天发觉自己真的老了许多，从前那蛮韧的力气再没有回来啦！干活时背也痛腰也是酸得很，干得猛还会到处发虚汗……还是不要谈这些了，知道你现在很卖劲地工作，我十分欣慰，但要保重身体，不要累垮自己。另外你托梁先生带来的三千三百四十元已经收到，我会暂时替你收好及储下，放心我不会给你爸把钱花赌的，你家需要的我亦会去添置。有空就回来走走，一个人在外边万事要小心，不要闯祸，若然真的不习惯就回来，不要牛性子。

最后是……没错最后应该是铁胆哥的信，但乐哥却说他没有信。

“乐哥，铁胆哥的信在哪儿呀！”我急着问。

“没有信，他告诉我他要说的就是他们要说的东西。”

“这个铁胆哥怎么这样懒的！”我抱怨地说。

“不过他也有话叫我捎回来。”他咳嗽了两声郑重地说着。

“什么话？”

“他说羊他会养胖的，如果你干得不好逃回来的话他就会把它给烹了，给你接风接风。”

“他敢动我的小高，看我宰不宰了他。”

“那我就说不上。”

“他就没其他话啦？”我连咽了两下口水，满心期待地等待回答。

“有。”

“他说近来喜欢上举着茶水桶跟人家比赛喝水，没人比得过他，还有你从前欠他三块四角，现在富啦！就快把钱还来。”他还补充道，“而我亦代你把钱还了。”

“就这样？”我几乎要气炸了。

“对，一字不落，有多没少。”

“难道真的没有他的消息吗？”我绝望地哀求着，盼望有奇迹的出现。

“辣子，我知道你在说谁，可能他现在事忙，没空写信啦！”他见我这样于是便转身安慰地说。

“真的吗？难道真的连挤出一点时间也不能吗？”我鼻子里酸溜溜的。

“你很不高兴吗？”

“你以为呢？”我的声音很响。

“难道我们的辣子对自己没信心了？”他轻声地说，仿佛已放心我能把这调节得好好的。

“当然不是。”我虽然回答得十分坚定，但还是眼睛红红地含着泪水说。

“不是就好，努力去工作，几年下来，相信你就能赚够一辈子的钱，到时你们小两口想怎样就怎样，你们的未来就像早上八九点钟的太阳呀！”

八九点钟的太阳？！我脑内忽然响起了——

世界是你们的，也是我们的，但是归根结底是你们的。你们青年人朝气蓬勃，正在兴旺时期，好像早晨八九点钟的太阳。希望寄托在你们身上。

情缘是一种最说不清的东西了，而早已存在的距离，真的还再经得起距离的验证吗？近来我想我应该是害了些病来，不是高跟鞋引起的后跟肿痛，亦不是鼻子喉头的干燥焦热，虽然这些都是我常犯的，我觉得是因为自己的虚伪而感到不适。一层又一层的掩饰，如夏天盖被一样令人皱眉。

皱眉？照着镜子，我不自觉地用手去摸摸两眉端的额，原来真的可摸出一道巨痕来，看来这些天那些人所说的都是实话，虽然我大概不是一个美人坯子，但好歹也知道脸上动人之处是两眉的舒展以及双眼的灵动。近来，我眼的灵动已逐渐失去，甚至是混浊不清，这我可是知道的，但皱眉的习惯却是何时形成的呢？是否这代表着我现在不快乐呢？如果真的是不快乐的话，那不快乐的真正原因又是什么？我不知道，大概只有天才晓得这个答案。

城市的天空飘满了锈蚀的赭红色，四处都充满了令人疯狂的幻觉，我在想如此下去，澳门在未回归之前就已经完蛋了。千万不要说我在危言耸听，那天在楼梯间平台的石阶上抽烟，享受着一丁点小资派的情调时，我就看见在对座之间横巷，不断冒出大量黑漆的浓烟，不消一刻数十辆电单车已经陷入红红的大火海之中。而卷动的火舌则在四周随意游动，猛烈异常。最后更传出阵阵震耳欲聋的爆炸声，沙尘连同浓烟令眼前烟雾弥漫，并夹杂着烧焦的气味，简直呛得我喉咙直痒。这已经是这个月澳门小城发生的第三起烧车事件了，除此之外，还有炸弹炸车、绑人斩人等流血事件不时发生，听乐哥说江湖大概要在回归大陆之前重新“执位”。现在任何涉及赌场利益的人和事都有可能受到波及，试问谁不希望在这肥肉上多分杯羹呢？

“乐哥，我们干的只不过是偷东西，又不是放贷的、赌厅的，为什么我们也会受到影响？”

“若瞳（现在连乐哥也习惯这样称呼我了），你想得太天真，你以为我们偷东西不过是自己的事？是个体户经营？”

我反问：“难道不是吗？”

“当然不是，我们偷了东西也需要定期向一些人交保护费或者送点什么的，这些人一般都是暗管场子的，进得了场的各人无论在外或内他们也要负责的，你不见除了一些新手或自家‘老鼠’外，几乎从来没人在场内偷筹码吗？这就是潜规矩。”

他见我点点了头，然后又继续补充说，“我们干的这些都可算是黑势力在赌场里其中一项边际利益。”

“哦！”我恍然大悟。

“需要派送的‘瓣数’和‘字头’大佬多了，但这种环境下进赌场的人却少了，我们下手的机会自然就少，生意不受到影响才怪。”他脸色阴悒。

难怪最近我们都是在空等。原来现实的情况就是这样。

“唉……但是时代变了，我们这套干事形式愈来愈难混了。看来我都快要退休了。”此刻我从他眼内再看不到昔日深思熟虑、自信十足的影子，代之而来是那生活压着立场、价值下的扭曲。

我搭在他的肩膀安慰说：“放心，还有我在。”

“对，我还有你，如果……若瞳你……你能……”他忽然像想起什么似的。

“如果我有什么能帮到你，我什么都会愿意干。”

“真的？”他兴奋道，但随即又皱起眉头说，“不，还是不行。”

“乐哥你对我那么好，我早就当你是我这里最亲的人，当初我来澳门时无依无靠，要不是你跟芳姐，芳姐……”想起芳姐我的心头又一阵作痛。

“你是个好孩子，你的心我领了。假如不对你说出我的想法那我就太看不起你了，我往下说的，你可以听就听，如果不对头你就当我失心疯就是了。大哥没别的意思！你要原谅大哥。”

我“嗯”的一声点了点头。

“其实我们的生意你也知道现在是很难做下去了，所谓今天不知明天事，或许明天就有人来找我们麻烦。”

“真的有这么严重吗？但我见澳门人也不是照样地生活吗？”

“只有比你想的更严重，普通的澳门人当然会无问题，但若是与赌场沾上边，又像我们这些后台不够硬的就惨了。所以我在想是不是可以找些兄弟干几票大的，若然好运的话，一两年以后，我跟你都可以上岸了。”

“那是个怎么样的计划？”

“就是你一直不肯干的男女之事。”

我不禁怔住了，实在没料到他会这样说。

“若瞳我知道你一直很有原则保留了这条底线，但你先听我说，这可是个笑贫不笑娼的年代，如果你肯干，我们就可以找一些有头有脸的人，或是有钱的人，在你们干事后，拍下录像，让他们付一大笔钱做遮口费；即使遇到的只是一般人我们也可以在现场敲他一笔，否则就告他们强奸……这里面我们遇的风险会比较少，回报也快。”

我踌躇了好一会儿，再踱步到窗前，抬头望天发呆，在这短短一两分钟的过程中我思考了许许多多的问题，包括恩义、生活、爱情、命，还有其他跟其他。

但想不到的是乐哥突然却跪了下来，说：“我知道这是难为你了。”他把我的手握得很紧，这么用力的手，不禁令我回想起妈走的一幕，那种对生命的祈求和盼望。

“乐哥，你不要这样，我……我真的不能这样干的。”我赶紧把他扶起。

“只是一段短日子，相信我，要不了多久我们就……”

“我不可为了钱这样的。”

“好，就算你不要钱，那小芳呢？你的家人呢？你自己的将来呢？难道你全把他们都抛下吗？”

“这……我的头很痛，我不要听。”我死命地把耳朵按着。

“算我求你啦！好吗？求求你！”

他的话像铁锤一样敲打着我的心，在痛苦的撕裂中我突然歇斯底里地喊了出来：“够了！”

我虽然看不到镜子，但我想我现在浑身一定像只病猫一样簌簌发抖。在一片沉默的对峙中，还是乐哥他把话说在前头了：“若瞳，刚刚我是激动了些，那个提的亦只不过是说说而已，不要介意。”

我摇了摇头含着泪水说：“不，谢谢！真的谢谢。”

乐哥仿佛已了然一切地报以一笑，然后就开门离开了。说实在的又有谁会比他更明白我呢？我此刻已悄悄立下重誓一定要努力工作直至报答好乐哥为止。

“不愿意、不愿意、不愿意、不愿意、不愿意、不愿意、不愿意、不愿意、不愿意、不愿意、不愿意、不愿意、不愿意、不愿意、不愿意、不愿意、不愿意、不愿意、不愿意、不愿意、不愿意、不愿意、不愿意。”乐哥走后，在纸上我已不知把这些字写了多少遍了。

现在的我犹如一只瞎了眼睛的苍蝇落于蛛网内，愈发挣扎四周的束缚就愈发收紧，一条从此坠落的路正等待着我走。悄悄地从柜子里取出瘦猴儿的画——“狗懒卧在面包店前，而我在盛放了小百合的花园中看书，四周尽是蓝色的空间——海和天，中间则是一列列山的剪景。”这里面真的就是澳门吗？我的猴儿，我的爱，请你告诉我，我现在到底应该怎么办？在这城市中什么都能变钱，无论是荣誉、贞节、诚信以及其他跟其他，你在的地方也会是这样的吗？你又会如何去抉择？

夜里我吃了不少药丸，或许是近来扰人的事多了，我实在需要更多的精力去面对，所以量亦一次较一次增多。一颗颗地把它们从食道灌下，舒坦的感觉再次由脑扩发到四肢，在半睡半醒的神仙境界中我仍是常常做着那个同样痛苦的梦，不同的是，现在的梦中我会反复地告诉自己那只不过是个梦，直到我醒来。

这又是梦吗？为何又会那样真实？那几个端着刀恶煞凶神的男子就这样地站在我面前，再加上被捣乱得一塌糊涂的房子，着实不能不令人感觉到一切恐怖的降临，仿佛四周都是危机所带来的不祥气氛。我惊慌地急着说："到底发生什么事？你们是什么人？是不是搅错了什么？"他们也不多话只是用布塞着我的嘴，把我的手捆起，但我依然呜呜地挣扎喊着："把我放开。"这刻我被四平八稳地绑在椅上无法弹动，但脑内却真的像开了锅似的，千万种想法在交战着，我会否就这样无声无色被人干掉，然后某年某月在某山沟中被人发现？还是会被这里的人贩子禁锢起来卖落色情"架步"之类的地方，直至年老色衰才被遗弃街头。想想昨天我还好好地过生活，现在却变成一块市场上等宰的肉，我的命，这真的是老天要我过的命？愈想就愈怕，怕极之后那头，又产生了无边绝望的感觉。

过了数分钟后，他们终于打破了沉默，其中一个高个子开了腔："你唔再嘈，我就把你嘴里的布拿开。"

我用力地点头表示同意。

当松开了布后我马上问："你们是谁，我没有得罪你们呀！如果你们需要钱的话我房里有点现金，就当各位大哥来这儿的茶钱。"

"我哋唔系嚟要钱。"他的嗓音里有一种奇怪的沙沙声。

"那你们到底想怎样？"我连忙说。

"你叫张若瞳，落咗黎澳门一年有多，跟阿乐、淑芳（芳姐）一伙，系专在葡京一带'揾食'的'床头老鼠'。"同时他也把手中乐哥和我的照片让我看。

他对我们熟悉实在令我十分惊讶。

“我……”我的脚底心一阵发凉，冷汗亦出来了。

“放心，我哋今日唔会对你点，呢个亦不过系礼貌打声招呼，但系下次就未必会再系我，其他兄弟要做大龙凤连我都控制唔来。毕竟年轻人嘛，做事总会火爆点。”在他说着的同时旁边的小弟却怒目地看着我。

“大哥，怎样称呼好呢？”我强自镇定。

“点样称呼我都冇乜问题，叫错亦唔会死，但系有点嘢如果搅错咗就会连命都冇埋，所以话呢做人都系小心点好。”其余的人也附和说：“小心点呀！”

“我们得罪了大哥你？”

“得唔得罪你哋自己知！”然后又接着啧了啧嘴说，“话时话丫，睇下睇下你又真系生得唔错，难怪有咁多水鱼上钩，但你话如果系咁靓的面上划条红痕，作为女人咁就一世，就真系有点可怜。总之都系嗰句自己好自为之啦！”他的刀尖已在我的鼻子前不停地比划着。

“喂……那……”我还想问详细一些。

“靓女，你要记住我同班兄弟今日系嚟做通知，唔系嚟回答问题。”说完便头也不回地离开了。

我坐在椅上依然无法动弹。这或许更好，这时我真的可以静静思考我的一切——我这些时候所干的是是非非，从这件事我开始有些明白芳姐她所说的，“这地方有你想要的，但也有你要失去的。”大概我在这个风雨的浪潮中只是一片无根的浮萍，现在是否就应该退下来呢？

数小时后，乐哥替我松了绑，我顿时有着隔了一世的感觉。

由乐哥到这里后没有发过一句话的情况看来，他对这班人的来历应该是清晰的。所以我并没有问任何事，只是默默地在屋内收拾被捣乱的东西。

“你没有想知的事问吗?”乐哥突然这样子问了句。

“有。”

“那你为什么不问?”

“你要说自然会说，如果不想说的，即使问了也是多余。”我看着他。

“很好，我就是喜欢你这点。其实他们就是新‘字头’要找我们麻烦的人。”

其实我已猜到八九分，现在只不过是更加确定罢了。

“你知道他们今天会来吗?”

“不知道，但是知道他们迟早会来。”

“那他们要我们不干吗?”我尝试猜着他们的意图。

“当然不是，我们不干他们难道去西湾吃西北风?这里边的道理刚好与你想的相反，他们想抽我们的水，还要我们做大来干，那分成的时候才好让他们分得更多，而且有险的话也只是我们冒，这种无本的利，何乐而不为?”

“难道我们真的就没有路走吗?”

“唉……路是有得走，但是没得选，看来你也要为自己多打算一下。说老实话，我一直就是对你心怀歉疚，未能好好照看你，这里有五千块，钱尽管是少了一些，但也是我的一点心意，你留在澳门也好，回去山里也好，你就自己看着办，好吗?”

我们极像电视里所演的连续剧一样，一动不动地站着，很长时间都不知应该如何把话延续下去，最后还是他打了圆场：“我顺路带了一些东西来，就放在这里，给你用的，走的时候，不要忘了拿。”看来他也假设了我是要离开了。

一年多的时间，是个不长也不短的过程，实在不太容易去描述，虽然是描述不了但个中的百感滋味却是无法擦掉。此刻我的心像是掉进无底洞似的，心神不宁的我只好抱着头在沙发中辗转反侧，然后把自己蜷曲成一个小虾米，这样我确实会感觉好些。

白天之后是黑夜，在黑的布幕下我清楚感到我的戏要告一段落了。

“我决定撂手不干了。”在柔和的灯光下最终我还是对着影子中的自己说。就在起来的一瞬，我不小心碰倒乐哥带来的那些大包小包东西，我蹲在地上把袋子翻好，人参、冬菇、当归、红枣，还有数打补血鸡精散得一地都是，这些全是针对我月事来时痛得要命的营养补品，怕失了我的气血。逐一把它们收拾起来，每样东西都是份沉甸甸的恩情，一股劲地想着他为何这般的好，而泪花则在眼内不停地绽放，一朵又一朵……

这是什么？在盒子下是一个方形的皮包，不用想也知道是乐哥遗下的，他还是那么的冒失，明天还他就是了。就在理所当然的情节下，那命运的纸却从钱包里不慌不忙地跳了出来。人的命运真的很奇怪，没有人会知道下一秒到底会发生什么事，但当发生了，你的一生就会从此扭转了，彻底扭转得连自己也不会相信。这是张报纸，一张普通得无法形容的报纸，一段小得不能再小的文字，若然不是那用粗笔红线画起的线条，我想即使再多看十遍也不会有人察觉得到。

爱子林氏建邦

痛于一九九九年七月二十二日下午六时四十分寿于镜湖享年二十有七岁遗体于七月二十七日下午三时奉移镜湖殡仪馆治丧谨择七月二十八日上午九时三十分大殓并随即辞灵火化哀此讣。

眼泪真的有很多种，但我在几乎同一时间内能尝到其中两种。在漫长人生历程中着实不简单，若然我们说刚刚的感激之泪是一种热泪式感情的话，那么现在所流的则是一种冰泪式的感情，此刻我感到现在流出的眼泪比之前的要少得多，因为它们都在神经里凝结了。就在凝结的背后，有着断裂状态的情感瞬间就会出现断裂的理智，我疯狂着，双手乱抓空气及能碰到的所有对象，像一只被捕兽夹卡住的野兽一样要用愤怒和破坏抓灭一切，才刚收拾好的房间片刻成为了一片无法回复似的地狱，我知道我随时都会晕倒过去，就在燃烧完那碎末的能量之后。我不敢相信，我不能相信，我……我不会相信这眼前所看到的一切，于是我抱着最后一丝希望拨动乐哥的手提，期望他能终结这噩梦的来临——

我愿变成童话里
你爱的那个天使
张开双手变成翅膀守护你
你要相信相信我们会像童话故事里
幸福和快乐是结局
一起写我们的结局

世界真的还有童话吗？

“你弄错，一定。”“我求你，我求你说这个不是他。”“你讲大话。”“告诉我为什么是他。”“瘦猴儿他说过要回来的。”“我们还要一起看星。”“一起走遍全世界。”“你不是说我们是八九点钟的太阳吗？”“说话，为什么就站在那儿不说话。”“我打死你这个混蛋。”“你把他还给我。”“你是一早就知道的。”“对不起，有什么对不起。”“我要回去找他。”“他们失踪了不知去哪儿?”“你是疯子，全世界都是疯子。”但是我心里明白得很，他的确是一个疯子，因为他说了真话……

他这刻死命地抱紧了我，而我则像极一条被网拖上水的鱼，偶尔挣扎几下。在空气中我无法再呼吸了，只是嘴一张一合地在等待死亡的来临。

“抽一下这个吧！对你会好些!”待我稳定下来后，他把那支烟递了给我。

我站在那里抽，虽然没有使劲地吸，但几下过后混乱的状态却爆发了出来，那情况像极一口气喝下了十瓶二锅头一样，而我现在身子的所有部分，就好像坐在火焰的峰头，我没有问这到底是什么玩意儿，因为这是没意思的。只有感觉，感觉告诉了我这要比我平常吃的丸强得多，那就行了，再加上我把乐哥放在那边的两瓶五粮液“咚、咚、咚”地直倒入肠胃，灌得所有神经都兴奋到极点，接下来全身不知怎样总是轻飘飘的，连头也开始不停地摇晃起来。我这刻亦不忘端起酒向乐哥敬了起来:“乐哥，我是不会喝酒的，你是知道的，但是今天我真的很想喝，你一定要陪我，不要说其他的屁话。总之我喝一杯，你就要喝一杯……给小妹一个面子，好吗?”我用眼神恳求着乐哥。而他亦正色说:“这算什么话，你知道我是什么人吗？总之你喝多少，我就喝双倍，你喝一杯，我去喝两杯，你喝两杯，我就喝四杯……看谁先倒下。”

“好！好哥们儿！干!”我大叫起来。

他也说了声:“干!”然后便咕嘟的一口喝了下去。

我们间已再没有多余的说话，只剩下那些鲁莽的碰杯声在寂静的空气中回旋。曾记起有人说过当一个人受尽极苦后就会出现极乐，我想这是真的，因为我现在真的快乐得很。甚至连所有世俗的规条都抛诸脑后了，或许这正是诱人堕落气氛的魅力所在。而被酒精刺激着的微微眯起的眼睛，看出的竟是放荡轻率的扩张。

变种的烟味。

苦涩的酒味。

融化了的香水味。

在所有外力的催化下，一切正急速地发展着。

“屌我！”“屌我好不好！”相信这是我有生之年能讲的最粗鄙的广东话。

他没有答话，只是默默地看着我，从他眼中射出的光芒真的很熟，“迷惑的漩涡，视线最容易搁浅在那里。”对，他是瘦猴儿，他一定是……你真的没有死，这不是好好的吗？

“辣子，我永远爱你。”

“我也爱你，瘦猴儿。”

“你在听吗？听到我在说爱你吗？”

被他紧紧抱住以后的那一种触觉，最后同脱了骨肉似那一种出神，由轻吻到狂吻到爱抚到一丝不挂……

吻下来
豁出去
这吻别似覆水
再来也许要天上团聚
再回头你不许
如曾经不登对
你何以双眼好像流泪
……

小城并没有什么大事，有的只是自己的大事。现在强力的臂膀、闪亮的肌肤、沉重的呼吸、急速的叫床声，混合后将会是一种怎样的高潮？肉眼看不到的虚幻便恣意在四周流淌。当所有应有的激烈过后，四周回复静寂，然后在不规律的微弱的心跳弹动下突然扎醒，身边的人很陌生，我用力把他的手掰开，只想离他远一些……我发抖、害怕、疑惑、屈辱，只想往自己身上扯，直至想把身上的每一吋虚伪的皮扯穿为止。咬紧下唇从地下爬了起来照着镜子，我揉弄自己的乳房和拨开那阴处的毛发，仿佛像条蛇一样在寻找某种答案似的，而凝结了的血点、阵阵腥臭和那红肿现在已做了很好的回答。我发疯似的跑进了浴室，让激烈而寒冷的水柱哗哗地打射在我的身上，很痛，真的很痛，像箭插在靶子上。老天，我的老天请告诉我这不过是个噩梦吧！

“若瞳，若瞳……”那声音现在听起来有些失真，像从一个遥远的地方飘来一抹不踏实的幻觉。

“我不是张若瞳，我是辣子，我叫辣子。”我打断了他，亦否定了我将听到的一切。

“是，辣子，对不起……这……”

“你走，你走呀！”我已控制不住自己的情绪。

“我……”

我把水柱靠在耳内冲去：“我什么也不想听，当我求求你，你走吧！”最后我连哭带喊地请求他什么也不要说。

“我知道你现在很难受，我也十分难过，但是我只想告诉你我绝不是有心的。好好休息，不要跟自己过不去，过两天我会再来找你。”随即我听到那重重的关门声。

我累了，真的是累了，累得只想用刀片在腕上划个句号。

而当刀刃经过我的手掌心，止不住的血从手心里涌出来的时候，我猛然想起了爸，那爸呢？这个念头虽然只是一掠而过，但却足以让意识最深处产生回响。说来真的很可笑，一个从前会因他想死的人，而现在则因为他成为活下去的一点因由。

搅乱了，叶子半浮半沉地顺水而漂，漂向未来难以设想的航道。

## 第七章　回归

你可知“妈港”不是我的真名姓？
我离开你的襁褓太久了，母亲！
但是他们掳去的是我的肉体，
你依然保管着我内心的灵魂。
三百年来梦寐不忘的生母啊！
请叫儿的乳名，叫我一声“澳门”！
母亲！我要回来，母亲！

——闻一多《七子之歌》

回归的含义对现在的我来说有两种，一是指我身处的地方，即澳门要回到我们祖国的怀抱；二则是指我自己应该回到山里，投入山乡的怀抱中生活。无论是哪种回归大概都是无可避免的。

1999年12月20日澳门终于在这风雨颠簸中回到祖国来了，电视中传来的画面是在众多宾客的见证下，葡萄牙国旗及澳门市政厅旗缓缓降下；而中华人民共和国国旗和澳门特别行政区区旗在凌晨零时零分零秒徐徐上升，而政权移交的象征终于顺利完成。不过说实在的这里除了打打杀杀少了些之外，我真的察觉不到澳门回归后与回归前到底有什么分别。或许应该这样子地说，在澳门中没有人觉得自己不是中国人，好像几百年前已经回归了，不过单纯这天是多个活动仪式，多个假期罢了！想深一层或许这真的是有其道理所在，一个人她的心在哪里，自然她拥有的全部都在哪里，即使肉体不幸被遗下了，这不过是现实之中的小缺陷，并不构成对实质灵魂的什么影响。

近来发生的事实在太多了，它像一个不灭的光源直射在我脑内，挥之不去。我拼了命去想却始终没法想得穿，努力、再努力，预期的答案依然没有出现。渐渐地我开始不再操心以后的发展了，反正该怎样就怎样，无论你是悲伤、愤怒、威胁都对事情的本身产生不了多大的影响。而乐哥这个月并没有出现，大概是怕了见我吧！的确就连我自己也说不上来见了他之后到底会有什么反应。只是在信箱中他定期放了我最需要的东西，一种不知名的卷烟。现在我大概不再需要吃药了，但说来也真是奇怪，在附近买的烟都是淡淡的，总不及我手上这支来得过瘾，有冲脑的感觉。晕晕飘飘地令一天过去了也不知道这天是怎样过去的，要不是后来芳姐来了短讯，我想在这年头我连自己也会忘掉自己了。但是提起芳姐，一想到跟乐哥那天的事，你叫我如何能够面对她。难道就说不好意思，我喝醉了不小心把你男朋友给上了，现在还给你，好吗？在烦乱中我胡乱地按着手提的按钮，终于也把那条讯息打了开来："遇到麻烦事，急需用钱周转，快！马上把两万块存入这个账户中4736835-0070000-922272849。"

我知道乐哥马上要出现了，当然我也是惦着芳姐的，但说到私心，我也急着找他呢！我现在的烟毒可真大了，大到有时连我自己也害怕。

从口中喷出的烟雾有个好处，就是能适当地填补了两人对望间的空白和尴尬的间隙。他现在虽然只一股劲地挠着头皮，但还是尽力地开了口：“近来好吗?”

“唔……还好。”我知道现在嘴上说的可好，但无法掩饰的仍是那暗地里涌动着的抽搐记忆。

“你也收到小芳的短讯?”虽然他肯定我是知道的了。

“芳姐一向就是发给我们俩。”

“对。”他摸了摸头说。

“现在这个情况你打算怎么样?”这里头大概已经存在一个默契了。因为我们现在谈的是我俩跟芳姐的事，而不是我俩的事。

“澳门回归以后，接着解放军也会来，中央不会给这里乱的，所以外面的情况还算是好，如果能在这时……不，我想现在要紧的事还是把我这些手表、项链给押了，应该可以凑个数。”

“看来我也应该回归了。”我的语气虚弱但却不容置疑。

“回归?!”

“总之你上次说的事我会干，但是不是为了你，是为了芳姐和我自己。”我晦气地说。

我知道对乐哥的态度不应该这样，因为说到底在这件事上我也要负上一定的责任。但不知怎的，看着他的脸我的嬲怒又上来了，连自己也控制不了。大概我往后会像把刀一样的去伤人。

他也不计较，没有多大理会我的晦气就说：“好，太好了，你能想清楚就好了。”

“但是我有个条件。”

“条件是……”

“我们那天的事芳姐绝不能知道。”

“我以为是什么，那件事我发誓对什么人也不会说，管死了也守口如瓶。我发誓。”他正竖起三指起誓。

“不用发，凭良心。”

“是……是……”

到底月复月、年复年地干了多久了？或许在漫长的人生中还不算太久，但是对我来说却已经真的很久了。若真要打个比方，大概就是由被动的死鱼变成主动搓男人屁股的过程吧！若问我有没有忘记瘦猴儿？我可以告诉你在跟另一个男人做爱时，有关他的记忆便会突然之间全跳了出来……

一个人在这里荡着总有些无聊，像个幽灵似的孤零，回归之后的赌场又回复到从前的老样子挤得像火一样，主妇、游客、高干、退休老人、模特、明星、妓女、烂鬼、贪官、赌徒，各式人等都像赶市集般蜂拥来到这里宣泄久久压抑的瘾。而且听说由这年开始往后更会开放赌权，说要打破什么专营不专营的，总之以后什么外资赌场、角子机中心亦会在澳门争相出现。它们大概像红斑一样在这城中扩散开去，而且更会把这繁盛的外表装饰得更加辉煌，只是金玉其外的橘子，谁也猜不到何时会被人一挤，败坏的气息和腐臭的汁液将会流满一地。

当然这对我来说是没有什么关系的，我所关心的仍是我看中的猎物问题，他这时就在赌台前坐着，身上散发着浓烈的古龙水气味，即使在混杂的赌场气味中亦能穿透。虽然这当头还不能确定这外国人的身份，但从他的名牌衬恤扎着漂亮领带可以肯定的是他具有某种符合上钩的特质，那是我这些日子观察所积累下来的“宝贵”经验，亦是嗅觉直接告诉我的。于是我不再犹豫走上前去拍了拍他的肩，“嗨！”我对他轻轻地笑了笑，然后在站立中尽量表现自己所有的身段和线条，因为我明白到男人看上女人与否的关键就在这最初的十多秒中。

“你旁边的位子有人坐吗？”

他用一口鼻音沉重的广东话回话说：“随便。”

说实在的，在这当中我有点吃惊的，因为他会说流利的广东话就表明他在这里，或者香港、广州一带生活多年了，这种“地胆”是最麻烦的。我实在害怕以我的“道行”会被他拆穿。

我呆在坐与站之间，动作缓慢而且生硬。

庄荷这时问：“先生，要不要补牌。”

他马上转头问我：“你认为要不要？”并把底牌掀起给我看。

虽然我还未能定过神来，但下意识却把牌瞥了瞥，然后说：“16点，不用补了，看其他人的牌，现在一张‘公仔’都还没出过，还是把它留给庄家，让他爆了好。”

有时命运真的很奇怪，若然这一把输了，那相信我摊摊手就离开了，没有往下的故事；但现在却赢了，冥冥中一切才得以延续下去。

“好，终于都赢啦，证明今天福神都照看着我。看来你真的能带好运来。”他说。

“帅哥，运气是你自己的，说不定能认识到你，好运的是我呢！”从前我这样嗲声嗲气地说话时会连自己都起个突，但现在却自然得连自己也不相信。

“真会说话，但是刚刚你听到我晓广东话时，你好像吓了一大跳啊！”

我镇定地笑了笑：“当然，一个外国人突然说一口流利的地道话，还要比我标准，谁能不吓一跳呀！”

“那我像外国人吗？”

“你不像外国人难道就像外星人吗？”我嬉笑地说。

“我老实告诉你，我是澳门人，用种族上来说可是个土生葡人。”他还轻声地说，“而且静静告诉你我还是中国籍的。”

虽然我有了心理准备，也不由得吃了一惊。他像看穿我的底一样，马上问：“我是澳门人，又有中国国籍有那么值得吃惊？”

我尽力表现对四周一切的从容自若，说：“哪有！”

现在我们在玩牌当中，他说我玩牌玩得真好，前些日子我还是个进赌场会疯得想吐的女人，现在却把一切变得这样自然。这是个多大的讽刺啊！

“你真的漂亮，让人眼睛离不开。”我们玩了十来把以后，他突然这样子对着我说。

“是吗？你时常对一些连名字也不知道来路不明的人也会这样称赞吗？这我可不太会！”

“噢……看来我们还是先互相认识好一些。”

“这个提议不错。”

“你好！”

“你好！先生。”我有礼地回应着。

“我叫TAVARES FREDERICO ALBERTO，小姐。”

“我叫张若瞳，先生。”

“OK，那我们有一个好的开始了。”

“虽然我们是认识了，但你的名字太难了，有没有其他亲切些的称呼？还是要让我称你为‘澳门人先生’？”

“‘澳门人先生’这个名字虽然不错。但恐怕你这样叫有数十万人来应你。”

我微笑着表示理解之余亦同时修正说：“那倒不如唤你

‘澳门土生葡人先生’吧！”

“这会好些，但应你的人也会不少，我看倒不如你唤我作小戴吧！”

“没问题，小戴先生，为了公平起见，你也可以叫我小瞳小姐。”

“你不觉得小戴小瞳后面再加上先生小姐有点怪吗？好像很亲昵，又怎么说啦……对，是很陌生。”

“我们刚刚才认识，难道不应该陌生吗？而且你会怎样称呼卖菜的？”我反问。

“那有关系吗？卖菜的要称呼吗？”我们像在造文字游戏似的。

“那就错啦，你可以称呼卖菜的阿姐，或者是卖菜的叔叔，相信他们听后也会很开心。正如我觉得你很像先生，我觉得我自己又是小姐，听下来开心顺耳，那不是最好的吗？难道……”

“难道什么？”

“难道你不是‘先生’或者你只爱‘先生’？”

“不，不。”他马上伸手又摇头。

就是这样，我们本来都是个陌生人，但在我的引导下，一切却变得不能抗拒。此时我们已经起来转身投入人群之中。

接近凌晨三时，马路上几乎再看不到人，但附近依然灯火通明，其中不少的是典当行。我们进了其中一间去看了一会儿，我发现他总往那钻石手表区看去，在急速跳动的眼光中仿似在有目的地寻找什么似的，可知那区内的腕表少说也要五万一只呢！昂贵的则动辄要二三十万。我趁其不意暗中按动皮包内的电话回拨，好让乐哥他们做好准备……

他摸到了裤袋里的钱包，然后打了开来，往内点了又点。

我偷瞥了几眼，从那瞬间估量来看，我想那钱包里应该有四五万块，此外还加上信用卡、提款卡等，合共起来少说也有七八万块，可能户口里头会有更多。正在心里庆贺今夜猎物如此肥美的同时，“啪”的一声，他合上钱包后同时重重地叹了一声。

“小戴先生，叹什么气，是否找不到你要的东西？”

“不，它在。”他指了指那高台的位置。

我从他所指的方向看去，那里的腕表不少也在五十万以上，于是推断道：“是太贵，没现钱付吗？”

“不贵，太便宜了，六十五万，实在太便宜了。”他在不停地重复念着。

我吃了一惊，原来他看上的是那中央闪闪生光镶满钻的粉红腕表，六十多万呢！要是给我一半就好啦！我拍着他的肩飞快地开了口：“旁边那只也不错嘛，蝴蝶形的钻石，只要二十多万就可以，也一样漂亮。”

谁知他看也不看，就说：“不要，我就是要那一只。”

“好好好。今天带不够钱，就让它多留一夜，我们明天再来买吧！”我顺着他的意说。

“对，我们只让它多留一夜。”他坚定地说。

只是这时那些押店职员怒眼看着我们，这不由得令我想起当初来澳之时芳姐与我逛店时的情景。于是我忍不住开腔骂道：“看什么看，现在没钱付吗？这里有牌子说不能让客人看东西的吗？”在我连番痛骂下，他们才径自退了下去，但我却马上发现自己是失仪了，于是向他赔笑道：“对不起，人家最讨厌就是那些狗眼看人低的人。”

谁知他笑着说：“对，野狗就是不打不行。打得好！打得好！但是小心他们会咬你。”而我亦随即笑了一下：“还是小心不要给小狗听见。”

原本就是好好的，可是接下来发生的一切实在是太离谱了，恍如一场没有说服力的电视剧般。我们这刻出了门口，他的心情是如此的愉快，我以为应该是去酒店了，殊不知他截了的士凑过来拿嘴在我脸庞亲了一口以后，便转身对司机说："送这位小姐回家，这里有两百块，不用找了。"我几乎怀疑是否自己的耳朵听错了，但一切却是如此之突然，突然到我只有张大口无法做出任何反应，活像个木头人似的。正在错愕之际谁知他在门要关上的一刻，拍了拍窗口，我搅动了把手放下了窗，以为他大概要回心转意了，殊不知他没趣地把小纸条递上后便说："明天还要来吗？"我本想晦气地把手招一下让司机把车开走，但盘算着今天吃不到可能将来的日子能吃到！而且他的条件还是可以的，留一线吧！"那就要看明天的心情了！"我冲他在做个飞吻的同时，我发觉自己钓男人的能力真的愈来愈高了。"司机开车。"就在车子发动的一刻，他大喊："我会等你。"

车子在夜间变成只飞快的狼，十字路口正一个一个地消失。我把小纸条打开一看，上面写着一串手提号码，真的好久没有传纸条了，我不禁笑起来。"我会等你。"曾几何时我在送瘦猴儿的时候也说过，谁不知他竟会……"对啦，司机这里去佑汉不要两百块吧！零钱找我。"

听着司机一串喃喃的粗口，我思考着究竟他是对暧昧危机的情形有所察觉，还是……

早在回到家里之前我已把那小纸揉成一团抛掉了。现在乐哥对钓不到这条鱼而大感愤怒，但我却懒得理会。"难道要我挟他上马吗？"不满地抖着烟，我知道我的瘾又陡然膨胀。不知为何我总觉得跟他的关系像走了样似的，好像失去了多说一句话的兴趣。到底从何时起开始有这种感觉啦！这……我也说不清，是瘦猴儿死了之后？难道这些年是我自己变了？无论如何，实话还是那一句，我现在跟他其实没什么谁亏欠谁的了，要错的他错了，而要还的我亦已经还了。总之现在我喜欢干就干，不干就不干，即使芳姐现在在这里我也会这样说的。

我没有想过会再遇到他。只因相约那天我去了另外一个场子讨活，而三五日后我甚至将我们曾经相遇这件事彻底地删除了。全因我相信只有彻底忘记才是令自己继续向前的最好动力。现在我去了哪里？当然又是离不开赌场了，就在这里，最大型百货公司八佰伴的对街——回力娱乐场。但在我看来，它们之间什么都没有分别的，或许除了那个醒目的骰子招牌外。这些天我们经营的形式有了些改变，由乐哥他去物色，而我则负责等待，所以倒轻松了不少。

这天我确实是搅错了，不知怎的来早了不少，大概是六七点钟吧！看见手底没事（要有事一般也是十二点后的事），于是去了旁边的海港街吃东西。没错，就是那闹区中惟一一座有四面佛的那条街，你不要不信邪，虽然我不太清楚他到底是什么神，保护什么的，但是我想经过也算是场缘分，我双手紧合，希望会如本地人所说的那样："求得神多自有神庇佑。"在这里你可以看到很多截然不同的东西拼凑在一起，如果说赌场能够给你五光十色的炫目，那么这里就是强光背后的影子，与四周的发达环境实在是不协调，甚至说它是被遗忘了的可能会更加恰当。因为在蜿蜒曲折的小道中不少铺位已贴上了招租或转让的广告，而幸存下来的不外乎有几种，一是吃东西的饭店；二是性商店，专卖性用品，什么皮鞭、色情光盘之类的；其他剩下的就是游戏机店跟按摩店。虽然如此，但是这里有个好处就是外面三四十块碗的云吞面，在这儿才不过十二块，尽管我还是觉得有点贵。但说真的在澳门来说还好啦！当然这个吸引点并不单对我起作用的，不时还有一些赌输的霉鬼在这里流连，他们脸上尽是死灰死灰的，完全没有了冒险游戏者脸上应有的风骚表情，所以只好将就将就。当然最吸引我的却不只是单单的价钱，最重要的还是在这里我可以找到在伪装下那种昔日熟识的气息，那种感觉令我在异乡心稳多啦！这里聚集了不少大陆过来打工的姐妹，也有从老远来到这儿干上地盘工的，从他们的对话中我还听得出有些是老乡呢！说实在的，在千里之外能听上家乡的一两句土话，你说还有什么能比这更快乐的呢？

"嗨。"

我对此并没有在意，因为通常我只会在店的深处不起眼的角落坐下，照理说我不主动唤人家的话，应该谁也不会理我的。殊不知他又"嗨"的一声，然后就问了句"你旁边的位子有人坐吗？小姐"。

四周的位子不是挺多的吗？为何偏要坐这个？在暗自纳闷中我抬起了头。"你……你很眼熟……你是……"我开始对那头鬈曲短发有点印象。

"对，我就是那天的先生。"他在说着的同时已径自坐下来了。

"我有说你可以坐下吗？"我打趣地说。

"我也只是问你旁边的位子有没有人坐，不过有没有人坐我也要坐。"

"是吗？那好，你现在已经坐下了，到底想怎么样呢？小戴先生。"

"这里真的热得要命。"

"对，没空调就是这样，你瞧你额上的汗。"我同时递了纸巾给他，"我想你老远来这里不是跟我说这个吧！"

“唔……我想问你为什么那天之后就不再出现？”他直截了当地说。

这个人真的很奇怪，直像一个从空白过来的人。原想随意地说一句话推搪过去，但看见他那比预想中要来得复杂的脸后，于是便柔声道：“我那天有些工作需要做，往后也有工作要做，你找我有事吗？”

“有，我想找你谈话。”

我几乎要笑出来了。但他此时却一本正经地说：“你现在有空吗？”

“对不起，现在是我的私人时间，有什么事在赌场里再说吧！（当然这天我大概不会进去了）”我忽然耍起劲子来，自从吃了那些丸跟烟之后，我发觉我感情的落差变大了，这刻很高兴，下一刻可能会发脾气了。不过事有两面，我发脾气对他来说应该还是好事一宗，要不我出手他肯定成为待宰的大水鱼。

谁知他依然不大理会，自个地问：“你喜欢红色吗？”“你喜不喜欢吃生鱼片？”“你看日本动画？还是荷里活的大片？”……

终于我还是有点于心不忍，随意地响应了其中一些，我想比率大概是十条有一两条吧！当然其中还包括一些乱答的。

“你喜欢喝酒？——可以不喝。”事实是从那天起我就没有喝过。

“你抽不抽烟？——不大抽。”一天不抽还好，几天下来就麻烦大了。

“书？看书吗？——琼瑶，小说。”这倒是真话，我就是看芳姐剩下来的书。

“你一定喜欢打牌——不知道。”广东牌我真的不会打，但现在有些时候我会在赌场中玩玩牌来消磨时间，这看来就像一个大笑话，从前一提起赌我就会怒不可遏，但现在想不到连自己也赌了起来。有时小注，有时也下大注，那就要视乎手头松紧的问题。还有我还观察到外国的跟我们中国人的赌法真的很不同，外国来的，他们一般就小注玩玩的，老虎机他们就最喜欢了，几百块可以玩上一整天；中国人就不同了，简直可以用生死拼搏来形容，输了固然想翻本，即使赢了也想加倍地赢下去，这样子赌法最后不输才怪。

“你喜欢看烟花吗？——能看的话应该不错。”对，我喜欢看人家放烟火，但不是小的那种，而是半空中盛放的那种。在回归以后，澳门数第一应该就是太平了，上街不用再提心吊胆了；而第二就是烟火放得多了很多，但是因此交通跟人也挤了，而他们一般放烟火的地方不是西湾湖就是南湾湖，在新建的旅游塔附近看就最清楚了，虽然我说得头头是道，但实际的情况是我一次也没有看过。

……还好他还没有问我是干什么来的。

他现在将我所说的用笔记了下来，然后画画弄弄的，就说：“好，我们出去吧！”

“去哪儿？”我吃惊地问。

忽然他又没头没脑地说：“你今天真幸运。”

“幸运？我有什么幸运？”我差点没给他气死，心想昨天我也很幸运，因为没遇见你。

“你能看到将会出现又马上消失的星星，你说不幸运吗？”他老实不客气地兴奋说着。

天上的星星、地上的星星，还有萤火虫，一番过去了很久的沁人回忆。我忍不住问了句：“你说什么出现和消失的？”

“将会出现又将会消失的星星。我们马上要去看烟花啰。”他回答得挺理所当然的。

“你凭什么认为我要去呢?”我终于反问了他，他立刻就笑了，是春天暖融融的那种笑。“不是你刚刚说能看烟花不错的吗?”

“是又怎样？我也想发达，只不过你没有问我。”其实回答了他的问题不下二十题，在真真假假中我亦已搅不清什么跟什么的。

“今天有一个大型烟花会，你不知道吗?”

“是吗？我真的不知道。”

“那现在你不是已经知道了？要去吗?”他看了看手表。

“对不起，我还有事要干。”单调的节奏与声调连自己有时也会觉得平板。

“那就不要干了。事什么时候也能干，但看烟花却不能时时看，你忍心放过这个机会吗?”

或许是星星的吸引力，或许是瘦猴儿的回忆驱使，或许是他语言的魅力，太多或许……总之接下来的结果就是本小姐东主有喜，是日休息。

他轻柔而自然地拉起了我的手，手有点粗糙，我猜想他准是好运动的。之后，我们一直就沉默着，像野兽等待攻击机会的一瞬，虽然我觉得这个比喻怪怪的。而很快我们就到终点站了。

时间：黑夜，月亮已很圆地挂到天上；地点：旅游塔六十一层室外观光廊的半空中；事件：美丽的烟花洋洋洒洒地铺满整个海面，瀑布似的火花，从星空流泻下来，这样的火树银花，仿佛只映在你一个人的瞳孔之中；意外：手机不停地响着，像只噬人的猛兽，我把它给关掉了。

“很漂亮，是吗？”这是我首次轻率地在非办事情况下与陌生人外出。

“我觉得倒像‘隆隆’炮火声，你要知道我祖先是干什么来的。”他做出探险家的动作。接着又扮着一副海盗的样子，“不过有时都会做些副业。”“唔，不过话分两头，要不是他们肯花两年的坐船时间来了这东方国度也不会有后来的我们，看来当年他们千辛万苦冒着生命的赌博，今天最终赢到的仍是便宜了我的出世。”他笑着说。

“那倒是。不过还不知道是不是亏本呢！”我指着他之后也跟着笑了起来。

“好笑吗？你试一下再笑。”他用手指在我背梁及腰间缓爬，弄得我痒痒的。

我马上求饶道：“好好好，算我说错话，好吗？但是算起来这么多年了，看电视介绍好像有几百年了，为什么你那种土生的高鼻梁、大眼睛和卷头发的特征好像没有什么改变似的。”

“这个我就不大清楚。我只知道，我奶奶是广州人，而我妈是石歧人。如果认真算算看我应该有更多的成分是中国人。除此之外，如果你去了我爷爷在美副将的家你就会百分百相信。他家尽是中国式的摆设，酸枝太师椅、榆木长板凳一边放了盆绿意盆景；少不得是近三米长的桥台，上面还雕刻了精致的龙纹图案；而客厅墙上则挂着郑板桥的字，和不知谁人画的烟雨水墨画；朱红金漆博古架上则摆满了各式景泰蓝花瓶；而书架上还有《史记》和《四库全书》等各类书籍。去了那儿你还以为自己回到古代啦！”

“可能吗？”我表示怀疑。我觉得人家扮的是假洋鬼子，但是看着眼前这个“假中国人”（这是我自创的），感觉还是怪怪的。

“这是是跟非的问题，不是可不可能的问题。”他挺认真地说。

“既然你说得那么神，那我能去看一趟吗？”我逗着他玩。

“这……”他的眼中闪过一股怅然。

看他的犹豫就知他不太愿意，当然谁会带一个来路不明的女子回爷的家呢？而且我也只是说说而已！于是马上说：“不方便就算了。”当然其中并不蕴含什么特别的不满意。可惜讲者无心但听者有意，他马上为我解释：“不是不方便，是……是没了。”没了有很多意思，可能指人，也可能指屋，总之无论是哪种也是不好的事吧！我实在感到有点愧疚，想为此说些话，但还未开口他已继续说：“我们有个诗人叫李安乐的就曾写过一首诗是这样子的：‘心是中国心，魂是葡国魂，长着西方的鼻子，生着东方的胡须，既上教堂，也进庙宇。’我想这的确是我们这群人最贴切的写照。”

“看你这副德性就知道。”我带着一丝讥讽笑说。

无论是土生葡人抑或我，在漫长的历史中我们都曾有过过客的身份，或许我也会有这么的一天像他们那样融入这地方。

他做了个吹胡子瞪眼睛的鬼脸，而我则继续说：“想不到你还有一些文采的。”心想“在世界中谁不是过客”。

“是吗？”

“最少你也会念诗。”

“那不是跟你会念‘床前明月光’一样嘛！”接着他出其不意地说道，“对啦！我们不谈这个，你有没有吃过葡国鸡？”

“吓，葡国鸡？”

“你要是听‘葡国’鸡就以为这是葡国菜，那你就错啦！这种香而不辣葡国鸡，是由移居澳门的葡国人所创的，只有在澳门这里才能吃到。如果你想在葡国吃到葡国鸡那才是天方夜谭。我们一般地道煮葡国鸡，有三多，就是材料多、香料多及功夫多，主要调味料是黄姜糕与椰奶的配搭，这样可以令葡国鸡香而不辣，加上薄薄的椰丝、鲜红的西红柿，还有的是……”

我赶紧截住他：“等一下，我现在知道这鸡是澳门的特色美食了，但我实在没心情上一堂烹调课！”虽然我口上是这样子地说，但口腔内仿佛已出现了葡国鸡那种富层次的味道。

“哦！小姐你‘现在’有时间去试一下那嫩滑的鸡块和金黄汁液的完美搭配吗？我知道荷兰园有间……”

“砰砰砰”一轮激烈的烟火像弹子一样撒满整个天空，真的很美丽，但从美丽的影子中表明一切已到了尾声，果然在这之后四处回归寂静再没有任何声响了。

“谢谢你能带我来，我真的很高兴，但是很抱歉我现在大概是时候要回去了。”

“那葡国鸡……”

“我不是说过今天要回去了吗？”他马上现出失望的表情。我又继续接着说，“但是后天我想我应该会对葡国鸡有点兴趣，但是不知道那个时候有没有人带我去？”

“有，一定有。”我感觉到他心中那份莫名的悸动。

“那好，我们走吧！”此刻我觉得这个故事的开始还是挺完美的。

土生葡人！今天才知道他们真是一群独特的产物，既不属于葡国又不属于大陆，只是属于这个特殊的地方——澳门，一群只为这里生存的人，除了这里他们在什么地方也是无根的浮萍。如果有一天我选择要在这里生活，我会像他们一样吗？我的后代会像他们一样的吗？甚至到最后只会说广东话，而把我们山的老话忘掉？这些想起来实在是挺好笑的，在这里我根本没有什么牵绊，来去自由，惟一能引起我注意的大概只有钱一样，人能留下来吗？但当初葡人来的时候也不是跟我一样吗？为什么我会将四百多年前的寻找机会连到我来这里找机会的身上？奇怪！

最终，我也没有给他送我的机会，因为我只想一个人在这没有星的夜空中走走，多长时间没有走过路了，大概连腿也退化了，不快，只能慢慢地向前走着。现在薄薄的雾霭在空气中缓缓扩散，就在这南湾的旧沿岸上一种恍惚如梦的感觉正在形成，提起南湾，本地人却会将"湾"唤成"环"，有趣得很。除此之外这里虽有"湾"之称，但并不是实际中的海滩，而是个被填剩海岸边的湖。窄路两旁有大榕树或松树的叶子一片片在风中飘零起来，把外衣扯紧，四周依然是那种淡淡的冷。我想这里大概就是澳门中最为舒畅的地方，放眼望去它与夜晚的城市背景相互映衬，剪剪黄影显出令人难忘的柔和气质。一个城市能将最美与最恶融合得如此调和，我想全世界只有这里才能做到，而直至此刻我才感受到澳门的另一面，一个真正吸引瘦猴儿来这里的另一面。

在这路上还有一个不大有人去的公园，名字倒不大清楚，只知四周用浅黄色矮墙围起，走到秋千板上坐着。这里没有池塘，也没有竹树，只有一份安静，大概现在惟一的声响就是那小虫子的呜呜呜叫。我从包里拿出一根烟，点上火，风在吹散自口中上升的烟雾，"辣子，你好吗？""我的辣子你要等我。"我眨着眼，希望能眨开所有从耳朵传来的幻觉，但现实是无论眼睛眨得如何地用力，听到的一切仍旧固执地存在。最后我终于按捺不住站起来尝试去找寻那道像远方之水传来的朦胧，"嗨，我知道你在"，由高声叫喊，直至后来我在虚幻的失望中蹲了下来，"我真的知道你在……"

外面的世界很精彩
我出去会不会失败
外面的世界特别慷慨
闯出去我就可以活过来

留在这里我看不到现在
我要出去寻找我的未来
下定了决心改变日子真难挨
吹熄了蜡烛愿望就是离开

外面的世界很精彩
我出去会变得可爱
外面的机会来得很快
我一定找到自己的存在
……

在风轻轻走过的一瞬，我知道那就是你的拥抱，忽然心里就有了一种说不出的满足感。看来我还真要好好感谢小戴呢！要不是他，我又怎会到这里来了。

回到房子前又经过那赌球的投注站，里面人声鼎沸，看来这一行真的挺火，难怪那间杂货店和漫画店会做不住，从前经济不好，它们反而因为铺租低廉和开销不大而做得稳，现在经济好啦，反而要关门大吉，想来也真是好笑。但人总是务实的，或许有一天这条街会开满各式各样的赌博店也说不定，赚现钱嘛，谁不想？前进与变化看来已不是我们能选择的。攀着这长长的楼梯看到那头小狗仍然在遍地垃圾污物的地上滚着，是自得其乐？还是苦中作乐？我现在觉得它倒有点，像我。刚想掏出钥匙，却发现门缝里有一丝灯光透了出来。我大概已知道里面是谁了，这是敏感的直觉告诉我的。果然他正端坐在那里不发一言地抽着烟。看他这个样子，我也不加理会地走回房内。

“今天为什么不去工作，甚至连手机也关了，你可知道我等了你多久？甚至那些冤大头也全跑了，你到底去了哪儿？”他走上前拦住了我不停地追问着。

“我想去哪儿就去哪儿，这是我个人的自由。”我坚决地回应和说明问题。

“有人见你跟个牛佬（土生葡人称呼）出去，是不是？就是那天走掉那个？”他的声音像被愤怒变了调似的。

“你既然也知道啦，还要问？难道你还需要我再确认一遍才死心？”

“那好，你忘记谁把你扶起来的！现在为了个外人就这样对自家人说话。”

“对，是你扶的可以了吧！”我故意提高声调以表示不满。

“这不说，你知道这样子有危险吗？你忘记了红酒那一次的事吗？”我哪会忘记，这在我脑里盘踞了多个星期。那时候无论在什么地方，只教一想到这我的耳朵就会嗡地响了起来。虽然如此，但我却赌气地说：“我没有忘记，但是跟人出去不一定是工作，何况我现在还能有危险吗？大不了就免费被干一次罢了！总之我绝不会拖累你就是了。”

他默然而我亦没有再加话，因为我也发现大概我的话有些过头了。

过了很久他才长长地舒了口气：“若瞳，我也是为你好，没有别的意思。”

“我知道，我也有不对的地方，不知为啥这段日子总是有点控制不住脾气。不过我想情况应该会慢慢好起来的。”但看着墙角下那只用力挣扎的蝴蝶，我不禁暗想：“还能好起来吗？”

乐哥走后我一把手抓起遥控器乱按，一口又一口在吸那迷幻的东西，当眼睛像被涂上毛玻璃的油光后，一种辛辣而窒息的感觉继续使我胸口隐隐作痛，知道它大概又在一丝丝地蚕食我的生命，但又不忍把它捻灭，心情里充满了复杂与矛盾。

## 第八章　谜底

人既不是创世者又不是被创者。

——【英】劳伦斯

有谜题才会有谜底，对我来说小戴真是一个很好的谜，单以他的仪容为例，他有时穿得清新爽朗，像个风度翩然的富家公子；另一些时候他的脸上又会布满了胡碴子，眼中有明显的疲惫，像过得挺不好受的样子，前后反差之大实在令人难以想象。当然每个人都应该有自己的秘密，包括我自己也一样，任何人都不应该像蚁一样去黏着去刺探。但几次约会下来我的直觉却有了些总结，而答案就是：一般如果我们在赌场里见面的话，他会穿得十分光鲜；反之，在其他地方碰面的话就会逊色很多。那天他带我去了红窗门、万里长城，好像还有耶稣会的什么广场之类的去喂鸽子，你看着他简直会以为眼前这个小戴是冒充的。当然，除此之外与小戴走在一起其实还蛮顺心的，好像我们逛到了莲溪庙附近，这是他非常熟识的一个地方，他会喋喋不休说这里是澳门最有特色的地方。我看看四周好像觉得自己在听的是一件很荒谬的事，但在他的指引下我还是在一些不起眼的小摊档上买了些稀奇古怪的玩意儿，虽然有时我也会说“无聊”，但在这句话的底下我还是觉得这里是挺有意思的。过了些天后我们又在赌场中碰面了，单是从他那丝质衬恤来看，已几可证实我从前的衣着推断，而他现在端着饮料走了过来，问我赢钱没有。我摇了摇头。他递给我一根烟后又问，你很喜欢玩百家乐？说不上，我一边打火一边继续响应说：“比赌大小好。”当然我们都是知道百家乐是赌庄和闲的，几率是绝对的50、50；但大小则不然，因为除了大跟小以外，还有“开围”（围骰）的情况。所以不是绝对的赢输各占50%。

“但是我就喜欢赌大小。喜欢它有意外的情况。”

“是吗？当然，你更可以把意外全都买上，那你也能从意外中发财。”

“我从来玩骰子只买大跟小，不买围的。”他语调低缓地说。

“如果是这样的话，那你可是我所见玩赌之中最笨的一个。”我挑剔了他的毛病。

“你不发觉玩的时候有点小意外做调味是不错的吗？”

“赔本的意外，我才不要。”我吸了口气笑着说。

“但是有些人以为这样子赌是最公平不过的，但现实是连最后的老本也亏了，你不觉得他们需要的是一些警惕的意外吗？”

我开始发觉只要是涉及赌场的，他的思维便会显得十分灵敏。“对不起，你的问题实在比哲学更哲学，任何人的眼光当然是为眼前而活，谁要意外啦！意外意外意料之外，你能想到就不是意外啦！”

“你真的很像我的一个朋友。”但与这句话成强烈对比的是从他眼神中流露出的是一丝莫名的伤楚。

“幸好，你的朋友还算正常。有空可以介绍一下。”我顺口说。

“我想她一定很高兴见到你。”这是另一种的心不在焉状态。

其实有一个问题像谜一样困着我的，就是我们现在到底算是什么？是工作关系？但我没有下手拿他的东西。是情侣的关系吗？但我们又没有发生什么事。那应该是朋友吧！但我们甚至连一个固定的联系方法也没有（那天把号码扔了以后就没有再拿过），能算吗？那是一个……

“出去走走，好吗？”

我看了看表，距离下一场表演（赌场中近来请了很多世界各地的人来表演，每天五场）应该还有两小时，那时候下手的对象要较多。于是我做了个手势：“走吧。我们有两小时。”

我们朝着议事亭的方向走去，欧陆风格的黄灯把我们的影子拉得很长，就在那葡式碎石路上，还是我先开了口：“说真的，你真有一套，这么容易找到我。”

“找你很难的吗？”

“难不难我就不知道，但是一般人准找不着。”心想如果谁也能找到我，我不吃牢饭才怪。“你不要说跟我有缘分这种老土话吧！”我指着他的鼻子说着。

“缘分，我相信我们之间是有缘的，但是我绝不会靠缘分来找你的。”我定眼看了他一会儿，正在琢磨他的话。他却忽然问我饿不饿。我点点头，大概是旁边香气太吸引了。一起坐到马路边的流动肠粉档里，这里只有八时以后才开，我们各要了碗柴鱼花生稀饭，往里面使劲加了胡椒粉、葱花、姜丝。还有那一大盘的烧卖肠粉，加了甜酱、辣酱和芝麻，来得好香。

吃完后正待离开他却一把抓住我的胳膊用不寻常的语气说：“陈二妹，别干这活了。”他的目光让我感到一阵悚然。

我怔怔地看着他，良久没有说话，因为实在太过惊吓了，他知道我的名字、知道我的工作，那……看来麻烦事要到了。但毕竟我已经有几年的经验，于是强自镇定地说：“你在说谁？你的朋友来了吗？”他依然目无表情低声地说：“别再骗我，我知道你的事，甚至是你不知道的。”

“好，但是你也不用抓我的胳膊抓得那么紧，痛死人啦！”

“噢，对不起弄痛你吗？”他慌忙把手伸回去。

“不。”我边摇着自己的手腕边说，“好，你既然已经知道，就把耳朵凑过来吧！”

他把耳朵贴了过来，而就在这一瞬，我用尽全身的力把他连人带台地推倒在地上，然后飞快地脱掉高跟鞋一直“噔噔噔”地往前跑，跑着同时听见后头传来老板的谩骂声，我想老板应该已经把他截下吧！但我依然不敢回头及停下，直到过了邮政局闯到玫瑰堂那里摔了一跤，袋里东西散落一地才稍稍地喘过气来。

“为什么他会这样子清楚我的呢！他到底是谁？有什么企图？管他的，谜就让它成为谜吧！现在最重要的还是先回家避一下子再说。”我在收拾包里的东西时自估量着。

收好后正欲转身离去，谁知有人从后拍了我一下，累我吓得老大一跳，出了一身虚汗。

“原来是你。”我见到乐哥后才长长地舒了口气。

“我们不是约好在新场子等的？现在搅得满头大汗连妆也花掉了，到底在干吗？”他把纸巾递了过来。

他一口气地连珠炮发的问题实在令我喘不过气来，我擦着汗正想把事情始末告诉他，但回心一想，还是决定先缓一下。

至于为什么要缓，这连我自己也说不上，于是我随意找了个借口便说："我那个刚刚来了，看来这几天不大方便工作。"

"没什么事吧？"

"没有，只是有点突然没有准备。"大概我这时已经脸青唇白了，所以他也没有计较什么便说："那好，自己回去休息下吧！要我送你吗……"他后来好像还说了些什么的，但是我都没听进去了。

"不用，又不是个小孩子，我自己截车回去就可以啦！"我马上说。

"那好吧！我还有些事要去做，你自己要小心点。"

"唔，再见！"我已迫不及待地说了出来。

虽然他还是有些疑惑，但最后也离开了。

车子一溜烟地跑着，心里总默念着"见鬼"，要不是见鬼，今天为什么会这么倒霉。下了车爬上楼梯，我虽然感到一前一后的脚步在"踢哒"响着，但旧房子就是这样，我习以为常地没有多加理会，还一边哼着小调，一边却在掏钥匙，而此刻小戴却如鬼魅般出现在我眼角视线之内。我吃惊地看着他连钥匙也不觉掉在地上。此时此刻我感到自己比任何一个小婴儿还要无助。

"你回来啦！"他轻声说着。

"你到底想怎样？"我几乎失去了所有的冷静。

"你不开心吗？看你好像很愤怒的样子。"

他的话会令你感到无所适从，实在不知道自己到底要说些什么，而无形的冰冷感觉却无声无色地从脚底渗到心尖。

"你到底想怎样？"我最后又重复了一遍。

"唔……我想往里面坐坐，我刚刚跌倒啦！"他同时指了指手肘说，"你看，这里也破皮啦！"

说实在的这种情况下我又有什么办法呢！肉已经在人家刀俎之上，只好见一步走一步吧！于是我看了看四周，确定了没其他人以后，便把门打了开来。

“我可以坐吗？”

“随便。”在回应声中我同时在沙发的另一边坐了下来，而腿则在不自觉地交叉摆着，我几乎可以听到自己濒临撕裂的心跳声。

“其实你不用这样子紧张。我是没有恶意的。”他叹了口气说，当然我也顺着他的话问：“一个人突然地闯进了我的生活，难道就不应该紧张吗？何况一只狼跟鸡说没有恶意，你会相信吗？”

“那你知道谁是狼吗？”我没有想到他真的会认真地问着。

“难道你认为我简单到狼跟鸡也分不到吗？”

“很难说，很多时候狼跟鸡像一个模子出来的。”他嘀咕着。然后又说，“你就一个人住在这里？”他站起来四周看着，挺利落的。

“原本两个，现在一个，而且住在这里挺不错的，起码不用花销。”我像一个囚犯似的回答着。

他观察了一下我的脸色，接着说：“你知不知道这里可是澳门中最肮脏、最昏暗、最可怕的地方？”

“我怎么不知，你刚刚没看见梯角那一些五十多岁的阿姨穿得花枝招展吗？她们干一次才四十块呢！汗液、垃圾、大便在这里混合成难闻的恶臭，满地的银箔片和针筒，有一次我还碰见个正往胳膊上扎橡皮管子的……”我从茶几上拿起那些烟，点上。白色的烟雾在迅速飘溢着。

“你在抽什么？”

“烟嘛，难道我连抽烟的资格也没有？你干吗进来就一股劲地问我，难道我是犯人吗？我到底犯了什么条得罪你啦！你真是……”“啪！”在我还没有反应过来的时候，手在脸上已传来要命的感觉——痛，真的很痛，这种东西在你愈是在意它就愈痛给你看。而我现在像极一只受惊的小兔子那样，飞快地从他身边跑开。他把烟踏平后呆呆地站在那令人作呕的角落散发着使人讨厌的气息。

墙上的石英挂钟“滴答”“滴答”地响着，而我则骂他是疯子、坑下老鼠。他只是摇摇头用异样的目光看着我，然后说：“你总有一天会给这东西搅垮的。”可话说回来，从他眼中射出的那种悲伤怎么也不像对我有恶意的。在我感到窒息的同时，我的愤怒与惊恐大概也被同时吞没了不少。

“你说什么？”

“你在吃这种大麻让你爽够了吧！”他的话像一枚针一样刺痛了我。

“大麻？!”的确我承认它是天底下最厉害的东西，除了它这段时间我实在找不到能更好走下去的理由，但说它是毒品，教我怎么能相信呢！如果它真的是毒品，难道是……

“大麻（学名为Cannabis Sativa）生长于全球大部分热带及温带地区。含丰富生物活性剂四氢大麻醇（Tetra-hydro-cannibol）的大麻花冠，弄干后便成为像大麻草般的绿色烟叶，效力可维持数年之久。服食大麻会令人实时有兴奋的感觉，瞳孔放大，说话滔滔不绝，出现幻觉，动作及反应迟钝。每次药力可维持一至四个小时，最初是一星期，然后是五天、三天。最后是每天，如果不吃的话，十三至十五小时以内便会有再吃的冲动。否则唾液……”他继续说着。

“闪着霓虹般的迷光”“开着白雾般的花”“翻转扭曲的梦”，零碎的片段令我感到事情的离奇巧合。但我还强自说：

“即使这是真的，我把它戒掉就是了。”

“十三年啦！我从前就是当警察的，我还没有看见过粘上这个能完全戒掉的。”

“我……”我一方面为他是警察而感到吃惊，另一方面我对往后可能发生的一切而语塞。

但这亦恰恰说明了他为何能把我的事情弄得这样子的清楚和彻底。

“虽然很难相信，但事实是这些年来我看见太多像你这种年纪的吃到死那天也不知道那是毒品。”

这一切实在发生得太快，我只有站在那里十足一只木鸡的表情，一会儿，我拖着自己走进了卫生间内，把水龙头开尽猛往脸上泼，四散的水花溅得一身都是。虽然狼狈就是狼狈极了，但头脑却清醒了不少，的确只有毒品才对头，的确……

于是我毫不犹豫地说：“我……我大早就知道那是会上瘾的毒品，但命是我的，我自己爱吃怎么样就怎么样！可关你什么事！”我知道自己在赌气，但我宁愿是赌气也不愿相信乐哥是全心害我的一个，即使现在我们的关系看起来不大好的样子。

“那好，如果吸毒是你自己的事，但是你偷东西、抓‘黄脚鸡’、扒筹码，那可是犯法的事，警察可以随时把你关押住或者送回大陆。”

“那你现在要抓我吗？”

“我早就不是警察，也不会抓你，但你不要开心得太早，即使你幸运不被抓进牢房，如果得罪了江湖的人，你知道吗？这不是单纯地坐牢或者死就能解问题，他们会用尽所有方法要你比死更难受。”

“我相信乐哥他会帮我摆平的。”我不甘示弱地说着。

“乐哥、乐哥，你对他有多了解。他只会利用毒品控制你，到你有一天再没有利用价值的时候，他便会一脚踢开你，像个破皮球一样。”

“你胡说，他不会这样子对我们的，我知道他对我好，对芳姐也好，若不是有他，我也不会有今天，他是我的恩人。”

他不屑地“哼！”了一声，接着说：“没错，你有今天的确是拜他所赐，没他的‘恩’你也不会堕落到这个地步。”然后他拉着我的手说，“来，跟我去戒毒，离开这里，一切还来得及。”

“不，去什么去，我一去什么也完啦，往后也不能再来澳门啦！”我用力挣脱他紧握的手，“对，乐哥，我现在就去找他。”

“你现在还相信那个狗杂种。”

“我不许你骂他。若然你再说的话我就跟你拼。”

“梁乐，花名士多乐。1979年首次入狱，罪名是参与黑社会组织及伤人。1984年被控藏毒。1985年，涉嫌走私车辆被捕。往后至今转移精力到控制妓女身上，范围包括操控卖淫、教唆盗窃及勒索等，司警现在……”在朦胧的话音中露着明晰一切的口气，最后我听到什么那是他们的内部档案，他托他的死党查的。

我按着耳朵不愿听到这血淋淋的事实，而他则用力把我的手掰开，不让我绷紧的神经有任何喘息的机会。

“如果他只是这样还好，但是你知道他连你们的皮肉钱也骗吗？”他像只愤怒的狮子一样吼叫着。

“没有可能，你说谎，我的钱还好好的，你……”我拼命想着所有解释的同时舌头也不自觉地打结起来。

“你还是快离开他，要不就来不及了。迟早你也跟着毁了。”他的话像常春藤一样紧紧地缠着我的心。

“你走，你走！”我用力地推他，把他赶到门边，我实在不知哪儿来的力气，还是他有意让我冷静一下，总之门就这样被“嘭”的一声关了起来，而他被我流放后仍然在门外拍叫着：“快离开。”“要不麻烦大。”“不要再走歧路！”“我不想你有事，相信我。”之类的话，而我此刻则像只断线的纸鸢一样飘落在沙发上，耳朵在听但听不到任何东西，眼睛在看但看不到任何东西，心像个死废墟空空荡荡似的。“是条歧路吗？”我又不自觉地打着颤。

难道我真的要透过一个陌生的男人才能了解自己？或许我真的有些累了，累得人也有点糊涂了。经过这么多年的工作，我大概应该冷静下来思考许许多多身边发生过的事。过去在山上我从来没有想过什么叫作不合理，只知道想逃避我所有一切认为的不幸，我坚信距离能磨平心中的所有伤痛。但来到澳门后，一个似梦似虚的地方，我才开始明白到什么叫作不合理，我每天看着别人吸毒，听着别人说吸毒的事，而我……我居然不知道原来自己也在吸毒，你说合理吗？我每天也干着偷鸡摸狗的事，原本以为什么也麻木了，亦不发觉有什么不对的地方，但偏偏只是一个陌生人的几句话便搅到良心发现似的，这又是合理的吗？我开始明白到当不合理变得稀疏平常的时候，所有的不合理都会变成合理，亦再没有人会将不合理记在心上，面对这个真实的世界，欺骗又算得了什么？这不过是不合理的一种润滑剂。霓虹灯在百叶窗外闪着，在繁华的都市中再没有了落后与闭塞，同时亦没有了宁静与憧憬，孤独无助的我开始害怕照镜子，害怕认真地审视自己……

我拾起那支在角落中被他踏平的大麻，我发觉原来在它面前我是如何的脆弱，我把它点燃，又把它捻灭，再点燃再捻灭……直至把它抛到窗外的老远，但残留在食指与中指间那股难以磨灭的烟丝味呢？难道要把手指也砍掉？为何？为何在我来得最痛苦的时候，竟连带来一丝温情的人也没有？瘦猴儿、二叔、铁胆哥、爸、芳姐、乐哥……对，还有乐哥，“或许他真的有什么苦衷，又或许有其他理由，或许那个牛佬（土生葡人）根本就是在胡说，或许……即使没有什么或许我也要把事情搅明白才行。”于是我拿起手机拨出那一连串熟识不过的号码，然后在焦急中等待那缓慢的响应。然而电话内传来的却是：“你所拨打的数码流动电话现正没有开启，请迟点再打过来啦！”当一次又一次的话音过后，我没有再打他的手机，因为突然间有一种无力的害怕感觉笼罩着我，而刚刚的勇气和冲劲亦仿佛消失无踪似的。

在百般无奈下我只有发了条讯息给芳姐。

芳姐：

我现在很痛苦，你知道吗？有人告诉我乐哥不是好人，还说他这些年骗我吃毒品，我现在真的很乱，不知相信什么人才好。如果你方便回电就回个电给我吧！我现在真的很需要你，只有你是我可以信任的人。等你。

辣子

十分钟以后，芳姐的短讯传回来了，在手按开讯息前我不自觉地心跳加速。

辣子：

对不起，辣子我现在还是无法打给你，但是你无论在任何情况下都一定要相信乐哥，因为他绝对是我们的恩人，不要听那个土生胡说八道！要信任你身边的人，乐哥方面我会通知他来找你的，应该就在路途上……不要自己胡思乱想。

芳姐

芳姐也这样子说，我想……就在这时门铃却响了起来，在走去开门的一小段路上，却像千万里的沙漠那么难熬，而汗就从脚底心不停地冒出来。

最终门也开了。人也进来了。

一阵沉默过后，我睁大双眼瞪着他："你为什么骗我？"

我原以为他就会恳切地道歉，请求我原谅，或许露出原形后疯狂发烂。但现在的情形却有点弄反了。

"我骗了你什么？"他反问我。

"难道你真的要我说出口？你……你在骗我吃毒品。"

"谁告诉你的？"

"这个你不用理，你这样子的问法就是你承认啦！"

"是，我的确是把毒品给了你，但我们这些在刀锋上混的，哪个没有苦，我有，你有，小芳也有，要不是有这些'神仙草'我们能麻醉自己吗？何况凭良心讲我有强迫你吃吗？说到底牛不喝水按不到牛头低，这一切不过也是你自己自找的，你现在倒好，全将责任推在我身上啦，另外你还记得吗？有不少次我也劝你不要吃那么多，免得伤身体，你有没有印象？"

"这……"他一番话仿似已想好的对白一样令人无法反驳。

"何况你吃的那么多我有一次要过你钱吗？我可是自个儿贴出来的。"他气着说。

……

“而且你吃了这么久，吃上瘾来啦！我有没有用它来要挟你呢？”

“这倒没有。可是……”我还想试图辩解。他已挥了挥手说：“话可是你自己说的，还有你也不要忘记，每次分账我们都是‘均均真真’的，都是经过你事先同意的。虽然你每次只分到那一点点，确实是不多，但你要知道钱可不是用在我身上，除了必要的工具、兄弟、办证、其他‘瓣数’开支外，不少也用到了小芳身上，你的芳姐呀！你可记得你那好姐妹呀！你还记得在乡下她对你的恩惠吗？难道你不应该还给她？”

“我从来没有忘记芳姐……她给我的恩惠。”

“你口是心非。”

“我没有。”

“那好，既然你自己选择了这条路，现在就不要后悔。要知道染了色的布还是染了色，不是你说洗洗手就可以干净不干，往后你也再没有后悔的余地。既然这是我们注定要走的路，即使外边的人怎么说也好，你就要有尊严地将它走完。这是命！”

人生到底是什么？难道就是如此无奈和荒谬？为何这一切都碰到我的鼻子尖上？

“你知道吗？你明白吗？”他抓着我的双臂在摇动我的身躯同时亦在摇动我的一切价值观，我仿佛觉得天地也因此而撼动。

“不要怪我，我知道这段时间你有点讨厌我，大概在怪我迫得你太紧啦，是吗？但是你要明白做什么事也一样，要么就是干，要么就是不干，如果要干的话就一定要干到底，纵使干得急了点、紧了些，也是为了将痛苦减到最轻缩到最短，这对大家也是有好处的，你知道吗？说实在你要干这等事我也很痛心，这些年我将芳姐和你当成女儿来看待呀！但是实在没办法，我们也要生存！我们需要钱，我们要动法子……但是想不到，你现在竟然相信一个外人的话，也不相信多年来的亲人。”他愈说愈急，连泪花也在强忍间涌了出来。

“对……对不起乐哥，是我自己不好，是我不懂事，让你受委屈啦！”我伏在他怀里，哭得像个泪人似的。我的心真的很痛，为我的无知而痛。此刻的我究竟是在天上还是地狱？只有从皮肤中渗出的一丝温暖才告诉了我世间还有那美丽的花朵。

往后这段日子我实在不清楚自己是在什么样的状态当中度过的，但有一点可以肯定的是我与乐哥的误会完全冰释了，这大概还离不开芳姐对我不离不弃地开解。“你只有相信乐哥。”“傻瓜，他最疼你啦！”“谁给你吃喝、谁给你地方住、谁给你工作、是谁帮你办证留在澳门……还有瘦猴儿的事呢！”“我也是受他的照顾才活得好好的。”“甜的要吃苦也得吃呢！”“我看人多过你吃饭呢！”“那个人很危险不要再靠近他。”“努力工作很快就可以上岸。”“我能认识你跟乐哥真是我这生的福气。”我现在只是悔恨我曾是世上最白痴的傻瓜，不明白乐哥过去的一片苦心。至于小戴这个人又真煞是讨厌的，不时会趁机找空当来喋喋不休地劝说我离开，幸好乐哥总在我身边保护得妥妥当当避免了受他的花言巧语所骗。但说实在的，他对这事的坚持真的十分可怕，有几次已经被人打到一片青一片紫的，还喊着叫我离开他们，反而到最后我还是心软了些：“乐哥，算了吧！你看他已经被打成这个样子，你就给他一条活路吧！何况他从前是警察，如果他现在有什么事我们也会很麻烦的。”当然乐哥是深明个中道理的：“我告诉你，你有你的阳关道，我们有我们的独木桥，你走你的，我走我的，要是你再好管闲事，给我再看见你来找若瞳，那下次后果到底会怎么样，那谁也说不上来。”最后他虽然被狠狠地踹上两脚，但从他的眼神中我可以看到一种绝不低头的誓言。但当我正担心那种不祥随时会再次到来的时候，小戴却出乎意料失了踪似的，从此再也没有来找过我，而他为何这样对我，究竟有什么目的或企图，这一切一切都成为了一个永远的谜，无法解答。原本我以为事情会这样子地就告一段落，一切回归正常轨道，我们继续干着买卖，而我则继续抽着我的“神仙草”。谁不知事情却向了令人难以预料的方向发展，这是电视告诉我的——

特别新闻报道：新口岸今晨发生一宗凶杀案，五十岁的中国籍男子梁乐在聚龙酒家附近行人隧道内被人发现倒卧于梯间暗角，送院后证实已死去多时，由于事发现场偏僻，故今晨才被晨运人士发现。经初步调查后证实死者为赌场活跃人士，经常进出澳门各大赌场，现阶段不排除凶案涉及赌场相关利益，司警暂列作尸体发现案处理，并呼吁能提供有关死者任何资料的人士尽快与警方联络。

这到底是怎么一回事，为什么会这样？到底是谁人干的？是这些天隔壁场子的同行？还是从前来寻仇的那帮大汉？我闭着眼睛让黑暗弥漫全身，我感到无数模模糊糊的影像，一幕幕的片段令我无法控制得住眼内的泪腺，奇异的情绪令我痉挛着，尤其从肌肉挤出的泪中竟会无端地长出一抹僵硬的笑意，我想我整个人快要陷入到濒临崩溃的状态。

“丁当、丁当……”门铃总在最令人难过的时候响着。但在猫跳的时间内，我的手却被意识僵着不动，如果……如果是警察应该怎么办？原来此刻我才明白到即使背着什么大义和伤痛，当自身受到贴身危险时仍是会考虑如何能先护着自己，虽然我觉得这真的是有些丑陋，但原来在现实中我脑内当前最先考虑到的是应如何交代我和乐哥之间的一切，而不是如何帮助警察寻找真凶。脑内所盘算的是只交代朋交的层面？还是合作地坦诚承认过去所有的问题？

在犹犹豫豫之中，门就这样缓慢被打开了一个小缝来，没有人，我反倒长长地舒了口气，我想这不过只是个小恶作剧吧！谁知更大的恶作剧在等待我呢！

这是一张对折的小白纸，没有任何花纹，是最普通的那种，内里草草地写了一行字——

今晚十一时，烟花后的公园，不见不散，小戴。

可疑的行为总会令人联想起危险的问题，收到小戴的信令我不由得将他与乐哥的死连在一起，躺在沙发上，除了马上将这里的情况发了讯息给芳姐外，还思考着千百万个问题，首先他如何得知我看烟花后的情况呢？或许这真的不该是个疑问，百分百可肯定那天他是跟踪我的；第二他是否就是杀乐哥的凶手！这里有两个可能，如果不是他，那他找我到底要干什么？难道是收到消息又想旧事重提？但如果人是他杀了的话，那他找我又是为了得到些什么？现在这种情况他不是应该远走高飞更好吗？当然后来觉得自己总向原因方向思考对整件事是没有帮助的，还是应该从处理解决方向考虑更好，如果他只是单纯向我游说离开，我想是没有大关系的，因为乐哥现在已经死了，我的证件跟工作都应该是泡汤了，想干也没法干，这种情形下不离开实际上也不行了。但是若然不是呢？杀乐哥的如果就是他我应该如何处理？是报警？还是帮乐哥报仇？最后我没有选择报警，因为我还没弄清他是不是凶手，而且万一连我自己的事也抖出来的话，谁来照顾芳姐和我的家人呢！至于自己会否替乐哥报仇，这连我自己现在也答不上来，但有一点可以肯定的是，厨房里的刀应该是要带上了。

夜风在吹着，比寂静更寂静到底是一种怎么样的情况？现在我大概已经知道了，这时公园看起来比那天还要静得多，一种不自在的局促气氛环绕在这里，忽然从暗角冒出了一个人影，是谁？我强自镇静下来，你……这真的是我过去认识的小戴吗？这种瘦削应该是属于他的吗？尤其是在月光下他的脸即使在墨镜下仍然令人感到那份绝望的憔悴，我实在不能再仔细看着他，因为任谁也会为他现在的落泊无助而患上痛心。他此刻慢慢地走了过来，而我则屏息静气地站着，但手却仿佛被感染似的变得冰冷起来……

“你终于来了。”在说着的同时他放下墨镜像条猎狗一样盯着四周。

“唔……你找我有什么事？”我感到我整个人在抖着。

“你现在很害怕吗？”他沙哑地说着，与往日的柔和声线有天壤之别。

“难道我不应该害怕？”此刻心中在想着他到底会如何跟我说明一切。

谁知他却叹了口气说：“对，看着一个杀人犯你是应该害怕的。”

“你，真的是你……”我的害怕和复仇心被此刻的惊愕完全盖过去了。我不是没有想过他是杀乐哥的凶手，但这样坦率地承认，实在是完完全全地出乎我意料之外。

“没错，是我杀掉他的，就在我抓到他的第三天，我把他给错手打死啦!”这句话倒像辣椒油灌在鼻子里头一样令我整个人从惊愕中清醒起来。我如狂雨一样地质问他:“错手,你为什么要杀他?就为他曾打过你吗?你这个狗娘养的,你……你现在就看我怎样揍死你。”在泪涌出的一刻我亦迎了上去,可能我真是太冲动了,冲动到连自己有带刀子也忘了,试问一个曾当过警察的杀人犯,会因我的几拳而倒下吗?但奇怪的是在我疯狂的怒袭中他并没有任何挡下或还手的意图,他只是默默地让我发泄着,这是种什么眼光,为何在朦胧中我会看到那悲痛的怜悯,这是因为泪水促成的错觉吗?

“二妹,你不用刀吗?”这是如何平静的一句话。

在推开了他的瞬间我记起来了,原来我是有刀的,于是马上从怀中亮了出来:“你不要过来,你过来我就杀了你,为乐哥报仇。”刀像面旗帜那样在我手里不停地晃着。

他像没有听到一样慢慢地向我趋近,我心里一阵惊慌,就在后退的同时我有着那锐利的凶器在皮肤上划过的感觉,果然他现在已满手是血。

“你不要再过来,要是你再踏前一步,我就杀了你,你不要以为我做不出这种狠事。”

他自个儿按着手止血,然后说:“你真的想杀我吗?”

我“哼”了一声说:“你不要以为我不敢,就算我现在杀不了你,等一下警察来啦你一样要死。”想不到在这时候我竟然会想到用警察来唬他。

谁知他淡淡地说:“你根本就没有报警。”

“你知道什么,我来之前已经报了警,不消十分钟他们就会把你逮起来。”

他此刻笑了起来,真的在开怀大笑。

“你笑什么?!”我喝了他一句。

“你不是告诉了芳姐不会报警，但是为了安全会带把刀子来自卫的吗？难道你对她说谎？”

“你为什么……”我真真正正呆住了。

“你想问我为什么会知道你发送给芳姐的讯息内容，在理论上这应该只有她一个人知道，是吗？给些东西你看……是这个告诉我的。”他从衣袋内拿了部手提电话出来，并接着说，“3月20日那天你发了这样的一个短讯给芳姐。”

芳姐：

我现在很痛苦，你知道吗？有人告诉我乐哥不是好人，还说他这些年骗我吃毒品，我现在真的很乱，不知相信什么人才好。如果你方便回电就回个电给我吧！我现在真的很需要你，只有你是我可以信任的人。等你。

辣子

他读完后见我愣在那里于是继续说：“你要试打一下芳姐的号码吗？”

我失魂似的把电话拿到手上，一字一号地按着，果然在死静的环境下他手上的电话像只野兽一样叫了起来。“芳姐……”我喃喃地说。

“对不起，你下午发的那个讯息，小芳已经看不到了。”

脚底下的土地活像海浪般晃动，我连人带刀地一起倒到地上：“她……她死了？!”我试着爬起来，手脚却不听使唤似的微微抽搐着。

他见这样便一把扶起我坐到椅上。但我却突然扯着他的衣服，因为他，问题一定在他身上：“是你，一定是你，你还我命来。”我声嘶力竭地叫嚷着。

但他却掴了我一个耳光：“你清醒点好吗，芳姐她的确是死了，但她不是我杀的，这部手机也是在梁乐身上找到的，而早就在去珠海那天她已给梁乐杀了。”

“你说谎，乐哥不会杀她，他们这么好，不会的……绝对不会……”我像个疯子一样把话重复着。

“你认为他们很要好吗？其实那个时候梁乐已经一直用毒品控制着芳姐，把她当棵摇钱树，但他还嫌这点钱不够，在那天赌输了以后，想让芳姐背他欠下的一大笔高利贷，你也想不到他是个迷赌迷得疯狂的人吧！芳姐不肯签，他就把人也给杀了，芳姐的积蓄当然被扫了一空。但他想呀想，人倒是杀了，但谁来代替芳姐的位置呢？毕竟这才是以后长赚的正事呀！”

“结果他找上了我。”我的嗓子里有东西在一抽一抽似的。

“你很聪明，当然了，你是芳姐的好姐妹呢！不找你找谁呀！但这里有个问题，就是你跟芳姐不太一样，你绝不会为了钱而干那种事，但每个人总是有弱点的，所以还是可以慢慢花点心思把它找出来。首先当然是要令你爱上吃毒品，万一出了什么漏子你也不可能完全逃出他的手掌心；其次就是利用你想还清芳姐恩惠的心，他捏造芳姐杀了人要跑路的事，一方面可解释她为何会突然失踪，二来也可以要你心甘情愿地为报恩而干上那回事；三来就是可以从此轻松在你手里头提钱，活像台提款机一样，要多少有多少。举一反三，老狐狸就是老狐狸，真是厉害，你看这张表，这是我上个月查出来的。”

我接过表后，细细地看着：“这个户口，跟那些钱……”

“是不是很眼熟？4736835-0070000-922272849，你一直以为这是汇去重庆给芳姐用的吧！但万万想不到这不过是一个珠海的户口，这些年来你打算给芳姐的钱，一毛钱也不剩地被他提个精光。”

面对着如斯的证据，我张着嘴，口干舌燥地还能说上些什么呢？靠近、再靠近，一痛、再痛，这一切不过就是为了那谜题的真相。

“当然啦为了让你完全地踏入圈套按他的指示赚更多的钱还需要再动一下脑筋，因为他也想不到你在性那方面会有这么强的原则。”

我吃惊地看着他，他点了点头说：“就在你初到澳门时，你曾向他提过要找你男朋友？”

“我有提过。那他是不是将……”我按着口不给自己发出任何一点声响，但此刻吞下的声音却变成一股莫名的寒意透遍全身。

“你认为他犯得着为这再杀一人吗？”

那是一种什么心情？喜怒哀乐全都涌上来了，我站起来，又坐下，我抓着头发又搥着胸，我神经质地笑了但又想着要哭。好不容易才定了下来，我又立时紧张地问：“他现在到底怎么样？还好吗？为什么报纸上会有他死去的消息？”

“你的男朋友来澳门只是过客，几个月后就走了，那段消息只不过是梁乐在报馆里自己买的一个小广告，目的当然就是要你死心。”

“但不对呀，为什么我会收不到瘦猴儿的信件？他应该会联系我才对。”我随即质疑起来。

“那还不容易，只要你这个当事人不回去，那些信你说是谁会带回来？如果再把其中有问题的扣起来，你说……”

“难怪这些年铁胆哥的信会那么的少。原来全都被扣起来！”我拍着腿叫了起来。

“你男朋友的假死只是第一步，虽然这对你会有很大的打击，但还不足以令你就范，于是需要另外一些危机意识，就是利用澳门回归前的社会混乱跟你说转变经营方式的必要，什么生意不好，气氛转坏全都用上，然后再找些人来演一场‘大龙凤’……”

“那天那帮人也是他找的？”魔鬼，若不是魔鬼何以会想出这样子坑人的办法？如果这一切是真的话那天我跟他好的那件事也一定是他早早安排的了。

“对，还有最后一道调味。”

“芳姐的求援，是吗？”

他点了点头，说：“在整件事之中，无论是给你药，抑或是给你证、给你工作，全都是为了引你上钩，让你以为他是好人，而你也因此死心塌地为他工作，直到你再没有利用价值为止。”

我上前走动了几步，然后双手按胸地忍不住大笑起来。我突然想起，难怪芳姐这些年会那么清楚我的举动，像现场看到一样，原来一直是他在回复我。我要笑，笑天底下最大的一个傻瓜。

“你没事吧！二妹。”

“你以为我会有事吗？我不过是开心，开心我终于明白这个中的一切。对啦，这些事你是怎么查出来的？”

“这就要靠我从前做警察时学回来的逼供方法啰！”

“有你的。”虽然现在这样地说着，但我仿佛已连闭眼睛的力气也没有了。

“人老了，不行，掌握的火候差了许多，要不那个人渣也不会给我打死啦！不过想深一层，这可能真的是天意吧！替天行道！”

看见他手上的血又再涌出，于是我上前替他包扎起来。

“谢谢！”他向我仰起头来，像宣泄所有后无力似的疲态毕露。

“应该说谢的是我才对，你让我知道了所有的真相。谢谢……真的谢谢。”手此刻难免因感激而掩到鼻子上去，而他则不停为我递着纸巾。

“生活有时候就是这样，到处都是折磨和缺陷。就像这夜，气压很低，没有风，闷得可以。”

“你的比喻真的很奇怪。”我此刻不自觉地破涕为笑，仿佛所有的一切从没有发生过似的。

“是吗？我倒不觉得。”

“你往后打算怎样？”

“对啦，你不说我差点把约你出来的原因给忘了。”他的声音像暗示着什么似的。

“还有原因？”

他递了张纸条过来：“你照这个地址去，但不要像第一次那样给它扔啦！到了那里找阿威，他会交一些东西给你的，里面的就当我送给你的小礼物。”我把纸接了过来后，笑说：“现在还敢扔，不怕你杀……”我感到不应该再提起任何有关的伤心事。

他此刻虽然愣了一愣，但很快地回复了过来，并指着自己手臂上的伤疤：“我不怕这后果吗？”

我俩也笑开了花，他还在记新马路上被我推倒的那件事。

他忽然又大喊起来：“哎呀，现在几点钟？”

我飞快地看了看表回答说：“十二点半。”

“十二点半、十二点半，我也是时候应该去自首啦！”他打算要起来走了。

“为什么要对我这么好？”我像个小女孩似的拉着他的手。

“有吗？是你错觉吧！”他缓缓地挪开我的手，说，“再见啦，二妹。”

“小戴……”

“再见！”在他的沉重步伐声中，我沉默地看着他的离开，一步一步渐远的背影正被夜色吞噬，在朦胧中我看到他那坚实内核的光芒，一种令我知悉所有真相耀眼的光。

特别新闻报道：昨日于新口岸聚龙酒家附近人行隧道内发生的一宗凶杀案，有戏剧性的发展，怀疑凶手的戴某于凌晨时分正式向警方自首，根据可靠消息称该名戴姓男子为前司法警察局人员，司警发言人表示……

我站起身，把电视关掉。窗外的阳光依然灿烂，这个令人难以释怀的故事大概要落幕了。而我在叼着烟的同时又轻轻哼起那首山上的小调：

咱是个飘零的孤儿
大神，大仙
请睁眼看看这人
就在山的那一头
这里
没有风
没有云
怎么也托不起那温暖的枕边梦
怎么也托不起那……温暖的枕边梦！

# 终章　补遗

## 一

完了，这个有关“我”的故事已经全完了，所有谜都已经解开了，其他要解答的也解答了，接下来要讲的会跟其他人的关系多一些，所以读者看到这里大可不必往下读了……如果你已经明白了我又或者没有兴趣的话。

## 二

小戴究竟给了我些什么？为什么他要这样子地帮我？是喜欢我吗？当我没有看到那张照片之前，我也是这样子认为的……

他虽然愣了一愣，但很快便恢复了过来：“你就是张若瞳，难怪他会把东西给你，你等一下。”三数分钟他从楼梯下来，说，“这是阿戴给你的东西。”

“谢谢你。威哥。”

这是一个小巧的包裹，我把它放在台上打了开来，“这……”看到里面的一切相信谁也会傻了眼，我拿了一沓在手中，惊问：“威哥，这到底是怎么一回事，为什么会有这么多的钱？”放在包裹里的钱少说也有几十万之多，难道这就是小戴所说的小礼物？但这“小礼物”实在是太贵重了吧！尤其对一个素昧平生的陌生人来说。

“我也不知道，或许里面的那封信会有提到。”

我迅速仔细地找着，终于找到了那封信——

二妹小姐：

其实你喜欢我这样称呼你的吧？但我个人还是挺喜欢的，起码这是你最真实的一面，当你看到这封信时，相信我已经去自首了，人往往就是这样，今天过了，明天又不知会怎样。但这也是生命中最精彩的地方。我不是说过喜欢赌大小的意外吗？但当意外降临到你身上的时候，你就会知道原来意外带来的未必只是悲伤，可能还有其他跟其他。你不需为我难过，因为相比起在赌场霓虹灯包围的澳门街走着，这样在黑漆的牢房中我反而会找到一份更大的安心与平衡。该得到的都曾得到过，而该失去的亦已经失去，若然让我总结自己的人生我会这样说，前半生：亮丽但不真实；下半生：真实但不亮丽。

箱子里的钱有些是我储下的，我现在已经不需要，全给你啦，但其余大部分还是从梁乐那里找来的（中国有句话好像叫君子不夺人之美），虽然这并不能补偿在你心中烙下的伤痛，但有了这笔钱，相信你往后的生活将会更有保障。

最后无论你是选择离开，还是留在这里，你也要好好地保重自己，或许在某年某月我们又会在某处碰上面，记住别离不光是为了别离，而更重要的是为了将来的再会。

小戴先生

“为什么对我这样好？”我把信贴在胸前拼命地想着，而此刻我发现在信封内的凸处原来还有张照片。这是一张从远处拍下的照片，我和他就站在那里，这到底是什么地方？而且……

“你不用奇怪，照片里的不是你，是他从前的老婆。”

“她?!”

“你以为很像你，是吗？其实只是远看起来轮廓有点像吧！没有你想的那么神。但说实在的，我反而觉得你的动静和说话的方式才像她呢！”

“那她人呢？”我在想把钱交给她也是好的，这样子我才会心安一点。

“她？欠赌债还不起，怕连累阿戴，几年前自杀死啦！”

“死啦？”

“但说来真的是命，其实阿戴早就知她好赌，只是一直没有作声，还悄悄替她还清赌债，结果最后一次的时候实在是什么办法也没有了，只好连他爷的宝贝房子也卖了，谁不知人已经……唉……”难怪那次在提起他爷房子的时候他样子会这样的悲伤。

“她去了以后小戴当然是伤心死啦，连警察的退休金也不要就马上辞职不干了。其实那件事以后我们这些老友劝过他不知多少次要振作一些，但他总是在怪自己没有好好劝她，认为自己才是害死她的元凶。但那时谁能预料到呢！”

现在想来他尽心希望我能脱离邪道原来就是这个原因。

“赌不是害死他老婆吗？但是为什么我时常都见他去赌场，还有他不像那种很讨厌那里的样子。”

“人有时就是这样，愈不想就愈要去干。其实他是讨厌那里的，但是他愈讨厌那里他就愈想死在那里，说不定有朝一日他就会赌死在那里。还有你不见他每次去赌场都穿得十分光鲜的吗？”

“对，光鲜极啦！”

“那就对，如果有一次他在里边真因赌而死了，‘落到下面’看见老婆也能体面一些，想不到阿戴这个牛佬连中国最迷信那一套也信了。”

其实我也是讨厌赌的，赌更令我的家千疮百孔，但在机缘下我在这异乡却赌上了，不管是我的金钱抑或是我的人生……

“那你一定看过……”这是威哥最后跟我说的一句话。

## 三

在牢房中虽然看到小戴瘦了、黑了不少，但感觉却是精神多啦！当然他对我的探望却是感到十分突然的。

“二妹，你为什么来这里？”

“你说呢！大概是去赌场去腻了，想改一下参观澳门的牢房吧！”

“你……”他大声笑了起来，惹得守卫慌忙赶过来喝止。

“这天是你的生日吧！”

“你如何知道的。是不是阿威？”

我点了点头。

“他这个人什么也好就是口疏。”

“威哥还说：那你一定看过那押店里的表吧！那是他老婆从前留下的，他一直想把它赎下来，但就是没办法，只好隔一些时候就去看……”

我从口袋中把表拿了出来，说：“押店那帮小狗见我要买，差点没吓坏……这个送给你好啦。”

“你……”他看着表眼也不眨地整个人呆了，守卫见状也不敢怠慢，再次警告我不能交物件给犯人。

他大喝道“我知道”。然后对我说：“二妹，你可以……可以把它戴起来吗？”

我把表扣在腕上，在那闪亮光中，他哭了：“很漂亮，你戴得实在太好了……谢谢你，真的谢谢你。”

## 四

往后的一个月我没有再干那回事了，而我亦尝试不去碰那大麻，直到这刻我才发现原来要把它给戒掉真的很难，但如果没有威哥的帮忙，还要更难。

## 五

这些天我开始感到精神不济，动不动就想睡觉，再加上脸色苍白、头昏、寒战、眼冒金星等，我想这大麻的后遗症真大。接着我的身体每况愈下，不单呕吐的次数愈来愈频密连带胃口也没有了，更甚的是后来竟发起烧来，这又令我不期然想起妈弄的野菜鱼肉清汤米粉，一种只有故乡才有的味道。

“医生，我没什么事吧！”

“太太，你知道你已经怀孕吗？”

“怀孕？”

“对，你患的正是孕妇的缺铁性贫血。现在还不算严重，只要多注意补充铁，而且……”

## 六

我不知道肚子里的孩子是谁的，可能是甲，可能是乙，也可能是丙，但有一点可以肯定的是他是属于澳门这片土地的。

最后有人会问我最终有回山上吗？还是一直留在澳门？跟瘦猴儿的事到底又是怎么样？这些我全不知道。因为未来已经不属于我了，而是属于这个澳门之子了。

# 消失国

“……哎，你们听过‘消失国’的传说吗？”

一个蝉声乱鸣的夏夜，主人骆逊，一边喝茶，一边向座上客打听。

“呵，没有听过，你们听过吗？”一个胖大的中年人托着眼镜四处张望。

或许，在这里我应该先向各位交代一些要点。这次聚会纯粹是“探奇俱乐部”的一次例会，其成立的宗旨是“解决世界上公认不可解决的难题”。由民族问题到UFO，可谓无所不管，早年尼斯湖骗局得以拆穿亦有赖他们的功劳。凡是愿意参加这个组织的人，都必须具备一个不可缺的条件，就是他（或她）曾经经历一件以上不可想象（思议）的事件。俱乐部刚成立一年，便吸纳了二万二千四百六十二个通讯会员，但奇怪的是核心成员只有六名：（1）主席骆逊；（2）生物学家山本；（3）环境及地理学家尼尔；（4）赛车手托马斯；（5）名作家F；（6）一无是处的我（直到现在我还不知为何会被选中，大概这是世界上最难想象和最不可思议的事件）。

当然，这次聚会我并没有参加，但我自信已相当精确地记下他们的对话，如果有人对我所写的存有质疑，那么欢迎亲身去法国×区×道××号的“探奇俱乐部”一趟，相信他们必定会向各位交代一清二楚。

*　*　*

随着众人摇头摆脑说没有后，沉默的山本发言了，这声一出，确是非同小可，连主人在内，三名成员（不是四名吗？以后还会有解释）也呆了，并非山本声如洪钟，亦非语出惊人，而是他平常言谈甚少，十次叙会，十缄其口（小弟亦有领教其高招，绝无夸大）在万不得已的情况下才偶发一言。正由于事出突然，所以房内立时静了下来。

山本嗫嚅地："可以说听过，可以说……没有听过，这是一件怪事哩……"以后又是一阵沉默。

"那到底是听过还是没有听过?"托马斯不耐烦地抗议。

骆逊做了个手势，并凝重地瞅着山本的脸，问道："听人说的吗？抑或……"

"……"

"不……不……都是没有什么了。"

主人没有追问，各人都意兴阑珊了，正在纳闷之际，骆逊却从怀内拿了封信出来，那是一张用旧式打字机打出来的信，油墨味甚重，在这个年头还弄这套，可谓过时了，但会内人用不着看一眼，便知是F的杰作，因为只有他才有这个老习惯，所以尼尔便先提了出来："是啊！这几天为什么不见那个臭老头F?"

"或许，是去了什么山种南国荷兰豆吧!"托马斯说。

"是'种豆南山下'，若老头子在这里定必气他半死。"

"我还是'开我TURBO门，坐我司机座'算了。"托马斯随口吟道。

"连'木兰'诗也改了，真有你的。不过话说回头，那老头七十开外，仍旧硬硬朗朗，大概不是在哪座仙山修炼，就是在哪个神湖泛舟，真可谓'云深不知处'。"

他俩说到这里，都大笑起来了。

“咳……你们还是应该先看一下信的内容。”骆逊直说。

（以下短信原以法文述写，为方便读者，笔者将之译成中文。）

亲爱的探奇俱乐部各人（骆逊代转）：

世间真的有不可解之大事，吾现亲试之。消失国！消失国！那是安菲翁引动石块筑成的忒拜城的再生，那是巴比伦塔的伟大延续，可爱如乐土、肥沃如丹浦，在阿波罗的花园上，它将享有永恒不止的春天，再见了，我旧有的朋友。再见了，我旧有的世界，我将向新的生命靠去，原谅我就这样简单地跟你们话别，虽然卡戎可能在跟我招手。

F字

“这算是什么意思？”托马斯问。

“不知道。就是想向各位了解到底发生了什么事。”骆逊说。

“唔……或许是旅行吧！要不就是一个玩笑。”尼尔解释起来。

骆逊沉思一会儿，说：“尼尔，你知道世界上有‘消失国’这个地方吗？”

“可能有，可能没有，世界上国家与地区不知凡几，有些落后的地区仍存在着土王，一个部族，就是一个国家，譬如：新几内亚的猎头族，在他们自身而言，就与猎头国无异。”尼尔比划着说。

托马斯安慰说：“你们又何必紧张呢？Every cloud has it’s silver side。”

“唔——”骆逊点了点头，并转头说，“山本，你要是有兴趣，我们晚一点可以再谈。”

山本点了点头，随即转身走了。

* * *

例会到这里便告结束。当然骆逊亦有将信件复本给我，但信件寄至，已是两星期以后的事了——

这天，我煮着咖啡，把信件略读一遍，随即便往书房钻去，我仿佛感到有些要点被我们忽略过去了，至于具体是什么我又说不上来，惟有拼命在书海里搜寻，希望能梳理一下纷乱的头绪。

首先，F在信件上提到消失国（还不止一次），消失国究竟是什么？我并不知道，亦无从想象，但有一点可以肯定的，那里一定是处好地方（至少F这么认为）。如忒拜城（THEBES）就是古希腊传说中著名的城，乐土（ELYSIUM）亦是古希腊神话中得福之地，丹浦（TEMPE）则是拉丁文学中作肥沃溪谷之称。由此观之，论点是初步成立了。但信中的后半部分，卡戎（CHARON）是指古希腊神话中用独木舟把亡灵渡过冥河送到冥国门口的艄公。说明到达消失国或消失国本身是存在危机的、不安全的。现在事件大致清楚了，F是去一处他认为是绝世的地方，或许是什么桃花源之类；而前往的过程存在着一定的危险……便没有什么奇怪了，但有一点现在还是不大想得通的——究竟何谓“巴比伦伟大的延续”？据古代犹太传说，世人语言本来相通，大家同心同德，他们合力建造一高塔，要直上青天；神恐慌了，就使他们语言不通，从此大家便分散而居了。这塔在记此传说的《圣经·旧约·创世纪》上称作巴别塔，后来亦有巴比伦塔之称。

巴比伦塔？难道只是单纯的文学修饰？抑或是……

这夜我做了个梦，梦见人类终于建成此塔，从此人代替了神，接管了神的一切，世间上再不存在神，亦不存在人，只有完美，真正的完美，永永远远。

几天过后，我亦有向各方前辈请教。其中国立大学张教授的意见是颇值得我们参考的，其内容如下（由于原文长数千字，所以只摘取扼要部分）：“一个出色的文化人或文学创作者，由于思想、经验的累积达到一定的程度，而产生‘写’的冲动，但苦于灵感干竭的制约，就会陷入一种不平衡的困惑境地，有人极力想逃避，有人极力想冲破。F属后者，但又缺乏冲破的动力，而年龄的无情狂飙，亦使他焦急，继而沉重超过自身所能承受的心理系数时，他便极力要求自己去创作，创作一个完美的故事，一个题为‘消失国’的故事，甚至不惜将自己骗去——历代不少文学、哲学、艺术家都有这种特殊的情结。这是危险的，疯狂的。但从另一方面看，他们都是陶醉于自己的文学世界或理想国中……当然以上论述并不能概括所有人，我只有单纯就F先生这个个案分析罢了！”

总而言之，资料就只有这些，在没有新发现的情况下，我亦只好暂时放弃，但万想不到，故事现在才开始。

## 一、一篇关于“消失”的报道

龙盘路一段被当地人称为“狱之口”的山路，昨午发生骇人车祸，一辆自动挡七人车，疑因机件故障，突然猛冲向山坡草坪，一村民被卷入车底拖行，情况危殆……据悉，肇事司机乃M城文化名人F，事后又在现场离奇失踪，警方现正深入调查事件起因。

## 二、离奇失踪≠逃去无踪？

警员：车子是碎了。

警长：人呢？

警员：也许上帝才知道。车主F是一名文化工作者，在M城文坛享有盛誉，今年七十三岁，并无任何刑事或民事记录……

警长：等等还有别的重要的吗？

警员：唔……没有。

警长：现场可留下线索？

警员：没有，既没有车主的血迹，亦没有车主的指纹，人仿佛就在空气中消失一样。

警长：没有指纹吗？

警员：是没有……呀！这是法医从车旁发现的，不知与案件是否有关。

警长："DISAPPEAR"？是"失踪"吗？

警员：不。是"消失"。

警长：有分别吗？

警员：有。"消失"一词含有消灭之意，而"失踪"是不知所踪，以至生死不明。

警长：噢……原来是这样嘛。没事了，赶紧联络相关的人物。尽快给我一个答复。

警员：是，长官。

警长："DISAPPEAR"，不知道在地球上每分钟、每秒钟有多少人"消失"。不，是"失踪"才对，或许他是对的，唉……

又是个下雨天，洛特镇的毛雨总教人有着一点散漫和萧索，坐在窗前，一边品茶，一边嚼读柯南道尔的名作，确别有一番风味，我亦俨然成了大侦探敲着烟斗说：“华生，沏茶，给你个推理案玩玩，何如？”当然，这只是闹着玩的，屋子只有我一人，一个学子，一个正在游学的疯子。

今天是小镇的艺术巡游节，说起小镇真的是名副其实的“小”，不要说在A国的地图上难以访觅，就连A国的人民亦甚少知悉。当然，我经过这里，甚至留在这里，全是兴之所至，亦可以说是变量之一，正由于全然不知结果，每分每秒都有着新的变量，世界才会变得引人入胜。

从蒙蒙的窗口往外望，街上已站着许多人。警察偶尔说上几句，不久又挤得人山人海了，我亦被吸引过去，所以撑伞径外走。但真正吸引我的并非是什么巡游项目，而是一个怪现象，一个怪得令人摸不着头脑的现象——在熙熙攘攘人群中撑伞的人竟是寥寥无几。虽然雨下得不大，但亦难免令人感到奇怪和不协调，所以便抱着请教的心态向左旁黝黑的青年打听这其中的缘由。正待开口之际，青年却先喊叫起来，不，简直是声色俱厉，而且声音听来撕心裂肺。我顿感彷徨，在无法可施的情况下，只好自我安慰起来：“有什么事慢说。”但他的声音更可怕：“GET AWAY！”他说了以后，是一阵急速的喘气。而我们鼻尖之间的距离大约只有十公分，所以我不但可以看清楚鼻尖汗滴，还可以看到他鼻孔翕张，气息极粗，这一切都表明他心中，气愤至极。我还想解释，但在旁的人已向我投来蔑视的眼神，幸好，还不至敌视，否则每人送上一拳大礼，定必小命难保矣！此情此景，我惟有识趣退开，可恨好奇贪鲜之心，总是泼之不灭，一问不成，再寻一个，誓要探个究竟，而且得到吃堑之益，今次下手便显得更有计划。一番思索之后，还是准备向那墙角边颓坐的丐帮弟子套问，于是大步往前，但话犹在口，老丐之声已到耳窝：“给我五元钱，告诉你一个秘密。”这招先声夺人果然奏效，我不禁问道：“是什么秘密？”那老丐咧着嘴，说：“给我两元钱，告诉你这个秘密关于什么。”好招欲擒先纵，懂得吊人胃口，讨价过后，若非亲身所见，还以为是商场狡狐。不过深想一层，有求于人，还是客气点为妙，所以从口袋里把两元钱递过去，所谓财可通神。老丐把钱折成小角放进衣领内，然后徐徐答道：“这秘密……是……关于……你的。”

“我？”我顿时感到被骗了，所以立即抗议道，“这究竟是什么鬼秘密，两元钱就是这样的吗？”老丐含笑说：“对，两元钱就是这样的货色，而且我说：‘告诉你这个秘密关于什么。’现在我不是已告诉你这个秘密是关于‘你’的吗？”我为之语塞，但仍高呼：“这是狡辩，是欺骗，这是世界上最不公平的交易。”“哈……哈……哈……傻孩子，世上真的有公平吗？”

“那……”我不知应该如何去回答。

老丐继续道：“挖煤工每天工作十九小时，小雇员每天工作十小时，有钱人每天享乐二十四小时，他们工作时间越长获得便越少，这是公平吗？有人坐在法国大餐厅里吃着蜗牛，有人为窈窕而节食，更有人在田边吃碎谷，挖树皮，那又是公平吗？当权者一声号令，无辜的士兵们便要拼个你死我活，赔上性命仍不知所为何事，这算是公平吗？人与人不公平，地区与地区不公平，国与国不公平，你不去管这些，反倒为了两元钱而说我不公平，那你又公平吗？”

“这……”我被一连串的问题搞糊涂了，他说的话确有点道理，但又全非合理，实在很难做出反驳，老丐这时又说话了："年轻人，两元钱够你受了，有兴趣听五元的吗？"我不假思索，便给了五元，不要问我为什么，因为到现在还不清楚，只知那时脑里很乱，在印象中，五元钱已不算什么了。老丐再次把钱收起，然后慢慢地说："你是个怪孩子。当然，这句话是送的，绝不收费，而我要告诉你的秘密是'它'。"

"它?!"我从他指的方向望去。

"天空吗？"我尝试猜看。

老丐摇了摇头。

"雨吗？"

老丐再摇头。

思前思后，还是摸不着头脑，于是我气愤地说："难道会是雨伞吗？"

真是歪打正着，老丐点了点头，并且笑了。

雨伞？我心中不禁纳上一闷，雨伞除了挡雨之外，还会有什么秘密可言。

老丐仿佛看穿了我的眼神似的，马上解释道："我要说的是——你还是把雨伞收起为妙。"

"为什么？难道这地方不准撑伞是法律规定的吗？"

老丐喝着酒，笑说："不……不……在我们这里有钱有法律，没钱没法律。"

"那……"

"在这里撑伞只有两种人。一是外地人——就像你一样；二是有钱人或有权的人。"老丐竖起两只手补充说。

"为什么？"话一出口又觉不妥了，仿佛这是天下间最傻的问题。

老人咧着嘴，不厌其烦地解释起来："这里不是什么大城市，这是一处被遗弃的地方，一处什么都没有的死地方，莫说汽车、电视机，就连电和水，亦不是每户都有。雨伞、面粉、收音机，一些你们习以为常的用品，在我们这里都是无价宝。没有钱，就嗅上一下也是犯法；没有权，有钱也不给你买。年轻人，你怎能幻想到一杯淡得像尿的啤酒，就是一个工人在一年内最丰盛的奢望；你怎么能幻想到五元钱便买去了一个天真小女孩的童贞；你怎么能想到？你怎么能想到？”

我倒抽口凉气，少顷，我仍是提出反驳：“你们都是A国的公民，A国又是世界上有名的自由、平等之国，为什么你们不去政府那里争取和反映呢？那是公平、那是公理、那是民主、那是文明，那是你们应得的权利呀！”

“公平？公理？民主？文明？那不过是有钱的资本家所耍的把戏，那不过是实权冠冕堂皇的粉饰太平、迷惑人民的借口，那不过是文学家们天真的幻想罢了！我们？像蝼蚁一样的我们真有资格吗？”

车队是成双地从这里向广场方向走的，而老丐的话却犹在耳边，我把雨伞收了起来，并非我同意了些什么，而是有点失落，有点头晕，或许让雨从脑瓜上灌落，会让混乱的我清醒清醒。

我从衣袋里掏出香烟，用打火机点燃，白烟很快地在雨中散去，很远很远。

* * *

离开洛特镇已是三天前的事了，现在我身处的是A国的名城之一，这里五光十色，应有尽有，而各色人等和各类型的店铺高楼比比皆是（不愧被称为自由、民主之城），与洛特镇的反差十分大。这天，我如常地被示威、喊口号之声叫醒（一连三日，日日如是，一刻不差，对此神乎奇技我亦深感折服），或许我也受到了这里自由气息的熏陶，我也想叫、也想跳、想示威、也想抗议：“还我睡眠自由。”

一轮牢骚，我还是从背囊内拿出饼干啃着，一边把收音机扭大（不要怪我，这可是我的自由啊！）一边把屋主刚收到的报纸打开。

头版是一条题目的套红标题——A国对东方大国的人权状况普遍下降提出强烈的抗议。接下是国内政治版，报道黑人新移民在A国受到不公平的对待；然后是经济版类——A国贫富两极悬殊严重，经济不平衡发展，直接导致人权、自由体系的动摇；及后是体育版——球星积比投诉体委会对其采取了不公正的处分，将对有关人等采取法律行动；而今日短评题目则是“猫狗民主学的进步意义”；可怖呀！想不到这城市已患上严重的自由、民主症候群。不过我个人的阅读习惯是这样的，无论如何不忍卒睹，只要是开始了，还是会坚持略略浏览一遍，而F的失踪报道就是刊登在地方版的下栏，标题是“F在A国的失踪追访”，还有一行副题“文学界的惋惜，村民的抗议”，右角还有几张现场拍下的照片。我专心致志地细读着，几遍过后，还是决定与骆逊联络了解情况。当然，号码只有我们六人才知悉，所以电话只响了两声便有人接了：“吕志鹏？”

“是。”（我们之间总有一点默契）

“你知道了？”骆逊问。

“刚刚才知，我在A国X城。可以的话请马上赶来。”

“好的，晚上见。”

“再见。”

“再见。”

我放下电话，随即陷入一片迷惘之中，事情发展到这个地步，是始料不及的。现在距离骆逊到来还有点时间，我决定把整件事的资料整理一下。

## 三、一席对话，一席启示

骆逊到来时，是晚上八点钟多一刻，为什么我会这么清楚？因为我的视线由始至终都未离开过墙上的挂钟；或许，应该这样子说，我的眼球和肉体物理性地运动着，而思想则如火山爆发一样紊乱到极点，这种恓惶不安，就像心窝深处活活生出一个空洞，一个既无出口又无入口的黑暗的空洞。整件事由开始就是如此的离奇古怪。现在骆逊就坐在我面前，我们俩人都静静地默坐，一言不发。屋内只有滴答的时钟在跳动着，很重。而七零八落的思绪令我们焦急，究竟哪里才是整件事的缺口点？

“是意外？是巧合？是恶作剧？是阴谋？抑或……？”他终于打破沉默道。

我心中已不停在咒骂：“这算是什么鬼问题？”但表面上还是装作恭恭谨谨，毕竟我们年龄相距三十年以上，有谓尊师重道；否则，不被我臭骂一顿才怪。“就现在的资料来看，我们很难知道。”我无奈地摇头。大概是他对我期望过高，所以暗自叹了一下，我只好别过身装作看不见，最后我还是没好气地象征式问了句：“你那边有新发现吗？”但见他眉头紧皱，答案自是不言而喻（虽然我早知道会是这样的）。

“慢着。”我忽然想到点什么。

或许他被我突如其来的举动吓着了，所以怔怔地看着我。

我没有理会，自顾急问：“有F的个人资料吗？”

“要最详细的。”我补充道。

“有，有。”他飞快地按动着他的私人计算机，不到几秒，F的全部资料便在荧光幕上显示了出来。

F——1927年8月6日出生于中国福建省，1941年开始发表作品，1962年移居法国，直至1999年7月为止，其发表诗歌达三万首之多，长短篇小说合共二万五千八百十六篇，散文八万余篇，剧本五百二十三个，翻译作品六十三部，在M城文坛有常青树之称，曾两度获诺贝尔文学奖提名……骆逊的计算机果然闻名不如见面（虽见他经常携于身旁，但真正用到还是首次），单是F的资料已达百页之多，其内容详尽已达到匪夷所思的地步，相信世界上对F的个人资料的详尽（就连F自己）都比不上这台计算机。我开始细心地搜索着，三小时后，我首先剔除九十年代以前的数据（因为年代太远，不大可能与此事有关），我将1995年以后部分重新整理、分类和翻阅一遍。最后终于被我发现了点有趣的东西——1997年，F的写作风格由浪漫主义过渡到批判现实主义，作品多取材于低下层市民，而内容则全是围绕着“自由、平等”这两个题材。

“自由、平等？”我叫了起来。

“你发现了什么？”他急问。

“不是这个意思……”

“别卖关子，有话快说。”

我把洛特镇的事和A国名城所见的重新复述一次。

他默然良久。我想他很可能从我的口气里感觉到某种程度的意味。

“可是，F的失踪，是与‘自由、平等’有关吗？”

“或许。世界就似一个湖一样，每天总有好事分子投石于其中，世上似乎每处有为数相当不少的，或大或小的波纹，至于那个波纹由哪颗石子所引起的，这很难分辨清楚。”

“不。不是这样。”他定定注视着我的眼睛说，“其原理现在还不被我们知悉，但……你看这些资料。”

## 四、关于“自由、平等”这两件事

“1997年6月，F发表了《枪杆下的自由》，描写A国校园枪击案，并抨击枪械的流通不合乎自由、平等的原则，文中还道出这现象是假借人权之口，不负责任地用慢性毒药止渴。”骆逊指着荧光幕说。

“唔……听说那篇论文反响十分大，连A国政府亦碍于压力而开始讨论立法管制枪械。”我说。

“是的。但亦因此而得罪了不少高官权贵，不少有关人等更咬牙切齿，誓要将F除之而后快。”

“我也有所闻。”

“你认为会是他们干的吗？”

“或许，你想的方向是对的，但我认为那班小狗胆子还未至于那么大，他们亦不会因为共同负的责任而这么卖力，毕竟F与不少A国高官关系至笃，若找F麻烦，他们亦难逃责任。”

“那……也对。”

我继续道：“我也认为是F的文章出了问题，但应该是1997年7月那篇——《我的血液该给谁》。”

“啊！那是法国医院和军方的大丑闻，一军方高层要员之女儿因车祸而需要接受手术，但由于血液特殊异常（听说全国只有数人有此血液）一时未能找到适合的献血者，而事又凑巧，一血型相同的男子同时受伤进院。虽然最后是找到适合的献血者，但血液实是不足两人之用，当然，院方碍于军方的压力而放弃救治那男子。后来事件被F揭发了，上将虽不至于下台，名声却一落千丈，在私底下他亦扬言要干掉F。”

“看来F是专找那些自称民主、自由的国家的麻烦。”我说。

“若不是这样，便不是F了。但……并非天下都圣人，人总是有私心的，这亦是无可厚非的，而且是为了自己的至亲，那……更何况是女方先进院，按情理也应该先救她吧！至于压力是无可避免的，难道几个身穿军服的人来回看病，医生能不给面子吗？有时压力是自己造成的，并不一定是他人制成的。”

我点了点头，并说：“A国号称自由、平等大国，而且上将在上台前不是宣誓要以公平、正义、自由的原则来维护任何人的利益吗？虽然这次事件的确值得商榷，但人民的失望和传媒渲染也是难免的。”

“这倒是，但真的没有违反人性吗？那谁来维护上将的女儿的公平和利益呢？”

我没有回答，或许正确点说是不知应该如何回答。

这夜，我们一直讨论着有关自由、平等的事，直至电话铃声把我俩从蒙眬中唤醒……

“铃——”

“喂……哦……好的。”

“谁？”我揉着眼睛问骆逊。

“是山本。”

“山本？”

“他说他大概知道F的去向。”

“真的吗？”我整个人跳了起来，“他在哪里？”

“放心，他晚一点会来找我们，趁现在我们应该好好地睡上一觉，储足精神。”

“……”

## 五、惊人的变数

我曾经说过，世界上最充满变数的，正由于世界充满了变量，所以人生才变得多姿多彩，但变量有时带来的是难以想象和翻天覆地。

“真的是这样吗？”我吃惊地喊道。

“是的。当初我也难以相信，那天……骆逊拿信来的。那时……我已经知道了，他一定是把它实行了，但……他曾千叮万嘱要我保守秘密，但他失踪了太久了，就像蒸发了的水一样。我真的有点担心。”他微张着口吞吐地说。

说实在的，我对他的语言形式极不欣赏，说话颠三倒四，词不达意。我费了很大劲才把两小时的谈话重点归纳出来，真是他妈的。

“F在书籍上看到了关于‘消失国’的记载，而且还掌握了去这地方的方法，是吗？”

他点了点头。

“你有看过那本书吗？”骆逊急问。

他摇了摇头。

“那么你知道那本书是出自何人之手、何年成书，或任何有关的资料吗？”我尝试问着。

他思索了一会儿，还是摇了摇头。

“唉……”我和骆逊不禁叹了口气。现在我们终于知道F为什么会与山本混熟了，因为山本就是一副率直相，不，是憨直才对。要他保守秘密，莫说他不愿意说，即使愿意，对方明白与否，还是一个问题。山本确是一个上佳保守秘密的人选。

这对问题毫无帮助，F依然失踪，我们依然无头绪，世界依然在转，一切并未发生根本性的变化。

“铃——”

“你猜是谁？”骆逊问。

“我想这是个重要的电话。”

“你接还是我接？”骆逊又问。

“你接吧！你的运气比我好。”

“喂！”骆逊利落地提起电话。

“……”

两日内，三个电话，给了一个戏剧性的变化，现在我可以高声宣布：事情到这里结束了。因为主角F的下落已明确了，而我和骆逊现在就身处斯巴达看守所内翻阅有关文件。

## 档案（一）　一个拾荒者的证供

是的。那尸体是我发现的。今天我如常到店铺街，但由于年代久远，不少人已把这里忘记了，是难得有人迹的地方，只有几间小店铺冷清清地开着。

尸体穿的是淡黄的花格衫，戴顶小鸭舌帽，仰躺在地上，口角和耳都在出血，连旁边的黄沙都被染红了。

是谁干的？是一个六十开外，或许是七十多的老头儿，我想。反正年龄就大概这样。

行凶的手法太残忍了，我活了五十年，还未曾想到世间还真的有连小孩子也不放过的人，他把那小孩高举起来，然后重重地摔在地上，可怜呀！竟反复三次之多。直至耳和鼻都出血了。最后连喊叫的声音都没有了。

我吗？我那时亦被这情景吓呆了，当有反应走过去的时候，小孩已经昏死过去。

## 档案（二） 一个老婆子的证供

是的。那个被杀的小孩，就是我的儿子，名叫罗拔，今年才十二岁，他性情温和得很，上帝啊！你为何不怜悯这可怜的小孩，呜……

偷东西吗？一定是那滥赌的父亲迫他，我敢赌誓他真的是个善良的小孩，孝顺的儿子，真的……我发誓。

我看完档案之后，赶紧抹去额上的汗珠，牙关竟又不自觉地打颤起来——真的是F干的吗？

骆逊神情木讷，显然对报告内容并未尽信，且向旁边的看守员咕噜地说了起来，十分钟后，一个负责人便从会客室进来。

"您好！骆先生、吕先生。"

"您好！积顿。"

客套一会儿后，我们便搭上正题了。

"积顿，那些资料是真的吗？"骆逊单刀直入地问。

"唔……这不是个好问题，骆先生。"积顿板着脸说。

"对不起，积顿。或许是我说话太鲁莽，只因我们认识的F并不会这样。"

"我明白你的心情，骆先生。不过你亦要明白，人是会变的。我曾经遇到一个全城知名的孝子，他有礼、善良，但最后呢？就是他把母亲斩成一块块做午餐，你能相信吗？"

"是吗？那我们可以见一见F吗？"

积顿笑着说："可以，当然可以，这也是我叫你们来的原因之一。"

"原因之一？"我和骆逊面面相觑。

“是的，见过F后你们自会明白。”

那是一间典型的小牢房，和电影上看的，并没有两样。只不过光线比起普通的牢房还要暗上一些。F现在就一个人倚坐在全房最暗的角落。

“是F吗？”骆逊问。

他点了点头，并随即问道：“你们知道什么是自由吗？”

我心中不禁打了个颤：“又是关于自由和平等吗？”

骆逊这时开了腔：“自由有很多涵义，当然，其核心的内容应该是自主性，即如《社会契约论》上所说的一样——一个人一旦达到理智的年龄，可以自行维护自己生存的适当方法时，他就从这个时候成为自己的主人。”

我点了点头，对骆逊的说法感到满意，不料F这时却大笑起来，说真的还有点诡异的味道。

“骆逊，枉你活了一把年纪，看事还是那么肤浅。”

骆逊哑笑了一下，便摆出聆听受教的姿态。

“你所说的社会契约，只不过是转让天然自由给统治阶层的借口，犹如把灵魂卖给魔鬼一样。鲁索所说的不过是‘每个结合者及其自身的一切权利全部都转让给整个的集体，这样每个人都以其自身及其全部的力量共同置于公意的最高的指导之下，并且在共同体中接纳每一个成员作为全体不可分割的一部分’。这不是出卖自己的天性吗？若说普遍意志是全体成员的共同意志，倒不如说，鸡即是蛋，猫即是狗，牛即是猪。”

我听了他一番话后，不禁自语道：“那种观点未免太过偏重于消极自由主义论调。”

他听后倍儿怒，说：“不，不要将我与霍布斯之流并谈，他们仍在自由与统治间纠缠不清，莫说自由的真谛，就连边也擦不着，他们只是一群遥见真相的征候而慌得发抖的小鹿。”

“那什么才算是自由?”我问。

“自由吗?”他示意我走近，我凑耳向前。忽然，他大叫道：“人是没有自由的动物。”我被这突如其来的怪叫吓得魂不附体，他却哈哈大笑起来，在笑声中我仿佛听到，“人类真有资格谈自由吗?那猪亦有资格谈屠宰权了。”

我和骆逊对F现时的状态感到忧虑。临走前，骆逊安慰F说：“安心吧!老朋友，我会用尽一切办法救你出去的。”

F慌恐说：“不，千万不要。老朋友，你还未弄清其中的关系吗?你认为我在这里被剥削了自由，但我告诉你外面只是个更大的牢房，更多的魔爪在剥削你的自由；在这里，墙壁会给我自由、铁枝会给我自由、风声会给我自由，一切社会关系都对我起不了作用，那不是最自由的乐土吗?请不要理我，若我们还是朋友的话。”

踏出牢房，深深吸上一口气，才勉强把自己定位下来，但见骆逊面色煞白，相信自己也好不到哪里，这仅仅是个推测，并无半点根据，正如对F的情况亦一样。我渐渐感到一股寒意由脊心涌上，直至从手心沁出来，这无论如何都不是一个好征兆，在晦明不灭的灯光下，这种感觉在迅速蔓延着，现在的回廊内，只有沉重的脚步声，一下、两下、三下……

## 六、消失国之旅前篇

走进办公室内，积顿向我们瞅了一眼，说：“情况你们明白了吗?”

“比起杀人犯，他更似一个病人。”我说。

骆逊露出忧郁的笑容，明显地F的事对他打击十分大。为了缓和气氛，我问了积顿对F病情的看法。

积顿解释说：“虽然F犯了杀人案，而且与早日车祸事件有关，但经医生检验，证实他患了严重的精神分裂症，只要数据方面整理好，我们便会送他去精神病院休养。你们放心吧。”

骆逊谢积顿后，我们便匆匆离开看守所了。

“想不到事情演变到这地步。”骆逊轻吟道。

“是的，我也想不到。”

秋风轻吹，在黄叶满地的通道上，我们都在想自己的事情，最后还是骆逊开了口：

“我要走了。”

“也好。”我点了点头。因为他的“丧友”之痛，实在不难理解。

“这里的事拜托你了。”他握着我的手说。

见他面容憔悴，我也不忍推却，旋即点头答应。

“毕竟人老了，有很多事都力不从心了。”他留下了这句话便苦笑地走远。

“……”

数月后，一切稳定下来（当然F亦由看守所转送精神病院），我亦打算日内坐机返回中国，但不幸的事却在这时发生——2000年4月6日凌晨3时28分，我一生也不会忘记这个时刻，二十个年头，整整活了二十个年头，这是我所经历最骇人的场面。

我急讲自己的心情，竟把先后次序颠倒了，我应该先交代发生了什么事。不，且不去管这些了，现在木屋内只有他，他只是纹丝不动地站在那里，乍看上去比平时苍老了许多，间或望望窗外，只有零落的枯枝横伸向一片被映红的天空，警车的鸣笛声与寂静的旷野极不相符。

“你知道我叫你来的原因吗？”他把手枪放在台上。

“不知道，但你应投降才是。”我劝说。

“你真的认为我神智有问题？”

“唔……若然抢了警枪、挟持人质，不算是的话，那就不算了。”

“你在讽刺我吗？”F瞪眼道。

“或许是、或许不是，你认为呢？”对精神有问题的人，我总是有一手的。果然不出所料，F露出赞许的眼光，说：“你真是个有趣，而奇怪的孩子。”“是吗？谢谢。你是第二个说我‘怪’的人。”“谁是第一个？谁？”F反问道。“一个乞丐，洛特镇的。”于是我把洛特-加龙省镇的事说了一篇。

“噢，大概那人也是消失国的。”

“消失国？”

“哎吔……我差点忘记了，你有兴趣听故事吗？”

“故事？”疯子的思想果然难以捉摸，一如九流的小说情节一样天马行空，但为免把F惹怒，所以还是点头同意。（说真的，这时我竟把挟持一事给忘记了。）

## 七、消失国之旅后篇（注：F的自述）

前些时候，大约是夏天。我想，也许是秋天，总之是不冷不热的时候，我在旧书摊上买了本书，或许并不算买。不过坦率来，说书在这里并不是关键，关键是卖书给我那人，那是一个普通至极的人，就算看上十次也不会有任何印象。当然，此人存在与否，并不构成对世界的任何影响，但就个人而论，此人却影响着整个故事的发展。

“老板，这本书多少钱？”

“《自由与公平》吗？两百美元。”

"什么？两百美元，那未免太过分了。"我气着说。

"买不买是你的自由，定何价又是我的自由，你不会不明白！"老板笑说。

经过两个小时的争辩，最后我还是投降了，买了此书。付钱时，老板给了我一个信封，说："这是寄卖那人指定随书附送的。"

你猜是什么？原来是这书的评论，太精彩了，真的，不，应该用伟大来形容。信内关于自由的思想涉猎甚广，所提及的主张，我敢发誓是世界上最完美、进步的。如杠捍自由、逼迫自由等。我反复看了十次、百次、千次，直至最后连多少次也忘记了，我原意是想将此发表，但碍于作者郑重声明只可供买书之人浏览，所以才勉强作罢，但信末有几行字却令我百思不得其解："你有兴趣去消失国吗？"信的背面详细说明了去消失国的方法，起初我还不以为然，但最后还是抵受不住诱惑，终于出发了。

我把背囊放进车内，从龙盘路西面出发，打算穿过公路，你也知道，要穿过这里，只要顺着子母河而下便可。

但走到狱之口的时候，雾却突然弥漫过来，起初不算什么，到了半个小时后，这雾却不见消散，反而浓了起来，由依稀见到黄花和流水，直至现在什么也看不到了。我本打算折回，好歹也得等雾散去才成。我用十分缓慢的速度继续前进，大概是前进吧！不过没有把握，也许是在后退，总之在雾中打转已令我失去方向感，两个小时后我干脆把车熄火了。我把车灯亮着，放下椅背，便蒙头大睡去。

安静是一种感觉，但这种感觉在我人生中从未如此强烈过。无声无色的悄冥安然，微风并未牵动了什么，或许根本没有风，一如缥缈无定的冥想，阳光是乳白色的，像外面隔了些什么，整个空间是一个由乳白、淡黄交织成的境界。我贪婪地吸着空气，与其说熟悉，倒不如说是更自然、更舒适的柔和。

面对眼前的情况，我不得不感到奇怪。这里绝不是龙盘路，难道……我飞快地下车，但见不远处的岩石上坐了个人，于是便走了过去。

“你是谁？从哪里来，为什么我没有见过你？”他边弄着竖琴边问。

“我是F，来自法国。”我用最直接的方法说明。但他好像并不理解地说：“法国？那是什么地方？”看来这处真是名副其实的乡下地方，于是我耐着心说：“法国是一个国家，距离你的国家不远。”“国家？”他表情更奇怪了，而且没头没脑地问：“国家是什么东西？”

我为此而感到惊讶！但还是解释：“国家是地球上……”话不到一半，他却大叫起来：“地球？！”他怔怔地望着我，一时一动也不动。过了不知多久，他才叹气道：“原来是地球嘛，那我们要上路了。”“上路？”我问。

“跟着我，要不然迷路了，谁也救不了你，而且我亦要跟你说明一下你现在的情况。”以下与一号（他没有名字，所以暂以一号称）三小时的谈论，足以用开天辟地来形容。

“你有听过三度空间吗？”一号问。“有。”我直率地回答。一号继续道：“若以地球人的观念我们这里就是三的八十六兆次方空间，亦即最后空间。”

“最……最后空间？那这里不是地球吗？”一号依然含着微笑，温声道：“可以算是，可以不是，我们是存在于所有之上。”

我们穿过高高的竹丛和洞穴，我终于打破了沉默，问：

“这里真的不是地球吗？为什么这里与地球的景色全然一样？”

一号听了这话便大笑起来：“是吗？你不要忘记这是最后空间，你认为你的肉体能承受来这里的冲击？现在的你只不过是一束思想波而已，所以我们的形象亦会因你的思想模式而做出改变。”

听了一号的解释，我不禁手心冒汗：“原来我只是思想而已，那这里是消失国吗？”

“消失国，只是你们地球人的称呼，如在鲁比星，则称我们为红星萨尔；芝比星则称我们为悍妙……”

我陷入一片沉思当中，就在这半圆形广场上，这里是消失国的中心？倒令我难以信服，因为除了一片空荡荡的土地之外便什么也没有了。一号瞧我这样，便慢慢解释起来：“你倒走运，这里五百年不曾有消失国的人来过，只有外来朋友到访，才在这里迎接。”

“我为此表示感谢，但……”

“但不甚繁华，甚至有点荒凉，是吗？”

我点头称是。

“你看看那边。”一号说。我朝着一号所指的方向看去。哗！那是一座多巍峨的建筑物，而且包括了我认识的地球上所有的建筑样式，如哥特式的柱子，文艺复兴时期的色彩感，支离派的花纹，中国水墨的线条……每种样式之间都不存在一丝杂乱之感，而是一种完全超常的谐和。当我瞻仰着这高耸的尖顶的时候，甚至有点毛骨悚然，这旷世的建筑——与其说只是单纯的建筑，毋宁说是一种繁华顶峰的代表。还在错愕之中，眼前这奇异景象便消失了，我赶紧揉着眼睛。这时一号拍着我的肩笑说：“不用找了，人类就是对自己如此不信任，明明是消失了却不相信，这可是你们的劣根性，你刚刚看到的只是我们消失国人所拥有的能力之一——粒子重组还原。”

“那……”

一号又马上道：“为什么我们不把这里变得金碧辉煌，变得更繁华、更文明？繁华在我们眼中不过是一阵风而已，我们不需要什么，因为我们就是所有；至于文明标尺是什么，大概一万个地球年之后你们便会开始明白，生物的要求是十分简单的，生命并非架构于物质上。就以你们人类为例，只要有空气，有水，一点食物便能生存，其他所附属的都是多余、是浪费，只有明白了这些，才算真正的文明。而一切将归还于最自然上面。”

“你……”

“感应思想亦是我们的能力之一。”一号又抢先说。

说到能力，我忽然想起什么，便向一号问：“你们相信你们以外的什么力量吗？”

其实这是一句没脑没头的话，连我自己也觉紊乱非常，可恨的是人类的词汇太少，并不能把真正的细致的思想表达出来。

“你说的大概是宗教吧！那么你认为消失国也有教会、寺庙喽？听说你们地球上有很多宗教，如基督教、佛教、印度教、伊斯兰教，还有个拜火教似的。你知道为什么吗？说到底就是你们缺乏自信的表现。当然，我们也会相信我们以外一切的力量，但与你们根本的分别就是相信与崇拜。或许你们人类以为超越一切的力量便是引领向善的根本，一味疯狂要求进步，要求物质思想的提高，那是多么愚昧的做法。在盘古初开、天地不分的时候，一切都归于‘无’，没有善、没有恶，没有任何标准；所有生物都以最自然的方式自由地生存着，只有你们人类奇怪地要求文明和进步，谁不知那是条无形的枷锁，越往前进，就越索得紧；越往前进，就失去越多。仔细一想，文明给了你们什么？是舒适的生活？是寿命的延长？是思想的丰盛？在无垠的宇宙星河中，人类的生命脆弱得可怜，我们不能以个体来计算。而种族寿命亦只是一瞬即逝，但种族的薪火相传才是生命的主要目的。所谓的文明进步只是一种恶魔换的把戏，如同身体中的红细胞、血细胞的寿命延长了，但主体人却死了，那有什么用呢？是不是太过本末倒置呢？文明是会覆灭的，而消失国从来就不曾有什么劳什子文明，十亿万年前，五亿万年前，直到现在，一切都没有发生过转变；而你们口中振振有词的自由与平等，只不过是幻想又自私地为自己赚取更多的物质和生存空间的借口；而真正的自由，根本由一开始你们便放弃了，放弃得比任何都要彻底。当然这只不过是你思想第一个切面的问题，而第二个切面对死的看法，我想我是这么解释的。

“生、死是地球人相对的观念，死在地球人的说法即是消灭、消失；若遵从这种理念出发，我们消失国的人也是会死的，但有一点必解释清楚，消失国处于最后空间，我们并不存在肉体的概念，这与你们是有所不同的；或许勉强地说我们应属于能量性的思想波，所以死大概就是能量的解体和重组。而在地球方面便有所不同了，肉体的出现是如此巨大的一个悲剧，正由于肉体的脆弱，便促成了人类的自私、贪婪、仇恨、嫉妒、愚蠢和傲慢，而这些不平衡波动便反过来影响了思想的完整和恒定性；及到死后（肉体死亡）由于这种精神亏损，思想便消失于天地之间，无影无踪。当然亦有两种特例的情况：一、思想完整：能做到顺其生、顺其死，思想傲然于肉体之上者，可那种情况的思想波便与我们有点相似了，不受时间、空间的制约，遨游于天地之间，自由地体现宇宙，今天他可以是一株桂花，明天他可以是一朵浮云或许是一串雨丝，甚至星河一员。在记忆之中，人类出现的早期遇有颇多例子，及后便越来越少，好像近来只有个叫庄周的年轻人做到。在你们的说法中，大概称之为神或仙，而我们则称之为自由表现体。二、单一思想体。这种思想大多是由前述的不平衡波动所引起的，具有严重的褊狭性，即你们所说的怨念，怨念越大，能量亦越大，但当怨念一形成，思想亦会随之消失，如同一副开动着的机器般，并不存在任何思想，只知流水业式地完成任务。举个例子：A杀了B，B死后化成怨念，当A被B杀死的一刻，B的怨念亦随之消失。”

“若然A不死，或者A被B追杀前先死呢？”

一号神色凝重地说：“那B的怨念将会永永远远游荡于现世之中……正由于这种混乱的恶性循环，所以真理便离你们越来越远。”

“那我们的问题都是来源于肉体。”我下结论地说。

“人类就是将责任如此轻易推搪的吗？最艳丽的蝴蝶来源于恶心的青蛹；最娇美的花束来自于微小的种子。天地万物都存在着过程，或长或短，或急或缓。尽管这样蝶会贪恋于蛹吗？胚芽会藏于种子内吗？如肉体一样，不过是一种过渡罢了！”

“那什么才是真正的自由？”我尝试把问题具体地提出来。

“真正的自由？或许……”一号把“它”拿了出来。

“砰——”

“砰”这声响并不在于F的自述中。具体地说，声响是来自于消失国故事中；更细致地说，是子弹穿过F胸膛而造成血管爆裂的声音。

究竟什么才是真正的自由？而一号口中的“它”又是什

么？那只好问黄泉路上的F了。现在小屋内只遗下赤红的血和一张二十三位的密码条——AG98726C7QE62123F4IH96Z。

当然，一切秘密可能会尽在其中，但亦有可能是疯癫者失心疯的行为，你有兴趣解释吗？

* * *

几天后，在书中看到一段颇具深意的话，抄录如下：

产生不出完美的乌托邦的因大致如下：如果不能改变人性，就不可能产生完美的乌托邦；如果改变了人性的话，就会使人觉得人们向往的完美的乌托邦，突然不完美了。

——［日］芥川龙之介

# 异宝

## 引　言

人类的发展历史几乎就是某撮人积聚财宝的过程，无论卫道者怎样用巧妙的言语为其掩饰，哲学者的宏观抬托，这依然是一个普通人最为信奉的真理。但值得注意的是财宝无论怎样积累都只不过是多个零跟少个零的问题，谁也没有介怀千万亿跟万万亿的分别；但异宝就不同了，其重点就是一个“异”字，是与别不同的，大有点邪歪的味道。它未必是实质的金钱，但却引人入胜，就好像1932年，一个随便翻弄的平凡历史时间，有着刘长春作为中国第一位参加奥运会的运动员亮相奥运赛场、迪斯尼因创造米奇老鼠荣获奥斯卡特别奖、在中国东北突然出了个满洲国等事件；但近来我们却只记得毕加索在这年绘下了“裸体、绿叶与半身像”，一幅不经意的油画，一个不经意的时刻，在佳士得拍卖会上便不经意地掀起了狂潮。当然这狂潮的风头要比当年的奥运会、奥斯卡来得强，因为它创下近一亿六百五十万美元的成交金额，由交付支票的一刻，这宝贝便开始跟一般人拥有一亿多的财富概念截然不同了，因为世界上只有这个特别的一亿多等同物，成为别无分号的替身。

诚然异宝是一个会令人双眼发光的名词，但同时这亦是一个最易使人望洋兴叹的名词。因为异宝会因各种各样的原因停驻在时间隧道里，它们或者被深埋在地下，或因兵燹天灾故意被秘密收藏，甚至破坏。当然有时又会以最平凡的状态无端出现在你面前，好像昔日澳门的烂鬼楼一带，传说便是异宝遍地，只差你识货与否。2005年澳门历史城区被联合国教科文组织评入《世界文化遗产名录》，整个澳门成为世人耀眼的异宝，正由于富有神秘色彩和随机性，所以它比中六合彩更为神奇，能意外地发现这些异宝大概是所有人的共同梦想，无数文艺作品亦以寻宝为题材而引人入胜，大概这个故事亦不例外，只是所谓的异宝，真的是异宝吗？什么才是你心目中的异宝？

## 一次平凡的工作

澳门不知不觉间已回归了十年，十年的变化真可谓翻天覆地，想当年刚刚回归不少同学都一窝蜂似的涌去赌场，现在都因种种原因回流到社会各业。我庆幸从来就没有进入过赌场工作，所以我无需为我的生活做出任何的改变，虽然现在还只是一个小小的公务员，但相对于浮动、不稳定的东西，我拥有的是难得的平稳，基于“平稳第一”的观念影响下，所以我对现在的工作很满足，正如最普通的澳门人一样。当然有时我也会觉得自己这种思想有点厚颜无耻，明明不肯冒险，却装出一派事先预测似的神算子；明明在乎别人目光，甚至曾几何时有意倾服于别人的价值观，但却处处为自己搭建借口，好让孑然一身的自己来得名正言顺。说来这里边也真是自相矛盾，幸好人本质就是一种非常矛盾的动物，以子之矛，陷子之盾，只要大家都这样努力地去陷，就没有什么好疙瘩了。

今天是平凡的一天，连空气也显得格外平凡，收音机依旧播着那矫情的老歌，我一如既往提着背包，将拉尺、表格、印章、数据、相机等一一清点以后，便准备往目的地出发。当然我亦一如程序规章所要求的，先向我今天的顾客——陈先生致电。电话“嘟……嘟”地呼叫着，有十来秒之多，原本我也打算把话筒挂起再拨，但此时电话里头却传来异常低沉的声音：“咳咳……喂？找哪位？”

我道明了来意：“你好，我姓钱，是民事署的二等技术辅助人员，现在是……”我打算像复读机一样把话表达出来，虽然我一向觉得这些开场白是比较多余的。

“民屎署？通渠的吗？我家后巷条明渠已经塞了很久了，终日恶臭熏天，你们终于肯派人来了……（下略五百字）”我进入政府后，经过多年的“修炼”，终于养成了一个非常好的习惯，就是能静心地把人家的话听完，尽管是那些又长又臭的阿婆扎脚布亦如是，若是换着从前那躁动的我不插嘴才怪。

“系呢，你几时来通渠？咳……”咳嗽虽然在非典时期为人们留下不安的印象，但现在却为我提供了方便，对这明显不过的停顿语，我知道是时候轮到我说话了：“你好，陈先生，我们民事署是以民为本的，对于阁下的要求，我们会尽快派专人跟进，专业、沟通一向是我们宗旨，我看看，唔……是渠务问题吧，位于第三区的，本署会尽快厘清该渠的归属以及负责和维修等问题，并在不长于三周的时间以书面形式回复阁下的。”

“不是立刻来吗？”电话传来不耐烦的质问。

“我们是有固定程序的，放心，下午自然会有专人跟陈先生你联系了解具体情况的，抱歉为你生活带来不便。”我心想：“我当然会马上来，只是不会通渠罢了！”

他还想嘟囔几句，当然作为一个熟练的前线人员，忽悠技巧圆熟，我当然不会让这种情况继续发生，于是立马单刀直入："陈生，其实我是博物馆的工作人员，三天前，陈先生是否曾致电前往澳门酒文化及品味馆呢？"

"是，但酒文馆又跟你们有什么关系？"

"我们酒文化馆是民事署辖下的一个机构。"

"噢，不是文化局嘛，算吧，管你是什么，你是酒文馆的人吗？"

"是酒文化及品味馆，陈生。"

"咪一样啰，现在的年轻人就是这样计较，眼里就是容不下一颗小小的沙子，将来就知道什么叫吃亏，我也懒得教'精'你。总之我家里有一些珍藏的酒具，我想看看酒文馆需不需要……说实在的话，你们会不会做个盛大的捐赠仪式，到时崔世安会不会来……"

"陈生，当然我们会先研究捐赠品是否合适，然后再做出详细的评估报告，当然我们对陈先生的义举会表示由衷的感谢，至于具体的捐赠的安排情况将要视乎……"

"乜生？"

"小姓钱。"

"小钱，那就你的不对了，难道政府就这样将人区分吗？我捐昂贵一些就待遇好些？捐得便宜些就可以敷衍一些？"这位陈生气着说。

"我不是这个意思，只是从规章上……"我想为此而做出辩解，但看来陈生依然不让我好过："就是你们现在搅的所谓规章，冷冰冰的文字令到我们小市民窒息，以前我把东西捐给巴路士，他话都不多说一句，还亲自为我写感谢信呢！现在回归了，我们中国人的天下了，你们就摆起老四套官架子吗？一日到底，以人为本、以人为本地喊，你做了多少天人，你知道什么是人本吗？'一二·三'（指1966年澳门发生的'一二·三'

事件）你有经历过吗？没有我们，你哪有今天的安稳……”轰炸、轰炸，再轰炸，像二次大战伦敦那七十六个昼夜，没有止息，在硝烟弥漫中令我明白到什么是没有客观对错，只有主观感觉好坏的问题，正常的时候我总以为这是紧密的对应关系，如同数学公式那样环环相扣，亦步亦趋，但渐渐我了解到，不外是宣泄罢了，不跟什么相干。

“说话，哑了吧……”他没好气地说。

我依然表示了充分的镇静，语气平和地说：“陈先生，我明白阁下的感受，但这是我们程序第八条第十四款的常规规定，我们只是小小的前线公务人员，无法对守则进行更改；或许陈先生还对此感到不满的话，可以向我们相关部门反映，阁下可以选择邮寄、电邮、致电或亲临我们总部反映不满。我们开放时间是由早上9时至下午5时45分，地址是高特围第八十二号地下，电话是33664250，能为你服务是我们的荣幸。”

“你……你……”他为之语塞。

一串连珠炮弹似的发射，对我来说实在没有什么杀伤力，正因那年前线培训导师所点化：“他不是说你，你紧张什么？”是的，人有时就是这样，会将毫不相干的东西与责任拼命地往自己身上拉，其实那是“企鹅与穿山甲觅食——不相干”；但又有多少人能从那个框框里走出来，或者费力一点，挣脱出来也好，我想当政者准会是合格，不！铁定是优秀的一群，毕竟厚脸皮就是这样一层层炼成的，到了第十八层它可要比钢铁还厉害多了，可以随着环境气候风向人物而千变万化。当然我的境界没有这么高，只能踏入其思考领域罢了，否则我就是那在冷气办公室内一天上十一个小时网的领导了，看，多好，上网也要加班加点了。虽然如此，但这思考模式也足以令我受用无穷了，起码我知道斗嘴的胜利指标，不是要说服别人，也不是站在不同的立场上阐述什么惊为天人、与众不同的想法，而是最简单又最直接的令别人无法再添嘴，我会美其名为“KO”我想我现在做到了，最终我发出胜利的一句总结：

“先生，请问你还需要我前往府上做捐赠品记录报告吗？”

“好吧，你来吧。”此刻的他像泄了气的皮球，而我在心里亦偷笑了起来。当然事后跟朋友A谈起，他便调侃地说，“你不怕他真的去投诉你，或者不让你收他的物品吗？”首先第一点，数据告诉我，长者投诉的几率不大，虽然要比六合彩高一些，但事实是不足总投诉的2%，而且几乎全是我们主动去询问他们才投诉的，他们大多都怕麻烦，即使是有心投诉也不全是为了投诉，更多的是为了找个人宣泄打发一下时间罢了。至于第二点是收不收物品嘛……哈哈哈，关我屁事，收是我收吗？还是收了我会多份双粮？朋友A拍了拍脑门，也抱拳笑了起来。当然后来发现我所谓的两点根本就不能成立，这又是始料不及的。

此刻，我循例似的向陈先生问了问：“府上的位置是否在清平直街第22……”

“什么东东的，不要念了，是的，房子不会跑掉的，来吧！”

在迂回的小巷中走着，就几百来尺，像一道逆向的时光隧道，只有零落的几家老牌旧物店像守株待兔的，没有看见别人光顾。这里看不见天也看不着云，只看到阳光透过横竹晾晒衣服的微弱影子，没有尾巴，我的老天在这里给予的阳光可以说是非常吝啬的，四周更溢着一种难以形容的不流通的霉气——腐臭垃圾、水洼和墙上一张盖过一张的标语单张成了小巷的最大的特征。走着走着与此同时我们已到达了一幢不起眼的小楼，为什么是小楼？而不是大厦？因为眼前这幢建筑物实在不能给人一种现代的感觉，从墙体崩裂出的蕨类植物，年代不详的废弃鸟巢，楼，甚至是古楼也当之无愧。

走进楼门，看到的是一大堆锈迹斑驳的破招幌，“包公上身”“理发续发”“包装接运”，形形式式什么劳什子也有。好不容易才踏上粗石制的台阶，转了三圈数十级后正前方出现的就是一条走廊，不很宽，就只能容纳两个人并排站着，移近再看两侧墙壁的孔雀绿漆色已经脱落。除了一个小小的晒台外，走廊两侧都是住家。数了数，大概就是三四来户人家。每家的大门也是暗黄色的，除了我那“目标”是墨绿色之外。当然大家会奇怪这刻的我应该实在没有太多精神注视四周吧！这是对的，我的确很匆忙，但现实是我现在却是无法匆忙起来。

我想是二十分钟吧；不，应该是十五分钟；也没有，是十三分钟又四分之三秒，有什么证据？没有，总之我的感觉就是这样告诉我的脑袋。正确地说这还不应是感觉呢，是感应才对呢，是在视觉、听觉、味觉、嗅觉和触觉以上的第七感呢（好似有点像那动画《圣斗士星矢》）。总之在按门铃的同时，我无意识地开始眯着眼，应该这样说，不是实质的眼皮垂下，而是正常的工作意识开始减弱，我仿佛感受到，这冷冰冰的铁门背后其实是有人走动的，我的灵魂感受到那股气，很玄吧！我自己也这样认为，吱呀的木门缓缓打开，又一次证实了我这种有点虚无缥缈的感觉。

“你好，我是民事署的员工，姓钱，想找陈先生，请问他在吗？”并出示了我的证件。

她疑惑地打量了我，没有回应。于是我把话又说了一遍，当她依然在瞳孔里透射出迷惘，我便知道问题的所在，于是我用英语把话完整地翻译了一遍，因为在我眼前的大概是一个菲佣。我很聪明，我时常也这样地认定我自己。她终于在请我内进的同时也开口了，我正为我的聪明才智鼓掌的同时，她却字正腔圆地用国语回应着："老爷他出去了，他有交代我让你进来等他。"我点了点头，随即又轻摇了头，"唉，是说国语吗？那就不是菲佣了。"我自个儿喃喃自语。的确若论外貌来说，她的确没有菲律宾那种卷发、黑皮肤和干巴脸的特质，反而柔细的白皮肤，有弧度的倒三角脸型及小巧的身段，更像日本的某位明星，也许没那么美，也许是年龄大了一些，但味道确实很像。然后不期然拍拍脑瓜，记起，应该是越南的了，近年菲律宾籍的佣工不是多去了赌场做执房或清洁吗？（越南佣工就较少去了，因不会说英语。）我那些有了小孩的朋友，不就是时常抱怨即使有菲佣也就是"三不做"。"三不做？"我还笑着说："不是从前的山贼才有什么三不做吗？"我朋友气着说："就是过夜不做、照顾婴儿不做、辛苦不做。"我立时竖起拇指："好一个三不做，给个皇帝做好吗？"我朋友摇摇头，哀叹着气，一副黄肿脚不消提的样子："现在都要向其他地方发展了，如印度尼西亚、越南等，尤其越南人会说普通话，沟通起来还是比印度尼西亚人容易的。"佣工奇缺，澳门一般大众已难在现有的菲佣中找到合适的，惟有退而求其次，加上越南每年春节回家都只是坐车的，数百元即可，无需坐飞机，晚上六时由河内出车，早上八时就已能到达拱北，方便非常。我对自己这简单的社会常识错判颇感不满。

我继续随着她往内走，就是正厅，左边是一间卧房、右边是另一间书房与之相对，将正厅夹陷在中央；正厅前方是一个窄狭骑楼，形成一个凹字形，这就是房子的全部，一眼看完。此外，这天天气颇好，但房子却甚为幽暗，一点灯光也没有，加上木制的百叶窗，在风里开开合合，砰嘭、砰嘭、砰嘭，一下下地叫人听着心凉，所以这里除诡异之外还是只剩下诡异。屋里的布置陈设十分简单，窗帘和墙纸无不显示着这所房子的过时，再加上老家具发出的湿霉气味，以及窗外时不时传来老狗嚎叫哭号，其好感度可谓十分有限，若然以艺术及舒适的标准来说，这屋子实在是有点太寒酸了。但寒酸归寒酸，这并不代表什么，因为经验告诉我，反而是这样的屋子才会藏了宝物，且比率颇高。正如那靠墙的桌子连我这外行人一眼就能看出这是上好楠木所做，木质虽然损坏剥落，但主人仍尽力修补，甚至还可隐隐看出原木的特殊纹路；环顾四周或许那铺地毡子就是波斯的纯手工织品，那墙角小罐就是纳巴特鼎盛时期的特色器具，那孤零的花鸟图就是齐白石《可惜无声》珍品；还有那幅几乎和真人高的刺绣，其绵密和色泽配搭的鲜明亦可算是湘绣的上品。总之这里一切一切都有可能是件稀世异宝，只差眼利识货之人罢了。她示意我在那藤椅上坐下，低矮的藤桌椅组合迫使我必须屈膝踞坐，这给了我不太自在的感觉，当然不自在的还不单单只是布置，以及环境的问题，最有趣的还应数我眼前的这位佣人。

“钱先生，喝茶。”她拿了茶壶准备为我奉茶，我马上说：“不用了，有开水吗？”

“没有。”

“温水，有吗？”

“没有。”

“矿泉水？”

“没有。”

“噢……算了。”我差点就想问：“有水喉水没有？”幸好话还没有吐出来，但我却调皮地提了另一个问题，“没有水，茶如何冲泡呢？”

原来我还以为她会响应“早前泡定的”“刚巧没有水了”之类托词，谁知她却说：“春节时剩下的……”丝毫没有情感的表现，果然是最具生活戏剧性的。

我不由得从心底发了出来“そうなんだ”（原来如此之意）。

“什么？”她不太明白我在说什么，故干瞪大了眼。

“没有什么。”我吐了吐舌，庆幸没有去试喝呢！否则不拉肚子才怪。

“先生，还有其他需要吗？”

“没有。”我斩钉截铁地回应，因为我不相信一个没有水喝的家到底还能提供出些什么？

“那我要做我自己的事了，老爷说也不太需要招呼你的。”她同时把茶壶收起来，径自往骑楼走去，对，我没有写错，是骑楼不是厨房，天底下的怪事果然不少。骑楼中水龙头的水在猛喷，嘈杂的洗擦声显然是在“招呼”着这趟过时的茶，但过分的洗擦却令我怀疑她要把这茶壶从世界里永远擦除一样。

若然你们对此而感到些许笑意的话，那么接下来发生的你将会更加啼笑皆非，一如所料如斯用力地洗擦，水柱怎可能不射在她的身上？所以当她从骑楼走回来，她的衣角明显地湿了一大片，加上外衣是鲜黄色缘故，说实在这不由得令我联想到孩子刚从浴缸拿出来的D. D. DUCK玩具。若然普通人大概会对此感到不好意思，报个尴尬的笑容，更甚者大概还会觉得有些无地自容吧，但她却不知是不拘小节，还是天性豪迈，她索性就在客人（我想我还是吧）面前脱掉湿湿的外衣，并就在我对面坐了下来。

这是一个多么奇怪的景象，这是谈判吗？实在太像那经典的《十二怒汉》场景，我完全感受到那无形的张力，终于我深深地吸了口气，站了起来，道：“陈先生若然有要事未能回来，或许改天我再跟他约时间好了，告……”在“辞”字未吐出来，我便想动身走了。但同时她却摇了摇手：“钱先生请坐，老爷吩咐过，他要上街办点事，叫你在这里等他一会儿，不得有误。”最后这四个字在此时此刻显得不伦不类之至，那一瞬间我的身子就僵直在那里，可是深想一层对方只是个佣人，谁会跟她多做计较，我摊了摊手接着就缓缓坐了下来。

虽然我肯定自身没有患上港男式的沟通障碍症，但此刻我仍然尽可能避开她的目光，这是自然躯体运用最适当的方式来应对一样，因为她的神情实在暧昧和古怪，尤其眼光实在太诡异了，这是一种看守的眼神吧！不，更像是丹麦作家艾沙克·丹妮荪《芭贝特的盛宴》里俩姐妹看着腌鱼干的讨厌神情（若然我对了腌鱼干数十年，何止讨厌，疯了还差不多），使人不期然联想到“到时你就知味道”之意。直至那个……那个……对，就是手提电话，大概我也是呆了，她缓缓地拿起近似疯叫的电话，我立时呼了口大气。起初对话很小声，她还不时用手遮掩着，实际声响绝不比一只蚊子来得大；后来我发现这是一个多此一举的动静，因为说实在的，即使她再大声，甚至比飞机还大也好，我根本一句也听不到：因为我实在无法听懂她在说什么。我只知道这应是一种非河内式的越南方言，其实越南方言主要就是北部方言、北中部方言、南部及南中部方言几种，以北部河内方言为标准语。其余两种方言有部分语音的变异，但语法结构相同，词汇差异不大，可以互通。你们觉得很厉害吧！毕竟从前我也学过此道数月，还拿了张红级证书，何谓红级？即初到不能再初的级数，大概有人家幼儿园的程度。当然葡语、西班牙语我也学过这些所谓的红级。由此可见，“初级”称呼市场不大呢，时代都喜欢由包装入手，如负增长、量化宽松不就是自欺欺人吗？当然自欺欺人也好，自我提升也好，总之拿到这些“级”还是有相当的甜头的，如从前当我见现在这份工作时，主管们就吃了一大惊，你会说葡语、西班牙语、法语及越南语？我一派悠然“olá ”“Gracias”“Où sont les toilettes”“dã dinh”、什么“您好”、“谢谢”，胡说一通，其他也跟着就过关了。但后来我才知道原来法语“Où sont les toilettes”是“厕所在哪里”的意思，相信是我错背了句子。虽然明显地是混的了，但跟大多数莘莘学子的心态一样——混就混呗！吹咩。过程是不重要的，最重要是结果，知识不过是走向结果的跳板罢了，正如《愣严经》上说：人以手指月示人，彼人因指当应看月。若复观指以为月体，此人岂惟亡失月轮，亦亡其指。所以我也渐渐领会出我的一派禅，就是用完知识后好应原原本本地还回老师，唔……所以我的越南语也跟老师一样，带回越南去了。

正当我脑里闪过什么越南语不越南语的时候，我整个人惊醒了，这一惊可谓非同小可，全身汗毛都直在颤抖，全因她怒吼了一声，在这个狭小的大厅中，听来就活像一个闷雷。

但见她现在不停地向电话吼叫，又不停地摇着电话，好像摇一摇就会再能通回的样子似的，当然我不明白她在叫什么，但白痴也知道她现在急坏了。说时迟那时快，她抛下电话，飞扑到我的身旁，想不到她的力气挺大，不，用蛮力来形容才对。若然我使出一招乾坤大挪移，反守为攻，一定能令她跌个大踉跄，可惜的是，我不会；那叶问的咏春拳半甩脱黐手？不会；佛山无影脚也好，sorry，不会；总之在格仔制服下瘦弱的骨架依然只能散发瘦弱的气息。所以简单一句，就是我被一个女人制住了，她现在的掌心很冷，碰上我的臂，那冷便仿似从她手掌中的生命线不绝地传来，寒彻心肺。

“你……你……”她气急败坏似的。

“我……我……”无辜的低鸣哀号。

这种对峙维持了多久我不知道，但我绝地的一声大喝现在看来却有点奏效了："你到底要干什么？"

看来我还有练狮吼功的潜质呢，那一声大喝令她怔了半晌，五指也一根根地慢慢松开了，最后更咕哝了一句："你可以……借……"

"什么？你再说一遍。"我自顾着整理被弄皱的制服。

"你可以……"这次声音变得更低了。

"小姐，我不知道你说什么？"我没好气地说。

这次好了，她的头也更低垂了，以致我再不能看见她的脸。

"小姐，不好意思，我有事要先回公司了，陈先生回来麻烦转告。"

当我正想从她身旁侧过的同时，她却拉住了我的衣袖。我立时生气了说："小姐，你再这样我可要报司警了。"

"你——可——以—— 借——我——四十万吗？"她一字一顿地说着。

我的朋友一般都会承认我是能经得起被吓的，因为他们曾见我一个人去闹鬼的公寓住上几晚，也见过想拿小蛇吓我的人反被我踏扁了蛇而吓昏，总之谁也不反对，我瘦弱但胆大，甚至我有些时候也怀疑我婴儿时期吸收的养分全流向胆了，但现在我却吓得被那唾液咽着"咳咳咳……四十万"。我不能不说今天真的是最奇怪的一天，一次平凡的工作，居然会碰着这种奇特的事，若然"奇"都能够分级的话，我想这已是一个平凡人所能承受的极限。素昧平生的人，居然一开口就问要四十万，即使是我那些"老死"想问我借我都要经过最彻底的考虑，若然要在这份考虑上加一个期限，我希望是一万年。

虽然在她一片红一片白的脸色底下，我应该能排除她在演戏的可能，除非她已能掌握戏剧大师史坦尼斯拉夫斯基，由外到内到外的呈现方法，否则作为化外之地的佣人也未免太好戏了。当然这时好戏与不好戏本身并非重点，而是我没有办法为眼前这种情况提供什么好解释及反应，以致我只是呆在这里。

以后，我和朋友A再说起这件事，他们说一个女人向陌生男人借钱有几种可能：“一个可能，她等钱用；第二个可能，当天是愚人节，这只是一个不够幽默感的玩笑；第三个可能，她对这个男人有好感想借以引起注意，也是有的。”后来我“哈哈”干笑了两下，对他最后的嘲讽，我只能以笑鄙视。

总之，现在我脑袋很乱，站在那里在想这到底是怎么一回事？忽然心里一寒，暗自盘算，这是否由始至终都是一个天仙局，并没有什么陈先生，他们是一伙的，若然我现在不乖乖就范给钱，她会否告我非礼甚至强奸？然后我被人辞退，不，甚至是锒铛入狱。

谁知当我陷入一片恐慌之际，她却主动地说：“还是算了吧！对不起。”

“算了吧！”吐出这一句有着多么轻松的感觉，现在我的心情就像当年佛陀放下一切时一样。我长长地舒了口气，反倒向她好言相问：“小姐，你是不是遇到什么事吧！我有什么可以帮你？”人就是这样子地奇怪，上一刻怕得要死，这一刻却乐观得要命，甚至充着要当乐善者。

“钱先生，你现在可以借我三十五元吗？”她的声音有点哑了，语气中充满着委屈的味道，而神情更是爽然若失，我立时从荷包里掏出钱来塞在她的手上。她见我如此爽快，倒也不急着说些什么，只是不出声等着我的训示。其实我倒没有什么训斥的企图，只是有点好奇，“三十五元要来干什么？”于是我冲口而出，道：“那三十五元对你有帮助吗？”

“有，有的，对我帮助太大了。”她激动地说着。

“是吗？”我的疑惑更大了，我不知道以现今澳门的物质三十五元可以做些什么，坐十次巴士吗？还是买六个包？抑或食一次饭？但这些能令人差点哭出来借钱吗？

她大概看穿了我的疑惑，于是接着说：“我是用来买电话卡。”

“哦！”我想大概是有急事要找人吧！刚刚她情绪激动就是因为电话卡的储值用完了，这样整件事就说得过去了。但深想一层，不对，电话卡面值不是只有一百、七十吗？最便宜的也要五十元，尤其是打长途一般就这几种，这不由得又令我想起内地流行的骗财手法，骗子们会扮成冒牌遇难者，骗取过路人同情。他们的手法一般是在地上摆放一张纸（有些就在地上写），上写着“一个穷苦女生求回家路费”，利用人们的恻隐之心，骗取同情。这手法成功之处是骗徒一般只要求五元或七元，所需不高，人们又可以用“小本”来发扬自己善心，即使被揭穿，试问你会为这区区五元、七元大起问罪之师吗？还是有兴趣为这周旋于法院或差馆之间？但大家勿以为这骗不了多少财，所谓山大自有柴，据知情人讲述，好的时候，如春运期间，一个上午就能赚到五六百，即使差一些的时候，六七十元还是没有问题的。一想到这，我总觉得我是一尾鲜活的水鱼，任人宰割。我悔恨自己掏腰包的快速，我应该把话问清楚再给的，但所谓财到光棍手，拿是拿不回了的；但在不甘心的心理促使底下，我还是想拆穿其西洋镜，于是我把话冲口而出：“有三十五元的电话卡吗？”

当然事后我也怪自己太冲动了，其实人家不能口袋有十五元的吗？欠三十五元不行？甚至是我拿钱上街买二手卡打长途不成？或许这就是我，不，是整个澳门人的偏见吧！城市的急促发展令我们在不知不觉中也跟着异化了，简单的事情会开始

“想”得复杂，从现实的角度去看，佣工大军已占领了新马路、三盏灯、司打口、佑汉……无论新区旧区大区小区都面临着这一片片陌生人海的践踏，任谁都会打了个突，这与当年开门见三叔、陈伯、B仔的街坊街里性质完全不同了。加上都怪我们身边实在有太多太多的坏例子，不少佣人平常都会顺手牵羊地偷点厕纸、毛巾之类，或者买菜打点“小斧头”，这也罢了，我们还会安慰自己这是为了讨生活，但不幸的是更多的会以金钱、金饰、手机等昂贵品为下手目标。都怪我们澳门的法例太优秀了，太以“外”人为本了，若然被偷了东西去报案，能举证的话，可以不向佣工赔钱，但却要出路费让其返回原居地，既不用坐牢，也不用受罚，这么优质的条件，我也想干呢。既然法律无法保障雇主，也难怪雇主要每天打醒十二分精神，久而久之，小心眼就形成了，人也失却了原有的相互信任。

果然，她接着说：“钱先生，卡在乡里处买要便宜一些，就在佑……我想想，总之是那街市附近的生果街，我忘记它叫什么名字。”

“哦，是佑汉街市。”

“对对，就是那里，我公司的宿舍就在那里附近，我有很多同乡在那儿。”

这不期然令我想到香港那些经典的雇佣广告“佢都系我同乡啫”，只是差点没笑出来：“是吧，但你不是需要马上去打电话吗？”

“但……但是我现在不能离去。”她面有难色道。

我马上明白她的意思，大概是我单独在这里不方便，于是我笑着说：“你老爷回来，你就跟他说，我公司有急事，离开是我自己的意思，我把我的手提电话号码留下来，有什么事我自会向他解释的。”最后我挥了挥手示意，“快去吧，我们现在一道走好了。”

她听了我的话竟动也不动，看来除了这事，大概还有一些原因令其犹豫。

“那些钱……”我马上接口：“我又不是只来一次，下次再算吧！”

“但老爷，那可不可以……”

“我不是一个喜欢谈是非的人，今天的事，全天下只有四个知道。”我拍着胸口保证。

“四个?!”她差点没急死。

看到如斯情景，刚刚那些事已被抛到九天之外，我理直气壮地说道：“天知、地知、你知、我知。”

她用力地握着我的手，以致我痛着叫：“你还来吗?”她不好意思地松开了手，流露出感激的眼神，与之前刚进屋时的态度实有天渊之别呢！

这是我和她第一次的见面，但我总觉得不会是最后一次，当时就是有着这样强烈的感觉，当然按照题目来说这一次平凡的工作，应该就是在没有工作的情况下结束了，所以才会这样的平凡，是的，平凡多好。

## 继续平凡的工作

接到电话已是三周以后的事，说实在的若非那通电话再次出现，那次我姑且可以称为“奇遇”的事早已随风飞到外太空，平凡的工作，以及平凡的一切依然在指导着我的生活，我老婆依然看韩剧看到直擦眼泪：“金哲贤就是孤儿，父亲在他出世前已失踪，母亲在他十岁时也去世了。”擦完泪又说，“以后他无家可归被教会开办的孤儿院收养，哲贤他没有放弃自己，发奋用功，尽管旁边的人和社会都将他看低，但他依然努力去获取别人的认同，即使后来事业有成，但为了寻找生父，每月也写百多封信向人查询下落呢。”停顿一下又说，“一百多封呢，多有毅力啊！”

“是是是……”我边翻着杂志边随口敷衍地应道。

“你有没有用心听的？”老婆放下择菜的塑料筐子气着在向我发难。

俗语说得好，煮着菜的女人是不能得罪的——因为她们都有着刀。所以我马上堆满笑容，像个老鸨遇上贵客似的：“老婆大人，当然有听啦，哲贤后来终于找到他的父亲，两父子温情相认加和好，后来他还放弃事业上的成功，返回教会的孤儿院工作以阻止大公司的收购土地，是吗？哲贤好生人羡慕。”

“嗯！”她才稍微收了怒气继续切菜。记得有一次我答不上来，她便好戏上演了，什么哭喊、吵架、砸东西，甚至有时我会怀疑那台健身单车也要丢到自己身上……总之好像广告商所言—— 一切超乎你想象。

当然这时口中念念有词的“羡慕”，其实在我心内什么也不是，绝不会比狗屎来得强。在青春期，我绝对也就是个呆子，而且还是那种与成绩无缘的呆子，测验考试都是干得一塌糊涂，母亲还多次哭到声音嘶哑地跟我说：“你要用功读书，考入大学，然后做律师或医生，光宗耀祖。”她有时还会像狼对待绵羊一样厉着恐吓我：“你是我们家的独子，三代就只有你一个，现在你是我惟一的希望，若你再令我失望，我跟你去死掉好了。”这种挟死亡来威吓人，对一个脆弱的涉世未深的中学生来说还是颇为奏效，于是我在留级多年后，终于也顺其心意考上那些不入流的内地野鸡大学。只是没有了医生，没有律师，而且还是所谓废中之废的中文系，百无一用书生兮，除了蜀犬吠日式写几首蹩脚小诗之类还于社会何益？或许知道桐油瓶内里盛的始终就是桐油的料子，母亲因此也只好接受了，还时常写信来，但我拆都没拆就撕了，因为内容总之什么努力出人头地之类，烦也烦死人了。所以每当我看到那些自以为是的韩剧，总是有一种想吐的感觉。

“若然真的羡慕，为什么不学一下人家？”老婆又要唠叨了。

我随手放下杂志，没好气地问：“学人家什么？老婆大人！”

“当然学人家发奋啦，努力学习也行、积极人生也行，想赚钱就要向上爬，想追寻理想就要努力去冲去干，哪有你这样又没有理想，又不积极向上，半天吊似的半死不活……”我老婆天生就是一副好口才的料子，为人又极尽刁钻，若然她认真起来我绝对相信会把人羞辱到死也有可能，若然早出世百年，什么陈梦吉、宋世杰之流通通都要靠边站。

这时我语重心长地说了个小故事：“从前有个渔夫在湖边钓鱼，未到日落就回家了……一日遇到一个商人，商人就跟渔夫讲，渔夫渔夫现在都未日落，你大可以钓多些鱼啦……渔夫疑惑地问：我钓多些，可以用来做什么呢？商人答可以卖到钱。那我卖到钱又可以做什么？那就可以请更多人帮你钓鱼，钓更多鱼啰！那我钓那么多的鱼又为了什么？可以开间公司、上市、赚更多钱令生活改善。那改善了又如何呢？商人就说：那就可以随心所欲地做你自己中意做的事。渔夫最后笑着说我现在就在做了……”

“老婆大人，你明白渔夫的意思吗？”

“明白，明白，但你又明白渔夫回到家里，渔夫老婆会跟这可爱的老公说什么吗？”老婆异常温柔的独白着实令人有种不寒而栗的感觉。

“但……平平稳稳，活到九十九，不就好吗？全澳门人都这样想吧！”最后我反而疯疯地笑着说，“但愿生儿愚且鲁，但愿生儿愚且鲁……”

“愚鲁你倒全做到了，可惜你又不学学人家做到公卿？无趣、无用、无钱，三无，光是平稳有个屁用。”

这刻我沉默了，因为由始至终我总觉得自己像只无主小舟，飘飘荡荡，找不着方向，我没有像女人般的多愁善感，亦没有像男人般的雄心壮志，只求平稳，在大风雨的社会上一个努力挣扎令小舟不至于翻沉的小人物，谁叫现今社会小人物也不易做啊。

“嘟嘟……请勿靠近车门……嘟嘟……”

“你看，人衰电话铃声都衰过人，早叫你换啦！”

“OK，OK明天一定换，一定。”当然男人讲的话就是信则有，不信则无的，在和稀泥方面一直都是我的强项，“我先听听电话。”

“喂，陈处……是的，好好，我马上回来，我知道了。”我点头哈腰地应和着。

“你这份是政府工来的吗？现在不是已经下班了吗？”

“唉，正常是三十六（小时）每周，但特别情况，可以延至四十四（小时），大人，这可是‘苦’工啦，哎也也，督督碌督撑……”我唱着大戏，最后抱拳、垂头，大呼“明察”。

“你份人就只是大条神经，要不要留菜给你？”

“当然留，老婆煲粥，几夜都要食，如果不是何来食过夜粥。”我扮着李小龙经典的腾跳动作。

“还玩，去去去，快去快回。”她用手在推赶着我。

“我走了。”我拿着钥匙、钱包及外套，飞快去溜出了门，像只欢快的小鸟似的，这电话真的是宋江托世呢（及时雨）！

澳门就有这个好处，地小，十五分钟后，我人已经出现在我老板的面前，现在我正接受着他的训示。

“小钱，你三周前是不是接了一个order，编号三二四的。”他边做文件头也不抬地问着我。

“是的，处长。”

“嗯，报告一下基本情况。”他继续埋首工作。

“是这样的，编号三二四工作流程是三周前，即十八号那天下午三时一刻到我这里来的，我按照主管的批示与文件中记录的事主陈先生联系，工作职务为收集拟捐赠品的基本资料。当天四时五分我第一次联系上当事人，当事人陈生表示对渠务有投诉，我已将情况转介渠务处的Terrance黄，及后情况亦由该处同事继续跟进。到四时二十八分，我到达陈先生所居住的单位位置准备开展工作，但据其佣人表示，陈先生已经离开，于是我进入户主屋内等候，大约十五分钟后离去，五时十分左右回到办公室，并已向职务主管说明上述情况。”

“为什么要中途离去？”他从眼镜圈射出尖锐的眼神，两边上翘的嘴角不笑也给人有冷笑的感觉。

终于要入正题了，当然面对这种情况我还是有充分的心理准备的：“因为第一佣人没有表示陈先生具体回来的时间，所以很难预算等候时间；第二我已等了十五分钟，屋内只剩下一个单身女子，再等，看来不是太合适。但当时我曾尝试致电陈先生，但陈先生手提电话并没有开启。”

“嗯……嗯……”老板不绝地点着头，我以为我的回答已可算是天衣无缝了。谁知道高一尺，魔定必也高一丈，往后他突然冷冷地爆出了一句：“你当时要离开，有没有向相关的职务主管说明情况？”

“这……这……”我为之语塞。

接着他又不急不缓地道：“作为特区的公务人员，根据义务守则，在工作期间发生的不正常事情，有责任及义务要尽快通报予上级知悉，并需遵照其上级的指示解决相关问题，小钱你记得有这一条吗？”

“记得记得。”

老板之所以被称为老板，实在绝非浪得虚名，其功力能不能反映在实际有益的工作上我不大知道，但有一点我可以肯定的是，其指责别人错处的能力绝对是高人一等，所以我实在无法做出任何的反驳，当然偶有一些不识趣的家伙会问：“何谓工作期间发生的不正常事情？如何去界定？”问这些问题的白痴现在不是守在路环、就是去挖坑渠了。

“你后来还有没有再联系事主？”

“有，我几乎每两三天就致电一次，但不是无法接通，就是没有开启，现在电话内还储有前天的致电记录呢！陈处，你看……”我飞快地按着电话上的键号查找。

他推开了手提电话：“不用了，下次做事要注意一点。”

我马上弯下腰赔过不是，并郑重承诺同样的事情下次不会再次发生。

最后老板还语重心长地说：“小钱，不是我想烦你们，亦不是想鸡蛋里挑骨头，只是现在市民大众公共意识高了，对自己的权利了解多了，你今天大概没有听到澳门广场吧，事主在电台内投诉我们服务态度不佳。你知道你一个人的错误会影响到整个署多年建立的亲民形象吗？”

我打了个突，想不到事情真的会搅大了。“对不起，陈处，我下次做事会再小心谨慎一些。”

“嗯，回去认真做一个报告给我。”接着摇了摇手示意我离开。但随即又唤了句“等等”。

我立时站定听候吩咐。

“记得跟人家道歉，而且凡事要多忍耐，以大局为重，不要再开罪人家了，否则下次谁也保不了你。”

在一片“stick（是的）”声中，我从老板房退了出来，“真是狗娘……”不能讲，在心里边也不能想，于是口中念着《莫生气》：“人生就像一场戏，因为有缘才相聚……为了小事发脾气，回头想想又何必；别人生气我不气，气出病来无人替……”我不能不再一次告诫自己需要和颜悦色、心平气和待人，谁叫我只是一个小小的公仆，所谓仆人大抵就要挨上这点苦，只是那个陈生也真的狠，我也不得不承认我确实是在阴沟里翻了船。

有时说邪你不能不信，前些天死命都无法接通的电话，今天竟然能轻易接通，电话那头已传来陈老头，不，是陈先生的声音，我会注意我个人的心理操守的。

“喂——”

“你好，我是早前联系过你的民事署职员，我姓钱……”

“就是你这个小子，今天有空打电话来了吗？”语气像一只雄赳赳的公鸡。

我原本可以为此回应千万字，甚至可能这会成为一篇传诵千古的骂文，与欧阳修的《与高司谏书》或陈琳的《为袁绍檄豫州》相齐名，但我腹内可撑船，这千古之文我自个儿吞回腹内品尝好了。

“陈先生，你今天下午四时有空吗？”我低声下气地说着。

“有，但你不会好像上次那样溜走吧？”这老头讽刺人的功夫确实到家。

英雄亦有低头时：“当然不会了，上次是我处理不当，我会好好地做自我检讨的。”

“嗯。”停顿一会儿他又接着说，“该不是受了投诉，有压力了，才晦气来找我吧！”

我咽下口大气，然后深呼吸：“怎么会呢！我们可是诚心诚意地为市民服务。”

“哼，那尽管下午来吧！来之前记得打电话约好时间，不要一时又失鸡无神地早到，一时又消失得无影无踪。”

“一定一定。”尘世间卑躬屈膝之事大抵如此。

……

“陈生，你好！”我尽量令我自己的声线充满磁性与温柔。

“你就是那个工作人员。”他尽往我身上仔细打量。

不自在的感觉油然而生，但我还是正视他以表示尊重：“我是，我就是电话跟你联系过的小钱，我来了。”

“工作证呢？”

我出示了我挂在脖子上的证件：“这是我的工作证。”

“拿过来！”

“这……”虽然我也有过零点一秒的犹豫，但最后还是把工作证除了下来，交给眼前这位陈老爷。他从铁闸空隙把证快速地拿了过去，木门也随即“嘭”的一声关了起来，以致我有充分理由怀疑他是要把我的证件剪碎或冲进马桶之中。我尽量克制着自己混乱的思绪，但当三十秒、一分钟、两分钟过去了，门内依然毫无动静之时，我便按捺不住揿门铃，无反应，便开始拍门，以至我最后三管齐下，一手拍门、一手按铃、口中急唤着“陈生、陈生”，除了脚未能用上之外，一切能用的都用上了，邻居们不少都探头张看，以为是高利贷来追数淋油了。但奇怪的是门后依然没有动静，仿似没有人在一样，于是我下意识地把耳朵贴在铁门之上一探究竟。

“你在这里干什么？”木门忽然打了开来，由于事出突然，加上张飞喝长似的一声大喊，所以吓得我整个人跳了起来。

我一边揉着鸣响的耳朵，一边恳求：“陈先生，你可以还我证件吗？”

“走开。”

“什么？陈先生，我……”

正当我想解释之时，他接着说：“你再不移开，我怎样开门，还是你觉得门会自动地穿过你的身体？”

我半信半疑地退了开来，但依然保持着十二分的警惕，幸好门随即咔嚓地开了来。

我迅速地蹿了进来，比老鼠还要来得灵敏，我生怕下一刻又有什么变化就不好了。甫一入内，我立即追问我的证件下落：“陈先生，我的证件现在可以还我了吗？”

“还你。”说时迟那时快，他已把证件抛到我身上来。接到证件的我如获至宝，以至我失态地反复察看，生怕不见了其中的一部分。

他看到我这副紧张至极的脸孔，反而冷冷地道：“现在骗徒行骗手法高明，警方都有呼吁啦，要注意他们是否身穿制服，要确定能出示有效的证件，证件上要附有查询电话，并在有需要时致电该机构查问。你没有看过警讯吗？”

老实说，我真的没有看过警讯这类烂节目，只知道它的收视真的很差，难得个位数收视都被我碰着捧场客，实在应该感到庆幸才是；或许我下班应该走去填注六合彩，中了的话就真是火烧旗杆——长炭（叹），到时谁又敢再给我脸色。

但在做梦之前还是保住眼前工作为妙，这是我第二次进到这所老“单位”，再次来到这里，我这一刻终于发现了这“单位”的奇怪之处，我现在身处的就是正厅，左边是一间卧房，右边是另一间书房之类的工作房与其相对，将正厅夹陷在中央；正厅前方是一个窄狭骑楼，形成一个凹字形。这就是房子的全部，看来没有什么问题。但值得注意的是这房子的“全部”，既然是强调“全部”，那厕所和厨房在哪儿呢？难不成它们都玩起躲猫猫来吧。回忆起来终于也被我想通了，难怪当时那佣人就要在那窄狭的骑楼里洗濯，原来是没有厨房呢！但没有厨房可能还说得过去，但所谓人有三急，尤其内急，应该如何解决？总不能就在那墙角挖个洞吧！就在这一刹那间，不禁感到一股前所未有的怪怪感觉，不对，原来这种感觉居然有些来源于本人的内急，说中即中。虽然刚刚才酷似过五关斩六将地走进来，原不想多生枝节，所以打算强自打忍；但一想等一下那工作可长呢，到时不是我这人力所能压制得住，于是我像小学生般地举起手来，提出了一个平凡但此刻却是最重要的问题：“陈先生，我想借问一下，厕所在哪儿？”

他此时转身轻柔地按着我的肩膀说：“年轻人，你知道打从人类出现在世界上就想找个舒适的场所来应付这需求吗？《圣经》上说‘到第七日，在造物主安息之前，神确定人要有个局部休憩的地方。神造了树木，亚当便立即藏身到枝叶掩蔽的圣所中去解手’，当然亚当很快就会发现这种天然厕所不太方便，尤其当地面太硬不好挖洞，或手边没有铁铲可用时会更加麻烦，当然最为恐怖的是一脚踩在自己几天前制造的成品之上。”

我好生好奇：“《圣经》上真的有这样记载吗？”

他拍了拍胸口：“当然，这是当年被删除了的秘本原文。”

我发疯了，我完全陷了抓狂的境地，若非我还保留了人性天生的一丁点良知，我还真的想把眼前这老头按倒在地，然后狠狠地踹上两脚，“陈先生，其实呢……”

“其实考古学家早就发现在四千年前的印度河流域，独立式有着抽水马桶的厕所在当时已非常流行，而且传闻这套污水处理系统还颇为复杂，可惜后来失传了，到了中世纪……”

天啊，现在才中世纪，什么时候才能到现在，我可不是来上历史课的，于是我决定狠下心肠，插一把口“陈生，你的故事很精彩……但我现在”，看来我真的不应该说出“精彩”这一个词，意想不到的是听到了这个关键词他更加眉飞色舞了，以至“但……”这部分完全被忽略过去。

“从前，当你一身光鲜地在街上走着，忽然有人会拿着便器往街倾倒，还有什么比这扫兴？是吧？”

“当然，当然。”现在那双脚已被我练瑜伽似的绕成8字。

“旧日澳门街木屋都无厕所可用，我还记得要用脸盆托住牙膏牙刷走去隔条街的公共厕所里梳洗，现在就好了，年轻的都不知道这些事了。”

“陈生，可不可以先不要说这些呢？我真的很……急。”我发觉我连声都开始变尖了。

“年轻人就是一丁点耐性都没有。换着从前我年轻时，听两弹一星座谈，忍一个上午也没有问题，人家不说完，我就是不去。你该不会是肾虚吧！”他向我上下打量，眼中尽是那种轻蔑。

我终于也光火了：“陈生，肾不肾虚我自己知，多谢你关心，你可以告诉我你的厕所在哪儿了吗？”

“我的家没有厕所。”

我听见差点就想昏过去了，虽然我知道这不是他能收藏起来的，于是我马上转身离开这里去找厕所，找公厕也好，去M记（麦当劳）也好，谁知有人会不识趣到这个地步：“喂，想借尿遁又好像上次那样中途溜走。”

我停了脚步：“陈生，放心，我五分钟内回来。”

“不怕急到漏尿吗？”

“不—— 怕 ——”我一字一顿地吼叫着，随即头也不回地往外走。

“这，你确定不需要我告诉你这里厕所的所在吧！”他又把我叫住。

“你不是告诉我这里没有厕所的吗？”

“我的家没有但不代表这幢房子没有，就在二楼转角那间小房内。”

“你……”“你……谢谢”至于省略了什么，有同理心者自能体会。

“等等。”

“又有什么事呢？”

“钥匙。”

“钥匙？”

“没有怎么开门呢！快去快回。”他把钥匙塞了过来。

我没有再说什么，头也不回地跑了出去。

若然说这里是一个厕所加澡间，谁也不会相信，尤其是在墙角由蜘蛛一代一代织下的天罗地网，躺在地下经年的发霉木板格，还有那盏由电线吊下摇曳的昏黄灯泡，再加上陈年的馥郁尿臊味，这种“色香味”令你不会相信这种史前遗物会在澳门，今天这个国际旅游大都会中有所保留，澳门果然如旅游局广告所言“就是与别不同”。由打下电掣的一瞬间，我就有强烈的感觉，这是一座古墓，好端端的人是不会住进来的。我闭着气把应该做的加快做完，然后一溜烟似的跑回原地。

看着我气喘如牛，那位玩透我的陈大老爷便笑着说：“怎样年轻人，别有一番风味吧！你们从事博物馆应该挺喜欢这些吧！”

我只好苦笑着：“当然，当然，还嫌它不够老呢！”

他随即大笑起来：“真的？你这个人真有意思，政府请着你总算没有白请，还算值个票价。”

我没好气似的回答：“是吗？陈生太抬举了。”

“其实我今年六十有多，但毕竟不比这房子老，或许将来这老房会比我撑得更久。过去总传有发展商会把整幢房子高价收回去另作发展，甚至又传政府会把这一带的古旧建筑物翻新活化成旅游景点。谁知等了又等，十几二十年就这样蹉跎过了去，现在好了，人老，想走也走不动啰。”

我不反对别人怀旧，我本身就是一个爱怀旧的人，尤其小时候在石街的那一段日子。这是一条小街，一端通往麻子街，另一端就是石墙街，我的房子，一个早已不存在的地方就位于此街的尾端，左侧是香香肉干及华达饼饵加工店、信兴山货店，右侧是荣记士多店及胡光照医馆。放学一到我回来巷子里的时候左邻右里便从他们各自的门窗唤着我，嘿，城仔你到哪去了？又去了白鸽巢玩吧！书都读得怎样？老师都教了什么？一时间，四面八方都是喊着我的声音，那时我还不好意思呢，先慢慢装作慢条斯理若无其事似的，然后渐渐加快，再快一些，最后都会飞跑过去，任由声响抛到老后。而印象最深的是士多店那个时常打瞌睡的三婆养在粗糙陶缸中的老乌龟，虽然三婆不怎么打理，以致缸内时常会散发一种奇怪的酸味，但放学后我总会偷偷地拿中午剩下的菜喂它们，当然我都会趁三婆摇着扇半睡半醒的时候取走一两粒吹波胶以作抵偿。还有下午四五时在银针围水井旁洗菜的阿姨们，虽然我不喜欢她们摸摸头摸摸脸像对小狗般说话，但她们给我的色素糖果和奶糕，真的很甜，现在是吃不回来了。有时过节，妈和附近的街坊会在街头弄上一桌，腐乳肉、川冬菜炒碎肉、三丝芽菜、炒笋尖、卤蛋及云耳肘子、腌豆腐、腊猪头肉及润肠，冷热荤菜也可摆上一桌，虽然那时大家都会做，也就是那个做法，口味更是近似，但在“你夹我往”的人气下却令菜肴变得比平常鲜味百倍。日子真的过得很穷很苦，轮米轮水轮奶粉，三个人更要迫在一间极小的板间西斜房，以致父母小声讨论家用预算及计划怎样在悭俭中撑到月底都一清二楚。而小衣柜就是我难得的个人空间，蜷缩在柔软的被枕中间，独自体会自在一个狭小黑暗的空间里那份既安全又有些惧怕的奇异感觉，实在好生过瘾。只是这房子夏天实在热得要命，冬天又冷得要死，名副其实的“冬冻夏热”，好些时候还要避着雨季水浸，真的觉得站到街上实要比在房子内守着好得多。但当我们环境好转由木屋要搬上楼时，一下子情感便过不去了，那处有我的十爪章鱼涂鸦，那里有我开挖的蚁窝长隧道及猛翻跟斗所遗下的凹痕，总之那里有我数不尽的金色童年回忆；还记得那时父母亲跟我说起要搬的事，我都会一脸的横蛮，还天真地表现出无论如何也要死在那里的意思。现在我想陈生虽然嘴里对这对那诸多抱怨，但当真的有人来收购的时候，我相信他还是会来蛮的，因为我的直觉告诉我，他就是那种“犟”人。

这时我也随口附和了一句：“虽然房子老是老了些，但面积挺大的吧！有一千五百尺建筑面积吧！”随即更用手比划，“而且现在一般楼层高度就大约二点七米至三米之间，我看这里足有三米八吧！”

“你们这些80后，时常就喜欢将普通的事复杂化，什么建筑面积、实用面积、公共面积、窗台面积，又楼高又楼低的，我们那年头看中就会买下来，这就是眼缘，多一尺，小一寸，算得了什么？换得过舒服吗？一万尺但不舒服的房子你要吗？”

当然我并不认同他所言是我们令事情复杂起来，明显就是美联、中原这些物业代理弄出来，糊弄消费者的问题，就仿似郎咸平所说的这是一个经济大骗局。当然若是从地区的层面来说，我们更加可以锁定是香港化令我们身处的澳门发生了变异，变得急促、变得锱铢必较、变得眼里容不得沙子，甚至是为了除去沙子连同眼珠子不要也在所不惜……这种异化的可恶我不想在工作时与一个陌生的老头子讨论，但我有一点还是想在此刻反驳的："陈先生，我不是80后，我是1979年出生的。"

他随即笑不合拢："那不就是一年。"

"一年就是分别。"我坚定地回应着。其实我也说不上一年具体会令人有着什么差异，但我依然坚信我们都经历过贫穷时期，能以自己的实际行动不断改善生活状况，属于务实及创造的群体，但80后就不同了，他们反叛、暴力、不讲理。为何有这样的说法，因为他们多数人在经济急速发展时代横空出世，环境相对，不，应该是非常优越，父母宠着他们、社会怕了他们、学校护着他们，但他们当中不少人却不求上进，怨天尤人。如房子问题，我现在虽然也是租房子的，但难道我会跑上街要求政府每人分一套房子，尤其时不时他们就要上街示威，搅搅行为艺术，不用上班的吗？而且四处投诉，美其名是改良社会，实际就声大大，不做事，最后连累我们这些基层公务员写报告，检讨自己。

所以我对他们没有好感，尽管我有不少朋友都是80后。

他见我态度如此没有再纠缠下去，但我总有点不甘心想说回他什么的，于是我说了一句不应该说的话，后来我想这的确是不太应该的："那你当年买这里就不计较什么吗？"

时刻如此的安静，这不单是一本小城诗集的名称，现在更是此刻的写照，我俩无语，我隐若间察觉到应该有些不该说的话被我生生地吐了出来。最后他说了句“这房子不是我的”。但见其目光炯炯，手筋暴现象是奋力在克制些什么。数秒过后，他的情绪像被缓和过去了：“或许我们应该现在就开始看看那些东西吧。”随即他转身走进房内。

“噢。”你们可能会追问，为什么不去追问其原因？其一我的好奇心没有你们这么大，怪就怪吧，跟我何干？其二是我只是个打工的，一个最平凡不过的受薪阶级，我不想因此而触怒这位投诉过我的大人。吃一堑、长一智就是如此。

而且不知不觉间窗外已暮光如锈，我只想在下班前平稳地完成工作，回家慰妻，不做无OT的加班罢了。于是我点了头便一道跟他走进房内。

走进房内，面向前方横放了一座硕大的红色安眠床，以致我怀疑是怎样送进这屋内的；四方围屏上雕有福鼠、仙鹤、灵龟及凤凰等图案，极尽精雕细琢；四脚上有顶，其中不少精细的小抽屉便位居其上；旁边是一张酸枝书桌，应为上好的黑酸枝木；其颜色已呈紫黑，抛光效果又好，骤眼一看说这是紫檀木亦不乏信者。其实对这一行我只是毛头（指初学者），但见眼前这身行头，我深信拥有者必然是行家，而且是很有研究的那种。

“陈生，收藏品很精致呢！大行家吧！在哪里找到的，是否旧床翻新？”面对着我的一轮发问，他意外地改了常态：“看你那双会发光的眼，就知你也好此道。”

“我双眼？”

“对，这是骗不了人的，就好像黑暗中的夜珠子，你看你现在已经两颊通红了，是心跳加速吧，只有知道珍宝价值的人才会这样。”

“是吗?”我下意识地摸着脸庞及按着胸口，的确是有点快和有点热。

说起珍宝，我就听到我们前辈间流传的一个笑话，说一个负责采购古董藏品的主事，有一次前往内地出差，有位商人有意买通这位主事，于是借饮宴席间拿出唐邢窑茶具供其玩赏;可惜任商人如何巧舌如簧，并暗示有意赠予有缘人，但主事均不为所动，只是客套几句，便把茶具归还。正当商人感慨世道还存人心之时，其友说商人天真得可以，立马说借五万块来;商人虽然觉得奇怪，但也不多说便悉数奉上。朋友将钱放在椅上，便借口领着商人往外走，当再回来时已发现钱不在了，朋友跟商人心领神会，自此财路通畅。商人事后问友人，为何主事宁可不要那百万之物?也要这区区五万?友人笑“因五万才是一般人的珍宝”。

笑话到这里结束了，寓意只有一个，就是千里马遇到伯乐，千里马才是千里马，否则连牛都不如。当然我还附送一个结局给大家，这位不识货的主事后来东窗事发被抓了，当他听说那茶具竟值过百万时，气得顿足捶胸，昏死过去了。哈哈哈……

就在我偷笑的同时，他说:“这床倒不算什么，给你看些好的。”他现在从抽屉内小心翼翼地取出那卷轴，我闭着大气，生怕大口气会改变什么似的。卷轴图现在就被一吋一吋地展开，这是多么令人期待的一件事，就好像新郎在新房中看着新娘褪衣的一刻，当卷轴全开之时，我差点就要惊叫了—— 天啊!这幅《诗仙雪夜品酒图》，我不知这幅图原来是唤作什么，但直觉地我就叫出了这个名字。这是李白吧，在皎洁的月色下，天是白的，地上的雪是白的，诗仙的长裘是白的，酒壶是白的，酒是白的，全是白色组合，可又是完全不相同层次的白，虽然相差微细至极，但又实实在在地有着显著的不同。在我惊叹世间奇人的鬼斧神工之时，我忽然觉得有点不对头，很怪，真的很怪，至于怎么怪又说不上。他见我这样子的神情，便拍了拍我“怎样，很小吧”。对，就是小，眼前这幅卷轴的确比一般所见的卷轴小得多，甚至有点像古时的行军布阵图。但我没有多说，因为以我的水平想一千年也是想不通的，所以只有等着他的解释，谁知他竟笑着说：“我也不知道。”

“不知道?”这是现在我在天地之间最讨厌的一个词。

“看不出你这种年纪会对这些死物有兴趣。”他调侃地说着。

我打趣地道：“钻石黄金也是死物，谁不爱？而且兴趣是与年龄无关的。”

他喃喃自语：“的确，只与缘分有关。”

所谓有缘千里能相会，无缘对面不相逢，的确某程度上来说兴趣就是你对某件事发生关系的显现，而缘分就是这种显现的几率，数学上几率是在事物尚未发生之前才有效的，而现实上的几率是发生了才有意义。这刻不经意的两个陌路人走在一起，对某样事产生了共同的兴趣，没有年龄、身份，至此我无法在茫茫人海为此而遇上加个数学的脚注，只有在文学上给予一个缘分的解释。

我们相视一笑，心领神会。男人跟女人不同，在忘记不快这方面还是挺爽快的，小心眼不大；尤其我隐隐察觉到早前他对我的不友善举动大抵认为我年轻不懂货的理解，的确谁又猜到我这个小小的基层公务员，终日需要为口奔驰，又闲钱全无，何会乐于此道？这是世人的误解，其实大部分的旧物，当你识于微时，其价值都不会太高，好像早前我便买了一张1913年的上海茶楼广告招纸，粉红及黑色为主色的招纸，右方有美女品茶幼线绘，中央主图则有茶花交叠图案，活灵娇滴；左方“山水名茶”四字则刚劲有力，显然出自大家之手，你认为如此之物价值如何？想也想不到，两元。对，就是两元，懂货二千不贵，不懂货者两元也会觉其价高昂，当然若是什么乾隆玉玺、龙椅等那种玩法才是大手笔，这里就不是我此辈所能触及了。此刻他就拉着我的手亲昵说：“这不算什么，我给你看一些更有趣的东西。”原本以为这又是一宗平凡乏味的工作，记得过去还收过数年前出厂的青岛啤酒瓶呢，唉。但现在想不到是淘宝了，真的痛快！

在眼前的是一个保险柜，保险柜的历史大约可以追溯到中世纪。在中世纪的绘画作品中，偶尔能看到一种盛放金银的木柜，但此类保险柜形似家具，无专门的锁具，安全性较低。直到十九世纪初，随着经济增长，保险柜行业开始发展起来，在欧洲出现了专门制锁的厂商，如1818年英国CHUBB公司、1825年法国FICHE-BAUCHE公司……这些厂商随即都开始以制造保险柜为业务核心。保险柜的材质亦由过去木质为主变为各种坚固的金属，直至19世纪60年代后期，美国人发明了保险柜锁栓技术，保险柜的安全性能有了飞跃性的提升。20世纪六七十年代因为半导体技术的日新月异，更开发出电子密码锁；之后又将LED、LCD数码显示用于保险柜中，甚至指纹扫描识别技术的发展又促进指纹锁在保险柜中的运用；还有磁卡的流行派生了磁卡式保险柜；听说现在还新出了声纹，甚至是量度瞳孔尺寸的保险柜呢……而保险柜的产品种类，以当初最简单的功能发展到防盗、防火、防磁、家用、商用、酒店用、枪械用、档案数据等几乎不可胜数的专门种类。

当然这不是我的唠叨，也不是我打算转行卖保险柜，而是这只保险柜在整个故事中占有相当重要的部分，所以不得不详细写一点保险柜的历史背景。当然总括来说，保险柜就是人类为了保护自己的重要宝物应运而生的，其基本目的是尽一切可能防止宝物失去，若然刚刚那件也不算什么的话，我想在保险柜中必是异宝，所以这保险柜应该不是能防核爆的特别设计，也是那种生物感应设计，谁知……一只就这样放在我面前的保险柜，任谁也不会对它太注意，或许应该这样说太惹人注意，这不是矛盾非常吗？我说的不会太注意是因为这只保险箱锈色斑驳，还是七十年前那种转盘游戏杆类型，若无任何意外它应该早已退役了，放在博物馆展示还差不多；我说太惹人注意的是因为以肉眼观察它实在太不安全了吧，我无法相信其有任何的防盗能力，在我眼中这情况好比让一只猴子在纸门前守卫导弹库无异。

果然不出我所料，他无需钥匙，只是转动数盘，天啊，“50、20、70……”我不忍再看及写下去了，这种保险方式未免太不保险了，“咔”的一声，保险门开了。他嘱我往内看，首先出现在眼前的是一双精巧的酒杯，高约六厘米，口径八厘米左右；整个杯体由九条龙装饰，一条龙头部伸到杯底，尾部伸出杯口并弯曲为杯把；另外八条龙组成四对，每对一条头朝上，一条头朝下，做工非常精巧。现在望着它我大口大口吞着口水。

他把杯送到我手上，问：“怎样，小钱，你看到什么？”

“珍……品……珍品。”我的心头在狂跳。

“先不要理会是不是珍品，你觉得这是什么东西？”他兴奋地问着。

虽然老实说，我绝对称不上是这方面的行家，但吃得醋多，都能分辨酸味，何况我干这行都快十年了，对于这种测试还是蛮有信心的。我把杯轻轻放到桌子上：“这大概是对九龙杯吧，这种杯有人说早在宋代出现，有人说是明代，传说明太祖朱元璋便经常用这种杯宴请文武大臣。有次在宴会上，朱有意奖赏几位心腹大臣多喝一些酒，于是便特意为他们把御酒添得满满的，而对其他一些平时不得宠的大臣则将酒筛得浅之又浅的。结果事与愿违，那几位被皇上有意照顾的大臣点酒未喝，御酒全部从‘九龙杯’的底部漏光了。朱对此甚是不解，究其原因，方知此杯盛酒最为公道，盛酒时只能浅平，不可过满，否则，杯中之酒便会全部漏掉，一滴不剩。所以朱元璋便把‘九龙杯’改名为‘九龙公道杯’。寓意知足者水存，贪心者水尽。”

他满意地点了点头，补充说着：“这对九龙杯一直藏在宫中，到明末天下大乱，闯王打进北京，此杯才从宫中流到民间，不知所踪。后来再有此杯记录，已经是到清巨商王炽手底下，机缘巧合，现在又转到澳门这弹丸之地。”

“哦……”珍宝古董自古就是来得曲折离奇的，而且大部分的买卖从来都是私底下进行的，据知情人透露，现在世界流通的古物拍卖其实不足真正拍卖量的十分之一，加之一件珍品转了手，基本上就不会有人知道其下落，直至有战乱或经济不稳的情况才会再次出现，这可以说几成定律。

在欣赏这双杯的同时，我不由得发出了赞叹，读者请注意，是“赞”和“叹”明显两部分的：“看此双酒杯造工精美，应该是景德镇的官窑厂的上品，只可惜……”

他立时追问：“只可惜什么？”

“只可惜不见底座。”其实九龙杯是运用虹吸原理制造而成的，当龙头把酒吸了，酒便会流到底座，若然没有底座岂非会流到一身都是？所以跟其他酒杯不同的是，此酒杯必有底座。

“哈哈哈，很好，很好，可惜还不只这个遗憾……”

我把杯仔细察看，又侧头想了又想，但也找不出什么端详，最后也只能放弃："是吗？恕我眼拙，我看不到还有什么问题。"

他把其中一只杯转了转，约转了四分之三圈后，指着："你看。"

我把头近贴在杯处，大气也不忍喷出，生怕会因此弄损杯子，但任我如何看，就是看不出问题的所在。

他见我一片茫然，终于都把谜底揭晓："你看到那龙须吗？"

我点了点头，但仍未知道问题的所在。

"难怪，毕竟还是年轻，不知道不足为奇。"

我抱了抱拳，做出了讨教的姿势。

"你看真些，这不是龙须，是裂痕的修缮。"他轻轻地用甲尖指着微处。

"真的吗？"我表现出一副难以置信的样子。而且任我左看右看我都是无法分辨，因为真若是修补的话未免太精细流畅了。

"这就是功力，虽然修补尚算合格，但须端的转位明显生硬，行家一看还是无所遁形的。"接着他还补充说，"当然这杯的确是珍品，但珍品并不代表一定珍贵，反而这杯的珍贵处是它实在不应该存在。"

"不应该存在？"随即我恍然大悟了，"的确是不应该存在。"

"你终于明白了，孺子可教，孺子可教也。"

可能大家还不明白我们在说什么，我这里做一做说明，其实官窑所出产的物品都是供皇室使用的，既然皇家要用，自然马虎不得，只要稍微有出错（无论是色泽、质量），都会被打碎掩埋，往后谁也不能私挖，若然被发现皇室用品中有出现瑕疵，不被砍头才怪。但不知何故，烧制这杯的师傅并没有将有瑕疵的杯子打碎，反而画蛇添足，不，是画龙添须，企图瞒天过海，谁知果然一劳永逸，而且越数百年之久，出现在我们手中，的确神乎奇技。

但现在我觉得神乎奇技的还不是这双杯子，而是眼前的这位陈生，太神了，他究竟是何方神圣？能拥有如此之珍宝，我虽非拍卖行专业估家，但我只看这两件收藏品，其价值绝不在百万之下；而且他还说要捐给我们博物馆，看来他也不太在意金钱，至于是否图名声就不得而知了。但若然经济上不是有问题的话，又何故住在这蜗居？不，蜗居是形容小房子的，应该说是刘禹锡在和州的陋室才对，难道现实中真有“斯是陋室，惟吾德馨”？

他又补充道：“我还有几件关于酒的小玩意儿，都放在保险柜内，看看你们博物馆是否需要。”

这时虽然我还未看其他的宝物，但单凭刚刚那两件，我已觉得我们馆过去收藏的实在算不得什么，于是我飞快地回应道：“虽然还要向上级请示，但我看不过是程序罢了，这些藏品真的不得了，不得了。”我心想之前他要求有条件接收的确有其道理，甚至我认为由司长亲自接收也实在是十分值得的。

“只是……”

“只是什么？年轻人别吞吞吐吐。”

我指了指这保险柜：“只是看来陈生你所谓的保险柜真的不太保险。”其实我说出这样的话已超出公职人员应该说的，但看见这般境况我又实在忍不住提出意见。

“哈哈哈……”他随即大笑起来。

我扬了扬眉：“好笑吗？”

“不，只是你眼中的宝物，我眼中的异宝，在别人眼中都只是一堆废物。告诉你，有一次有个盗贼从渠那边爬了进来，结果翻箱倒笼箧，你可知他最后偷了什么？”

我摇了摇头，表示无从猜起。

“他拿了我柜子里的一千多块，还有零钱盒内的五十多块……对了，还有一些饼干、面包及方便面，那时我这个所谓保险柜还没有锁上呢！我想在他眼中这满屋的‘垃圾’只是又旧又重的烂鬼楼便宜货，根本连偷的价值也没有。”

“毛贼看来也是要进修一下才能有专业成长的。”我笑着说。

“对，贼也应该终生学习，活到老学到老，否则一生也注定是个小贼，干不了大事。”

闲话聊完，工作未完，于是我告诉陈生我真的要开始工作了。现在需要的是拍照及填写资料，拍照按规定只需照三张，但我实在忍不住多拍了几张；而填写这些资料的部分还是最为吃力的，单在这里就要包括有捐赠品主题及名称，创作年份及艺术源流，捐赠品类别，捐赠品来源或经历，产地，捐赠人对捐赠品估值，预算保险价值，素材、技法初评，尺寸大小，重量，整体状态，修复评估，初步综合整理评级等多项。幸好陈生表现得相当合作，知无不言，言无不尽，否则多弄个一两天也未必能顺利完成。当然我也实在太过乐在其中了，以至过了下班时间三个多小时也浑然不觉，若非老婆来电急call回家吃饭我也不知实在真的是太晚了。

“抱歉，陈生，浪费了你这么多的时间，我想基本资料已十分充足了，而且我也上了一堂很充实的知识课，我回去会开始撰写报告书，相信不久批核就会下来了，今天实在太感谢了，让我大开眼界。”我认为今天这事已告一段落，于是收拾东西准备离去。

“客气……客气，但我还有个小小的要求。”

“要求？”我恍然大悟，以心为心不做思索地回应，“当然没有问题，陈先生能无偿捐赠这些珍品给我们，相信要谁人接收应该也没有多大问题的，而且我们在规格上亦不会怠慢这件事，还有捐赠仪式、报章、证书、谢函、永久列出捐赠者芳名，甚至刻碑留念还是可以商量的……”

“不，不不，我不需要这些。”他摇了摇手，我为此感到纳闷，因为这已是我能力建议的范围之内，若然超过这些的话……我心中暗自一寒，难不成是要求特首亲自接见吧！我壮着胆试着问：“那陈先生需要些什么，看看我能不能办到？若然我办不到亦定必向上级努力争取。”

“其实我不需要什么捐赠仪式，什么证书谢函我一概不要，我只要求你们把这保险柜和里边的所有东西一并送回博物馆好好收藏就可以了。”

## 解决难题

这实在是大大出乎我的意料，因为由始至终我都先入为主地认为陈生只是求“名”的人，见见报，风光风光（求利就拿去卖还好些）。但现在看来就不太说得通了，这是我对他的误解，以为他刁难我是因为不肯助其出名，其中因由，我想离不开怕我外行，一则感到怠慢了自己，二则怕我糟蹋好货，有机会我还是应该道个歉为宜。

原本陈生的要求是简单和合理的，一般人可能马上就会首肯，然后带着珍宝凯旋而归，大不了后来发现不合用的就转手卖了，最多也就是浪费个地方等待善价而沽罢了。但政府就不同了，相对于这件事本身好不好并不是主要的重点，反而合不合程序和规矩才是重点之重，以下这番对话就恰恰反映了这个现实非常的问题。

“陈处，其实你认为有没有酌情的余地？”我毕恭毕敬地用近似仆人的口吻询问。

“不是没有，但比较少。”

我还打算据理力争：“但那一批物品真的是珍宝来的，我相信对提升酒文化及品味馆的形象一定有十分正面的帮助。”

“嗯，我明白你的用心，但你又如何确认这是一批真品？文叔（我的职务主管）这半年又因身体问题时常都在day off，你又如何判别这批‘拟’捐赠品的真确性？”他十分强调“拟”这种非落实性。

“陈处，但文叔患的是长期病，时间很长，若他一直不回来，怎么办？难道我们遇到什么珍品都不收吗？”

“等，等他回来。”在他凌厉的眼神中让人有种不敢说不的感觉。以至在数秒内，我始终一声不哼，这种情况给人一方像是强忍着屈辱，而另一方则压抑着心中的暴怒。最后还是我先打破沉默：“等，时间会拉得很长呢！这些机会真的可一不可再。”

“都没有办法，程序上他只是个别休假，医生又没有开具丧失工作能力证明，编制就是这样，人是没法补的，至于专业人手又不好借调，你还不清楚？而且多举个例子，人家内地图书馆不是也因为缺乏修复人员而日毁百本绝版旧书，不也是缺乏专业人手吗？你只是收回来，到时在你手中被毁，你又于心何忍，有些事实在无需太急，急反而不妙。”我心想放在图书馆会日毁百本，但任由其流在民间，日毁千本呢！这明显是从“不要毁在我手上”的考虑点出发。

“我明白，人不能补，我们又不想因为工作而再打扰文叔，但陈处，我进来公司都十年了，不知多都会知少，不晓多都晓少，跟文叔这些年，我也不是吃素的，一般判别我还是可以的。”我自信地拍着胸口，当然亦要为自己的自信补充一点能量。

面对我的急躁，处长依然不急不缓地说：“小钱，这都是你个人一厢情愿的想法，试问你有这方面的专业知识的学历文凭或认证吗？你这样是于法不合的。”

我一向觉得念书不是必然的出路，尤其所谓的证书更是不可相信，只有深切地去干自己喜欢的事，反而令生活变得更有意义。“我虽然不是什么硕士、博士，但我亦有修读过一些考古及鉴赏的培训课程，我相信凭着我的经验，要比许多刚毕业的学生要强得多。处长，你还记得那年春天来了个硕士，结果他连陶瓷的基本维护都没有弄清楚，没有开抽湿就长期让那陶瓷暴露在空气中，那些天湿度都有八十多巴仙，不长霉菌才怪，结果将藏品弄到一团糟，处长你最后不是也让我处理了吗？”

“的确我相信你会把那事处理好，而且我不是怀疑你对工作的热诚，但最根本的问题就是程序不合。就以你刚刚的例子，那个硕士处理不当，你可以说他自身水平差，又或者质疑其大学的办学能力，但我们相信成绩表及学历相信他的能力，本身就没有违犯到任何的规条；反之，若然我同意你在缺乏认证的条件底下收藏这批物品，我们就会犯了任人不当的问题。”这种说理方法明显地缺乏温柔，但却有效得令人无可辩驳。原本我就应该识趣地在这里止住，因为作为一个公务人员，是够了。收了，我又不是会多长块肉，但这时却不知哪里来的牛劲，是说话？是语气？是环境？不晓得是什么，但已令我在平凡生活的麻痹中惊醒，慢慢地变成沸腾，就像《少林足球》

所说人人心中都有那团火，让火走出来就会出现奇迹。奇迹出不出现我不知道，但问题更加白热化还是可以肯定的了。

“处长，若然你认为我料子还不行的话，或许我们可以请其他部门的人来鉴定，如何？”我赌气地说，同时我亦摇晃着脑袋，希望自己保持最高度的清醒，人说：“要看人脸看官脸，人脸变化大了，但官脸变化更大。”否则真的过了大火，就划不来。

陈处这刻反而默然了，明显地他在思考这一切可行性，最后他勉为其难说：“好吧，既然你坚持这样做，我理解并尊重你。但我需要声明的是，这是对你的通融，是特例，你要知道一个专业部门请求其他部门的人来保证自己专业部门的质量，这面子还能挂吗？若换着是王处在的时候，你想他会同意？”

的确，陈处现在点出了核心的问题——面子，但面子大还是事理大？看似简单，实质复杂，而且我告诉你，面子的倾重有很多时候要高一些。当然现在陈处给足了面子，我自然也应该口甜起来，做人是应该要识趣的，于是高呼“处长英明”。

“不要高兴太早，你收到其他部门基本评估才可以落实；另外你亦要注意一点，就是非酒文化的东西不能接收，知道吗？”

“我……”我选择将我的抗议吞回去，并稍稍躬身便离去了，这真的是一个令人头大的问题，陈生的话还言犹在耳：“我只要求你们把这保险柜和里边的所有东西一并送回博物馆好好收藏就可以了。”

“陈生里边摆放的珍品都与酒文化有关？”

“不是。”他斩钉截铁地回应着。

“哦，是这样吧！那陈生为什么不考虑将珍品送往其他博物馆收藏，诸如澳门历史馆、澳门城市发展馆等都能接收澳门不同时期的旧物，那不是能更加对口吗？”

“我现在只想送给酒文化馆，不可以吗？”他反问。

“这当然是我们馆的光荣，难得陈生抬举，但我们不是不想收藏，而是可能放在我们那里便再没有展示的机会了。因为毕竟不是酒文化嘛！试问一把茶壶又如何放进我们馆里呢？对不对？”我想用软性的说法，希望能扭转其决定。

此刻他的脸颊绷紧，半闭合的双眼注满了忧郁的神情，我们身体虽然没有接触，但那种感觉已完全散发过来，以致我觉得刚刚就应该用双手把自己的嘴巴死死捂住。

“除了刚刚你记录的那些，其他的都不需要展示出来，亦不要拆封。”他摇了摇手，慢慢跌坐在椅子上。

“不需展示？不要拆封？”

他点了点头，此时他那红粉绯绯的健康脸色已悄然褪尽，塌陷的眼眶空洞一如骷髅之目，令人感到突然有如此之转变，必定是有一段伤心蚀骨的经历。于是我也不多问，原本到这应该是结束了，但突然间我觉得有一道神秘的灵光闪击了我的脑子，心底出现了一种几乎是能叫我行动起来的话语，轰轰然回响在我每条思绪神经中，说：“答应他吧！答应他吧！”

我把手搭到他的肩上，说：“放心，陈生，这事不难办。”在“不难办”三字吐出来后他的眼才恢复了焦点，他微微一笑，用力地握了握我的手，说：“请不要展示，不要拆封，替我永久留着就好，谢谢你了。”

这次对话就此结束。

现在陈生有“接收”的请求，陈处有“不能收”的要求，两陈相遇，小钱我应该如何自处好呢？

或许这是一个“To be or not to be”的复杂问题，我曾经也有此疑惑，但后来却解决了，对，是解决了，没有什么特别。你们看了这样子的回答后，只怕也会有着标准的反应，就是：“这算什么答案？”

其实你们是懂的，只要在职场混过的一般不要我特别做一番解释。

但若然你们坚持认真地说“不，我真的不懂”的话，我只好从头说起，希望大伙不要厌烦，因为可能横枝较多，但这横枝在整个故事中，实有其应有的地位，最重要的是它打破了我对异宝的概念。

那天我听了陈处的要求，我想了又想，最后还是写了报告给澳门历史馆的顾问老朱，当然在写之前其实我已经是胸有成竹的。老朱他曾是澳门大学的教授，做过副院长，教了几十年的书，后来突然退休了，说厌倦了，现在在博物馆中当个顾问，只上上午班，下午招呼朋友，晚上私人时间要打坐灵修，谢绝一切打扰。他还在路环岛那边买了块小地，从此自己垦地、种菜、养鸡，过着无污染的陶渊明式生活。我曾说：“教授，砂纸契，真是不行的，万一被政府收回就麻烦大了，你又不是原居民，更是首当其冲，这无异是一个美女在贫民窟夜游一样危险，到时半生积蓄付诸流水，何如？”谁知他大笑起来：“我还是美女？老女了，数手指头还有多少年可活，子女们都长大了，我又没有兴趣为我不认识的孙及重孙留什么家产，政府又能动我什么？大不了最后还白吃政府，白领政府的，多划算。”当然能和这种非常高思维层次的人交往纯属偶然，记得好像是在某一场讲座里认识的，我不过提了几个我认为是问题的问题，而且留到最后罢了，结果他便邀我一道吃饭，那天反正闲来无事就去了，当然他在席间有问我觉得讲座如何。原本我也想客套几句，但不知是平常工作已忍气吞声惯了，今天想松一松，还是那时有什么心理上的隐疾，所以我冷冷地说：

“挺沉闷的，像教科书，没有新颖的见解。”一般人可能会面色一沉，层次高一点的会扮到若无其事，再高一些，要诚心讨教。但我发觉我真的是门缝里看人——实在把他看扁了。他说：“我也这样认为，组织社团提的题目太滥了，哈哈哈……你这孩子眼光不错，真不错……”这刻反而是我惊呆了，天底下不是小说才会有种人吗？后来他偶有跟我联系，但大多被我回绝了，你们可能便觉得人家纡尊降贵地跟我好，我就冷板凳给人家热屁股，是的，因为我们真的相差太远了，正如徐志摩所言：“你我相逢在黑夜的海上，你有你的，我有我的方向。”直至他转到历史馆当个顾问，陈处又要求找人鉴定，我才想起了他，只有他能给我提供帮忙，否则按正式程序，天知道，哪天才能批上。这回我拿着白酒去找他（从前那次吃饭我从未见过他停杯的），他高兴死了，说是“稀客大驾光临”。我欣赏他的不造作，没有上下阶级之分，实比我坦率磊落得多，我们一文一史在畅谈上下古今，当酒过三巡后我问他：“近来怎么样？有什么大发现？”他笑着说，怀疑他家附近就是一个村落遗址。我对此不表示怀疑，曾为香山县对外港口之一的澳门，它在历史文献上的记载亦仅几百年而已，但作为史前考古遗址在这小城的存在，其年代可达六千年以上。1972年，香港考古学会到澳门进行调查，在路环、九澳、竹湾、路环村、黑沙等地点，发现了新石器时代的史前遗物；其后到2006年在附近新发掘出三处新的居住遗迹，也是首次发现四千年前村落房址遗迹。所以当教授说他家附近有一个村落遗址时我并不觉得有什么奇怪，甚至在他书斋中那一两块残断的陶片是发掘所得也合情合理，但他此时却接着说：“在遗址中我找到一些残缺骷髅头碎片。”“天啊！”这不是考古大发现是什么？我惊叫起来，“是吗？”他反倒平静继续倒着白酒喝着。“上报了没有？为什么一点消息也没有？保密很好呢？什么时候有研究报告？”我一口气搬出了很多问题。他笑而不语地指了指那竹节窗前的书桌，上面堆满了各种各类的考古及文物鉴定书籍，以及堆叠了许多不知明的文献，当然还有不少工具，有T型探针、三指羊镐、小钩铲……还有更多是教授专门定制的，不知有何作用。我原以为碎片就放在那里，但任我如何看找，都实在看不出来，难不成人骨碎片已做成书签放在书内？当然这只是我的胡说八道。我摇了摇头并伸手表示“投降”，最终他指了指那盆花。那盆花，花盆，花盆，我跳了起来，连跑带滚地来到桌前端详细，我如被电击一样站在那里达数秒，才嗫嚅着：“这……这……这盆……盆子……”

“你发现了？”

“真的……是吗？”我像珍宝似的把这盆花轻轻放下。

他若无其事地说：“怎样，漂亮吗？创意十足吧！”

当我确保自己稳妥地把花放下后，我大吸了口气就开骂：“你怎么能这样疯干？”我那时大概已忘记了这次来求人的目的了。

“不能吗？为什么？”

我带着点命令和教训的声调说：“法律那一套我就不跟你多说了，但作为一个学者，不，是一个世界权威学者，你怎么能够把头骨当作花盆，你可知这是对历史，尤其澳门历史研究的亵渎。”

“你会不会看得太严重了，澳门算得了什么？澳门历史又算什么？当年我在埃及学习，我的老师就是用法老的干尸断掌来做盛器的。”

“这……你，你是对全人类瑰宝的破坏。”我加重了语气。

“是吗？但宝物的价值一向并不存在于对象本身，而是在市场供求率上，如果市场忽然多了数百对上佳的宋瓷，首先的情形是宝物至多只剩下本身的价值，再糟一些，宝物价值的本身直线下降，直至再不能称之为宝物，所以要令宝物变得珍贵，就要消灭其他的宝物，这时宝物终于可以称为异宝了。这正好符合人的特性——就是要消失了才会懂得珍惜。”

“你觉得这些头骨很珍贵，是因为你是地道澳门人，而我却反而觉得兴庆宫的地砖更为珍贵。”

“兴庆宫的地砖？”我丈八金刚似的摸不着头脑。

“小钱，那你现在踏在唐朝兴庆宫的地砖上又怎么计算？”

我整个人往后跳了起来，然后伏在地下细看：“什么，这几块是兴庆宫的地砖？”

“当然，还是主要走道那些板块的，说不定唐玄宗和杨玉环也走过呢！”

我很混乱，心想唐朝的、埃及的他也不觉是些什么，澳门自然更加未入流了，所以我尝试改变了说法。

“朱教授。”

“我说了多少次，叫我老朱就可以了。”他不满地抗议着。

“OK，OK，老朱，历史宝物我说不过你，但你可知这是头骨来的，这是对人的蔑视。”

“小钱，你是中文系，我没有记错吧！”

“没有。”

“你怎么这样子糊涂？”

“我……我糊涂……”

“庄子。”

“庄子又怎样……”当我这样问的时候，我忽然知道他要说什么了，是《庄子将死》，一定是。“庄子将死，弟子欲厚葬之。庄子曰：‘吾以天地为棺椁，以日月为连璧，星辰为珠玑，万物为赍送。吾葬具岂不备邪？何以加此！’弟子曰：‘吾恐乌鸢之食夫子也。’庄子曰：‘在上为乌鸢食，在下为蝼蚁食，夺彼与此，何其偏也！’”

“你跟那些徒弟们有什么分别？而且现在它成了我的案头装饰，于我身心有益，加上长年鲜花一束，无需等待清明，于其有何损？”

的确精神已灭，形体又有什么关系呢？但能看破这些又有几人？但我显然不太服输，于是说：“你就不怕我去告密？毕竟我们也不是什么深交。”的确，我没有成就，没有学历，没有身份，年纪又跟人差一大截，是没有具备深交的条件。

“君子慎交，君子之交淡如水……”他在用心哼唱着，只是调有点怪怪的感觉，最后他笑着说：“那天跟你吃饭，你这小子挺能喝的，一个喜欢喝酒和喜欢提问的人，不会是坏人。”

“教授，你……”

他瞪了我一眼。

“老朱，你真的是个怪人。”我不由得感叹地道。

他笑了。在笑声中他忽然话锋一转：“小钱，我想你今天来不是要跟我讨论道理吧！有什么事尽管说，能帮的我会尽力帮。”看来他真的只是嗜酒而不酗酒呢！头脑清醒得很。

我也只好打蛇随棒上，老实不客气地从背包内拿出一沓照片：“老朱，你看看这些。”

他拿了眼镜戴上看了一会儿，便把照片放下。

我心急如焚地追问：“怎么样？”

“什么怎么样？想弄清楚一件事或物，你就需要比好事或物的人付出更多更久的时间，在所有人离开之后你还不死心地徘徊不走，甚至在所有人遗忘之后你还死命地牢记；除此之外，你还需要更多的知识来助你穿透事或物的特性；最后才能还原直向历史线索和横向的社会比对……”

“你说的那些我都知道。”

“你真的知道?”

“这当然，先不要说这些，这些珍品可以吗?”

“珍品？哪门子的珍品？九龙杯没有底座，虽然是官窑，但有修补过的痕迹，可算是劣品；《品酒图》可能好一些，但经过剪裁，尤其右角半月尖被削去，应是偷画之人破坏之故；还有依斯特的……”他一口气把十一件物品缺点全数出来了。

此刻他的每一句话，以至每一个字都像蔓藤似的缠在我心上，心顿时已凉了半截；不，应该是全部才对，以致我张大了口，一句话也说不出来，在空洞口腔末端有心灵的回音：“真的有这么烂?”一点也不假，在这之前我的生活一切都很平静活像一条静静川流，出奇的超然，现在这是我有生以来第一次觉得，烂原来可以这样彻底，这样子的痛。虽然从前我也是成绩烂到像泥一样，做人交友亦烂到一塌糊涂，但那时我这种烂，在忧伤的果壳保护下倒不觉是什么问题，反而以此自豪，更大放“自我”厥词，难怪波赫士会讲：“年轻时我喜欢假装自己是忧伤的，而且通常我会得逞。”但现在不知何故，我垂下了头，脊骨也跟着弯了起来，像被一个不知名的敌人攻破那最后坚守的一道屏障，此时此刻，我真想找个洞把我这块泥埋上呢，因为我想我连作为地表泥的资格也没有……

屎　我系一督屎
命比蚁便宜
你坐Benz我挖鼻屎
自知死也再难移
……

低我在最低底
贱比撮烂泥
你踢我一脚却闹我呀妈
烂屎不准向上爬

——《屎我系一督屎》
曲：刘以达　词：谢立文

蒙眬中他微笑地按着我的肩，充满了安慰的温柔：“怎么了，小钱，你买了这些物品？用什么价位？”

这温柔的询问令我从梦中惊醒了，我这才意识到自己是个人而不是一坨烂泥，或者是屎，但我依然沮丧地回应：“不，不是我要买的，而是有人想捐给我们酒文化及品味馆。”

“噢，是捐赠品，无偿的吧？”

我点了点头。

“很好，快收下吧！还考虑什么？你没有病吧！”

我感到屈辱，无法接受他的极端变幻：“你刚刚不是说这批东西很烂的吗？”

“的确很烂。绝不是‘上谱’（珍贵的古物都会有人编入书册，以详细描述或记录其来历、特征及转换情况，有些甚至会有细部照片及发掘记录，能挑入上谱的一般也是珍品或特殊的古物）。”

“那你又叫我们博物馆收？”

“你以为自己是在Cairo Museum？还是The British Museum，或者Musee du Louvre，你想收到Mona Lisa？抑或Rosetta Stone？”他接着语重心长地说，“Boy，这里是澳门，这里是小渔村，它发展成小城市已很了不起，你还想把它变作天空之城？该放什么就放什么？”

“那你认为这些作为展品真的合适？”

“of course.”

“真的？”我兴奋地问着。

“你不相信我的专业判断？”

“当然相信。”

“其实所有古物都可以从两个层面判别其价值，一是实际价值，这是古物内在的应有的价值，例如千元大钞，它自然能买价值千元的东西，而不是万元或百元的东西；二是社会价值，这是对每个社会，以至每个人来说都有所不同，例如拉美西斯二世头像，对埃及人很重要，那对澳门人重要吗？你看到那头骨花盆，就在吵吵嚷嚷，若我告诉你这只是一个丁卡人的头盖骨，你感觉又会否有所改变？”

我开不了口，沉默了。他继续说：“以你刚刚照片的物品来看，如《品酒图》明显着色与笔调就是南方沿海地区的独有技法，还有白玉酒壶更是广州老酒号的特殊设计，当年在澳亦有分号，亦有销售同一类型。这些物品不是对澳门意义重大吗？”

最后他总结：“的确这批物品确实有其瑕疵，这是毋庸置疑，若卖给我，甚至送给我也不会要。但作为地区相关类型的博物馆就必须要收藏，也可按实际情况进行采购也不为过，虽然照片还有些地方不是拍得太清楚，但依我看整批物品的市值不会少于二百八十万，这我可打包票的。”

我立时茅塞顿开，除了感谢，还是感谢。

当然过不了几天报告很快就回来了，朱教授对此批物品有高度的评价，而陈处也再不好说些什么了，事情得到完满的解决等等，有些事还没有解决的，聪明的读者会问：“陈处不是要求不能收非酒文化的物品吗？陈生不是坚持要求把非酒文化的物品放进博物馆保存吗？”对的，读者们太好记性了，但陈处不是，他贵人事忙，日理万机，所以事情很快就忘掉，亦没有再向我查问，毕竟相对于各类重要的批示或行政事件，这不过是件小case，最重要的是我懂得“欺上瞒下”……

“欺上瞒下”虽然未必是中国人发明的，但作为古文明成熟哲学体系，印度体系针对的是人与灵魂关系发掘，希腊体系针对的是人与自然（科学）的关系探讨，中国体系则是对人与人关系的研究，所以我敢肯定中国人绝对是“欺上瞒下”发扬者的重要一员，而我亦有这伟大的遗存因子在我的体内。现在物品，原封不动在暂存仓库内，只是应登记的都登记了，不应登记的就继续由它不应登记下去。可能你们会追问：“这不是犯法的吗？”不，这不是犯法，顶多是行政违规，必要时我还可以推却忘记了，失忆了。这些都不是重点，最重要的是一间贮存室遗失了东西自然会有人来追究责任，因为它们都有财产记录，但作为一个工作了十年的“资深”公务员，我可以告诉你，我从没有见过因为多了东西而被追究责任的。

## 问题天天都多

有社会学家统计过，一个人一生遇到问题约有一百万个，若然我有八十岁命，即保守点计算每年也要面对一万二千五百个问题，每个月要面对一千零四十一点六个问题，每一日要面对三十四点七个问题，每个小时（扣除正常睡眠的八个小时）要面对二点一七个问题。当然你可以选择逃避，亦可以选择解决，悉随尊便，而我幸运地在上个小时解决了两个问题：一是真正确定了陈先生的捐赠品确实值得收藏；二是如何能把非酒文化及品味馆的捐赠品都能放在博物馆内。当然有人认为第二点是逃避了，我也不反对。

一个小时过去，另一个小时又重新开始，在五点九（公务员下班时间）的驱使下，我开始回复了生命力，只是我不知道这是另一个小时问题的重新开始……

“老婆……老婆……我回来了。”我大声喊着，像只欢快的吱喳小鸟，因为解决了问题后的兴奋激素仍然残留在我的体内。

“老公……你这么早就回来了。”老婆诧异地说着。

“今天没有什么事就早了点回来。”从厨房里传出了声音。

“你等一下，我在厨房做着菜。”

很香，这种味道应该是在弄红咖喱牛肉。我循着香气一边“索”着一边轻手轻脚像贼般走到厨房内，并用力从后方一把拥着她的腰，说：“老婆很香呢！”

“小心。”她吓了一跳并挣开了我的手。

“小心?！你肚子又长肉啦！”我开玩笑地说着。

“当然……当然是小心刀，我在削薯仔呢！弄伤怎么办?”

我点了点头，说：“老婆，今天你心情很好呢?”

“为什么?”

“就因为你弄红咖喱牛肉，你不是时常都嫌麻烦的吗?”

“你喜欢吃就好，不要说到好像我连吃也刻薄你似的。”

我马上改口：“喜欢，当然喜欢，老婆大人又怎会刻薄我呢！”

“只懂卖口乖，我看今天心情好的是你吧！”

我风骚地说：“可以这样说吧！今天着实是个nice day.”

“还学人说英语，快……快去洗手吃饭吧！”她连人带赶地把我推了出来。

“遵命！”我被迫退到厨房的领土之外，随即在厕所里洗了手，并把碗筷飞快地放好，当万事俱备后，我唤着：“开点红酒喝，好吗?”

“随你喜欢，但不要预我一份。”

“这支Porto你不是说果味浓易入口的吗？你时常都会喝的，今天为什么不喝?”

“今天不舒服，不想喝了。”

“你没有什么事吧，是M来吗?”

“不，没事，你先喝点酒，菜很快就好。”

我把酒打开，品味着这酒，不消一刻钟，一锅热气腾腾的红咖喱牛肉已出现在我面前，单看锅内那鲜红颜色就饶有水彩画之意蕴。

“唔，好香呢!”我拼命地把香气扇到我跟前。

她把盛好的一大碗给了我:“你试一试味道如何。”

我飞快地尝了一口便马上吐出。

她见我这样，急着问:“味道很差吗？没有理由的?”

“不，不不不。”我连忙解释，“太烫。”并用力扇着风让口腔降温。

“小心一些，似足一个大孩童似的，将来可不能再这样。”她柔声地道，并用纸巾替我擦着嘴。

我笑着回应:“有你这个妈妈照顾我，一生长不大又如何。”

她笑骂我神经病。而我则继续开怀地吃着我的咖喱，椰奶、椰子心、红葱、薯仔、西红柿、蒜头、南姜、香茅、肉桂、干辣椒、牛绞肉，还有最独特的虾酱（这可是我老婆的独门秘方呢!），可谓风味极佳，跟你们说个秘密，我老婆的咖喱最后是连汁都可端起来喝的。

“怎样，好吃吗?”

我竖起了大拇指，并满足其调鼎功夫:“真好吃，辣得好过瘾。难道你还看不到我满足的表情?”

“谁看得出。”

“人说家藏万金即异宝，我说你的手艺才是异宝呢！这‘家宴’完全是品前人未鉴之味，发后人趋其之口。”

她笑着说：“之乎者也的不知你说什么。”

我也不多搭腔就“动”起来，忽然我觉得怪怪的：“老婆，你为什么只看着我吃，你还不开动？”

“我吃过了，不吃了。”

“吃过？你没什么事吧，为什么不一起吃？”

“有点不舒服，没有什么胃口。”

我马上跳了起来，跑到她身边按着她的额头：“是不是发烧？还是拉肚子？”

她指了指肚皮：“是肚子。”

“真的是拉肚子，是昨天筷子基那饭馆不大清洁吧，还是你公司附近那……”

“我……”

我急得像极热锅上的蚂蚁：“怎样？要看医生吗？”

“看了。”

“看了？医生怎么说？”我紧张兮兮的。

“我的月经迟来两个多月了。”

“哦，只是月经迟来了。”等等，月经迟来了，那么说……此刻我的心里头有一种不安的预感，但由于过去我老婆一向都有迟经的习惯，所以我还抱有一线的希望。

果然老婆接着说：“开始我还以为自己那个迟了，谁知去看医生，他说我有了。”她把“有了”这两字升高了八度音，明显她是兴奋极了。

“有了，哦……”其实由她无端的卷袖下厨我就应该意识到了，但……可能我真的开心过头了。此刻另一种感觉自脑袋圆心旋转、辐射，蔓生至躯体四肢，我走回自己的座位上，继续吃我最爱吃的红咖喱，可惜不知为何总吃不出刚刚的美味来，舌头到底哪里去了？

“老公，怎样？为什么你只顾着吃？”她两眼深深含情地问着答案。

“没有，你的咖喱太好味了。”我不停地将碗内的咖喱扒进口内。

“你怎么就这样顾着吃，都快要做人家孩子的爸了，你不高兴吗？”

我呆了一秒，甚至只是百分之一秒，但我肯定我是有呆过的。“没有，很高兴，那太好了。”我感觉好像在恭喜人家的事似的，“只是……”这一句只是喉底的一点震音。

“只是什么？”人说婚后的女人是敏感的，其实我说最敏感的还是有了孩子的女人，什么都能察觉得到。

“只是……”

她把头伸过来：“说。”

“只是……我没有想过……这么快就要……做人爸爸罢了。”

“还快吗？你今年都三十二岁了，我都三十一了，你们男人当然可以说快，但作为女人来说已经是太慢的了。”

“是吗？”

“当然是，而且我们生了这小孩后，休养一年就要准备生第二个仔，否则三十五岁后要验很多东西的了……”她故意恼怒说。

“哦。”但往后老婆在说什么我都实在听不清楚的了，大概离不开“孩子都是我们女人带的，男人就是添乱”“若然生男就好”“他才是我们家真正的异宝呢！”……

我不回答。

我觉得无法回答。

“异宝吗?”

“异状”、“诡异”、“异数”一大堆的“异”词在我脑内蹦跳出来，我依然坐在椅子上发呆，可惜了眼前这一锅好吃的红咖喱呢!

在床上直躺着，眼就这样地正对着天花板，这晚是怎么过的?实在连我自己也说不出所以来，糊里糊涂的。只记得实在睡得不好，透过窗幕看到微弱的月光在漆黑的房子内影影绰绰地呈现着一道惨白，此刻，夜真的很静，仿佛什么声音也没有，包括车鸣和风声，或许除了自己的呼吸声以外……在一呼一吸中有时我也会茫然地想着:“这到底是哪里?”像极不断翻转捶打的种种心思在激荡膨胀，我又开始想着那乱七八糟的事情。

我真的很讨厌小孩子吗?我想不是的，原本看到自己的生命在孩子身上得到延续应该是天底下最奇妙和最值得兴奋的事情，但现在害怕相较于奇妙和兴奋实在要多一些，我害怕我和父母亲的关系会重复地出现在孩子身上。我爸从前就是一个滥赌的，澳门对“赌”这个字，哪个能真正逃得了，说什么澳门人自身能有免疫，这不过是痴人说梦，总之那年他把家里能卷的都卷跑了，只剩下一大堆的烂数给妈和我来还。原本这些烂数对于我俩简直是天文数字，一辈子也别指望还得上的，幸好我外公拿了棺材本出来，又在蟹栏中认识一些势力人士，我们才勉强活得下去。只是由这刻开始妈和我便需要打工还债(我只拾拾纸皮，往工厂做做童工)，工时延长令她亦再无暇照顾我的起居生活，我像皮球一样被各个陌生的亲戚左右互传，这厢住一月，那厢住两月，最后一脚长传消失不见了。记忆中妈从前是一个乐观和爱说笑的人，父亲出走后却收敛了很多，虽然有时碰面吃饭的时候，还可以听到她即兴的笑话，但生硬的感觉令笑话说完，自己马上就会进入那像是被薄膜封闭隔绝起来的无尽愁苦之中，如此这般自然无暇照顾孩子的感受。情况看来随日子而越发严重，看来已无改善回转之余地。这时原本清苦的生活更加苦实不在话下，连支持对象都在同一时期全部在我跟前消失了，才是致命的打击。老婆爱看的那套韩剧，我多像她倾慕的主角呢！而且在童年生活里我的确成为了主角——灰姑娘，除了读书和兼职外，我妈的确费尽心力强迫我去参加那王子的舞会，她想我挤上那个华丽的上流舞台想到疯了。但她忘记了，尽管她如何地努力，她依然不是仙女，无法为我提供马车和水晶鞋，所以最后桐油依然是桐油。无法吸引王子之余，甚至根本没有条件站到舞会上去，除非那天这里举行化装舞会，而我最适合当小丑，对，我知道小丑的身份是最适合我了。

后来债还完了，我也进入了民事署工作，那一年，是去年，抑或前年，我忘记了，总之与他还是见了个面。十几年没见的父亲小了一号，头发变得稀疏非常，背也有点驼起来了，才五十多岁人，与那从前健硕如牛，以及长裤底下被狠毒虐打生成疤痕的印象截然不同。那时他低着头，形神枯槁，并用着那低三下四的声音跟我说："对不起，这些年辛苦你们两母子了，我也是迫不得已，这些年来，我……我实在无颜见你们。"

"是吗？"我合上眼睛深呼吸着。

有人说，十岁的小孩子最崇拜父亲，但我从小就和父亲不亲近，并没有什么深厚的感情，或许这是中国人的宿命，严父形象高于一切。那时做修车场的父亲脾气暴躁非常，常为小事打我，除此之外，不记得父亲有太多的互动。而父子间最温馨的记忆片段大概是我替他中了那次白鸽票，父亲高兴得骑着吱吱嘎嘎的破车带我上了电影院。那年头澳门的路实在不好，但他却能飞地避过路上数不清的坑坑洼洼，还一边乐滋滋地哼着小调，我怕得用力地抱着他的腰，想来……或许那是父亲为预备好的、长期离家之前的一个仪式。而他的身影亦从此渐渐淡出我的脑海。

“你小时候呀……”当配上这句台词一刻，我的心就开始七上八下，像是被丝绳用力绑缚后的样子。

最后我终于大声喊着：“我再也不想听到从前……”记忆是只熟悉气味的犬只，但时常出错，只有感觉才不会骗人。

他讨了个没趣，但亦转变了个话题：“对对对，你说得是，这些年为了避开债主在外四处奔躲，泰国、柬埔寨、寮国、印度尼西亚，大半个东南亚都跑遍了，最后在越南住了下来……”

“这样啊。”我随意应和着。

“你也长大了，看着你今天的成就我真的很安慰，但是你也了解吧，一个男人在外头讨生活不容易啊，而且都这么多年了，所以我在外面也置了一头家，那女的还算对头，叫阿契……”他虽然在表现着如何的不经意，但我知道他是用心留意着我的反应。此刻你们会认为我会把他骂个狗血淋头？还是向其脸颊狠狠地吐口水或挥上一拳？没有，什么都没有，我只是冷眼地望着他，除了在皮肤内纤维有些张力撑拉，作为旁观者是完全无法辨出任何喜怒哀乐的情绪。像对待一个毫无关系的陌生人似的，我相信这是一个人对恨最高形式的表达。

他见我没什么反应，于是又接着说：“我原本也不打算骚扰你现在的生活，但现在我的儿子得了重病，实在没有办法，需要一大笔医药费，我只有那么的一个儿子，我不能逃避我的责任。”

那么的一个儿子！哼，那我又是谁？当然他的确再不是我的父亲，他亦只有那么的一个儿子。

我冷笑着："责任？东南亚都给你跑遍了，反正你很会逃避。"

他脸色实在是难看极了，一片青一片红的，而且我还见到他的泪水在眼眶内打转，最后他把下榻旅馆的地址交给了我，留下一句"求求你"就离开了。我结了账，望着那小纸条，我毫不犹豫地把它揉成一团抛进废纸箱内。

从此他没有再联络我，而我亦曾经向母亲进行试探，但见她的反应，我知道他并没有找她，的确以我母亲那倔强的性格，成功机会的确要比我低得多。

我相信制造一个生命的首要条件是让他或她享受更多生命的乐趣与无限可能，给予最多的自由和最少的羁绊。一个孩子应该成为社会未来的主人翁，而不是看到他生出来，就高兴得像买到了一个廉价奴隶，或承投了一份长远的生命保险。而可惜的是由始至终，我觉得我的出现只为了传宗接代，是为了小时候当宠物，大了逼成废物，这样活得挺像一条狗似的。

"妈的！他妈的我不是狗！"

所以当我这种思维形成以后，有小孩子这档事就像关水龙头一样，每当一接触到它就会告诉自己"这些事现在不宜多想，先别忙着想下去"。

但事已至此，实在骑虎难下，已经不是我不想就能了事的了。

我整个人依然软瘫在床上，直至早晨的日光恣意地沐浴着我，蓝色的天空啊，淡黄墙壁也散发出淡淡的光芒。

"还不起来？不用上班吗？"

"对，还要上班呢！"我的行动力实不应浪费在回忆往事之上，但这一切可能是梦来的呢！

“老公，下两周镜湖、下个月山顶有些育儿讲座，有孕妇呼吸法、孕妇日常护理、脐带血保存、胎教认识……你觉得参加哪个好？现在去听会不会太早，可能到时会忘记怎么办？老公，你有空也陪我去听听。”

我自顾嘀咕：“原来是真的。”然后我开着热水搓洗着毛巾，铺到脸上，在热气里我有气无力地回应着：“老婆，看情况吧，这些天很忙，文叔病了不知什么时候才能回来，公司新近又收了一批物品，可能还要加班呢！你先看看日子吧！”

“讲座可以看看日子，但买东西就要先去多看几家，然后‘格格’价，如奶瓶、奶瓶消毒锅、奶嘴、奶嘴刷、奶瓶夹、纱布、肚衣、长袍、纸尿片、肚围、棉被、监视器、防湿尿垫、推车、背带、指甲剪、棉花棒、浴盆、湿纸巾、耳温枪、洗衣粉、外出专用背包、挤乳器……”

女人真厉害，她们是天生的记忆冠军，年轻时能全方位讲出唇彩、眼影、粉底、配饰的门类，现在为了婴儿又能背上一大堆乱七八糟的。男人真的麻烦，不能不刮胡子，不能披头散发，还有不能说出心底话。

往后吃着早餐，我一路无言，但我越是沉默，她就越是穷追不已，我千方百计地躲避回答，虽然在表面仍是充满亲切和关心，但实际的正经事一点都没有碰着。对于我这个“沉默”的老公，或许旁人已束手无策，但看来她——我这位老婆还是特别的。忽然她用力拍了桌子一下：“你这小子想死吧！”我被这尖锐的声音吓出一身冷汗，而远飘的灵魂仿佛亦回到体内，我马上堆满笑容干笑着：“老婆，什么事这么动气，对胎不好呢！”她点了点头：“是啊，对胎不好呢！”然后又摸着肚皮，“乖乖，妈妈没有吓着你吧！都怪那蚊子不好，这时飞过来，若果它能‘留心’一些，不要心不在焉，可能就不会这样死了，这个故事教训我们做人要留心啊，老公，你说是不是？”

我急忙和应着：“是，我老婆说得太对了！BB你要记住啊！”

“唔，老公食肠仔。”她把香肠夹到我嘴内。

在咀嚼中，我想起那句俗语：“牙齿与舌头都有打架的时候。”的确现实中夫妻生活在一起总难免有碰撞的时候，有些人会选择大吵大闹，甚至动手动脚，有人会选择一声不响地跑了，又或者不声不响地发动冷战争。人是有脾气的这是谁也不能避免，但我作为一个有五年结婚经验的“老衬”告诉你，应该尽量避免跟你太座争吵。因为吵的只有两个人，谁也不会认同谁，一个最简单的问题，只要在“争吵”中变得复杂，而且还会株连到各自昔日的生活作风。或许兄弟会认为你在争吵中会找到快感，但我告诉你，女人跟我们不同，她们一定会在生活中跟你投桃报李。例如我就试过她有心迟去银行，而不发零用给你，又或者把闹钟按息令你迟起，衣服皱皱多天而不去烫理，甚至把菜烧焦而令你口胃难受。总之，你的衣食住行都会受到不同程度的打击，经验告诉我们是斗她们不过的，因为她正是我们遗失的那根肋骨，不管顶着心房与否。当然我老婆还是优质的老婆，因为她已学会“杀鸡儆猴”，无论如何气在心头也不会正面地骂我，说这样不对，那样不对，给了我金色的下台阶，最多就是连累了那些蚊蝇、蟑螂等小动物，我双手合十，一遍又一遍地念着“阿弥陀佛”，感谢它们替我受的孽，望它们都能早日升天。

而这样的默契终于成就了一个家庭。

出门前，她提了我一下：“我的好老公，我已经有四个月了，你也想想是否过些日子要叫妈过来帮帮我们。”

“……”我像清喉咙一样发出含糊难懂的字音，最后才艰辛地吐了个“不——”字出来。

“哦。”她有点愕然，随即有点失望。

我急忙想着要怎么解释自己的行为。当然我从来没有向她透露过我和父母亲的关系，不想让妈来带并非是怕她溺爱孩子，又或者如一般人所惧怕的婆媳问题，更加不是为了让妈有自己的生活，主要是我希望我个人的遭遇永远不会在我的后代身上被复制。

为了避免二次矛盾的出现，我出门前还答应会找一找朋友或公司询问佣工的相关资料，并解释：“我妈那一套已经过时了，而且她身体又不好，思想又守旧，将来孩子肯定是带得不好的；而且你也不想为了几时换一次尿片才合适、开窗是否会怕风大、哭闹要不要马上抱抱，诸如此类问题而弄得婆媳关系不好，到时就麻烦了。而且你看请佣人多好，你是帝时她是婢，唤左不敢走右，要上不会给下，而且又会外语，小孩将来也会耳濡目染学会外语的，就好似灵格风那样，说不定到时三个月就懂外语呢！”

“灵格风已经结业啦。不过……你也说得对，免得将来为了孩子跟妈摩擦那就不好了，但家里开支不是又要多一笔吗？又孩子又工人的，何况我们现在又要准备供房子，会不会太吃力了呢！”

“多个人用不了多少，或者我有空问问同事，她们刚也生了小孩，总有一些好的经验和意见，那时再慢慢分析考虑。”

这样就被我糊弄过去了，我真的不得不佩服自己的急才，男人有一个必杀技可以解决一切问题，这就是“拖”，拖真的能解决问题的吗？

我回答你：时间会把一切冲淡。当然后来我老婆出点了意外，应该说人生就是充满了意外，总之这意外令事件没有足够时间去被冲淡，当然这是后话，现在暂且搁下不谈。

## 问题天天都多（二）

妻子怀孕期间，丈夫有时也会发生恶心、食欲不振，或想进食某些特殊的食品；有些丈夫更会出现焦虑不安、便秘、腹泻以及腹部胀气等问题；更严重的还会出现抑郁、失眠、易激怒、神经过敏、头痛等症状。这一系列症状都可以被认为是“丈夫的妊娠反应”，这种情况心理因素居多。医生如是说。而的确我又是中了颇多的分项，男人之苦看来还是有些医学根据的。

若然说有了孩子是上天给予我的问题，但接下来的问题我深信是自找的，怨不得人。

今天的天色像是被蒙上了深灰色的布幕般，原本淡稀的雨还像些断了线的珍珠柔柔飘下，谁知现在已倏然暗下。雷击的轰响之后，雨势突然加剧了起来，实在有点令人心寒。

虽然如此，但我心想：“这也好，只有那把经不起风雨的断肋之伞，大概今天不用想借口不回家了。”我把冲调好的巧克力，捧在手里暖和暖和，我的“妊娠反应”在宁静中得到舒缓。

或许大家还不清楚我在什么地方，我现在处于一个光线稀薄的低矮空间，相对湿度百分之五十六，温度二十二度，而且颇为恒定，墙体、地面都采用防尘、防滑、耐酸碱、易清洗的材料。这里还有双重保险门设计……这里是金库吗？不，但也相差不远矣，这里可以说是整个办公室里头最稳定、最安全而又最神秘的地方之一，因为这里是博物馆中的藏品库区。一般现在流行的藏品库区都分为藏品库、暂存库、周转库、保管设备贮藏室、藏品鉴赏室、业务工作室及风淋更衣间，但我们酒文化及品味馆只是澳门地区上的小型博物馆，故其设置并不正规完善，故只设有藏品库。暂存库、保管设备贮藏室及业务工作室，而重中之重的当然就是藏品库，这里可以说是一所博物馆的灵魂，地志性历史博物馆的藏品库就可以分为书画库、金属器库、陶瓷库、织品库、木器库、档案库等；艺术博物馆可以分书画库、雕刻库、工艺品库、铜器库、陶瓷品库、墨库等；自然科学博物馆则要建立各类标本库房（标本室），如矿物岩石、化石、土壤、植物、鸟类、鱼类、兽类、昆虫等标本库；各类标本又可因其制作方法的不同，分别设立生态剥制标本库、假剥制标本库、蜡叶标本库、浸制标本库及特种标本库等。

虽然说了一大堆，但我要告诉大家的是藏品库分类的复杂，但现在我身处的并不是藏品库，而是暂存库，你们或许会奇怪我不是在藏品库工作吗？其实我哪有资格。按规定我们这些“技辅”（技术辅助人员）并不能单独留在藏品库内，除非有人陪同（倒像个小孩似的），真正有资格单独留在里面的只有文叔和处长。当然现在只有处长了，所以若要在藏品库中提取或放回物品，都要劳动他老人家签文件，来到现场确认掌纹辨识，好生麻烦。但暂存库就不同了，虽然也有摄像头，但保安却算不了什么，所以一般我都在这里工作，在进藏品库之前进行鉴定，然后分类、分级进行妥善保管，当一切完成后才会上呈文叔核实。

整个暂存库的设计几乎与外部环境隔绝起来，惟一的一个自然光源来自于左侧高处数个狭长的金属气窗，而今天更为特别，除了雷击时的瞬间电火之外，多数时刻房内都会处于黑暗之中，当然工作台上的微弱台灯可以算个例外，但那亮度的疲乏，大抵可以相比于墓穴间之磷火。

今天工作已完成，陈生那些捐赠品已归好存档了，的确在这里蹲下去也没事干，反而家里还有一大堆事等着要办，可是——看育婴书、听音乐（陪婴儿听音乐）、说故事……怎么总有一种怯从中来。

“嘟嘟……请勿靠近车门……嘟嘟……”电话铃声响起。当然我也是拖字诀，打死不换。

“喂。”

“为什么还不回来？”

“今天要加班嘛，何况现在下这么大的雨怎能走得动。”

“那你什么时候才回来？”

“你先吃饭吧，留点菜给我就可以了，我可能很晚才回来……报告书应该就放在……”

“啪！”电话就这样挂了，若非我知道她的行事风格，一般人要认为这倏然而止定必是讯号断了，但我却知道这是对我的警告。

当然警告不警告这些都暂且被我抛到脑后，此刻我要想的是有什么事要干，反正下大雨又走不了，何况等一下她打电话到这里一查那就麻烦大了，但工作已经完结了，又有什么事好做？

一秒、二秒、三秒……七秒……对了？陈生。

记忆总是种怪东西，记得有人告诉我鱼的记忆只有七秒，在七秒之后它就不记得过去的事情，一切又都变成新的，所以在那小小的鱼缸里鱼儿永远不觉得无聊，它永远活在新鲜中……但我觉得人更厉害了，我们可以在七秒内记起他想记起的事，而平时它又是会被遗忘的：“其实我不需要什么捐赠仪式，什么证书谢函我一概不要，我只要求你们把这保险柜和里边的所有东西一并送回博物馆好好收藏就可以了。”“除了刚刚你记录的那些，其他的都不需要展示出来，亦不要拆封。”

人就是一种十分多余的动物，永远是没事找事干，当时我将这批捐赠品的重点放在接不接收的层面上，想方设法的，最后也令处长同意接收了，这在当时看来事件的主干应该是结束了，但现在想起来陈生的话不免令人生奇，为什么保险柜里面有些东西是不能拆封的？只能永久收藏？为何陈生有这样的痛苦表情？诸如这些枝枝叶叶，随着回忆的出现也不知道要开散到什么地方，或许所谓的解决了其实只能算是个开始而已！

当然为何会有这样的要求，我还是可以提供很多解释的，如不能拆封的物品可能是一些不相干或不入流的东西，为怕丢人现眼，所以不拿出来好了，这种例子有很多，远的有卡夫卡、近的有张爱玲。还有可能是初恋情人送的东西，纪念倒是纪念，但更多的是心痛。最后……想着想着，心中一寒，最后连手上的汗毛也全都站起来了。

我从椅子上整个跳起，这……若然是这样的话怎么办？怎么办？为什么我一直没有考虑这个问题？我拍着脑门，怨恨自己的愚昧，幸好这时公司黑灯瞎火的，否则其他同事看在眼里都不知如何解释才是。

对，就是贼赃，见不得人的贼赃，可能是盗墓的，甚至可能是从博物馆偷窃也有可能。可能大家觉得这是天方夜谭，尤其是后者，但我以专业身份告诉你，这完全有可能，中国地大，在荒原上的一两个小墓谁管得着？好些地方整条村都有人参与盗墓，挖出来的物品，有价值的收购，明码实价；至于那些没有价值的（如骨殖、器罐等）就会被恶意打破，整个环节是有组织性的，直至买家出现为止，都有专门的销售链；至于所谓的博物馆更不可信，虽然无可否认藏品库是安全的，但问题往往是出在展示厅的部分，这也难怪，我想谁也不会想到将展厅变成一个巨型的保险库，又或者将每个参观者当成匪类看待吧！但状况往往就在这儿发生，博物馆一般都是采用未经严格训练的保安员，他们的警觉性普遍偏低，加上馆内一般都没有什么保安设施，惟一的CCTV充其量也只能起着事后诸葛亮的作用，对阻止罪案可以说是毫无帮助的，而这些所谓的保安可谓形同虚设。好像1994年挪威奥斯陆国家艺术博物馆被盗了爱达华·蒙克的《呐喊》，就是博物馆界保安松懈的一个经典例子。那天晚上，两名男子只用了一把木梯、一把电刀以及五十秒钟便轻易爬进博物馆内，并且避开了保安神不知鬼不觉地将《呐喊》取走。整个偷画过程不足十五分钟，虽然后来警钟曾经响起，但却无人理会。翌日大家还在博物馆的后园，找到一张写有“多谢保安松懈”的字条。你们说好笑吗？一个多好笑的事实。

但无论博物馆偷来也好、盗墓得来也好，他们都有一个共同的问题，就是脱手难。那年《蒙娜丽莎》失窃后一直就下落不明，要不是最后Vincenzo贪心要转卖画作，那才被人们发现，所以若无门路，一般人是很难脱手的，即使是脱了手，亦要有心理准备，该批物品基本上是不能再流通的了，尤其是一些珍宝或异宝，可谓风险甚高。不过话要说回来，这些物品一般只会转手两次，一次是从偷窃者手上转到古董商手中，第二次是由古董商转到真正买家手中，当然买家一般都不会再放回市场。到了万不得已之时，既不能卖，打掉又可惜，最佳途径还是送给识货之人，当然博物馆就是一个上佳的合适者。但这里有一个问题，就是博物馆有记录登记出处的，一查上来岂非坏事，现在好了，我在没有登记之下，断然瞒骗上级收了这批物品，若然查上来，我自然可以供出他，但他若坚决否认，岂非造成口鼻之争的困局？无论如何，吃亏的还是自己。

我暗自摇头，在此空想亦无益，倒不如翻一次保险柜，虽然改变不了什么，但最起码心中可以有个底，要补救起来也会好一些。

我急忙打开了保险柜，这次开保险柜已没有了上次那种期盼，反倒是紧张非常，放眼内望时就以下层为目标，因为上层是陈生赠予酒文化及品味馆之物，这是我多日来反复清点和记录的，口熟面熟，大抵不会出错的。下层分了两格，我抽了左方的小格子出来，从形状上去推断应该是一些书册或纸本类的东西，见主人用旧布巾包上，内里再用油蜡纸包裹着，可见其重要性。我慢慢地把它拆开，一映入眼的是娟秀的隶书对联："梧桐枝上栖双凤，菡萏花间立并鸳。"往后……我随意翻了数页，我的经验告诉我这并不是什么重要人物的资料或手稿、画册之类，反而是上世纪五六十年代的一些生活记录，看来没有什么可疑，于是我暂且把它搁在一旁。再看右方，就是一个方盒，盒子拿出来后就没有什么别的了，看来最可疑的部分出现了；但当我想将其打开之时我才发现这盒子被锁上了，幸好就在锁上我见到插着一柄钥匙，于是我马上转动，谁知左转右转也没把锁给打开，急得我出了一头汗。在无功而还之际，我只好开始仔细观察着锁体，除了锁表面刻有精致的鸳鸯图案外，原来在锁孔的另一边还有同样的一个锁孔，原来这是一把不折不扣的连环锁。何谓连环锁？即是要用两把钥匙同时转动才能开启的锁，现在只有一把在锁内当然是无法转动了，于是我在保险柜内开始搜索起来，为了找到这柄钥匙，不知不觉已花了我近四十分钟，我相信以我的细心及专业，除非钥匙是熔在柜子里吧，否则没有理由找不到的。当然以现在的情况推断，最有可能的是钥匙就在陈生手里，他为了保险自己收起来了，但应该如何办好呢？直接问取钥匙我想是毫无机会的，这……我忽然笑了，还是露齿那种，聪明的你们看来已经知道我大概也有点子了，我决定明天去找老朱，他可是法老王灵柩的机关也能打开的人啊，相信小小的连环锁对他来说绝对是小菜一碟，的确后来情况真的一如我所料。

“怎么样，好好的公务员放着不做，做起窃匪来了！”

“是公务！”

“公务，那好，你先回去填张表，写份建议书，然后再交你们署长签完字，再送过来？我会在十四天以内给你一个做或者不做的书面回复，然后开锁另约。”他半开玩笑地说着。

“好好好，争你不过了，是私务总可以了吧！”

他瞥了瞥我：“不是赌输了，拿了夫人的首饰盒吧！”

“当然不是。”

“偷二奶的？”他用手弹了我额一下，手势太利落以致我无法做出躲避。

我按着头，杀猪叫似的喊痛起来：“我的老朱好了吧！不要再玩啦，我从来就不赌，不包二奶，它也不是我老婆的盒子，它……只是……这盒子的来历有点曲折就是了。”我原本还想说这盒子不是偷来的，但心想一层我这样说跟孔乙己那“窃书不能算偷……窃书！……读书人的事，能算偷吗？”有何分别？难道“白马”真的“非马”，“雅贼”真的“非贼”？

幸好在“噢”的一声之后他便没有再追问我什么的了，反而专心地看着，说：“中国古代锁具的类型大致分为簧片构造锁与文字组合锁两大类。其中簧片构造锁又可分为广锁、花旗锁、刑具锁及首饰锁四种，多为横式锁具，用于门、柜、箱。清代光绪年间多产于绍兴，俗称‘绍锁’，坊间多叫‘横开锁’、‘撑簧锁’或‘枕头锁’。大多为铜质，正面呈凹字状，端面是三角形与长方形的组合。明代以前的广锁多为铜质，端面呈长圆筒形。明清时期的广锁亦多为铜质，但端面上部则呈三角形，下部呈斜方形。到民国以后就有流行这种以两个广锁为核心结构的连环锁，开启办法是需要两把钥匙同时转动，现在……”

“我有一把……”我同时把钥匙递了过去。

“废话，当然是一把，有两把还来这儿干吗？好了……”只听到“咔”的一声脆响。

“好了？”

“已经开了，拿走吧！”他把锁还回给我。

“这……怎么可能，还不到五秒。”

“已经慢了，这玩意儿精致但结构很简单。”他叹气道。

“你怎么弄的？还不见你用工具？你不是说你刚刚拿着牙签弄的吧！”我望着他正剔牙的样子，并把锁反复察看，像看到魔术表现的现场观众无异。

“说了你也不明白，白说不如不说。”

老朱真堪称澳门的异宝也不为过。

当然说到这头上我也不追问什么了，因为我要的结果就是开锁，过程是什么倒并不重要。但从整件事的脉络来看这结果已经是数个月以后的事了，因为这一刻电话录音告诉我他人正身在埃及，当然具体在埃及哪个地方实在是不大清楚了，只知肯定不在大城市，否则岂能逃过我的追魂call。我坐困愁城地在暂存库中还是在经历着过程，而这过程跟开锁不一样，是非常重要的——面对暂时不可能解开的锁，我选择了先细阅眼前这一沓资料。

这些资料约有百页之多，初时我也不禁皱了皱眉，因为这些资料看来是不会有趣的，而且相当之长，加上刚刚的初步判定这并不是什么重要人物的资料或手稿，所以没有什么贼赃不贼赃的问题。我在犹豫是不是要去看，但在未能联系老朱开锁之前，我想这是现在惟一可以做的事情，说不定这里面还有提到盒子里的东西，于是我的好奇心又被提高到无可遏制的地步。

这些资料，我从头到尾全部读完将近花了四小时之多，说实在的这些资料与那盒子是铁定有关联的，但可惜其本身就是支离破碎至极，好些部分更是有头无尾，或者类型重复，很难将之完全贯穿起来，若想进一步从中了解一切情况，相信梗概也不大可能。以下已经是我所能整理出最为完整的部分，当你们看完我以下的摘录后，相信自然会明白我的意思。最后我再重申一次，这已是经过整理后最完整的部分了。

顾谁早具终军志，吊古终怜陆贾才。如此繁华好风土，却教夷虏起楼台。

国难依然鼎沸时，澳居何日赋归辞。杜陵留蜀避安史，靖乱岂无郭子仪。

在国际的社会制度之下，形成了两条波浪掀天的洪流：就是资本主义社会及共产主义社会。我们很明显地知道：资本主义社会是在不合理的状态下发展着，发展的结果只是加剧民众的贫困，渐渐趋向没落的阶级，我们必须努力地做到：一、以帝国主义为惟一的对抗目标；二、丝毫没有资产阶级意识；三、民族意识能克服国家意识及个人意识；四、家族观念及乡土观念抑制不住对于他对人类牺牲的观念；五、有革命精神尤其是对于那些礼教和封建思想；六、习惯团体生活对于所属团体保持其最大信心；七、对人类有一颗美丽牺牲的大决心。

在第一个胜利年里，我们需要弥补赤字，所以发行了人民胜利折实公债，这些赤字的产生是因为人民政府需要加速解放全中国，消灭海南、台湾、西藏的残匪，恢复与发展生产建设，安定金融，减少通货发行，铺平经济建设的道路，引导中国从落后的农业国走向富强的工业国，这一措施实是巩固人民民主胜利的果实的工作，是照顾到各层人士的长远的利益，这是我们光荣的权利，所有的澳门人爱国思想都是浓厚的，我们热爱祖国，所以必须积极劝购，向同工、亲友展开宣传推销公债……

中国巨人终于都翻身起来了
我们热情地高呼着
巨人举着豪迈的步伐跨过大山
翻过田园
他用双手挣开身上帝国主义强加的枷锁
数千年封建落后也跟着被挣脱
他虽然已满身伤痕，但他的眼睛依然闪耀着龙一般的光明
愤怒的火花，复仇的光辉
人民全起来筑好长城，做好武器
向敌人的一切一切赶过去
像长江一样浩荡

像黄河一样澎湃

巨人伸出复仇的手要击碎所有封建社会和帝国主义！

没有谁能阻止

没有谁能阻止复仇

没有谁能阻止人民的前进

怒吼吧！

强而有力的手终会夺回宝剑

独裁恶魔将会倒下

一切混蛋都从巨人身上滚出去吧！

中国永远只能属于所有的中国人民！

Szabadság， szerelem!

E kettõ kell nekem.

Szerelmemért föláldozom

Az életet,

Szabadságért föláldozom

Szerelmemet.

Petõfi Sándor

小虹在圣诞节快要到来的时候，却要当佣工去了。天气异常寒冷，但她却没有温暖，受冷受冻，受尽主人们的煎熬……这个正在读小学三年级的女孩子，为何会遭到这样的不幸？只因她的爸，因为贫病交迫，死去了几年，在这些年中，小虹和弟弟就依靠妈妈在工厂当杂工赚钱来过活。小虹时常都会因自己的不幸而哽咽，甚至泣不成声，她妈无力改变现状，也只好用那干瘪的手扯住袖口偷揩眼泪。

本来正适合进学校受教育的小虹，这时候却要开始担当起差不多一个成年人无异的工作，听到这些的人都会凄然低下了头，不忍心看她悲惨的样子。但为了生活，她只有努力活下去，不多久，她还学会了搓炮。在这些日子中，小虹没有进学校，而且在“禁运”开始以后，这里的工商业日走下坡，许多工厂、商店就在这困难的环境中站不住脚，而倒下去了。随着这样的趋势，工人、店员失业的浪潮跟着汹涌起来了，这严重的现象，使许多依靠双手劳动的人的生活受到很大的威胁，可怜的是搓炮的小虹这时候也要面对停工的威胁了。

满纸荒唐言，
一把辛酸泪。
都云作者痴，
谁解其中味。

时间：1951年某个晚上。

地点：澳门。

人物：

风玲——二十四岁，售货员。淳朴、热情。

英宝——二十六岁，酒楼侍应，风玲的姐姐。为人较自私。

布景：单人铁床二、书桌、衣柜及椅子等陈设。

幕启：风玲伏桌上写信，英宝在倚床看书。沉寂了片片晌。

风玲（放下笔，转身向英宝）：姐姐，为什么你对我们这次工会献金运动这么冷淡呢？这个运动的意义我也详尽地向你解释过，而你自己也表示很明白了的。

英宝（放下书）：妹妹，我并不是不热心，我其实很想尽力地捐出钱来的。可是，我是有心无力呀！

风玲：你怎样有心无力呢？

英宝：不是吗？你也不是不知道吧，我这个月的工资是要买外衣和生活用品寄回乡的，此外，剩下的钱也没有多少了！

风玲：姐姐，你没有读过没有国就没有家吗？先国而后家，今次工会组织的献金运动就是要支持祖国，支持有需要的苦难同胞。

英宝：但我现在不是也拿回去支持家乡建设吗？

风玲：姐姐你要相信祖国的分配，你怎可能知道人家是否更加需要的呢？有更多人等着我们的帮助呢！

这是其中的一部分资料摘录，我翻完后实在是呆了半晌，甚至暗自嘀咕："这算什么啊！小说又有小说，剧本又有剧本，还有诗词歌赋，乱七八糟的，简直可以说是莫名其妙，还要锁到保险箱里去，未免有点小题大做。"

但既然不看也看了，我也拿起了笔纸做了个归纳记录——

第一，虽然资料内有些是用毛笔写的、有些是用钢笔或水笔，但从字迹上来看应该是出自一个人之手，而且活像一个男人的自述。

第二，手稿分成许多不同篇幅，每一段也或长或短的，其中有些部分应是缺失了，而且修改颇多，应是草稿之类，中间也可看到句子旁边有人用另一种笔迹密密地加了圆圈，甚至写了感受，留下此稿的应该不是手稿的主人，但应该是其极为亲密之人。

第三，该批手稿的年份跨度颇长，有文言有白话，但按内容和写法上分析应该比较集中在上世纪五六十年代。

第四，手稿主人有一定的写作及文学功底，因为一般正常人如何会写出西班牙文Petõfi Sándor，即裴多菲·山多尔的《自由与爱情》："生命诚可贵，爱情价更高。若为自由故，两者皆可抛。"何其有型，但又何其悲壮耶。

第五，手稿主人应是狂热的爱国分子，因为无论是誊抄钟兆霖的《澳门渡海感赋》及陈卓平的《澳居闲写》，抑或是其剧本创作、论评和小说都可看到这种倾向。

当然这五点概括是不完整的，因为还有四份是例外的，如刚刚一开始翻到的"梧桐枝上栖双凤，菡萏花间立并鸳"就属于典型的爱情联。还有这一份，文字是写在中医师开的药方背后，上方是用毛笔写下的凌乱草书，依稀看到的是向东、红日、祖国、卫道几个断开的词，其他还有两三个已不能辨认。再者是一封信，原文很长"……依然暗黑遍地，安见目下一切，与吾无关耶？吾何忍独默，夫济大事必先以国而后家……”足有万字之多，这里我不想再引述，总之结论就是还有什么比在大义面前表现出的爱更真挚更动人呢！这里不期然想起林觉民的《与妻书》：“意映卿卿如晤：吾今以此书与汝永别矣！吾作此书时，尚为世中一人；汝看此书时，吾已成为阴间一鬼。吾作此书，泪珠和笔墨齐下，不能书竟而欲搁笔。又恐汝不察吾衷，谓吾忍舍汝而死，谓吾不知汝之不欲吾死也，故遂忍悲为汝言之。吾至爱汝！即此爱汝一念，使吾勇于就死也！”

最后是一张备忘，上面清楚地提到一个地址、一个姓名和一只木盒。

“泗嗌街126号金龙茶室，吕耀林，福鼠饰盒，连环锁之匙在吕手上。”

这四份资料，是关键中的关键，当然这是以后才知道的，自然留待以后再叙述。现在反而是最后这一份备忘吸引了我的目光，尤其是当中的那一句“连环锁之匙”，连环锁本就不多人用，因为用来麻烦，就像过去的虎符一样。若然年轻一些的朋友不清楚这是什么的话，我可以在这里略作解释，所谓虎符是古代皇帝调兵遣将用的兵符，是用青铜或者黄金做成伏虎形状的令牌，使用前是要把这金石制成的老虎劈为两半，其中一半交给将帅，另一半由皇帝老子保存，只有两个虎符同时合在一起使用，方可以调兵遣将。明白了吧？试问若是把盒交给同一人，何需要连环锁呢？一把锁一条匙不是最省事的吗？现在用到连环锁，还要把钥匙交到其他人手上看来是有特别原因的，我开始怀疑陈生未必拥有这柄钥匙，因为若是保险把两条匙一齐收起不是更好，现在只有一柄说明他亦只有一柄，而这个吕耀林看来才是整件事的关键所在，另一柄匙应该就在他手上。

一阵欢喜过后，这里有一个最重要的技术性要点，就是——这个吕耀林还健在吗？

我现在并没有把谜底解开，反而谜团是更多的了。

## 两个巧合

一事件的发生一般都会符合几个要素，对的人、对的事、对的处景和对的时间，若然不需要对的人、对的事、对的处景和对的时间，事情都突然“嘣”的一声发生了，这种接近于零几率的催生，我们一般都会称之为巧合，而且巧合本身就是巧合，本来就没有好坏对错之分，一如当初生命在混沌中出现那样。

这天当看罢所有资料回到家里，发现已是一时有多，老婆早已经睡了。我想随便弄点吃的，但见雪柜里没有剩菜，我想她是等我等到气炸了，所以连菜也倒了，幸好现在柜子里有鸡蛋、香肠、白菜、方包、方便面、牛奶、汽水和啤酒。我选择了鸡蛋香肠配方便面，霎时我感到肚子里那一阵阵的鸣叫，我想这会儿我真的是有点饿坏了。至于如何安慰老婆，那是明天的事了。当我弄好晚餐（或许更像早餐）正想放下碗筷时，我见茶几上压了张纸条“快些去找佣人，他们现在已像奶粉一样缺货。除非你想找妈来帮忙”。便条简单、具体、明了，完全有着一种不能抗拒的含意在里边。

“对了，还有佣人的事呢。”我拍拍脑袋希望拍醒自己的冒失。早些时候她已表示食欲不振，精神特差，看上去的确也是瘦了一圈似的，与一般四五个月的孕妇形象大相径庭，大概是她的护林工作令她吃不消，还有那些家中细活自不在话下。当然，说实在的我们并没有潇洒地辞职不干的条件，所以退而求其次，请个佣人回来帮轻一下也是好的，起码弄点没有味精的家庭小菜总比吃个盒饭要强吧！看来这的确是不能再拖的事。

几天下来，依然音讯全无——

音讯全无指的是两件事：一、老朱没有回来也没有回复我；二、佣人还是没有找着。

这两件事都直接导致出一个结果——请假。请假何为？去找人，第一个人是佣人，第二个人是吕耀林。

这是看毕资料的第三天所下的决定，因为我实在按不下查找答案的急性子与老婆的压力。

找人很难，尤其是只有一个数十年前的地址“泗喴街126号金龙茶室”，但是泗喴街现在已没有什么人晓得到底是哪条路了。我去了趟历史档案馆翻查到相关资料，其实泗喴街就是现在的十月初五日街，过去这里有一个泗喴码头，所以因码头而得名，后来葡萄牙1910年10月5日建立了民主共和制度，所以为了庆祝便将这条街改成十月初五日街。当然稍有常识的人都知道这其中的乌龙，中国人的十月初五怎能等同公历的10月5日？胡扯，的确胡扯。

虽然街名是胡扯了，但这街道的历史却绝不含糊，千万别看它现在疲态毕露，沉默而阴森的样子似的，但在五六十年前，它可是澳门最繁盛的街道。这里有客运码头、车站及赌船，这可是不分昼夜，车水马龙的，诸如参茸行、海味铺、药材铺、酒庄、茶叶店、烟草店、凉果店、山货店、杠箱店、腌皮店、纸店、故衣店、白铁店、煤炭店、洋酒店、缸瓦店、文房用具店、屐店、理发店、神香店、茶居、街市……总之一条六百多米的街，居然可以有将近三百家店在这里生存，而且种类繁多，可谓华洋杂货、油料作物一应俱全。

当然大家切莫大惊小怪，这可是所谓搅历史查资料的本事，但这实在算不了些什么，“126号金龙茶室”才是真正问题所在。

虽然在《澳门华商年鉴》内我找到有关金龙茶室的资料一则“金龙茶室位于126号”，后来又在同善堂的《征信录》（沿门劝捐的记录）找到负责人为廖北，但遗憾的是找不到吕耀林的踪影，但深想一层这也是正常不过的，难道要老板不成？

从各种资料看来，金龙茶室虽名为茶室，但与传统茶楼无异，凌晨两时半准时开门，下午两时左右关门。负责人为廖北，而茶客的来源主要为夜店打烊者、街市小贩、苦力、晨运客、岐关车客和泗唖码头的船客等劳苦大众为主。而茶楼的工作人员则分为大按、小按和文柜几种，当时茶室内供奉了关帝、土地及灶君等不同的神祇，而且祭祀甚繁。其名点为八宝粒炒饭及猪润蒸烧卖，最受茶客欢迎的茶种为粒仔绿（六安）和普洱，均讲求利用铜壶陶炉，文火红炭烹山泉水以泡之。在那里你们还可看到人们将鸟笼挂在窗口处逗鸟作乐；亦可看到提着木箱的擦鞋仔，还有售卖马票、玉器、钢笔的小贩；好些卖表的小商贩更会将手表挂满大衣之内，有人选购时就会把大衣打开，任君选择。

除此之外，尤为值得我们注意的是这茶室有不少进行义卖记录，共有数十次之多，如1938年7月的其中一次义卖记录，一天就得善款折毫券二百九十点六七元，当年茶价为一毫，咸点才二毫，完全能证明其爱国的表现，后来由于澳门社会经济出现转型，城市发展中心往内移，所以亏损日益见多，最后只落得结业一途。虽然经营对象、销售方法、运作模式，甚至开门关门的时间及祭祀等资料都能被我翻出来，但有一点最基本的还是无法弄清，就是其当年的位置到底是对应今天的哪里。

的确，最重要的是这126号到底具体位置在哪儿，谁都没有说清，幸好最后我在《澳门工商年鉴》中找到了127-129号为得来茶楼之经营地，而得来茶楼在上世纪六十年代改为现今的大龙凤茶楼，有具体位置就好办了。事情开始很顺利，大龙凤茶楼一下子就找到了，但顺利的开始结果却是令人失望的，因为在老板跟茶客底下就是问不出一个所以然。我只好四周走着，但任我走到两条腿结满水泡就是找不到，当然这几乎是可以肯定的，就是这间茶室早就不在了，但不在归不在，有没有可能像得来茶楼变成大龙凤茶楼那个样子？若真的有，那线索还不至于中断，皇天不负有心人，我终于在最后一刻巧合地在地摊市集碰到了这老头。

这老头怎么说啦！这真的不大好说，他给我的感觉容我打个比方，就像一个钻矿师，在他身上我嗅出了钻石的味道。我想在这人身上应该是埋藏着宝石的，要不他绝不会有这种吸引力。自然，这种吸引力也许只是碰巧在我身上起着作用，别人大概是不会轻易感受得到的。

他，我想应该就八十多吧，鬓发斑白稀疏，额上皱纹重叠，虽然仍给予人们硬朗壮健的感觉，但似乎在这背后满藏了深沉的风霜，尤其他的眼睛异常迷糊，像无焦点地眺望远方，以致我向他打听时完全怀疑他是否有注意到我询问的问题。

“老伯伯，你好！”

一阵沉默。

“老伯伯，你好！”我拍了拍他的肩膀。

这是典型的两问一答，而他此时才慢慢收起那迷糊的眼神，取而代之向我射来疑惑的眼光。

“卖东西吗？生意可好。”我试探式地询问。

他对我上下打量，像鹰隼般严厉，最后才淡淡地说:“还好。”

我蹲到地上挑着："1923年的《民铎杂志》、1942年的《红色风云》、1922年上海宝山路商务印书馆分支教育杂志社发行的《妇女杂志》，还是产儿限制号呢！好东西。"我竖起了拇指。

"你懂吗？"语气真的有点不客气。

"冲着老伯你这句话，这就值得一个交易。"这些卖旧物的老板我太清楚了，做不做得成生意不是重点，最重要是你要识货，不要让他们觉得你们是草包或外行，否则再高的价位，他们一般都不会卖，因为怕宝物糟蹋了；当然若你有本钱开天价，而老板手头又有重复，那还可能有些机会。

"你的东西还真多呢。"他的东西的确很杂，除了书刊外，还有花瓶、水壶、陶器、留声机……总之就只有杂才能形容。这许多年，随着商业中心的转移，老街最好的岁月大概已走了，商铺一间一间关门了，早已今非昔比，一年里或许只有农历七月初七庆祝康公诞的日子，在这里举行了敬老盆菜宴，变脸表演、怀旧金曲、粤曲及舞狮等表演，附近街道这才沾了点光，有些许人气。在平常日子里现在却只有这零零星星的一些地摊小贩，半死不活似的，虽然如此，但生活总是要走出一条路的。

"我没有犯法。"老伯的语气又重了。

"我也不是海关。"

旁边若站着人一定不明白我们在说什么来的，其实这是有缘由的，因为早前有市民举报"烂鬼楼"附近一带地摊有人售卖光盘，海关就进行巡查，结果真的发现一名五十多岁的男子在街边地摊档售卖激光视盘。当然该名男子无法出示售卖激光视盘之预先通知及光盘来源发票（因为是拾荒所得），其实该批光盘为一些十分残旧之激光视盘，但海关仍根据程序将对其涉嫌违反第51/99/M号法令《计算机程序、录音制品及录像制品之商业及工业活动》第3条复制品来源发票及第5条售卖激光视盘之预先通知之行政违法行为而提起控告，所以就被人拘留了。听说最高可科五万至五十万元的罚金，若证实其中有盗版光盘，海关还将加控售卖盗版光盘之刑事违法责任。

一开始我还感到他的特性像上了几百道锁的宝藏，没有特殊的钥匙是无法开启的，但想不到现在我俩在三言两语中已达成共同讨论的默契。

“政府不就是多事吗?”

“都是依法办事吧!”

“依什么法?”

“依行政法、商业法，我想政府抓人总是有根据的。”

“地摊、小贩是什么?”

“不够规范的小型生意，或者我想是快要淘汰的……”我把“东西”两字吞回肚内。

“错。尤其是规范这两个字，要规范的就不是地摊、不是小贩，小贩及地摊有着工时弹性大、容易经营的特性，正好为市民于经济不景及经济结构转型时提供收入以维持糊口。而且更可让金字塔下层的市民可发挥民间创意，展示独特的小区文化特色，为那些所谓的来来、非凡、7-11、OK、美联、中原等大财团垄断的营商环境提供另类空间。政府不是说要鼓励文化创意吗？创意何来？就是来源于猪肠粉，来源于骨粥，来源于生活，丰富的生活在哪里能得到体现？不就是多元的个体特性。这不是澳门的异样珍宝吗?”

天啊，这是八十岁风烛残年的老头吗？人家不是说宁欺白须公的吗？为什么我还会有着高山仰止的感觉，好像那些年虽八十并非“后”的一群，诸如一代词宗夏承焘、法兰克福学派哈贝马斯那样。

“但……”其余的话已死在口唇边，但我始终觉得这是两码子的事，在文化背后，法还是需要肯定的，否则人都会倒退到结绳记事的世界去了。

他仿佛看穿我的心意似的：“当然，法自然要守，但戴着脚镣越多，你们就不要期望再能跳出自然之舞。以若所为，求若所欲，犹缘木而求鱼也。”最后他朗声说，“你们这些做政府的人能明白吗？”

我惊愕道：“老伯为什么知道我是替政府工作的？”

“你的领带跟毛衣不是明摆着的吗？”

我望了望我的领带和毛衣，发现原来我在休假天还穿着制服呢，看来这些天我真的是糊涂至极了。

“老伯眼利，但我可不是稽查呢。”

“哼。”

我没有错过机会，立即抓紧发问权：“老伯，你知道金龙茶室在哪儿吗？”

“你找茶室干什么？”

“我是从事历史工作的，想做一做历史建筑调查。”我没有说谎，但也没有直接说出原因，这只是一刹那突然碰巧就想下这个决定，如此而已。但我后来想着，若我一开始就道明我的意图又会怎样？

“没有啦！”他摇了摇手。

“没有啦！”这是一个多么令人振奋的答案，我不是疯了，“没有了”是正常不过的，最重要是终于有人知道其下落，说不定茶室虽然是转型了，但仍有老人在这儿工作，透过人找人，最后定能逮着这个吕耀林，看来我找人也找到疯了，我是警察吗？

但我这想法明显是太天真了。因为真的“没有啦”！

没有就没有，哪有真的假的，但现在我敢肯定真的是“没有啦”！因为他给了我一个答案。

“金龙几十年前就关了，后来最后换成了冠男，但十几年前也跟着关了，最后上个月连那幢房子也拆了。”他起来指了指斜对街的空置地盘。

我循着他的方向急步走去，现在只见大型的酒店广告牌竖在门前，四边亦已搭好围板，我从围板的隙缝往内望，泥车、工具、建筑物料放满一地，至于旧日的一点痕迹大概也没有可能找得着了，现在应该怎么办呢？或许往回走问问那地摊老头，说不定还能问出点什么来的，虽然对此我实在不敢抱着太大的期望。

我摊了摊手：“看来是要建酒店了。”

“你没有看新闻的吗？现在澳门是旅游文化之城，酒店房价已贵到离谱，已经不仅仅是翻倍，而且是翻了数倍，谁不想建酒店？好像财神、假日、维景、帝濠那些三、四星酒店，平日就要六百五十，现在假期就天价了，好像春节期间就明码标价四千，即使有折扣也要三千多，而且不少时候就是无房，就是说你有钱也住不到。至于永利、大狮子（美高梅酒店）、星际等较新的五星级酒店的价格，你就可想而知了，不像内地那样炒绿豆、炒面粉，反倒炒起酒店客房来了，澳门果然就是与别不同。”

“予默然无以应，退而思其言，类东方生滑稽之流。岂其愤世嫉邪者耶？而托于柑以讽耶。”我岂非成了刘基。

“小隐在山林，大隐于市朝”看来所言非虚，对于这种“大隐”果然是在最平凡的境地才现出他特殊的光辉和特殊的意义；但特殊的他遇到平凡的我，真的是很难跟他沟通，不是他不愿意跟我谈什么，反而是太积极了，这种积极干涉，即使我如何地谈他都会把我的主话题自动岔开。

最后我这急性子还是按捺不住问："老伯，你说得很有道理，但我现在的工作是找寻相关的资料，今天交不了差就麻烦大了，有空我可以再找你谈谈，但你可知道如何能联系上那冠男的老板？"

老伯倒没有说些什么就直接告诉了我："那老板早就移民啰，好像是说去陪陪子女。"

"是吗？那能否联系过去的员工？"

"1996年7月冠男结业后，听说后来有老板一次过请了当时的三十多个员工，就在……"

"那在什么地方？"我抢着问。

"就在提督马路那边，好像叫冠男轩，那里都是经营茶楼生意的。"

"冠——男——轩吗？"我快速地用笔纸记下，"真的太感谢你了。"我用力地握着他的手。

我匆匆告别了这位隐者，但当我赶到冠男轩时，只见大门闭紧，上贴有："本店将于5月6日（星期二）至5月30日（星期五）进行内部装修，本店将暂停营业二十五天。敬请见谅。"

"不会这么巧吧，居然内部装修呢！今天才26号呢！"我咕噜了几句，幸好还有装修工人在开工，于是我向几个装修的打听他们老板下落。他们倒也爽快，说老板这些天不在，但告诉我回来后会代为转告老板的，于是留下了电话号码，我就离开了，以现阶段来说亦只好这样。

巧合，多么的巧合，但我所指的并不是指冠男轩的事，反而是请佣工的事才算巧合呢！你们不信？我也不信，但却不得不信。

离开冠男轩，才发现提督马路变化颇大，上世纪二十年代政府将北段以西的水面填平，于是便得出土地兴建了莲峰球场。南段以西在八十年代以前则为木材的存放之地，堆积如山的原木，溢着香气弥漫整条街道，同时间也因而兴起了相当的制造业，印象中不少的木材加工店与机械店便在这儿开业；到九十年代以后，这里人烟渐多，最后成为人口稠密的住宅区，小商小铺林立；但近年随着人口老化，社会发展，昔日的店铺亦多有转型，其中超级市场、药房和雇佣公司就占了大宗。当然若再细分下去，你会发现这条街上只剩下雇佣公司还不是连锁经营，而是个体公司，尚算残留着一丁点小商小铺的味道，当然内里坐着的基本上已不是本地人，反而是等待出卖劳力的各色人种（有点像猪仔馆），这点还是与以往的店铺有所不同的。

我是一个奇怪的人，例如明明就近便利店有报纸买，我一般都不会去，专挑那些报摊“帮衬”，在我内心深处大概还有着抗富助贫的心理，讨厌那些连锁店对我们的长久盘剥，还妄想对于弱势文化出一分力。基于这种怪异不平衡心理，所以我没有去到其他区的大型雇佣连锁店去找，反而在这里转了又转。当然这是从冠男轩顺道回家必经之路也是原因之一。

从外观看来，这公司似乎还挺可以信赖。首先名字就取得颇好，恒信，永恒的诚信，不俗；其次两侧高墙上挂满了许多的工作照片及奖状，活像信用之神在睥睨凡人，实有一种稳定心神的作用。而且当我在门前左窥右看之时，已有佣工迅速为我开门，躬腰亲迎，尊贵十足，加上彼时客人似乎不多，于是我便鼓起勇气往内走。甫一入内，那公司地方虽然小小的，但采光十足，加上厚玻璃已把外间的声浪隔绝一空，分外安宁。

接待小姐随即询问：“先生想找工人吗？”

“是的，我的孩子将要出生，所以想先了解一下请工人的情况。”

“噢，先生，这样先恭喜你了，请坐，贵姓？”

“小姓钱。”

“钱生你好，我姓李，这是我的名片。”她同时把名片交到我手中。

“哦，李小姐。”我看着名片里的介绍。

“钱生，请问你向政府申请了配额没有？”

“我太太已经申请好了。”

“那钱生，你对工人有什么要求？”

“要求？”我的语气大概活像乡巴佬进城，所以那位李小姐详细地说了一遍：“是的，你需要什么地方的工人？”

“唔……什么地方的有分别吗？”

“当然有分别啦，我们一般会提供菲律宾、印度尼西亚和越南三种的佣工，首先菲律宾的工人已经来澳门很久了，做工人已经很有经验，而且很醒目，可以说举一反三。但由于太熟悉这行业了，一般都会十分计较的，如下班后就不会工作了，而且星期天、年假及法定假期都要补足。”

下班就不工作，这与我心目中的佣工形象不大相称。“那我晚上回来晚了，想要她把衣服洗了，她们会做吗？”

“那就需要协商了，但先生我举个现实的例子，有位雇主要求工人煮夜宵，只是一碗面，工人不愿意，雇主把她解雇了。结果工人告上法庭，法庭判工人胜诉，雇主最后还要按所签的剩下合约期限，按每月三天的薪金补偿给工人，而且亦要赔偿工人在官司期间的精神及实际损失，这才了事。”

“哦！那还得了。”同时我也倒抽了口凉气。

她满脸微笑说："现在都是这样，权利时代嘛。香港特首都是做好这份工，工人当然也只是做好这份工啦！"

"那印度尼西亚和越南呢？"

"印度尼西亚和越南都比较能吃苦，很多时候吃亏一些没有所谓，或者这样说她们对澳门还不是太了解，所以星期天、年假及法定假期都比较有弹性，我们甚至可以帮你找些从未来过澳门的，除了固定薪金外，那就全天候什么也不用给了。"

"这样犯法吗？"

她微笑着反问："去拱北买翻版都算犯法。你说呢？钱生。"

"钱这些还算其次，但一个人长年无休不放假，真的行吗？"

"当然放不放假，先生你可以做主，但我强烈建议你不给假期好，姑勿论你是否给补偿金。"

"为什么？"

"因为工人是很容易学坏的，只要放假她们就会将工作情况跟乡里们比较，你有信心待她好，总有人比你对工人更好吧！或者某些方面总好过你吧，到时你的工人心中有刺，总觉得你刻薄了她，她还会用心照顾你和你家人吗？人穷是没有问题的，最怕就是邻人富起来了。"

"印度尼西亚和越南工人这么好，那不错嘛！"

李小姐摇头："针没有两头利，印度尼西亚人最能吃苦，但她们一般都信奉穆斯林，包头，不吃猪肉不在话下，生活习惯可能跟我们不大一样，加上不懂英语及中国话，所以沟通起来有些不便。越南稍微好一些，生活习惯跟我们差别不大，就是有点粗心冒失，不大注意清洁，比如内衣裤不小心丢在地上，她们最多就是拍一拍，便放回柜内，少有拿去再洗；又或者用手清洁完厕所就不消毒地马上走去煮菜，有很多佣主都是受不了这些的。"

对于这详细的解释，我真的不得不叹服："小姐，你真的很专业呢！"

"这是我们应该的，小店要在经济大潮中生存就只有靠口碑。至于最后成事与否也好，就当交个朋友。"

的确，只有老一派的小铺才会有"就当交个朋友"的说法，相反现在什么店都在说先客为先，甚至以客为尊，他们越谦卑，我总觉得他们就能在我身上找到更多的"着数"。

"那小姐，我想要请个菲律宾的吧！"我立时豪爽起来。

"先生，那先谢谢了，但你刚刚好像说是要照顾新生婴儿？那要留宿的吗？"

"当然。"

"这样怕有点难办了。"

我皱了皱眉："为什么？我家的工夫不会太沉重的。"

李小姐面有难色地道："抱歉，现在菲律宾工人一般都不会留宿的，因为根据法律规定她们在外面住可以多拿五百块，若加基本工资就有三千块，不少了。"

我略顿了顿："但五百块租房子不也没啦！现在租房就不便宜。"

她也耐着性子解释道："她们一般会二十多人一起住，每人分摊起来都不过两百，除笨有精，而且夜间可以有私人活动，或者在街上收收旧物，讨点外快也是可以的。而且最关键的是菲律宾工人有很多都觉得带带小孩还可以，但婴儿就实在太费神了，而且又困身，所以……"

"所以她们都遇难即退，挑起工作来了。"从前朋友说请工人的麻烦，我现在真的是针刺到肉了。

"谁叫澳门今天这样的发达，但又这样的困难，若然老婆在家带孩子，家中的收入便会吃不消了，加上多了个小孩，哪抵得住通胀，还像从前？领三四千元一个月工资，那倒不如回家带小孩好了，所以有供就有求，你越需要就越稀罕，工人也一样。”

“但越南、印度尼西亚的有吗？”

“有，但语言方面可能有点问题，就是不大会说中国话。”

“这……你等等，我问问我老婆觉得如何。”毕竟主要用家不是我，所以我还是飞快去拨了号码。老婆对我在找工人这事表示惊奇、难以置信，大概想不到我会这样迅速吧！虽然她比我更快，她早已去到人力资源办公室办妥手续。

我简单地说明了现在的情况，她也同意不需要宾宾（菲律宾工人），但她却认为语言不通也是一个大问题，着我自己看着办。的确我老婆跟我不一样，虽然成绩比我好，但语言天分真的非常一般，以后若她跟工人沟通不了的确是会弄出大问题来的。

“李小姐，看来我还是坚持那三项原则，留宿、照顾婴儿和讲广东话。佣金多给一些没有问题。”我还天真地认为重赏之下必有勇夫。

“钱生，好的我明白了，你等一等。”她的十指在键盘上飞打着，但最后答案也是令人失望的，“抱歉，钱先生，现在暂时还没有合适的佣工，要不你留下你的手提号码，若有合适的我第一时间会联系你的。要不，如果你不介意的话，我们可以网上安排工人在原居地跟你面试，若合适就再过来办手续。”

“隔个计算机那能看出什么？”

“这也是没有办法的了。”

“那只好再看看情况吧！”

“若有进一步消息，我们会第一时间通知钱生你。”那进门迎接我的佣工，此时也醒目地站起来欢送我。我指了指她，点了点头。

李小姐摇了摇头。

既然无法出让：“好吧！只好等消息了。”

当然我也深明想抓鱼，是不能孤竿独钓，还需要渔翁撒网的，但网撒得大了，鱼却依然未见踪影。或许应该这样说，我撒的网大，洞也跟着大，只有大鱼才能被抓起来，可惜这年头，大鱼不易呀！所以当跑到第七间时，那些对白我几乎已听到能倒背了，放眼望去，现在明明满街都是家佣，我统计过几乎每五秒就有一个在我身旁经过，为什么就是找不着一个合适的？当然心想剔除了那些染金发、迷你裙、穿鼻环、穿肚环、刺猪头、同性恋的……的确正常人又不是太多，是这个世界太不正常，还是不正常的根本就是我？

回到家里，老婆语气好多了，大概体谅了我所付出的劳动力，但从她的眼珠子我亦看到她在嘲笑我，“看吧，不是叫你早找吧！现在吃到苦头了吧！”我装作看不到似的。

这些天我留了很多次手提电话号码，老朱、家佣公司、冠男轩老板，最终大概只可以用水静鹅飞来形容，请了几天假，想不到得不到消息之余，现在反而等待的项目竟又多起来了。

老婆对老朱和冠男轩的事毫不知情，所以总认为我终于也肯为她卖命工作去了，当然这也是实情，只不过是三分之一罢了。

“嘟嘟……请勿靠近车门……嘟嘟……”电话铃声在狂呼。

把电话提上手来，看没有显示号码，若换着平时上班时候，我就会横下心把它关了，因为近年垃圾电话、短讯和电邮真的很多，完全能与城市实体垃圾成正比，平均每天总有一两条，不是什么调查，就是有什么新产品推介，或者房贷计划，烦也烦死了，反正我认识人的圈子又小，官又做得不大（好像用当兵当不大形容会好一些），不接也是无妨的。但现在反正是休假，闲着也是闲着，无所事事，就接一个吧！“喂。”

“喂，钱生？”

“你是哪位？”

“我是家佣公司姓李的，上次你不是来了我们公司吗？”

“对对对。”口上虽然这样子说，但后来实在找过太多公司了，以致我也忘掉究竟是A公司还是B公司，抑或是CDEF公司。

“我有个工人想介绍给钱生你。”

“哦，是吗？现在能否见人？”我单刀直入问着。

她安抚我说：“不要心急，她人过些天才到。”

“那现在可以怎样？”

“我们有她的履历表。钱生你现在能来看看合不合用吗？”最后她补充道，“最重要的是她能满足你那三个条件中的两个。”

“才两个。”

“两个也不错了，就是广东话差了一些。”

听到消息后，我犹豫了一刻，最后还是接受了现实准备飞跑过去，英雄也有折腰时大概就是这时，但我也不忘问道：“你们公司在哪儿？叫什么名字？”否则没有来电号码如何办？

“我们是恒信，提督马路……”

“哦，恒信，恒信我知道了，马上来。”

你们当然可能会认为这未免反应过大了，我只能说没有经历过的很难明白那贴身之痛，正如你们会感受到核爆之痛？能明白美赞臣奶粉缺货的无奈？

来到了恒信，李小姐给我看了履历表。但试问谁又会相信这一纸自己填写的履历？因为水分实在无法得到监察。

“怎么样呢？钱生，满意吗？”她礼貌地问着。

“这……李小姐，人真的无法见吗？”

“没有办法了，虽然她还有几天才到，但能留宿、照顾婴孩和会说普通话的工人是很抢手的；而且你看她三十九岁，有两个小孩，一子一女，从迷信角度去看本身就是一个好命婆，从现实角度去看就有照顾小孩的经验；当然最难得的是还不够四十，体力又好，将来晚上婴儿要是哭过不停，你就知道这工人的妙用了。如果钱生真的没有兴趣的话，还有很多人等着要请呢！”这不是恐吓还能算是什么？但我认为她成功了。

与老婆沟通后，我们最终都敲定了，因为老婆身子真的不是太好，再在正常工作后做“家事”实在是有点吃力，而且已经问了这么多间，只有这间有回音，看来市道就是这样，虽然是有些许冒险，但我们大概也不能再挑三拣四的了。

签完约，办好手续。李小姐提醒说：“合约签的是一年期，在一年内若提出解雇，则需要购买飞机票将人送回，并按余下月份，即每月三日工资的补偿方式来补偿，若没有问题，下周二，钱生再来我们公司就可以把人领回去了。”

“可以了。”我随口应道。看了看表，时间已经来到八时，老婆去了饮宴，反正闲着就是闲着，我没有选择坐车，只是顺着十月初五日街走回去，晚上的十月初五日街更为寂静，给人以猫的感觉。寂静的青石板小巷看来要比其他地方快上几小时，忽然小巷中传来了微弱的提琴声，说实在的，小城虽然每年也会组织国际音乐节，但我却甚少听到这样优美的琴声，不，不是优美而是动人。至于如何的动人，我可以说每个颤音都清晰准确，一段下来，千万感情在我心里流淌，如天上浮云变幻莫测，激烈时如电光火石，柔情时又哀怨欲绝，大抵如此，因为文字始终都是最难表达音乐的。即使你微动一下弦就会改变感觉，所以它是无色无味而且连科学仪器也无法量化。

虽然如此，但其感觉是如此之美好，以致我跟从音乐往陋巷里走去，但当我转进了这胡同小巷后，琴声居然没有了，昏黄的路灯下，只能听到从门缝里隐约传来的锅勺杯盘的撞击之声。这突然的中断令我怀疑刚刚只不过是环境底下出现的幻觉，我呆了一下，正当我想退回去之际，琴声却忽地传来，幽幽的如鬼魅之火。我站在古旧的店铺群中，有点迷失在时空之感，最后我索性不动，在这小巷中守候琴声的到来，琴声当真在响着，我立时屏往了呼吸，心跳告诉我这一切并不是幻觉。

对，就是在那个阳台上，黑夜中那人在平和中提着琴，看来是打算拉其他曲子，他一起音，忧郁的琴声便弥漫在阳台，然后慢慢充满了整个黑色的夜晚。虽然我不清楚这具体是什么曲子，但却知道这应该不是属于西方的，反而有着浓厚的东方历史感，像二胡的悲凉音调无异，仿佛是呜咽的北风、干裂的大地，但又包揽穹苍。我的心弦一紧，立时有一种说不出的凄酸。

我真的很少听到这样的提琴，那种给人的触动像蜻蜓般回升着，完全已达到炉火纯青的地步，没有一点一滴地经过风霜，只在温室中练回来的，不要梦想有这种境界。

此刻虽然我身上的每个细胞都想听到这人间天籁之音，但情感上却有着“不要再拉”的恶果，这活像一个人又怕鬼但又酷爱看鬼片一样，十分矛盾。

最后一曲奏罢，他终于缓缓放下了琴，望着夜空长吁了一口气。

我终于忍不住使劲拍着掌，最后还冲口而出“好——好极了”。活像个轰雷，在长巷中形成强烈的回响。他仿佛也从梦的国度惊醒了，一阵错愕，就向我挥手示意。

“太好了，Encall、Encall。”我欢呼我满心的崇仰，吓得那猫也快步走了过去。

他脱下帽子向我微微鞠了一躬。

“拉得太好了，可以下来见个面吗老哥？”

“瞎拉！算不了什么。”他谦虚地说着。

“这……声音……为什么这声音这么耳熟？”我拼命地在记忆库搜寻着。

“老啦！手也僵了。”

我拍了拍脑门，“对，是老伯，那个老伯。”于是我急唤着：“老伯，是我，那天那个搅历史建筑调查的，要找金龙茶室那个……”

“是你？怎么样？找着了吗？”他微躬着身子俯近露台花槽。

“没有，在装修，能下来谈谈吗？”

“这……好的。”

这是一个休憩区，正确点说是一个很微型的休憩区，只容得下两台健身仪器及一张小台，而那些过去的公园模式，我想在澳门半岛大概已没法大面积出现。近年城市发展真的很厉害，连绿化都已被迫得向立体和高空发展，所以这些在横街窄巷中被楼宇簇拥的休憩区倒算是发展中城市的一大特色。

现在我们一老一少的就在这儿“亲密”地对坐。

“老伯，想不到你能拉一手好琴呢！我从没有听到这样好的提琴。”我用手比划着。

“不，粗学、粗学。”他客气地摇了摇手。

“这也算粗学，那是演奏级了。”

他只“嗯嗯”着，不知是表示“就是这样”还是：“是这样吗？”

我接着说：“想必老伯当年是提琴名家吧！”

“年轻人有兴趣听老人唠当年？”他表现着不可置信似的。

“有，反正今天时间多的是。”我补充，“即使没有时间也要听，上次分别时我也不是说再找你谈谈？”

他笑了笑说：“我是南京人，家里原本环境还不错，所以学了提琴，那时学提琴的人还不多，我凑个数也算是其中一个，那时我以为我的生命一切都应顺着提琴家的路走，但那命定的因素不是人力所能抵抗的。后来走难途中，亲人去世的去世，走散的走散，最后我记得是1939年10月，我们从大亚湾那边一路跟随叔叔来到澳门，我惊讶于在战乱时代这个小城依旧歌舞升平，繁华一片，听说是葡萄牙人有点办法能令日本不攻打这里，的确这时的澳门与其他地方差别很大。虽然如此，但这里拉琴的还是没有几个人，而我甚至很幸运地就找到教富户人家子女提琴的教职，生活还算过得去。后来1941年日本鬼打了美国，及后新加坡、马来西亚及香港又相继沦陷，澳门这小城就不行了，走难来的人已有二三十万，疫病爆发，粮食供应又紧张，甚至连柴每元亦仅得十四斤，真正开始了三年又八个月的风潮期。

“以后形势每况愈下，政府限制每日成年人只能购米一斤，小童半斤；油每星期成人才可购五两、煤炭每星期只有八斤。这都只是官样文章，因为一般人连这都买不上，尽管同善堂或教会都有施粥和派发难童餐，但始终是僧多粥少，饿殍满街。其他的举动诸如《大众报》停刊；日本鬼在东望洋街设领事馆，在西环民国马路又增设海军武官府；澳门中华育会会长梁彦明被日本特务伏击伤重而死，最后连国民党港澳总支部负责人林卓夫也被枪杀身亡……那时真的弄到人心惶惶，琴自然没得教了，只是做些零工，最后辗转到了茶楼做“企堂”。我以为一辈子再没有拿起琴的机会，谁知茶楼西友工会的人组织了讲习班，他们知道我会弄点音乐，所以我在机缘巧合下又教起琴来，但那时每天的一大半时间都要消费在茶楼上，在工余时才可奏上几曲，提琴已成为我的副业。直至1943年我和几个有志之士，回到内地参加抗战为止，当然你不要认为我一个拿琴的，能提什么枪炮，我只是去到后方部队劳军罢了，这大概是我早年参加了‘旅澳中国青年乡村服务团’所以有了些经验，才被人家看上了。

“但每天拉呀拉，拉呀拉，技术反而又上了，但说你也不信，你总以为我一直在奏革命歌，起码也应该是些欢乐的乐章吧！”

“不是的吗？”

“一般情况是，但有一次我想换个口味，改了《客途秋恨》些许调子奏了起来，谁知演奏后一片静默，我吓呆了，以为他们不喜欢，谁知不一会儿一阵掌声潮水一样涌了起来，台下掀起一阵阵狂呼声：‘杀鬼子’，‘杀鬼子’……弄到那军营长以为鬼子真的打了进来，最后那人群就像一堵厚厚的、绵延无尽的铜墙铁壁把我围起来，‘再来一个’、‘再来一段’……七嘴八舌似的。终于我还要矮身挤进人丛之中才能逃脱呢！事后我问了问部队听众，他们说在琴声中看到了他们的家，一个被毁的家，琴声中令他们记起为什么要战斗，到底在这里为了保卫什么。

“真想不到，拉到现在我还是最想拉这些曲子，然后还吸引到你这个小听众。”

“哦。”

“这里也不是我一个人的努力，还有我老搭档的功劳，没有了他也不会成功，那段日子是我最开心的日子。”

“怎样？是你那把琴吗？”我急迫地问。

他抚着提琴：“这当然也有一份，但琴已经是我身体的一部分了，是我手臂的延伸，不能算是答案。”

我真的好奇了：“那是谁？”

“是我的老战友仲熙——出征为何事？念父乎？念母乎？念妻乎？念子乎？既念是苦，男儿为何要离家？流血成国防。军还，君还？去，吾去为迟，擦干离别泪，昂首赴边关。”老伯也昂首地跟念着。

“这首诗写得挺好呢，虽然不是什么绝句或律诗，但作为新诗却难得地有着乐府诗的味道，已经算很不错的了。”

“《出征》是为了军人写的，有着普及性，当时配合我拉的曲，现场之下无不动容落泪。怎样？觉得有点吹牛皮吧？”

“不不，那你们不就是文乐双绝？”

“好，好一个文乐双绝，可惜呢——”

“可惜什么呢？”

“他比我早走多呢！那年头我还以为会是我，毕竟他有妻有子，而我只是光棍一个……好像扯得有点远。”他顿了顿，不好意思地停下了话。

“不。”我同时做了“请”的手势。

“我的这个老战友，说老不老，因为去的时候才四十多，壮年啊，他人多好，他有大房子，结果连妻子及儿子也只能占一个小房间，其他的都用来招呼朋友们，一住就三五年，而且分毫不收。人家没钱下葬关他事、没钱照顾父母关他事、孩子没钱上学也关他事，弄到后来自己家里境况也不佳，依然坚持筹钱购买国债券，最后那年，他儿子大病，仲熙还含着泪回到内地，说先国而后家。这老好人，想不到日本鬼搅他不死、内战也死不了，反而一场‘文革’就搅死他了，这是什么道理，他才是最爱国的，他就是活雷锋，结果被他最爱的国家给搅死了。”

“噢……”“先国而后家”、“活雷锋”这里不由得令我想起那沓文稿，或许那年头的人都是这个样子吧！

不知不觉间看表已转到十时，想来老人家也应该累了，于是起来拜别：“老伯，也晚了，我认得路，改天我来再找你谈，听你话当年。”

“唉……喜欢听这些的年轻人真少有。”

“你忘了我是从事历史工作的吗？我就是一个有趣的听众。”

“对对。”

“我也忘了，老伯谈了这么久还未有请教你贵姓大名。”

“我，我姓吕，叫耀林，人家都叫我耀林叔。”

“你说什么？你再说一遍。”我差点整个人也扑到老伯身上。

他对这突如其来的变故，显然有点不知所措：“我，我姓吕，叫耀林。”

我大叫：“你就是吕耀林？”

“我是。”

“你曾在金龙茶室待过？”

“待过一段短日子，年轻人你认识我？”

“这太巧了，我应该怎么说呢？这……”我此刻踱着步思索着应如何解释一沓数十年的手稿改变了原本是两道平行，而又互不相干的陌生人生。

“你，我……不是。”

我的举动实在太古怪了，以致他关心地问我：“年轻人你没事吧！”

“我不是找冠男轩、不是找金龙茶室，我要找的是耀林叔你！”

“找我？”

“泗嗑街126号金龙茶室，吕耀林，福鼠饰盒，连环锁之匙在吕手上。”我把单子背了起来。

“你……你是，为什么会知道钥匙的事？不对呀，他的儿子没这么年轻。”他疑惑地摇了摇头。

“不是，不是……”

“你是他的孙子？”他一阵兴奋。

“不不不……”

“那你？”

“我姓钱，我不是那个人的子孙，但跟你说的人很有关系。”看来我把事情也搅复杂了。

“你还记得这件事吗？耀林叔。”

“怎会不记得？这是仲熙交代的最后一件事，那次以后他就再没有回来了，即使我到了‘下面’喝了孟婆汤我也会记得一清二楚。”

“真的？”

他没有理会我，便说下去了——

以下是他两人的对话，但为了令读者可以清楚一些，我将毫无关联的部分省略过去，而与故事相关的部分则采取原封不动的办法把它转录出来。

“仲熙，你真的要去吗？”

“不去不行！”

“人家都往外跑，你就不要往内走啦！”

“这时候祖国需要我。”

“你以国为家，我很敬佩你，但你的家人难道就不需要你？”

“我知道，这辈子是我欠了他们。”

“你的儿子……”

“他说恨死我。”

“小孩子不懂事，将来就会明白他父亲的伟大。”

“我不用他明白，我跟他说‘我知道，你就恨吧！’”

“这又何必呢？”

“爱国家就等我一个人爱吧，我不想孩子跟我一道走，怎样很自私吧！”

“你自私，天底下就再没有人为公了。”

“谢谢，耀林。还有你能明白我就好。”

“你这就走吗？确定？”

“我就是为了这件事，你知道我从来没有求过人，我希望你这次能帮我，有些事我还放不下。”

“我是什么人，你有什么事就尽管说，不管能办或者不能办，都照办。”

“说你就是个东北汉的坯子，哪像个南方玩音乐的。”

“要你管，有话就说。”

“这钥匙交给你。”

“这是什么玩意儿？”

“我这一生都信仰着共产和社会主义，这钥匙打开的东西就是我信仰的污点，我现在惟一能做的就是用这条命回去报效国家。”

“你在说什么傻话。”

“你知道我是认真的。”

“这……”

“淑贤会来找你的，如果她或他想打开的时候。”

“他是谁？”

“他来的时候你就会知道。”

“你为什么不自己给她们？”

“我怕我动摇，我怕……耀林你就帮我这个忙吧，拜托。”

“我先替你保管，你回来我就还你。”

“能回来才算吧！”

“回来，回来，一定要回来。”

“唉，好人不长命啊！”耀林叔叹了口气。讲到这里我需要暂停整理一下我的思绪。情形发展到这里看来开始有点“瞄头”了，手稿应该就是这位仲熙先生写的，而当时在暂存库归纳的五点那种爱国的特征与耀林叔的叙述相吻合，还有在对话中提到对家人的亏欠，从那些例外的手稿资料：“梧桐枝上栖双凤，菡萏花间立并鸳”及像《与妻书》一样的信函“……依然暗黑遍地，安见目下一切，与吾无关耶？吾何忍独默，夫济大事必先以国而后家……”显然都是写给妻子的。而且保留这些东西的，最大可能就是仲熙先生的太太，这位可称之为烈士的太太，她的名字就叫淑贤，但那个他又会是谁？暂时还未能想通。总之后来他要回内地做些事，至于是什么事就不得而知了，只知道他有预感要交代好身后的事情，于是找了当年的战友耀林，把钥匙交给了他，还留了字条给他的太太淑贤，当然这位仲熙烈士应该已是“风萧萧兮易水寒，壮士一去兮不复还”，幸好他还有个儿子，遗憾的是他俩的关系看来不大好呢！

事情大概就是这样，看来那盒子中的东西并不是什么贼赃，虽然他说“这钥匙打开的东西就是我信仰的污点”，但从前是穷人和老革命的年代，我坚信信仰完全是能压倒私有财产或宝物的概念，只有信仰才是（仲熙）他们的异宝，当然有可能亲人已有些许动摇了他的信念也说不定。

这个故事太离奇了，想不到收到一个保险柜会弄出这样的事来，但它需要有一个结局，反而是这种好奇心在作祟，并达到前所未有的高度，现在福鼠饰盒在我手上，只差耀林叔手上的一条钥匙了，但想深一层他能够轻易就借钥匙给我吗？毕竟我不是这盒子的主人，严格来说我根本就是一个毫不相关的路人甲，要不先套套耀林叔是否知道盒内有些什么，然后再见步走步。

“耀林叔，你可知道盒内放了些什么吗？”

“什么盒子？我不知道，仲熙没有提起过。”

“那条钥匙开的盒子。”我强烈地提示着。

看来他是一片茫然：“我不知道钥匙是开盒子，还是箱子，抑或是道门。”

“哦，原来如此。”看来他根本就不知道有盒子的存在，更不用说知道里面到底放了些什么。对坦诚的人最好的办法是比他更坦诚，于是我把藏有盒子的事告诉了他：“耀林叔，那柄钥匙的盒子在我那里。”

他惊愕地问：“在你那里？为什么会在你手上？你跟他们家到底有什么关系？”

“耀林叔，你冷静一些，这事很复杂，不是三言两语能说明的。”我安抚着他。

为了令其信服，我还告诉了他我有另一条连环锁的钥匙，谁知他又问：“什么叫连环锁？你那条是后备复本吗？”我差点没笑出来，看来他并不知道这盒子是需要两条匙一道开才会成功打开，待我解释清楚后，他又问了一个很有意思的问题：“既然如此，他为什么要做两条匙？一把不是更省事吗？要不就交给我，要不就交给淑贤或那个他？”在现阶段这实在是一个无法很好得到答案的问题，你说为了方便说不通，你说为了保险更谈不上，难道只是一时兴起？从交代后事的角度来看应该不太可能，到底真正原因是为了什么？大概只有仲熙先生才能回答。当日后我知道答案后，我觉得这可是仲熙先生的一份苦心呢！此时我只可以告诉他我也不知道，但在不知道的背后我非常懂得打蛇随棍上的道理。

“虽然我们不知道是什么原因，但我有盒子，你有钥匙，一起打开不就清楚了吗？”

“不——我们没权开仲熙的东西。”

“当年可能没权，但现在都过那么多年了，而且说不定他里面就写了个心愿，你作为他生前最值得信赖的人，你不认为你也有责任？虽然耀林叔你身体仍硬朗，但现在年纪可有一定了，你不想在这个时候帮他完成心愿吗？我相信他泉下有知都会感激你的。”我为自己丝丝入扣的论述暗自喝彩。

果然他现在犹豫起来，但我相信不消一刻他自然会答应的，果然不出所料，他说：“好吧，你可以跟我一起把它打开。”

我兴奋极了，差点没飞扑到耀林叔身上，我强忍着激动，说：“那好，明天我带盒子来，你带钥匙来，就在这里碰面。”

“什么钥匙？”

“咦，你的钥匙呀！”

“我没有钥匙。”

“没有？是丢失了吗？”我紧张地追问。

“不是，我哪敢丢失，我丢了自己也不会丢了钥匙的。他三年没有消息，后来我把钥匙亲手交给了淑贤。”

“这……”我完全蒙了。

原来我现在拥有的钥匙，说不定就是吕那把，那还有一把在何人手上？事情又跑回了原点，若然老朱在这儿，一切自然可以透过其巧手迎刃而解，但现在除了等待还是等待，难道真要在等待中等待果陀的出现？

突然我灵光一闪，我想先确认一件事情，就是陈生的这个盒子到底是自己的还是收回来的？这里到底有何关联我实在说不上来，只是有着强烈的感觉，这可能才是整件事的核心。

“耀林叔，仲熙叔叔他儿子叫什么名字？”

“让我想想，好像叫向东，对，是王向东，仲熙说是取其‘面向东方’及‘面向祖国’之意。”

“王向东、王向东。”我叫了起来，原来那张写在中医师开的药方背后，上方不是有用毛笔写下的凌乱草书——向东、红日、祖国、卫道几个断开的词吗？原来这是为了挑选小孩的名字。等等，陈生不是姓名里亦有东字吗？陈东，对，那张通讯表是这样记下的，那陈东是否就是王向东？两者是否同一个人？你们读者看来可能就是风马牛不相及的事，但经过以下这个问题之后，我想谁也不会认为这假设有不合理之处：“淑贤女士是否姓陈？”

他向我投来异样眼光：“你为什么会知道？”

我笑而不语，其实我自己也是跟母姓的了，我父亲姓赵，我妈姓钱，这种心情我焉会不知。

总而言之，以现在的情况看，陈东就是王向东，王向东就是陈东，两者是同一个人。可能大家会问，虽然是跟母姓了，但王向东充其量都是变成陈向东，又何来陈东了？我告诉大家，你们都有所不知了，当年爱国主义泛滥，许多人都会为自己或自己儿子改个革命的名字，如向东、卫彪、立新、志红、永革等等，被认为带有所谓封建意识，如光宗、耀祖、念祖、义礼、仁智、孝悌、永德等，或含有期望升官发财、惟利是图等资产阶级意识的，如富贵、荣华、厚禄、晋爵、进宝等。在当时社会，这些人常会受人指责或被耻笑，原名一般难以使用。当然还有的人名字叫学修、必修，或带有亲美、爱美、崇美、思美等词的，更是当年的大忌，不改就会成了众矢之的！

后来十年浩劫过去，有不少改了名的人立即把名字改回来，我相信王向东变成陈东就属于这种情况。而我想惟一不同的是，当年内地是青少年自发性改掉父辈给予的名居多，而王向东都是自发性改名，只是被迫接受名字，而最后自发地改掉。

虽然终于弄清了盒子应该就是陈生本人的，但事情却再未有突破性的发展，当我们为此讨论二十分钟过后，各自也发表了相关的可能，但这实在是凭空臆测的成分居多，我相信即使在这里投入无限的时间，在没有进一步资料前，还是不会有什么进展的。所以我告别了耀林叔，当然我也答应了若有进一步消息会再第一时间通知他。

在回家路上，我一直思索着是否自己的推理出错了？“最有可能的是钥匙就在陈生手里，他为了保险自己收起来了。”难道我最初的这种想法才成立？

现在多想亦无用，只好先回家，因为老婆饮宴回来若看不到我，那麻烦才大呢，广东人有句老话：“好的不灵，丑的灵。”现实也的确是如此，当我甫一进门，我的老婆大人就像升堂似的端坐在前，而我就像囚徒似的惊惶不安。

“老婆这么早就回来？”

她没有回答，只是瞄向挂钟，而我也偷望了腕表，我强打着笑容，说：“是迟了一些，找工人费时。”

男人最大的毛病就是想找话说糊弄女人，尤其是已婚女人，因为他们都忘记了骗人的招式已给对方看得一清二楚。

“又真是很费时，那老公辛苦你了，恒信刚打了电话过来，说你七点多走了以后手提电话就一直没开，怕你来不及准备，要我通知你工人不用下周二到，她刚收到越南那边的讯息，工人后天就能来到澳门，麻烦你当天去领一领，可以吗？”

我拿出电话翻看，是调了静音，我看见有八个短讯和五个未接来电。但我此刻依然强自镇定："原来是电话没电呢！难怪他们找不到，但我周五当天好像有个会要开，我翻一翻记事簿，如果……"

只见大人脸色一沉，我马上改口，原本的话亦已抛到九霄之外："如果你没有空，当然就是我去，即使你有空也要在家多休息，养养胎，总之我开完会一定当天就把她接回来，一定。"

还有她瞄了瞄屋子四周，然后露出抱怨的眼神。我马上机灵地说："屋子我会收拾的了，工人的床、清洁用品、餐具……诸如此类，我会明天马上添置的。"但我心底却在暗骂："究竟谁才是工人？"

当然说实在的我老婆的想法我是十分清楚的，她真要抱怨的不是具体的某项工作，反而是我对整件事的态度，在外人看来（包括她）我是爱理不理，在我自己看来我是害怕去理。这种害怕犹如被绑架一样，我不想有人绑架我的人生，亦不想我孩子延续我阴暗的心理。还记得年轻拍拖时她有一次问我："孩子多可爱，我们将来生多少个？"我记得我的回答是："真的要生？"她坚决地点了点头，我马上说："那你另请高明。"看来她是拿这当玩笑去了。但这玩笑一点也不好笑。

这时她又幽幽地说："除了这些，你记紧要收拾放好家里的贵重东西，我那些首饰已全部放好了，你的也不要拖拖拉拉，要放保险箱的放保险箱，要存银行的存银行，要锁起来的锁起来，总之应该做什么就做什么，现在家里可是多了个陌生人呢！"

我同意。的确是"多了个陌生人"，一个不能不出现的陌生人就这样闯进你的生活圈子里，一辈子那个就不要提了，眼前这个亦不好受，基本上一住就是数载，甚至更长，这将是什么境况？谁也说不上，我已有充分的心理和生理准备，需要忍耐？需要缄默？如在床上发现越南饼干碎或杂志，又或者煮东西不够熟及地方不够整洁等，当然最怕的是如报章那样报道的就麻烦了：“一名越南籍家庭女佣涉嫌虐待雇主四个月大女婴被司警拘捕。雇主日前将女儿送往医院检查，扫描发现女婴脑部出现淤血，须即时接受手术治疗。院方怀疑女婴头部伤势并非意外造成，户主日前向司警报案。受伤女婴目前仍在观察中。女佣供称在一次意外中将女婴头部撞向床边，但户主相信女儿曾遭到虐待。”

想来也令人心寒，但相较于母亲来说，我仍然希望搏一搏，说不定能碰上一个好工人，虽然老婆认为或许母亲过来帮忙会稳妥一些，毕竟自家人没有所谓虐待不虐待的问题，但我始终相信心灵的伤害相比起身体的伤害要来得严重和长远。

一阵张罗，好容易就到了星期五，现在可谓万事俱备，只欠工人。这大概是一个Lucky day，恒信来电：“钱生，工人我们十时会送到你登记的住址那里，因为我们有车刚巧办事会经过，你不用亲身再来了，希望新的工人钱生你能用得称心。”

果然，不到十时，车子就已停靠在路旁，甫一下车，我就和我未来的工人碰了个正面。

“是你？”鲜黄色的外衣，那个曾令我联想到孩子刚从浴缸出来的D.D.DUCK，我整个人也被吓得跳了起来。

“噢，钱先生，原来佣主就是你，上次还没有介绍，我叫阿契，契约的契，你的房子在哪儿？”她的若无其事真的已达到令人吃惊的地步。

“阿契？”很怪的名字，但为何这么耳熟？最后在不解中我还是指了指房子的方向：“那……里。”

她快速地提着行李已往前飙，虽然东西两大袋，但依然健步如飞，果然是会武功的呢！想来我的手臂又一阵生寒，在陈生家里我和她第一次碰面，那时我总觉得不会是最后一次，当时就是有着这种强烈的感觉，想不到这时却灵验了。现在还成了我的工人呢！澳门，澳门，何其的小。

巧合？

我想是的。

## 巧合的延续

五天了，这家佣应该怎么说呢？或许应该由我老婆来说："你请这个工人太好了，雀友们到来懂得自己倒好茶，准备小点心，没事站在一旁等吩咐，她们都夸我们的工人好呢！说实在开始我还有一点担心，你也知道你自己随便惯，就怕你请工人也一样马虎了事，怎想到可以做到这样，就好像前天我见她俯在地上用小布擦地板，问她这样不辛苦吗？为何不用地拖？她说地拖线条粗，这样慢慢擦会干净一些。现在家里的清洁状态的确是百年难得一遇，完全可以用闪'令令'来形容了。还有老公你可记得露台那电风扇吗？自从卡了油后灰尘便粘滚了一层又一层，日积月累，最后连扇叶原来是什么颜色也看不清了，若我能记起这风扇的存在，我一定会毫不考虑地把它直接丢弃，谁知今天当我再次看到这把风扇，我可以直接告诉你，扇叶原来是墨绿色的。"

评价大概就是这样——有赞冇弹。当然我对此并不表示怀疑，若然上述的例子是装出来的话，以下的例子我看是自发性居多。因为我有早尿的习惯（当然我不会无聊到随便告诉人），曾有几次五时多起来，在睡眼蒙胧中看到她已折叠好被单衣物等并放进收纳箱内，又或者在轻声打扫地方。注意这

“轻声”二字，能不吵醒主人，默默地工作，若然她在政府工作，我一定给5分（评级最高分）。当然最厉害的还是要数有天在外工作，我碰巧就看到其挑鸡的一幕，这一幕大概只有“精彩”方能形容妥当。

“老板，这只鸡不好，这是肉鸡鸡，鸡翅和鸡胸赘肉多，就是抗生素打了一大堆。”最后她自己老练地抓住笼子里那只鸡的翅膀，把它从笼子里拖出来，而几簇红色带棕色的羽毛就这样飘然落下，“这只走地鸡好，毛色靓，炖全鸡汤，汤头会浓，出来的味道也比较甘。”我的注意点并非挑鸡厉害，反而是居然能在笼里自己挑鸡，自从禽流感后我有多久没有看过澳门街市中的顾客可以自己拣鸡，而且你们认为鸡档是你开的吗？可以随便入内，欢迎参观？你真要混得很熟才可以这样的。当然其中不是没有诟病的，最突出的就是那肉鸡鸡的叫法，与小鸡鸡的称呼何其相似，不禁令人竖起了汗毛。

这天我轮休，闲着在家，过分空闲的时间不禁又刺激我回想起当天她先求借四十万，后来只借了三十五元的离奇事，加上原先好端端地在陈生那里工作，不是轻松多吗？（相对于现在要服侍三人来说）尤其以她的工作能力来说，应该是无法质疑和挑剔的，我们钱又不是出多了，又不是跟人家很熟，人家为何仍愿意转工屈就？这不是很奇怪吗？我充满了满腹的疑问。

她现在已将待洗衣物分类好，并将可用机洗的部分丢进洗衣机中，趁着它们轰隆隆运转的时候，她开始在厨房吃着早餐，而我此刻亦悄悄地走到门前，当她发现我走了进来之后，便马上放下正吃着的面包开腔：“先生，起床啦，太太她上班了，你要吃什么早餐？”

我随便地说：“鸡蛋炒饭，加菜吧！”

“好，报纸已放好在台面，你可以先看看，等一下好了再叫你。”

果然不到五分钟，一碗料理就这样地端在我面前，称得为料理自然就是料理的级数，起码卖相可以，果然我试了一口可谓色、香、味俱全。

说实在的，虽然她已经来了好几天，但到这天我才真正试了她做菜的口味，在这之前我还保持着那天在陈生家连开水也喝不到的感觉，于是我开起玩笑来：“这炒饭的服务要比当天那茶水好多呢！”

她脸也红了，连声抱歉：“当天有些突发的事，所以心情不好，加上心急赶着外出，但又要等待，大概是急火攻心了，得罪先生你呢，对不起，而且……”她吞吞吐吐，“还欠你三十五元呢，我可以在工资里扣除的，先生。”

我连忙解释：“噢，没事，我又不是要追你还钱，你做事这么能干，我跟太太也非常满意，先发一点当作奖励也是无妨的，以后做事再用心一点，春节期间我们还会给你津贴和有薪假回越南探亲呢！”

“谢谢你，先生。”

若然你们想我描述一下现在的感觉，我只能想到“变脸——四川的—— 一级大师”，虽然我肯定眼前这个身穿鲜黄外衣的阿契就是当时陈生家里的佣人，但我总怀疑是否其中有着人格分裂的病征。变脸也好、人格分裂也好，甚至是为了那些满腹的疑问也好，我选择了跟她继续闲聊。

“阿契，这几天辛苦吗？习惯吗？”

她犹豫了一下，点点头：“还好。”

“对啦！你从前在陈生那里做工人，只是一个老人应该也挺好做的，为什么后来不干啦？”

“这……”明显闪烁其词。

“你不喜欢可以不谈的。”我扮到若无其事似的。

“其实也没有什么，只是我越南的儿子病啦，老公想我陪陪他，一来一回一停留，要花不少时间呢！我也不好意思拖着人家。”

“哦，那你儿子现在没有事吧？”

“没有。”虽然她坚定地回应，但我仍能看出那强忍泪光的眼睛。大概她也觉得瞒不住情感的泄露，所以接着说，“长期的，没有办法。”

我愣了一愣，手支起头，打算聊一下其他的话题：“我们谈点别的吧！你在越南那边原本是做什么工作的？为什么要来澳门？”

“我在越南那里是在制衣厂做工的，我的厂是做牛仔裤。”

“牛仔裤？听说很多任务序的。”

“是很多任务序，我做的又是大厂，每一条牛仔都要经过面辅料挑选检测、预缩试验、手工设计划版、立体剪裁、缝制加工、绣印花加工、手工烫皱、穿针抓皱、打砂喷砂、霉洗磨边、石磨漂白、马骝树脂、套色加软、反复洗水、烘干风干、细节调整、装饰点缀、打钉打纽、后整修线、打烫包装、质量检验等多道工序。”她如数家珍地念着。

“我有个阿姨她从前就是在牛仔裤厂里面做，她是‘车板’的，不过后来制衣业在澳门式微了，因为我们先天性就缺土地，连大学都要搬去横琴，工厂就更不得不搬了。开始时还有些厂家去东莞那里开厂，后来就走出了广东省，再后来也不行呢！经营成本不停上涨，工人又请不到，所以最后在澳门只保留着接单的工作，而实际操作的生产线都搬到你们越南去了。”

“噢，这样吗？”

“那你做哪个部门，是磨洗？还是缝纫？”人很多时候总是先入为主，看着阿契来到澳门这小城里打工，我总以为她应该就是一个劳动阶层，虽然她的确没有那种鬈发、黑皮肤和干巴脸的东南人的特质，而且有弧度的倒三角脸型及小巧的身段，或许更像日本的某位明星，但这充其量也是一个标致一些的工人，谁知她的回答倒令我吃了一惊。

“我是厂长的翻译及秘书。”

我差点就把筷子掉在地上：“想不到呢！”

现在我和她坐得非常近，我注意到她的手，虽然整天做着粗活，皮肤已无法做到“肤如凝脂”，但从形态上来说确有“手如柔荑”的感觉，加上其眼神真的颇为清澈，浅棕色的眼珠在日光下呈半透明状，活像毫无瑕疵的玻璃珠子。这种不属于漂亮型但拥有自然的气质，的确为担当秘书及翻译的工作带来几分的可信性。

“那不是很好的工作吗？”

“工作是不错，也能学以致用。”

“对啦！”

她嫣然一笑，仿似我问了一个最愚蠢的问题似的：“就是薪金比不上这里。”

我心想这就像菲律宾和俄罗斯情况无异，我们公司请的保安不就是大学工程系毕业的吗？能说一口流利的英语，甚至还能操其他三种不同国家的语言，比我那红级要好多了，而且更是国家的三级工程师，但又怎样？不是一个开门关门的保安吗？还有位朋友召过俄罗斯籍的妓女，他事后兴奋地到处宣扬这是他召过的最高级妓女。我们问，怎样高级法？你花了大钱吗？他摇了摇手指说，不是，钱不贵，是学历最高，人家是博士呢！我们还笑他，何时喜欢上读书啦？更何况就一个中学毕业的，你配吗？他也跟着一起笑，就是不配这才过瘾。

“噢，原来是这样。”

“先生，我有个要求，我想星期天也上班，你会按每天一百给我吗？”

“好，没有问题。”难得她主动要求我星期天也上班，花点小钱，能防止工人学坏，倒也不是坏事。

“还有……”她欲言又止的。

“还有什么？工作上的事什么都能谈。”

“若然法定假期，甚至是晚上十时以后开工，我也是可以的。”

“你不需要休息吗？而且我见你们的乡里每星期也会在三盏灯、佑汉进行聚会，你也不去走走？”

“出来就是要打工的，不是来娱乐的。”她认真地说。

面对正确非常的态度，我反而开始有点不知所措：“这……”还好最后我反应快，“待我和太太商量过后，看情况再决定吧！反正距离孩子出生还有一点时间。”

这刻她失望之情已溢于脸上，我赶紧安慰：“阿契，不打紧，工作总是好的，但休息也是需要的，总之我答应你会尽可能地安排，放心吧！”

此刻，那料理已被我吃个光溜，她亦同时收拾好碗筷回厨房去了。

望着阿契背影，我仿佛看到当年母亲带着我的样子，那些未能真正涉入流转人寰识尽人间生活愁滋味的人是不会明白的。

就这样时间又过了个多月，一切都显得井然有序，以致我们都很容易适应了阿契的到来。直至某夜，正确些说应该是过了半夜，老婆已睡熟，电话却突然“哔”的一声响，我安静地缩在被内按着数字盘，一条令人久等的讯息蹦跳出来：“回来，途中，找你。老朱。”很短，很惜字如金，却令我整个人很亢奋，直要跟手提电话起舞似的。为了淋熄这亢奋，我蹑手蹑脚地走向厕所洗把脸，客厅的时钟在滴答滴答响着，但见阿契房薄薄的门板并没有关好，内里还透出幽幽的黄光。起初我并没有为意，直至走近时出现啜泣声为止，虽然那一两声的啜泣极其轻微，但在这夜静的空间中却显得分外薄尖尖地刺耳。

我忍不住从门缝往内瞧去，看到阿契正托着电话，虽然被子拉得老高但正好能看到她那双哭肿了的眼睛，窝在被子里的她用那感觉低几度的陌生嗓音和别人交谈着，由于对话内容用的是普通话，所以还能听到“好孩子”、“严重了”、“想办法”、“阿达”等几个词。至于往后部分，由于声音真的太低，所以无法再听得清楚对话的内容。当然除了那个“阿达”我实在猜不到是什么意思之外，我想大概就是可怜天下父母心的情节，母亲为了儿子治病而在他乡工作。希望多赚点外快，也是为了儿子，大概第一次往陈生那里，她的心急，十不离九是为了要治儿子的病，所以那天冲口而出的四十万很可能就是医疗费。当然她也知道这对于一个陌生人来说是没有任何成功可能性的，所以只好借了三十五元电话费再想办法，至于为何三十五元也没有？我想，一分一毫都已用到孩子身上去了。

这令我回想起很小时候，有次澳门刮起大台风，我发了高烧（真会挑时候），还烧到41℃呢！当时就面临着第一个人生交叉点，是送山顶（医院）呢？还是送镜湖（医院）？由于我家住石街，而且公交车已经停驶，救护车和消防车已忙于救灾，所以按道理来说，靠双脚，应该前往镜湖是最为合理的。但合理归合理，现实归现实，当年去镜湖不便宜啊，那是要给医药费的，不像山顶，拿着贫民纸就可免去大部分费用，最后父母亲选择去了镜湖。第二个人生交叉点是，送到医院，我已经烧到41.8℃，按当年医生的说法，若体温高于41℃身体细胞便会开始被破坏，其中又以脑细胞最易受创，脑细胞神经受创后便无法再生了。那意思是什么？再烧下去会变白痴仔。当然医院就是医院，总会有办法的，你们可以选择用贵药止烧，或者可以选择用平药止烧，贵药可以靠药的本身，平药你可以靠人的本身。说完，请家长自行选择。父母亲最后选择了前者，而出院时父亲再没有手表，母亲再没有戒指。

当然你们可能会问我现在为什么还会对父母亲存有恨意？父亲的异母儿子有病又不救，自己的小孩又不想母亲带？对于这个埋藏在心里的深层次问题我也不太清楚怎样回答才是，毕竟感觉如何用逻辑去回答？我只知道我讨厌父亲的背叛、讨厌母亲的操控占有欲。

此刻，我悄悄地回到房内，思忖着到底应该如何帮忙阿契。隔了一些天后我跟老婆终于商量好，待孩子出生以后，那就让阿契全年无休地工作吧！至于假期，则做“四工”（四倍工资）计算，现在工资立马由二千五一个月上调到三千五一个月，并且一年给予十五日的有薪假期，并包来回越南路费。

当然，你们以为我们都大发善心？因一段窃听回来的、片言只语而猜测的事就感动得痛哭流涕，并且两肋插刀？这不是小说，所以超出合理范围的事基本是没有可能发生的。

但我告诉你偶然的一件事，是可以改变很多东西的。

## 宝盒之谜

“好了？”

“已经开了，拿走吧！”老朱把锁还回给我。

“这……怎么可能，还不到五秒。”

“已经慢了，这玩意儿精致但结构很简单。”他叹气道。

现在终于也把连环锁打开了，福鼠饰盒就这样毫不设防地袒露在前，虽然我已认定这盒内的东西与贼赃是无关的，但这多月以来一点一滴所积累的好奇心却已到达爆发的临界点。

暂存库现在只有我一个人，一如当天，所有过程都已过去，只剩下结果，盒子正被一吋吋地打开……最后一目了然。

打开盒子，有几本20世纪60年代的存折，翻了翻里面开始有近十万存款，当年的十万能做什么事情？我可以举一些例子，在澳门有位银行家叫区宗杰，他1961年就是拿着他父亲的三十万元，创办汇业有限公司，经营外币买卖。还有在香港六十年代扶轮社就曾捐出十万元，这十万元最后兴建成一所盲人中心，中心除设有香港首间点字图书馆外，更为视障人士提供电话接线训练，增加视障人士之就业机会。若然认为这太虚无无法比较的，我们可以看看当年的楼价，1968年，一个六百呎实用的向海单位，只售二万四千三百元到二万六千五百元之间，若然按此推算，十万元大概就能买到四个这样子的优质单位。所以我们可以认定原物主王仲熙的祖辈，即使不是大富之家，也绝对是中产之上，甚至我推断他家都爱好搜集古物，所以捐赠给酒文化及品味馆的物品都有可能是祖上遗落。

当然大家请注意我开始的叙述：“翻了翻里面开始有近十万存款”，这是“开始”有十万，往后呢，只有二千三百六十二元六角。即是存款已使用了百分之九十七以上，但钱是怎么用掉的呢？我不知道，只见都是大笔大笔流水提取的，若给了我可能一辈子也用不完，但我深信这位王仲熙先生应该都把钱全部用在祖国和朋友身上。他的光和热令别人得到温暖，但却促使最接近他的人灼伤。

还有那房契“清平直街地段八第23号……”，虽然这不是陈生住宅所在的第22号，但我想这不过是当时政府门牌整理的误差，所以这房契上的地址应该就是陈生现在的居住地址；最后现在房子的所有人不是王仲熙，也不是陈淑贤，房契上的名字早过户在他们的儿子名下——王向东。

在存折和房契底下放着一张照片，这张照片像是挖出了一段尘封已久的过往，一男一女一婴孩，男的雄姿英发，女的柔情似水；男的宽阔肩膀是女子停靠的港湾，女的像只小船，在轻摇中让婴孩在怀内安睡，而此时此刻小手却紧紧抓住男的手指。这种在平实中极具穿透性的讯息，往往是最令人感动的——珍惜现在所拥有的，大声地去告诉身边的朋友和亲人，我是多么地重视你们！害怕一点点的距离与变化疏远了彼此，从此成为不能再相交的平行线。

的确这是不能相交的平行线，往后男的死了，在风雨中只剩下颠沛流离的小船，孩子又如何能安稳？但我想死亡的距离虽然遥远，但绝不是最遥远的，反而是心灵的遥远，才是永恒的遥远，还记得陈生的要求“除了刚刚你记录的那些，其他的都不需要展示出来，亦不要拆封。只需替我永永远远地收藏”。我想这正是那种遥远的痛的决定，纠结着放弃与不舍。

最后盒子里还有一封信，封面写着最爱吾儿收，虽然我不能确定陈生到底有没有开启这个盒子，但我肯定他一定没有拆开过这封信，因为这是一封完好的信，一封父亲给儿子的最后的信。

内里到底记了些什么？不知道，我没有把信拆开，这是我最后的诚信。

整件事落幕了，一个沉重年代的故事结束了。盒子终于再次被我锁上，捐赠品亦已证明不是什么贼赃，它终于能安稳地保存在博物馆之内，不受任何打扰，可能的话更会直至永远……只是我到底应不应该向陈生交代些什么？当然我是无意介入，亦无力介入别人家事的，但起码是不是要向陈生说明我这些月调查的莽撞？忏悔发掘别人内心秘密的卑鄙？我越想越心寒，越想越惭愧，但我终归是正常人，最后我选择了人类最常用的解决办法——就是当什么事也没有发生过。对不起，面对是需要勇气的，当然逃避亦然，在面对和逃避中，我很乐意选择后者。

人真的很矛盾，有很多时候都明知不可为而为之，就以王仲熙为例，在吕耀林口中我知道那绝对是个不折不扣的好人，甚至国家、历史都应该有其存在的位置，但对外越是好人，对内（家庭）往往就是最糟糕的丈夫、最糟糕的父亲，两者之间孰重孰轻？谁才是真正的心肝宝贝？只有自己才最清楚。而陈生大概就是想逃避父亲强加在身上的准则，以及对抗父亲对家庭的破坏，父亲是万能的、父亲是伟大的，但为何会令家庭如此的痛苦？为何万能与伟大只属于别人？属于别人？为何只属于那个异母的弟弟？而不是我们？我到底在想什么？为何我会将陈生的情况做无聊的联想？奇怪？眼泪不是早已流干了吗？

这夜有梦，一个冗长而单调的梦。梦里有个孩子哭得眼睛都红了，却没有拭泪，因而满脸湿痕，像个在人海中与亲人失散的样子。等一天、等一月、等一年，最后他目光空茫，像个轻飘飘的气球，他开始上路，不从来的方向走，因为他明白与其回头，倒不如随波逐流……

世事往往是出人意表的，当我拿着感谢信和确认收藏表的时候，我终于也相信了。“丁当……丁当”门铃响彻整个走廊。最后我不得不就这样喊着：“陈生……陈生，民事署小钱呀！”那道铺满锈色的闸门后依然无人响应，但却惹得左邻右里都纷纷探头张望，在一轮交头接耳下，有人终于忍不住一问究竟。

“干什么事的？你找谁？”一位老人走了出来。

“是，我是民事署的职员，姓钱，这是我的工作证。”我同时出示了我的证件。

“哦。”他支上老花镜看着。

“我想找这户的主人，陈先生，我们政府有些东西要转交给他的。”我指着门口。

“唉……那你来得好像不是时候。”他叹气道。

“为什么？他出去吗？我可以等他回来，或许这样吧，我可以留下一张便条，他回来可以随时打电话给我。”我在背包内翻着纸笔。

“我想不用了，他大概不会回来了。”

“什么事？他发生意外了吗？”我急着问。

“这……我不太方便说人家的事，但是你可以去山顶医院去问问。”

任我如何询问都一样探不出什么口风。此刻我虽然整个人的思绪都麻了，但我的行动力却没有一刻迟缓，不消一刻我人已到了山顶医院，我把名字提供出来。

“护士小姐，我知道我的朋友陈东进了你们医院，请问他在什么地方？”我在询问处问着。

“是今天送来的吗？”

“我想应该不是。”

“那是因什么事进来的？”

“抱歉，不是太清楚，这也是他的邻居通知我的。”

“再多说一次名字。”

“陈东，耳东陈，东南西北的东。”护士在键盘上敲打着。

“我们医院没有这个病人，你查查看是不是在另一所医院。”

“没有理由的，我应该没有听错。是不是有什么登记上的出错呢？”我努力地辩解着。

“对不起，先生，那我也没有办法，总之计算机显示没有这个名字。”

“这样好吧！我去了解一下。”

正当我想离去之际，等等，忽然我觉得有些不对劲的地方，于是我飞快地回头再问：“护士小姐，麻烦你再查查有没有王向东这个病人。王是三画王，向是方向的向，东是东南西北的东，谢谢。”

尽管护士流露出不悦的神色，但在我央求下她再次寻找：“王向东嘛，这次不会再错的吗？又会连名字也会弄错的。”

我做着道歉的手势，同时亦换回她的一句话：“血液肿瘤科。”

看来我的推断是正确的，陈生一直只是自己口头更改姓名，但并没有从根本去为改名做认证，是怕麻烦？还是与父亲赋予的名字无法割舍？面对抑或逃避？下定决心要与父亲走相反的方向但为何最后会走回原点？不知道，只要是人都很矛盾。

来到血液肿瘤科，查询的确是有这个病人，虽然这时是属于探病时间，但由于不是亲属的原因现在实无法让我内进。我抗议这别扭的解释，难道朋友就不能进？起码我希望了解病人现在的情况，但基于病人的隐私权和主治医生出外未归，所以她们坚持不予回应。最后我使用了皇牌，表明了我是政府人员，真的是有要紧的行政事宜需要与当事人接触，她们才答应考虑通融，最后决定还有待主治医生回来。于是我就在长椅上坐了下来，时间一分一秒地过去，医院内一门、一窗、一台、一椅，纯白色的感觉总令我有着不祥的预感。

最后两个小时过去，一位穿着绿袍的医生才到我面前："请问是你想见王向东吗？"

我笔直地弹了起来："是的，医生。"

"你想见病人和了解病情？"

"是的。"

"请问可以给我看看你的证件吗？"

我忙把证件递了过去。

他点了点头继续问："你们民事署有事要找他吗？"

我把感谢信和确认收藏表的情况略略解释了一遍，并重点地提出："若然确认收藏表无法签署，则有可能捐赠会不成功，或成为观察物品，等待漫长的五十年观察期，这是谁也不想发生的。"

"嗯，钱先生，我了解贵署的难处，但病人现在病情不太稳定，或许这样吧！我先征求病人是否同意才能放行，此外，作为一个主治医生，若非亲属我在任何情况下都不会透露病人的情况，希望你能对我们的工作谅解。"

我对此并不反对，毕竟打探病情并不是我希图的重点，于是医生和护士旋即入内，五分钟后，护士通知我可以进行探访，但只限十五分钟。在长走廊内转入5542号房，这里给我的感觉是什么呢？痛苦！除了痛苦之外还是痛苦，在这不到两分钟的步行时间，我就是有着这种感觉，而刚刚那种不祥预感亦随之扩大，最后来到门房掌门，护士问我探谁？我沉重地回答王向东，我的朋友。虽然久历生死但她仍不免面露哀戚，让我进去之前悄悄地跟我打了个招呼："你是第一个来的人，他就是孤家寡人，随时都有可能要走，你要……"看来所谓的隐私并不隐私，法规永远是堵不住情感的，的确现在我十分感谢这位诚实得活像天使的护士。

病床上是陈生，亦是王向东，一个拥有两个姓名的人，此刻他正闭着目，房间真的很宁静，相信只有微弱的脉搏跳动才是生存的惟一证明。我坐在床边，静静地望着他，这真的是我认识的陈生吗？那个活蹦乱跳的人，为何数月后会变成如此这般？他的脸瘦到只剩下两个眼洼，里面正淡淡地透出生命的余光。我忍不住握着他的手，那种纤弱、那种虚轻，生命的痕迹就像沙子在指缝上漏了大半。

最后他勉力地睁开了眼，眼和手都示意我把氧气罩脱去。我开始还有点惊慌失措，怕这样会影响了病情，但面对这样子一个病人的要求，还可能是最后的呢！我真的就可以抗拒吗？我决定把气罩脱去，但微弱的声音已被喘气声盖去，于是我俯身贴在他耳边——

"帮帮我，走了……以后，不要立牌，灰就……撒在屋里。"他吃力地恳求着，同时我亦感受到生命最后一程中那种无力感。

我安慰道："放心，我一定会办的。"

"还有——东——西……"他再艰难地吐出几字。

我亦马上会意："东西好啦，那柜子里的东西将永永远远地收藏在我们博物馆之内，要展览的就是那些酒器，其他的谁也不会动。"

他微笑了，眼又再次闭上。

这刻，轮到我犹豫起来，我是否应该把信的事告知他？究竟是顺从人的自主选择度过这一生，还是应该让真相为这平静湖水添上波澜？我真的又头痛起来了。

最后我还是选择了鼓起勇气地喊着："陈生，陈生……你醒醒，你爸有信给你。"

他没有响应，只有那沉重的喘气声继续在呼啸着。我再一次在他耳边大声地说了一遍。

这时他突然睁大了眼，发出短促而心肝都要像吐出来的那般狂啸，而一只手又用力抓着我的衣服，仿佛问着我"你这厮干了什么好事"，我想现在他真的是气炸了。

我慌忙解释："对不起，陈生，但现在不是责怪的时候，最重要的是你爸有信给你。"最后几字我特别强调。

他再次缓缓躺下，没有说话，任我如何再絮絮念都没有反应，我也只好跟着无语。

十分钟就这样过去，我想这是内心在挣扎呢！

最后，或许陈生终于明白这是人生的最后一次面对，既然死亡也面对得了，还有什么不能面对？我遵从他眼球的示意方向，找到这柄匙，连环锁的钥匙终于也齐了，果然就在他手上。

我一阵兴奋，虽然盒子我已经开过，但他能亲手把钥匙给我，说明了两点，一是他原谅了我，这是我个人重要的心灵救赎；二是他同意我的提请，他愿意读这封信。

我飞快地站了起来，一边说着："陈生你等我，我马上去取信回来。"

他没有响应，但我已几乎跑了出去。然后我向医生交代了工作需要，要再见病人一次，他虽然万般不愿意，但最后也答应了我的要求："五时前必须回来。"

"五时，好的。"我连人带滚地跑了出去，星期天的大街挤满了人，人潮与嘈杂声从大街各个方向滚滚而来，大家都想挤到最前排好让心目中的目的地更快到达，当然我也不例外，我真想跳进去，跳进马路。

好不容易终于回到公司把信取出，幸好赶到医院，还有一刻钟才到五时，我心立时也安定下来。

“医生，我赶回来了。”我提着信喘着气在摇着。

“抱歉你迟了，钱生。”

我指了指手表，然后抗议：“没有，医生，还有十分钟才到五时，我见十分钟就够了。”

“对不起，你真的迟了。”

“为什么?”我怒吼着。

“他刚刚走了。”

“什么?”

“对不起，你走了没多久他就过世了，我们已经尽力抢救。”

“你们专业医生难道不知道他今天就要去的吗?”

“王先生患的是癌症，在其入院前已接受大量的治疗，最后情况并没有得到有效的改善，他告知院方还有事情需要处理，处理后会再自行入院；而当再入院的时候，我们判定接受大量的治疗只会有害无益，反而会有可能加速病人的死亡及痛苦。由于病人在澳没有亲人，所以我们院方跟病人商量后最终就决定姑息治疗，当这开始之后，即使癌细胞已经广泛扩散，医生也难以预测病人还有多长时间的生命，一日不定，一月不定，半年不定……”

“对不起，我刚刚真的太冲动。”

“你有需要确认一下遗体。”

“好的，麻烦了。”

面对一副冷冰冰的尸体，我真不知还有什么话可以说，不过是一小时间的事，为何一切要来得这样匆忙？王向东这不是信件吗？你心头的一块大石，这大石现在就在我手上，沉重，异常，为何你要交到我手上？你想我替你做些什么？

做些什么？对了，你的身体依然散发着余温，你应该还没有走吧！现在就让我为你读这封信。

我慢慢地把信封拆开，信封内放着一只金戒指，虽然只有线圈般大小，但我想，放到这里来的应该对王仲熙来说是最与别不同的宝物，对了，是异宝才对。

向东：

当我儿打开这封信时，说明你已经在某程度上原谅了我这个不称职的父亲。你终于愿意跟着便条的指示拿着你母亲的盒子，找到耀林的钥匙，连同你拥有的一把，这才会看到现在手上我这封最后的信。否则你母亲和耀林是永远都不会知道的，这是我和你之间的一个小秘密，就像当年在狭场蜻蜓满山飞时许下的愿望一样。或许你会觉得很奇怪，为何我要将一柄钥匙交给耀林，老实说，耀林虽然不是我接触最多的人，但却是最了解我的人，只有他才能诠释好我的理想和思路。我知道我不是一个合格的父亲，但他会告诉你，这位差劣父亲的另一面，虽然我不知道你是否会有所改观，但尽管只有那么的一丁点，我也于愿足矣！

命运无常，你的祖辈殷实勤劳，所以积蓄颇丰，我的降生亦有着美丽的人生起点，尤其能与你妈结合，最为幸甚。她本为望族，但毫无骄纵之气，虽然夫妇盲婚哑嫁，但却有着另一种浪漫，另一种幸福和恩爱，在小城之中亦可过着宁静单纯的生活。无奈国事多磨，家族生意亦遭变故，自此当了解世人之势利，因为苦难，父亲学会了要奋斗，因为生活，父亲学会了坚强。

我时常思考这一切是否只是我一家之事？还是一国之事？终于我明白到这是世人欲望的膨胀和异化，是自身和家庭的自私观念所促使，我终于在黑暗中找到了我理想的共产主义，在众多的书籍中告诉了我这是趋向大同社会的努力方向，我实不忍再独善其身。人最终必能做到不独亲其亲，不独子其子。老有所终，壮有所用，幼有所长，鳏寡孤独废疾者，皆有所养。

但同时我亦明白到从这原始世界而产生的多样化世界，本来就是免不了矛盾和斗争。在思想和思想、人和人、健康和疾病、男人和女人，甚至是父亲和儿子之间的斗争中，才形成了整体的世界。每一个事物都需要其对立面的存在：只有在生病时才能感到健康，善只有在对立中才感到恶，所以或许当有朝一日我向世界大同倾斜的同时，作为妻子和儿子的你们将会离我更远，这是我知道和愿意承担后果的。

这不由得想起你出生的那天，正好是雨季，中午还是光天灿日，傍晚苍天就拉下脸来，乌云一摞一摞的，还裹着一声声闷雷。由于你母亲缺少羊水，你降生时就需要剖腹取产，那些天我的心都悬在喉咙眼，诸天神佛不觉默念百遍。到你真正出来时，由于吸入阳水（即现在的羊水）过多，不会哭，小脸已憋得发紫。听着产室内急促的人声，我实在悲恸不已，我心疼你妈和你，嫁给我没享过福，又无辜受了这么大的罪。但想不到为了我个人不合时宜的理想，你们往后受的苦还多着呢！

你是个好孩子，我是知道的，你从小就对你妈千依百顺，你妈也视你为宝贝，毕竟孩子你本来就应该属于母亲的，由你那天跟我开骂，说恨死我，我知道，那就去恨吧！我知道这恨越深就越能证明你往后可以好好地照顾你妈，保护你想保护的人，尤其当你只剩下那样一个最亲的人的时候。

那天你大病，我选择离开了，我知道那时不离开，我将永远都无法离开，因为我太爱你了。虽然往后这份爱再也不能在你身上得到体现，但它将会在无数父子家庭中再次出现，这我是深信的。

当然由你看到这封信开始，什么都过去了，诸多噩梦都会结束，这盒子里有几本存折，那些钱是我最后的积蓄，不，应该说是我们家族最后的积蓄。只有那么的一点，说来汗颜，还有那所房子已转到你的名下，你可以自由使用，做你认为应该做的事，毕竟你已长大了，你应该有你自己应该走的方向，而不是我的方向。

最后那枚金指环，这是我一生最重要的、独一无二的宝物，它比我性命更重要，请代我还给你母亲，并嘱她不必巾短情长，以无侣悲。

再见了，吾儿！

六月初八仲熙手书

信读完了，我想王向东在天之灵亦已告慰。最后我忽然想起《金刚经》的一段：

“一切有为法，如梦幻泡影，如露亦如电，应作如是观。”

## 转折点

人生无常，有多少人来得及安排一切？无亲无顾的王向东，若非有我前来认领遗体，相信会与其他无人认领的仙游者一样，首先会在医院停尸的雪房内存放三至四个月，最后医院的仵作工就会取其遗体火化，编一个码给他，就葬在公墓。劳碌大半生，最后只剩下一个号码。

现在虽然你没有隆重的葬礼，甚至连一个号码也没有，但你终于可以回到你与父亲曾一度生活的房子，真的死得其所，死得其所。

经过这件事，我明白到原来父子间真的很难存在所谓的真正了解，王仲熙写下这封信、将房子转名，不就是爱子吗？王向东不做实质的改名、不卖房子不就是无法割舍生命中那不能承受的父爱吗？或许这是所有中国人天生的沟通障碍，正如有人所说“中国人是最不会听别人说话的民族”，这句话看来不无道理。因为我们都会囿于固定关系，大家各安其位、各行其是，不用花脑筋在沟通上面，却最终在不知不觉间导致父子关系破裂而不自知，即使自知破裂亦会像素人一样笨拙地保持沉默。期望你们都能地下有知，能真真正正地好好互相了解。

过了些天，我整理好捐赠文件，同时亦将整件事的始末写成记录，最后在电子文件改名的时候，我看着“新增Microsoft Word文件”在闪动着，最后我给了它一个文件名“异宝”，这纯属是即兴的改称，但我想这的确包含了那批酒文化物品的珍贵，同时亦是一段只属于他们父子间最珍贵的记录。

随着在键盘敲下的最后一个句号，我向陈处请了几天假，大概是需要平伏心情吧！

我首先去找到了耀林叔，信守我的承诺，向其交代了一切，他听后不禁苦笑："他俩太像，都一样倔强，无仇不成父子，命啊！父子俩的命啊！"到这里我应该做的都做了，我告别了耀林叔并随意地闲逛起来，这栋绿色的建筑大概就是当年的六国饭店吧！

"小心滚水。"

"火肉鸡，靓仔（白饭）加色。"

"开嚟礼拜（意即七元）。"

父亲最不喜欢底层，因为嫌那里没有窗口，通风不好，所以我们大多会上二楼，因为这里地方最为宽敞。印象最深是四条柱子有一个向上凸起的塔形天花，四周设有牛角扇，墙边则悬着镜子，柱边亦有数幅木雕装饰，对一个孩童来说这已算是大开眼界了，父亲到这里定必挑近窗的位置，甫坐下先会点上一壶寿味，茶并不好喝，因为太浓。

"爸爸，我要莲蓉包。"

"要吃多少？"摸着我的头。

"两个。"

"吃得下吗？"

"唔！"我点着头。

吃下莲蓉易，但最难吃下的仍是那层太饱肚的皮，然而父亲总会慢慢地吃下没有馅的粗皮，没有剩下、没有责骂——

为着那道现在只剩下粉刷过的外墙和空荡荡的内笼，刹那记起寿味的味道，太浓，但温暖。

石街附近皆是蜿蜒曲折的小巷，我昔日住过的房子已被拆去多时，虽然杂草丛生，昔日残留了无痕迹，但四周店铺都按照自己的规律，经年累月地圈成年轮，十几年前如此，今天也依旧如此。那不是成兴士多吗？最难忘的仍是能再次吃上昔日以磅算卖的朱古力，当年父亲见我嘴馋总会为我买上数元，现在嘴里那朱古力味道感觉已不大可口，甚至有点苦涩，大概是人长大了、大概是更嘴刁了，但在硬邦邦的咀嚼中依稀记起父亲那句话："生活更苦，依然要生活，总有一天你会吃出甜味。"

不知为何今天会重回故地，亦不知为何会一点一滴地回想起父亲与我度过的昨日片段，过去全然坏的印象，今天仿似都是好的，过去的坏都是我选择性地牢记的吗？还是昨日的好都是我选择性地失忆？

难道我会与王向东一样，走着同一条路，让时间和懊恼将脆弱的神经一搓再搓，最后一同到达死亡彼岸才得以和解？

我不知道。

"嘟嘟……请勿靠近车门……嘟嘟"电话铃声打扰着我的思绪。

"喂——"

一把喘急的声音从电话另一端传来："老公，我在镜湖医院，快点来，孩子……只是……"在"沙沙"声中到这里讯号便中断了。

我大呼："孩子怎么样？"并急忙回拨过去，但电话仿似失灵了似的无法接通。我发狂地在路上跑着，两旁景物像调校错了焦距一样，渐次由清晰变得模糊。"神啊，我什么也相信了，别让我的孩子有事，纵然将来孩子也像我一样地讨厌父亲，甚至是父子不和敌视是铁定的轮回，我也希望有事的是我。”大概人在生命遇着危险或心里最珍贵的宝贝受到威胁时，那个埋藏在心头深处的敬神本能，就会完全地显露出来，难怪所有人在紧急关头，都不是求医生，不是求李嘉诚，而是见到那种诚心的俯伏跪拜祈求表示。若然可以，我也会实时跪在地上。

来到医院门前，风风火火的脚步被钉死在那里，不知为何鼻头泛过一阵酸，这是我这个月的第二次前往医院，在狂乱的心跳中我口里紧念着：“南无阿弥陀佛”、“我们的天父愿你的名受显扬”、“仁慈的圣母玛利亚”、“舍利子，色不异空，空不异色，色即是空，空即是色”……我这是在干什么？连我自己也不知道。

当我入到医院内，一见到老婆坐在长椅上，我马上就飞奔过去将她一拥入怀：“怎么样，你和BB没事吧？到底发生什么事？”并且马上全身察看，“究竟伤到哪里？严重吗？”

她安抚着我：“不用紧张，我和BB没有事，刚刚电话不是说了吗？”

“什么电话，我只听到我在镜湖医院，快点来，孩子……只是……然后就什么声音也没有了。”

“可能这里接收讯号不是太好，我是说孩子没有事，只是阿契受伤了。”

我如释重负，顿时舒了口大气：“你和BB没事就好，阿弥陀佛，阿弥陀佛。”并双手合十。

她这时反倒笑着说：“你什么时候变得这样三八，阿弥陀佛，阿弥陀佛地学人求神。”

“呸！大吉利是，神佛这些事宁可信其有，而且你现在不就没事吗？你还想怎样？”我气着说。

她见我紧张兮兮的反倒不再说些什么。

“对啦，到底你们发生了什么事？”现在我才定下神来。

“没有，刚刚我和阿契在新马路那边等车，就在钻进车子的一瞬间，有辆电单车就这样向我们横飙过来，幸好阿契把我拉开，否则我和BB就会被碰倒，但阿契却因此失了重心，一个向后翻脑袋着地撞伤，现在人都还没有出来呢。”

“这样啊！”

这时一位护士向我们走来：“这里谁是阮灵契的家人？”

老婆一把地把我拉了过去，我现在才知道阿契是姓阮的呢！跟着老婆对护士说：“她没有亲人在这里，我们是她的雇主。”

“她是你们的工人？”

我们都点了点头，并问：“她现在情况到底怎么样？”

“现在我们仍在处理当中，她现在人还清醒，但今晚可能要入院观察，毕竟是头部撞伤，若将来有什么后遗症就麻烦大了。”

我老婆紧张地说：“后遗症？不会有后遗症吧！请你们尽力地医好她，用好一点的药，请专科医生来看症也没有问题的，对吧！老公。”

“对，对。”当然救了我老婆和BB的恩人是绝不能马虎怠慢的，我们亦不会吝惜那么的一点钱。

“这个先看医生怎么说吧！但现在最重要是要办手续，你的工人表示她没有带证件在身上，她把所有的证件都放在抽屉第二格内，所以请你们现在就回去拿吧！”

“好的。”

护士走后，我表示马上回去拿，老婆则在这里守候，最后她嘱咐我：“老公你记着连同她抽屉第三格那份保单也一齐带来，上方有保险代理人紧急联系电话，可能要通知保险公司呢！”

我“哦”了声，并且在确认老婆真的没有事之后就回去了。

回到家里，走进阿契的房间，不消一刻已找到蓝卡（澳门佣工的证件），现在只差那份保单了。

老婆好像说是放在第三格吧！为什么没有？再找找吧！我随意地翻弄着抽屉，幸好阿契这房间的柜没锁呢！说着我把保单找到了，又说第三格，不就在第四格嘛，这个没记性的。

事情原本都很顺理成章，到医院，拿证件，回医院，给钱医病，最后人没事出来，再claim保险，完了。但当我拿起保单看到下面的东西时，我想我的人生由这一刻开始应该改变了，这是什么？这时我真的吓呆了，工人到底有什么东西能让主人的人生改变？一大沓钞票？一堆毒品？还是……这些统统都不是，在保单下面只是一张照片，很普通的一张照片，而且不是艳照门那种。

一张照片为何有这样子的威力？因为这是一张合照，里面有父亲、母亲、一个男孩和一个女孩。这不是太普通了吗？人家的合照关其他人什么事？而且还危言耸听地说什么会改变人生？这不是明摆着没事找事。

的确我相信相片内男孩和女孩都是她的孩子，而坐在轮椅上的男孩更是她那患了重病的孩子，而在后方的男子就是她的丈夫。

问题是，她旁边立着的丈夫，不就是我的父亲吗？由此推演阿契她不就是我的后妈，还有同父异母的弟弟和妹妹呢！

对了，去年碰头父亲不就是说：“你也了解吧，一个男人在外头讨生活不容易啊，而且都这么多年了，所以我在外面也置了一头家，那女的还算对头，叫阿契……”阿契，阿契难怪第一天来到我家，听着名字就觉得这么耳熟，还有那天在房门口那个“阿达”我实在猜不到是什么意思，现在我知道了，那个阿达就是我父亲赵连达，并不是什么越南方言。

“哈……哈……”我不禁苦笑了。

我的后妈居然做了我的工人，而且还救了我老婆儿子，过一些日子还准备要带我的儿子，我老爸的孙子。我不让妈来带孩子，结果反而后妈来带了，难道这一切一切冥冥之中总有主宰，凡人真的不能抗拒？

后来我曾经思考过，往后对阿契我应该抱着怎样的感觉和态度？这里可以分为不自主和自主两方面来考虑问题，首先不自主的感觉，说实在的我并没有所谓的恨，因为出现这些问题的一定在男方那里，与女方无尤，而且我亦不信父亲在澳门时候已经跟越南的她搭上，这可是天方夜谭。甚至我也怀疑她到现在为止是否知道男人过去在澳门有头家，还有一个儿子，或许这时无知才是福，但有知的（如我）就成全好了。至于自主的态度，我想应该要对她好一些，首先毕竟她可以算是我家的恩人，其次即使作为一般父母亲的同理心，她儿子有长期病（不理会是不是弟弟的问题），我们亦应该给予更多的包容和支持。

三天后，阿契终于出院，我跟老婆商量好，待孩子出生以后，那就让阿契全年无休地工作吧！至于假期，则做“四工”（四倍工资）计算，现在工资立马由二千五一个月上调到三千五一个月，并且一年给予十五日的有薪假期，并包来回越南路费。

这是报答阿契救了我老婆和BB？还是有着其他的私人原因？想着救了老婆和BB不就是私人原因吗？我又何须太过庸人自扰，的确事情到这里可是得到最圆解决的了，若然真的是这样的话……

不经不觉，距离老婆预产期只剩下不到一月，我们仿佛已当阿契是一家人无异，虽然天底下只有我知道这是后妈来的呢！这是平凡的一天，在家休养的老婆忽然来电："老公，家里遭盗了。"

我赶紧回到家里，幸好那时阿契跟老婆去了外边散步，所以匪徒光顾时才没有人在家，否则碰撞间有什么损伤那就真的不知如何是好。但说也奇怪，我们租住这里已经很久了，从来治安就很好的，为何今天会这么倒霉？大概那贼也是碰巧来到这里吧！

最终我还是报了治安警。原来阿契和老婆都是极力反对报治安警的，因为怕麻烦，口供来口供往，调查来调查往的，而且这些小偷小案一向破案率就非常低，更加遑论能找回失物了。最重要的是虽然不见了一些现金和首饰（自从阿契出院回来后我们把一些东西从银行拿回来，而且还有今天碰巧是出粮日不久，所以现金和首饰都多了一些），但一些有纪念价值的东西就一件没少，如那纯金打造的结婚相，按现在金价少说也值个七八千，那贼反而拿了旁边的水晶，你说奇怪不奇怪？一点算下来发现就是不见了两三万，数目虽然不少，但老婆认为也就算了吧！当破财挡灾。但我的观点就不是这样，这贼来得一次谁知他会不会"吃过返寻味"，万一他觉得我们就是这样好欺负，介绍行家一起来怎么办？谁保证下次不会来个凶猛的？而且待司警也注意下这一带，我们不是也能安心一些吗？她见驳我不过，也就随我喜欢怎么样就怎么样了。

我那时认为正确不过的决定，现在却有点后悔了。

"喂，请问是钱先生吗？"

"你好，我是，请问哪位？"

"这里是治安警察局第二警司处，我姓刑，负责宗卷编号826号的警员。"

“请问是否有新的进展？”

“是的。”

我对这次治安警的办案效率非常佩服，毕竟这才几天工夫。

然后那位刑警员继续接着说：“请问你这几天是否有空可以上来我们第二警司处，我们可以向钱生你解释一下案情。”

“就明天吧，我轮休，下午3时可以吗？”

“可以的，你到了分局大堂说是第二警司处的，找我就可以了。”

晚上我喜滋滋地把这事告诉了老婆，她说：“你千万别把这当回事，再问多次口供也是有可能的，别高兴得太早。”

我并没有理会，抱着希望准时3点到了分局。

“钱生，你好。你是否在本年的8月20日上午11时30分报称家里被贼人盗窃？”

“是的。”

“现在贼人已经抓到了。”

“那太好了。”

他向我解释着：“但大部分赃物已经变卖，能找回的只有少数。”

“这个我明白，我们亦应该负有保管的责任。”我心想最重要是往后安心就可以了。

“钱生明白就最好，但我们还有一件事想通知你……”

“贼不是已经抓了，还有什么事？”

“的确，实施主体犯罪的犯人已经绳之以法，正在本警司处的拘留中心，但我们怀疑他还有从犯呢！”

“那你们司警就去查好了，请问跟我们有什么关系？”

“我们抓到的这个贼是越南籍人士，据其供称，犯罪手法是与一些佣工合作，趁主人熟睡的时候，要佣工在家预留一些位置，如侧房露台，平台窗花等，让其方便入内盗窃；有些时候更会将事主绑起，进行勒索，然后事成再根据变卖所得五五分账。”

“这……”我倒抽了口凉气，幸好当时老婆不在家。

“因为一般佣工在澳除非其做出了严重犯罪行为（如杀人、贩毒、行使伪钞等）才会被送到监狱羁押，至于触犯较轻微犯罪的，法院一般只对其实施较轻的强制措施。目前本澳尚欠缺完善的遣返机制，无法将有关人士实时遣返，虽然未来或许可以限制入境，但对于等钱用的佣工来说，这还是值得一搏的，毕竟她们还可以去香港、台湾等地继续工作。虽然我们现阶段还未查到你们的佣工一定就是从犯，但是我建议你观察一下。这些案件并非小偷小窃，如就偷偷拿你一千几百或某些物品，他们是一票干大的，搜略全家，所以佣工一般是很等钱用才干；此外为求保险，在他们分赃后，佣工一般都会藉词不干，然后回到原居地等案件淡化后再来澳门。当然若有进一步的证据，我们警方还是会采取行动的。”

我强挤出笑容：“我明白了，真的谢谢和麻烦你们了。”

回到家里，老婆没有问结果，我也没有说些什么。大概她也认为不会有什么特别的结果。现在她反而紧张地嚷着：“阿契她说想做完这几天就不干了，怎么办？”

“是吗？”我若有所思地回应着。

“这可是天大的事呀！我这个月就要生产了，现在不干，我们哪里去找工人？何况再怎么找，也找不到一个像她那样的。”

我喃喃自语：“的确，真的再找不到一个像她这样特别的。”

“老公我劝了她很久了，你这几天就跟她谈谈吧！”

我吸了口气：“好的，我想也应该跟她谈谈。”然后我又回过头说，“你尽管放心好了，爸不是常说‘船到桥头自然直’的吗？任何事自然就会好起来的，会好起来的。”

“你不是挺讨厌人家提到老爷的吗？为什么今天自己又提起啦？你没什么事吧！”

“没有，只是刚刚想起那句话罢了！没什么意思，你就不要多心了。”对了，为什么我自己突然会记起这句话呢？

这几天心绪不宁，心中总是千头万绪的，不觉间我又想起与父亲那次最后的聚会，当时残留在视网膜上的仿佛不再是过往记忆的虚幻，而是这个世界活生生的真实情感相貌，此刻仿似有什么东西在我体内涌动着似的。冥冥中我感受到当前的遭遇和当初我想走的路似乎成了一种南辕北辙的关系，最后我下了一个我可能马上就会后悔的决定。

这夜我趁着老婆睡熟了便悄悄提着箱子叩了阿契的房门。

“谁啊？”

“我。”

过了一会儿，门便开了：“先生，这么晚了，有什么事吗？”

“没有，听太太说，你想不干了，是吗？”

“是的，真的很抱歉，还在你们这个最忙的时候。”

“我可以进去谈谈吗？”

“这……”她犹豫一下便答应了，“请进。”

当然阿契也觉得我不是来找她纯聊天的，于是坐下后她立即就问：“先生找我想谈些什么？”

虽然我打了腹稿但还是愣愣地回应：“对，是要聊聊。”

但在往后的数十秒内我俩都不见什么动静，正确点说是我现在千头万绪不知从哪个点说起好。

“这……”我又沉默良久。

“喔。”她表示了充分等待响应的准备。

“对了，那天跟你谈工作，好像还没有听到你谈家庭呢！”我也不知道自己为何突然会牵扯到这个话题之上。

她虽然有点愕然，但也笑着答：“普通家庭一个，没什么好谈的。”

我并没有理会依然自个儿问着：“你先生对你好吗？”

“很好，很好。”她飞快地回应。

“很好的话，为什么又忍心你一个人在他乡工作？”

“不是的，像家庭佣工这些工作只有我们女人可以做，他就在家种田。一个男人又要种田，又要带孩子，还有个是病的，那种劳心实在比我辛苦多了。”

“哦，是这样吗？但我那时开始就觉得很奇怪，你一个翻译及秘书，为什么会看上一个种田的呢？”虽然理论上说恋爱是没有界限，但实际上还是很难突破的。

“他那时候还没有种田，我跟他是在同一个厂里边做事的，他人很好，很正派，平常又肯帮人，结婚没钱的他借、读书没钱的他借、老人死了要葬他借，他就是这样子义气。他这个人好像从来就没有私产的概念，人家占了他便宜也不多计较，到放假时就会去教会做义工，到访医院，劝导计划堕胎的妇女改变主意，并带她们到由赎主会开办的院舍为被遗弃孕妇提供住宿、食物及医疗护理。他和其他教友们又在医院收集胎儿尸体，将之埋葬，并为之祈祷。这是就‘上主赋予我们的生命恩赐遭到杀害，祈求他的宽恕，并为维护生命活动向圣母祈祷’。他时常说天地间最珍贵的就是那一份血缘的亲情，他要尽一切能力去拯救，让世人明白。有着这种献身精神，又不赌不喝不嫖不动手动脚的男人，这种真男子谁不愿嫁？”

我揉了揉耳朵，总以为是自己听错了，或许是认错人了。

这真的是我认识的父亲赵连达吗？

“他对人那么好，对你也一样吗？”我想着是否与王仲熙一样。

“当然不一样，那些是外人，他对我更好，从不让我做粗活，也不对我大声说话，尤其……”她突然激动地啜泣。

我安慰道：“你不喜欢可以不说的。”

“没事，今晚我不知道为什么就是想说，一切的……尤其是我儿子得了长期病，要花很多钱，换着一般人早就跑了，毕竟那不是他亲生的，要怎么做也怨不得人，谁知他只说‘我想为孩子改个好听的名字，以后他就是我的孩子’。”

我几乎整个人都跳了起来：“不是亲生的？他知道吗？”

“当然知道，那不是什么秘密，是我当年误信他人，结果最后还是只有他来开解了我，而且后来也真的将我带过去的孩子视如己出。为了筹那庞大的医药费，他不但用完积蓄，而且跑了很多地方找他的朋友借，有一次有位老板说如果能从市兴大道抱着孩子一直跪行到丰南体育馆，便会借我们两万元，结果他二话不说，就抱着孩子跪了。男子膝下有黄金，我看着他流血一地，心痛极了，要他起来，他死活不肯，说‘这些钱对我们孩子很重要’，他真的很爱儿子……我也很爱他。”

坐着面前的后妈这样坦率地表露对自己父亲的心意，这种暧昧的心情还真不知教人如何去面对，在阿契口中那男子是一个有担持的、伟大的丈夫与父亲，可以媲美那仲熙先生，甚至在某程度上，如家庭方面就超过了他。这是否我对父亲的不了解？还是父亲对我们的不是，是成就往后伟大父亲的一个历程？

“你那次在陈生家里，说要借四十万就是为了孩子吗？”

“那次是医院打来，我几乎要疯了，幸好最后找了一些乡里，她们七拼八凑的，才把事情缓了过去，但……”

"但那根本的四十万还没有解决?"

"嗯。"她点了点头。

我突然话锋一转:"所以就只好伙同乡里一起'爆格'?只有这样才能更快地把钱凑齐,是吗?"

她显然没有心理准备我会这样说,所以现在像只木鸡一样呆在那里。

我再加重了语气:"是吗?"

她突然二话不说就跪在地上:"对不起,我对不起先生太太……"并开始抱着我的腿哭着,"你们对我这么的好,我还这样做,我真是迫不得已的,我实在没有其他办法,这孩子的病真的不能再拖了。"

虽然我俩没有血缘关系,但后妈就这样子跪在地上直哭,我也真是怕会折寿的。最后我把她扶起,并安慰说:"不要哭了,我不想惊动太太。我知道你说的情况,我现在也是有孩子的人,那种感觉我明白。"早前前往医院途中的那种患得患失令我记忆犹新。

她低泣着说:"先生,你可以不报警吗?"

我没有回应,她继续接着说:"起码不要再追究那些钱好吗?行行好,让我寄回去吧!我坐多久的牢也没有问题。以后每天我、我丈夫和孩子都会祈求佛祖保佑你们家福寿安康,长命百岁……"

"一共卖了多少钱?"

"这……"

"说出来听听……"

"卖了两万多,分了一万二千三百二十元。"

"哦,那距离四十万还差远呢!"

她向我投来疑惑的眼光,大概是不明白为何我会这样子地问。就在这时我把箱子拿了出来放在台面上，看着我有如此举动她就更加疑惑了。

“阿契你是一个好人，虽然你等着钱救你儿子，一些现金和首饰也的确被你和同伙偷了，但你那天有心支开我太太，就是怕我们在家会发生意外，还有那些有纪念价值的东西一件没少，如那纯金打造的结婚相，按现在金价少说也值个七八千，但那贼人反而只拿了旁边的水晶座。我那时就觉得非常奇怪，现在想来，或许有人一开始就收起来，在过后才静静放回，原来这一切都是自己人盗亦有盗，借用去了。”

我顿了顿继续说：“但我还是有点不明白，既然你一开始就有偷东西的想法，那为什么还这么卖力地为我们做事呢？是想取得我们信任吗？”

“不，先生不是这样的，我是想这太对不起你们，所以我只想用心地为你们做事，即使是微不足道也好。”她的话中充满了委屈。

“哦，原来是这样，对啦，你那次救了太太和BB我还没有答谢你，这个箱子里的东西就送你好啦！”我同时把箱子打开了。

“这……先生你……”她望着箱里边的东西吓呆了。

反而我庄严道：“里边有四十万，应该够你儿子治病用的。”

“先生，我怎么能收下啦，我已经羞愧得无地自容了，我只是一个工人怎值得你这样对我？”

“你不是工人……”原本我想说：“你是后妈，你儿子也算我弟弟吧！”但最后我并没有把这说出口，反而替换成，“你是我恩人。”

“但……”

“收下吧！这些钱是你需要的，你也给了我很重要的东西，就当咱们彼此交换吧！”

“先生，我以后一定会把钱还你的。”

“还什么还，都说这些钱是报答你的。”

她又跪在地上：“我这辈子就欠你的情了，你将来用得着，要我这条命也可以。”

“不是说不要跪的吗？我要你这条命来干吗！你就留着好好照顾孩子，照顾丈夫好了。这就当报答了我吧！”

“谢谢，真的谢谢。”

“我最后想提醒阿契你，警方那边已经开始怀疑你了，你的同伙也已经落网，你还是尽快回去，不要再回来澳门，在越南与家人过新生活吧！太太那方面我自己会说去。”

“先生，你真是活菩萨。”她一边掉眼泪一边说。

“是吗？真的有菩萨？大概我们每人心中都有一个。”我喃喃自语。

若干日子之后，老婆提起买房子的事，追问那四十万的下落。最后竟被我和妈合力忽悠过去了，其中过程十分有趣，完全出人意表。不过，那全然是另外一个故事了。是连什么时候开始，此时也是不知道的。

## 一个新生的开始

昨日种种譬如昨日死，今日种种譬如今日生。这些天我明白到人是不能一直活在回忆里的。过去的得失好坏毕竟它都已经是过去时了，要先懂得放下、放空心中顽固的执念，人才能更好地面向未来。阿契离开了，偶会寄一些邮卡过来给我说说近况，在卡中我知道她的宝贝已在康复当中，现在她快乐极了，家庭也十分美满。还有一件有趣的事原来这患病的弟弟，那好听的名字就叫小城，赵小城，与我同名，我笑了一笑，大概父亲是有意的吧！

我虽然因此失去了四十万，却得来放空的轻松，我怀着期待的心情面对新生命即将降临到我家庭之中，最后上苍保佑老婆亦得以顺利生产，是个男婴，我取名新生。

但不知为何，我一抱着新生，新生总是哭得死去活来。但我并没有放弃，一有时间就抱着他，上午也好、下午也好、凌晨也好、喂奶也好、逗玩也好、上街也好，渐渐哭声少了，笑声也跟着多了。老婆十分奇怪为何我会有如此之变化，我笑着说，过去你不是说要我学人家哲贤“发奋啦，努力学习也行、积极人生也行，想赚钱就要向上爬，想追寻理想就要努力去冲去干”的吗？我想我往后的人生就在这孩子身上，哲贤找到了目标，我也找到属于自己的目标。

“老公，现在阿契走了，你的‘父亲假’也放完，我们是不是应该找个工人回来帮忙一下？”

“找妈回来帮忙吧！”我提议道。

“找妈？你当初不是极力反对的吗？”她睁大眼睛，好像不相信似的。

“有吗？”

“有，当然有。”

“那现在没有了，不行吗？”我反问。

“行行行，老公说的都行，好吗？真是一时一样。”她没好气地说。

“天底间还有什么比亲人更亲？小孩不是亲人带可以给谁带？明天我会找妈好好地谈一下。”

“相信婆婆会很高兴的。”

“我也相信新生一定也很高兴的。”

“嗯。”

“对啦，我们先不要说这些，我们拍张全家福吧！我预较相机了，快来……”

“来啦！”

“五、四、三、二、一，笑……咔嚓。”

现在我钱包内，有两张照片，一张是我跟妈和父亲的合照，一张是我跟老婆和新生的合照，它们都有个共通点，内里的人都是笑开了花。相片里，他们都曾经存在过，所以我相信爱都曾存在过。

# 奖项

铧是中文系学生，今年已是大三了，但一篇文章也未曾发表过。“好歹也是想吃这行饭的，为什么？是技法？灵感？还是……”纳闷和困扰虽然说不上特多，但每当同室好友拿着稿费请大伙吃饭时，他只能在旁陪吃赔笑，那种滋味总是不好受的。但他并没有因此而气馁，依然笔耕不绝，望有朝一日文章能见报。一天，不期然便在报纸上看到一则小广告：“全国短篇小说比赛征稿”。铧心想：如果给我捞上个什么奖项，死怕要比起刊登文章好上千百万倍。于是在案上铧马不停蹄地写啊写，涂啊涂，作啊作，几经努力后投去了三大篇文章，但看着日子流逝，稿件一去无音，这件事亦被铧渐渐淡忘了，直至有一日……

“请问李同学在吗？”电话一端传来陌生的声音。

“我是……你是……”

“我是××报刊编委周韵斌。首先恭喜你获得我们报刊所举办的首届全国短篇小说比赛优作奖，我们会把作品系统结集出版，如果有空的话可以明天到我们的办公室谈谈获奖的事宜……还有请带同身份证、银行卡……”

“好……好……一定到……一定准时到。”铧没有把话全听下来，因为一切都不重要了。

“呵……呵……”

“喂，臭铧，你是疯了吧，没事偷着笑。”哥们儿凑着说。

“作家的事岂是你们这些凡夫俗子能明白的。”

“对呀，孔乙己也会说这是读书人的事啊。”

是夜兴奋把铧整得乐滋滋的，他懒理这些嘲笑，而且睡不睡好亦已不再是个关键。

第二天。

“请坐。李同学，首先恭喜你获得我们光荣的优作奖，看着那些如行云流水般的文字我们评委们都深深感到这可是作者凝聚了几十个，甚至几百个晚上不眠不休的努力。看你这么的年轻，你大概是个天才的作家吧！否则我们真不知道如何形容这篇‘天上’之文，此文只应天上有，人间哪得几回读，相信即使是李白、韩退之再生都会为你的作品而动容。虽然这大作最终未能评为一、二、三等奖，但在上百万部作品的大甄选中，这荣誉已是十分难能可贵了。未来文坛有你，相信要有一番大气象，大变革。你千万不要看轻我们组织的比赛，它可是有很大的指标性啊！有一位新疆来的学生领到我们的优作奖后，在毕业的考核评分中就加了十分，后来他更寄信本报，表示千恩万谢，犹如再生父母……”

这一番鼓励的说法弄得铧心里甜如蜜似的。

“好了，我也不多说了，李同学，你是一个不可多得的文坛天才，我们要极力向其他文学刊物推荐你的。而且更高兴的是现在我们报刊打算正式招收你为特约供稿员，会费每年五百，一次过缴交三年，回送一年会籍，连带是此次比赛奖座的成本费、出版资助费、评审车马费、指导调整费、推荐转介费、成长监测费、文学持续发展基金……一共两千九百元。”

“两千九百元?!”

“对的，其中已包括了一年特约供稿员会费。”

“为什么要……这么多钱?”铧嗫嚅。

“李同学，这实在是不贵了。唉……文学这档事本身就是要亏本的，可你要相信这是我们中国，甚至是全人类重要的精神财产，我们老祖宗的本啊！难道我们可以为全球暖化负责，就不必要为文学边缘化负责吗？虽然我们知道现在在麦田里守望是会孤独的，但往后史书也会记起你的，何况我们可要对你的创作成绩负责嘛，我们有最专业的培训团队，最有名气的作家群组，以及最广阔的发表和出版脉络，这可是成功的重要台阶呢！难道你就不想登上文学殿堂的大门吗？”

“我……”

“不要考虑了，这样吧！我吃亏些，我私人补贴你两百块，未来当你成为大作家的时候再还我好了，记住我看好你了。”

“但是，我没有那么多的现金。”

“没有关系，昨天我不是通知你要带银行卡吗？我们派人陪你去取好吗？”

最后铧还是决定掏钱交会费及其他费用，为了“崇高的理想”、“成功的台阶”、“步入文学的殿堂”……

出门时，铧碰见另一名青年进入办公室，那个周编委又开始讲话：“请坐，首先恭喜你获得我们光荣的优作奖……”

铧心想：“那人准是和我一起踏上成功台阶的。”

* * *

“老婆，不是说了你不要等我了，要加班，这个星期公司还要多见九千多人，累也累死了……幸好有这帮文坛新秀，工资大概在下月会发下来的。”

**图书在版编目（CIP）数据**

在迷失国度下被遗忘了的自白录 / 吕志鹏 著. -- 北京 ：作家出版社，2014. 1

（澳门文学丛书）

ISBN 978-7-5063-7281-7

Ⅰ. ①在… Ⅱ. ①吕… Ⅲ. ①中篇小说 - 小说集 - 中国 - 当代 ②短篇小说 - 小说集 - 中国 - 当代 Ⅳ. ①I247.7

中国版本图书馆CIP数据核字（2014）第006933号

**在迷失国度下被遗忘了的自白录**

**作　　者：**吕志鹏

**责任编辑：**冯京丽　秦　悦　邢宝丹

**装帧设计：**棱角视觉

**责任印制：**李卫东　李大庆

**出版发行：**作家出版社

**社　　址：**北京农展馆南里10号　　**邮　　编：**100125

**电话传真：**86-10-65930756（出版发行部）

86-10-65004079（总编室）

86-10-65015116（邮购部）

**E-mail:zuojia@zuojia.net.cn**

**http://www.haozuojia.com**（作家在线）

**印　　刷：**三河市华业印装厂

**成品尺寸：**133 × 214

**字　　数：**270千

**印　　张：**11.875

**版　　次：**2014年8月第1版

**印　　次：**2014年8月第1次印刷

ISBN 978-7-5063-7281-7

**定　　价：**29.00元

澳門文學丛书